LES ORPHELINS

DE

WINDRASOR

TOM

Paul CLÉMENT

ISBN : 979-10-97294-39-7

Post-Apo Éditions
59144 Wargnies-le-Grand
contact@paul-clement.com
www.paul-clement.com

Couverture et design : Arthur Clément

PARTIE 1

COUPS DU SORT

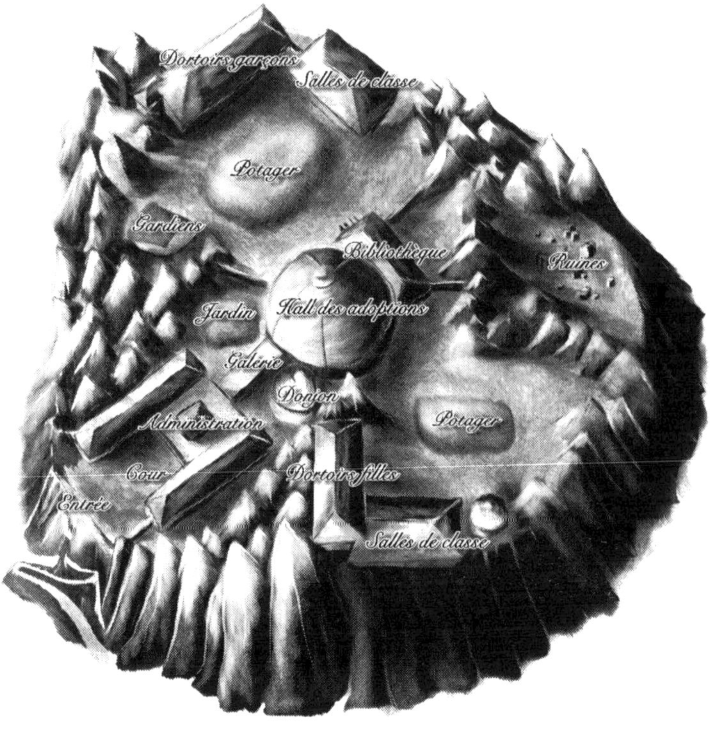

Dortoirs garçons
Salles de classe
Potager
Gardiens
Bibliothèque
Ruines
Jardin
Hall des adoptions
Galerie
Donjon
Administration
Potager
Cour
Dortoirs filles
Entrée
Salles de classe

1

SPINELLO

Il en a pris plein la gueule, commenta Asmodée en resserrant les doigts autour de sa prise dans le mur.

Spinello ignora sa remarque.

Il ne leur avait pas indiqué la fille dans les jardins pour cette raison. Non, ce n'était pas une inconnue au destin malheureux. Malgré l'état de son visage et sa coupe de garçon, il l'avait immédiatement reconnue. Elle, la victime inattendue du marquis et de la marquise. Elle, qui l'avait sauvé, et peut-être même Placide, d'une adoption qui n'aurait été qu'un cauchemar. Elle, qui n'avait rien demandé et pourtant vivait ce qui avait tout l'air d'un calvaire à la place de l'un d'entre eux.

— Placide, c'est elle, pas vrai ?

Son ami, qui se cramponnait tant bien que mal au sommet du rempart, le fixa les yeux écarquillés.

Ces derniers jours ne cessaient de jouer avec ses émotions.

— J'en étais pas sûr, souffla-t-il. Quel monstre a bien pu lui…

— Celui qui a failli t'adopter, cracha Spinello plus violemment qu'il ne l'avait souhaité.

Sa colère ne s'adressait qu'aux aristocrates qui s'étaient moqués du physique disgracieux du garçon et qui s'étaient presque laissé tenter par sa propre insolence, et pourtant elle frappa violemment Placide qui baissa la tête, honteux.

— Désolé mec, je ne voulais pas te blesser. J'arrive juste pas à croire à ce que ces enfoirés lui ont fait…

Une légère brise porta une nouvelle fois au nez des orphelins les délicates odeurs qui se dégageaient des cuisines alors que, plus loin, sur la pelouse, la fillette poursuivait un enfant rondouillard qui semblait s'amuser comme un fou.

— T'inquiète pas, ça va, murmura Placide, dont le regard trahissait un épuisement de plus en plus profond.

— Vous parlez de qui ? les questionna Asmodée.

— D'Iphis, gros malin, le réprimanda Spinello.

Parfois, la bêtise de son camarade le dépassait même s'il savait qu'il ne le faisait pas exprès. Asmodée, un peu lent à appréhender les choses, avait toujours un temps de retard.

— Iphis ? Celle qui a été adoptée ? réalisa-t-il soudain.

— C'est elle avec le petit… s'impatienta Anselme qui avait lui aussi fini par reconnaître la jeune fille qu'il avait croisée à plusieurs reprises en accompagnant Théodore à la bibliothèque.

— Je croyais que c'était un mec avec sa…

— Asm' !

— Chut ! les coupa Spinello.

Deux hommes venaient de sortir de la vaste demeure qui trônait au centre du parc délimité par l'enceinte de pierre sur laquelle les orphelins étaient grimpés.

— Baissez-vous, rajouta Spinello qui, après plusieurs secondes, osa à nouveau jeter un œil au-dessus du rebord.

Les deux gardes, visiblement chargés de protéger les lieux, continuaient leur ronde plus loin.

L'orphelin détourna la tête et chercha Iphis du regard. Sa course-poursuite avec le garçonnet ne l'avait pas menée bien loin. À quelques dizaines de mètres seulement de la cachette de Spinello et de ses amis, elle se traînait mollement derrière le petit, chaque pas lui arrachant une grimace de douleur.

Plus son cerveau enregistrait les traits de l'orpheline, plus Spinello se demandait comment Placide et lui avaient pu savoir que c'était bien elle.

Toute la partie droite de son visage, que plus aucune mèche de cheveux ne pouvait masquer, était violacée ; son œil presque fermé. Qu'avait-elle bien pu faire pour mériter pareil traitement ? Et dire qu'il aurait très bien pu être à sa place. L'orphelinat lui aurait-il manqué si cela avait été le cas ? Cela ne faisait que quelques jours qu'ils avaient fui Windrasor et déjà il doutait que le monde extérieur ait réellement quelque chose de bon à leur offrir.

Le souvenir des quelques heures passées avec Barnabé commençait à affluer en guise de contre-argument lorsqu'un bruit sec dans son dos le fit sursauter.

Son pied droit dérapa et il manqua de s'écraser en contrebas ; pile sur Anselme, le responsable du chahut, qui venait de glisser et gisait les quatre fers en l'air. Bartholomée éclata de rire et tous faillirent se laisser contaminer.

— Chut ! siffla Placide. On va se faire repérer.

Surpris par le ton sec de son ami, Spinello dévisageait Placide qui, déjà en bas du mur, aidait Anselme à se relever.

La découverte de l'état d'Iphis l'avait tout particulièrement secoué et Placide avait à présent l'air de se méfier de cet endroit tout autant que Spinello. Quelques jours avaient, semblait-il, suffi à transformer le garçon qui auparavant voyait toujours le meilleur en chaque chose.

Spinello sauta à son tour et bientôt tous se retrouvèrent au pied de la muraille. La question qui continuerait encore longtemps à les hanter se posa alors d'elle-même. Du moins, elle se formula dans la bouche d'Asmodée.

— Qu'est-ce qu'on fait ? s'enquit le grand gaillard.

Spinello savait que la décision allait lui revenir. Certes, les autres auraient leur mot à dire s'ils n'étaient pas d'accord, mais il était convaincu que tous arriveraient finalement à la même conclusion.

— On ne peut pas la laisser là.

Ils venaient à peine de s'échapper de l'orphelinat, auraient été capturés sans le sacrifice de Barnabé et déjà il voulait qu'ils jouent aux héros. Il était conscient que c'était pure folie, mais comment aurait-il pu abandonner la jeune fille ? Il n'avait jamais rencontré Iphis, l'avait à peine aperçue le jour de son adoption, pourtant il se sentait prêt à tout pour corriger l'injustice dont elle avait été victime.

— Et on fait comment pour les gardes ? lui demanda Asmodée, résolu à prendre part à l'action.

— Attendez, les gars, vous êtes sérieux ? paniqua Anselme. Je sais que ce qui lui arrive est horrible. Moi aussi j'ai vu son visage, mais on ne sait pas ce qui s'est passé exactement. Et si on se faisait attraper en essayant de l'aider ? On aurait fait tout ça pour rien.

— On n'a qu'à pas se faire choper, suggéra Asmodée en souriant, toutes dents dehors.

Spinello comprenait les inquiétudes d'Anselme. Elles étaient les siennes aussi. Il se tourna vers Placide qui surveillait Bartholomée du regard.

— T'en penses quoi ?

Le garçon interrogé baissa les yeux.

— Placide ?

— Je ne sais pas… Je ne sais plus, répondit-il d'une voix chargée d'émotion.

Puis les larmes le submergèrent.

— Je crois que je ne veux plus jamais retourner à Windrasor, balbutia-t-il.

Anselme posa une main sur son épaule pour le réconforter.

— C'était notre chez nous, on était tous ensemble, on était bien. Et quelqu'un m'aurait adopté et la vie aurait continué. Mais, en fait, on a toujours été condamnés, non ? ajouta-t-il la voix tremblante.

Le cœur de Spinello se serra en entendant ces derniers mots. Cela faisait bien longtemps que lui l'avait compris, mais voir son ami le réaliser le bouleversait.

— On est encore ensemble, mec, dit-il. On se quittera jamais.

Placide ne parut pas l'entendre.

— Alors oui, il faut l'aider. T'as raison. Mais après ? On réussit à la sauver et après, quoi ?

— On trouvera une solution.

— Et à manger, affirma Asmodée tandis que le vent charriait, de plus belle, d'appétissantes odeurs de nourriture.

— Alors, je ne sais pas, termina Placide dont les larmes fuyaient une à une son visage ingrat pour se cacher dans l'humus à ses pieds après une brève chute.

Le discours de son ami l'avait touché et Spinello cherchait les mots justes pour essayer de le rassurer, mais il n'eut pas le temps de les trouver.

— Barth ! cria soudain Anselme alors que le géant était parti en courant.

— C'est pas vrai ! paniqua Spinello.

Ce n'était pas le moment qu'il fasse des siennes.

Les quatre garçons s'élancèrent après leur camarade, longeant l'ancien mur d'enceinte rongé par la nature. Mais Bartholomée semblait bien décidé et ses pieds massifs l'emportaient au loin. Où était donc passé l'adolescent épuisé qui avait dû fuir ses poursuivants pendant de longues heures et n'avait plus la force de tenir debout ? Derrière lui, tous peinaient à le suivre.

— Il faut le rattraper ! cria Spinello qui craignait de savoir ce que Bartholomée avait en tête.

La végétation se fit subitement bien moins dense et les fourrés qui prospéraient au pied des longs arbres qui abondaient dans la zone, disparurent presque complètement. Puis la forêt prit tout simplement fin, là où un large chemin la traversait. Mais ils arrivaient trop tard : Bartholomée avait déjà bifurqué et s'enfonçait entre les grilles ouvertes du domaine.

— Eh, toi ! hurla aussitôt un homme.

— Bar… voulut crier Placide.

Spinello, qui avait plaqué une main sur la bouche de son ami, lui fit signe de se taire.

— En arrière, en arrière, chuchota-t-il en reculant.

— Et Barth ?

La question de Placide se perdit dans le vent, pas la réaction du garde.

— Qu'est-ce que tu fais là ? s'étonna-t-il, son ton trahissant sa méfiance.

— Manger ! s'exclama Bartholomée, inconscient du danger que représentait le soldat.

— C'est quoi ça ? demanda une voix différente, plus grave.

De l’autre côté du mur, Spinello et ses amis s’étaient immobilisés.

— Spinello, insista Placide qui résistait difficilement à l’envie de rejoindre Bartholomée.

— Attendez… Ils vont le virer. Ils ont aucune raison de le garder. Il va revenir.

Et pourtant, Bartholomée ne réapparaissait pas.

— Asmodée, fais-moi la courte échelle, ordonna Spinello en posant les mains contre la paroi.

Cette portion avait visiblement été rénovée il y avait peu et il n’avait pas de temps à perdre à l’escalader.

— Monte plutôt sur mes épaules, conseilla Asmodée qui s’accroupit devant son ami.

Et Spinello, debout sur Asmodée qui lui tenait les chevilles, put enfin voir ce qui se passait.

Depuis leur précédent poste d’observation, ils n’avaient aperçu qu’une partie du domaine et la cohue qui régnait dans la grande cour le frappa aussitôt. Des carrosses de toutes tailles et couleurs l’avaient envahie et de nombreux serviteurs faisaient des allers-retours entre la demeure et les voitures.

Spinello se fit aussi petit que possible et repéra enfin Bartholomée.

Les deux gardes l’avaient entraîné plusieurs mètres en retrait et l’interrogeaient. Il avait l’air perdu, ne comprenant visiblement pas pourquoi ces hommes ne l’aidaient pas.

— Laissez-le partir, pria à voix basse Spinello.

— Quoi ? lui demanda Placide. Qu’est-ce que tu vois ?

Spinello leva la paume pour lui dire de se taire et fixa la scène, répétant inlassablement les mêmes mots comme pour forcer le sort. Pourtant, son incantation eut un effet bien différent quand un garçon entra précipitamment dans son champ de vision. Il le traversa en un éclair et passa dans le dos des gardes, indifférent à la présence du grand trisomique. Mais sa poursuivante réagit bien autrement. Abandonnant brusquement son petit jeu avec l’enfant, Iphis s’était figée au milieu de la cour, le regard braqué sur Bartholomée.

2

IPHIS

Bartholomée ! s'exclama Iphis qui n'en croyait pas ses yeux.

Il ne pouvait pas être là, ça ne pouvait pas être lui, et pourtant, le nom du géant que tous, filles et garçons, connaissaient à l'orphelinat était sorti tout seul de sa bouche.

Elle chercha naturellement madame Agrippa du regard, mais ne la trouva nulle part. Seuls les domestiques du Duc arpentaient la cour inlassablement.

— Où est ta maman ? demanda-t-elle, surprise.

— Tu le connais ? la coupa un des deux soldats.

Comme ses confrères de la garde ducale, il était chargé d'assurer la sécurité des lieux depuis l'arrivée du Duc et transpirait la méfiance. Il savait que la moindre erreur ne lui serait jamais pardonnée.

Ne voyant aucune raison de lui cacher la vérité, Iphis allait lui répondre lorsqu'elle manqua de s'étrangler.

Ni sa vision amoindrie par sa paupière droite gonflée, ni la disparition subite de cet autre visage familier qu'elle venait d'apercevoir, caché derrière le haut mur d'enceinte, ne l'avaient empêchée de le reconnaître.

Bartholomée n'était pas seul.

Spinello était avec lui.

— Alors ? insista l'homme qui s'était brièvement retourné en découvrant l'étrange expression qui avait fugacement traversé le visage de la fillette.

Incapable de s'expliquer la présence des deux garçons et le cœur battant la chamade, elle tenta d'échapper à l'interrogatoire. Mieux valait ne pas intervenir. Elle balbutia une réponse inintelligible et fit mine de rejoindre Édouard qui, déjà, perdait patience, à moitié dissimulé derrière une des voitures de la suite du Duc.

— Eh, réponds, sale gamine ! s'énerva le deuxième garde qui lui bloqua le passage.

Iphis leva un regard déterminé vers lui.

— Non, je ne le connais pas. J'ai cru. Mais non !

L'homme ne bougea pas, pas plus que Bartholomée qui, muet, assistait à la scène.

— Il a pourtant pas un physique commun, rétorqua le garde en ricanant.

— Le fils du Marquis et de la Marquise m'attend, si vous voulez bien, essaya-t-elle.

Elle fit un pas sur le côté et dépassa l'homme, l'air de rien.

— Attends ! s'écria le premier à l'avoir interrogée.

Il se tourna vers le géant impassible.

— Tu t'appelles comment ?

— Bartholomée ! s'exclama-t-il. Avoir à manger, monsieur ?

Iphis s'était immobilisée.

Elle ne leur échapperait pas.

Plus maintenant.

— Bartholomée, tu dis… railla le garde. Viens là, petite !

Prise au piège de son propre mensonge, Iphis fit volte-face, tâchant d'afficher autant d'assurance que possible.

— T'es sûre que tu ne le connais pas, hein ?

Iphis n'eut pas besoin de fouiller bien loin dans ses souvenirs pour convoquer ses larmes.

Les yeux humides, elle leva la tête vers le soldat.

— Je suis désolée. Je ne voulais pas vous mentir. Je ne voulais pas que vous le dénonciez. Je suis désolée. Oui, je le connais ; comme tout le monde ici. Il travaille en cuisines. Il a visiblement encore pris une pause pendant son service ; je ne voulais pas qu'il soit puni. Pas vrai, Bartholomée ?

Ces derniers mots lui avaient échappé. L'innocence du géant était connue de tous à l'orphelinat. Le mensonge, il n'en savait rien.

— Non, j'étais avec…

— Ça ne sert plus à rien de mentir maintenant, Bartholomée… Tu ferais mieux de retourner en cuisines, le coupa-t-elle.

— Tais-toi ! cracha un des gardes qui voyait très clair dans son jeu. Tu disais quoi, mon gars ?

Dépassé par la situation, Bartholomée le regarda les yeux ronds. Il ouvrit la bouche.

— Iphis ! appela une voix suraiguë qui se matérialisa soudain à ses côtés.

Pour une fois, l'orpheline était contente de le voir débarquer.

— C'est qui, lui, avec la tête bizarre ? demanda Édouard qui dévorait Bartholomée des yeux.

— Je croyais que tout le monde le connaissait, dit l'un des hommes qui pivota vers Bartholomée.

Il avait posé une main sur la poignée de son sabre.

— Qu'est-ce que tu fais là ? Réponds !

Le géant, qui ne comprenait pas l'emportement de l'homme, fit un pas en retrait, visiblement prêt à détaler. Les deux soldats n'avaient pas subi l'entraînement destiné aux hommes de la garde ducale pour rien. Ils réagirent au quart de tour et l'immobilisèrent, le forçant à s'agenouiller.

Édouard tapa dans les mains, amusé.

— Qu'est-ce qui se passe ici ? intervint brusquement une voix non loin.

Gédéon, à qui Iphis et Édouard avaient réussi à fausser compagnie en s'enfuyant dans les jardins, approchait à grands pas.

— Monsieur, vous allez bien ? s'empressa-t-il de demander au garçonnet.

— T'as vu, Gédéon ; ils attaquent le monsieur avec la grosse tête, dit-il en riant.

— C'est qui ce vaurien ? Un vagabond ? s'enquit le domestique auprès des soldats.

— Il vient d'entrer, oui.

— Alors, débarrassez-vous en.

— Mais la gamine le connaît.

Gédéon tourna aussitôt son crâne dégarni vers Iphis qui avait essayé de se faire oublier. En vain.

— Tu le connais ?

L'orpheline resta silencieuse, le regard baissé.

Elle ne savait pas quoi faire.

Elle avait peur de s'enfoncer davantage et de nuire sans le vouloir aux deux pensionnaires. Après tout, pourquoi Spinello et Bartholomée étaient-ils là ?

— Attendez… dit le valet, un air pensif sur le visage. Relâchez-le, vous voulez bien ?

Les soldats qui maintenaient un Bartholomée hagard à genoux obéirent, bien contents que quelqu'un d'autre se charge de régler cette histoire. Mais ils ne comptaient néanmoins pas prendre le moindre risque et se placèrent dans le dos du solide gaillard, lui interdisant toute fuite.

— Relève-toi, ordonna Gédéon en scrutant l'adolescent.

Il se pencha vers Iphis, les sourcils froncés, puis s'intéressa de nouveau à l'inconnu.

— Tu viens de Windrasor ? Pas vrai ?

Bartholomée se contenta de hocher la tête.

Fier de sa déduction, Gédéon afficha un large sourire et plongea un regard froid dans les yeux d'Iphis.

— Et qu'est-ce que ton petit copain fait ici ? lui demanda-t-il.

— Comment je pourrais le savoir ? le défia-t-elle.

Elle savait que le valet était à l'affût de n'importe quel prétexte pour s'en prendre à elle. Elle était même convaincue que, s'il en avait eu l'occasion, il aurait très certainement pris la place du marquis pour la passer à tabac. “Tu l'as bien cherché” lui avait-il répété lorsqu'il avait dû la transporter, presque inconsciente, de la chambre dans laquelle son maître l'avait abandonnée en sang, jusqu'à la minuscule pièce où l'orpheline logeait depuis son arrivée chez les Fontiairy. Il n'avait pas montré le moindre signe d'empathie et, à présent, il ne laisserait pas filer cette nouvelle opportunité de lui pourrir l'existence.

— C'était plus drôle quand ils se battaient, souffla Édouard. Tu viens, Iphis, on continue à jouer.

— Monsieur, vous voyez bien que Mademoiselle est demandée ici.

Iphis sauta sur l'occasion.

— Non ! C'est qu'un orphelin perdu ; laissez-le partir. Allons-y, Édouard.

Sa réplique avait fait mouche et les soldats échangeaient à présent des regards incertains. Après tout, l'adolescent, aussi costaud soit-il, n'avait pas l'air bien dangereux et ils n'avaient aucune envie que le Duc leur reproche un excès de zèle.

— Bon… allez, déguerpis, trancha finalement le premier garde à l'avoir appréhendé. Qu'on ne te revoie pas !

Ils s'écartèrent, ouvrant le passage à Bartholomée.

— Vous êtes sûrs ? intervint Gédéon qui bouillonnait intérieurement.

— Vous l'avez vu, il ne ferait pas de mal à une mouche. Allez, va-t'en !

Mais le garçon ne bougeait pas.

Alors qu'Iphis priait pour qu'il obéisse et s'en aille retrouver Spinello, il passa l'assistance en revue et prit un air des plus enfantins.

— Avoir à manger, s'il te plaît ? insista-t-il.

— C'est pas vrai, on t'a dit de partir, rouspéta un des gardes qui le poussa en arrière. File !

Les larmes aux yeux, l'adolescent recula.

Ce fut Gédéon qui vint en fin de compte à son secours. Le valet n'avait pas dit son dernier mot.

— Calmez-vous, messieurs, s'interposa-t-il.

Il tendit une main vers le géant. Pourtant, malgré son sourire, la froideur de son regard trahissait ses réelles motivations. Il n'avait aucune sympathie pour cet inconnu. Aucune. Mais Bartholomée, à la différence d'Iphis, poussé par un estomac grondant, n'y vit que du feu.

— Allez, viens, je vais te donner quelque chose à manger.

— Oh ! Gentil monsieur, dit Bartholomée qui serra les doigts du valet.

Gédéon l'entraîna sur quelques mètres, puis se retourna.

— Édouard ! Venez donc ! Je suis sûr que Monsieur et Madame seront ravis de faire la connaissance de notre nouvel ami. On en profitera pour prendre le goûter.

— J'espère qu'il reste du dessert du buffet d'hier ! s'exclama le garçonnet en tirant sur la main d'Iphis. Tu viens ?

Tétanisée, Iphis fixait le mur d'enceinte dont plus une tête ne dépassait. Déjà, les remords l'envahissaient. Que venait-elle de faire ?

3

OCTAVE

Lorsqu'il reprit connaissance, Octave bondit aussitôt sur ses pieds, prêt à affronter n'importe quelle menace. La vision trouble, il tituba en arrière, cherchant d'où viendrait la prochaine attaque, mais les alentours étaient déserts.

Il chancela une nouvelle fois, reculant inévitablement, et sursauta quand son dos percuta un objet dur que son esprit, bien que confus, identifia comme un simple mur. Personne ne s'était dissimulé dans l'ombre pour le surprendre. Il était bel et bien seul.

Il prit appui contre la paroi du bâtiment, un des premiers de la petite agglomération de Launkeston, et ferma les yeux. La tempe douloureuse, il revécut immédiatement les événements qui l'avaient laissé là, inconscient, à l'entrée de la ruelle nauséabonde qui s'ouvrait derrière lui. Oui, il se souvenait de tout. Il avait trouvé les gamins – du moins certains d'entre eux –, s'était débarrassé du plus costaud, puis tout avait dérapé quand Spinello avait débarqué, accompagné de cet inconnu qui l'avait mis K.-O.

Il avait pourtant cru l'affaire pliée lorsqu'il avait réussi à immobiliser Asmodée et qu'il n'aurait plus qu'à menacer de s'en prendre à ses amis prisonniers pour que Spinello capitule, mais il avait été pris de court, pris en traître par cet homme. Pourquoi fallait-il toujours qu'on lui mette des bâtons dans les roues ? Cet enfoiré le paierait cher à leur prochaine rencontre, ça, il pouvait le jurer. En attendant, rien n'avait réellement changé : il devait absolument mettre la main sur ces morveux et les faire parler. Alors, seulement, il aviserait de leur sort. Un accident était si vite arrivé. D'ailleurs, combien de temps était-il resté évanoui ? Les fuyards étaient peut-être encore à proximité. Justement, un bruit sec lui indiqua soudain la direction à suivre.

Il s'écarta du mur dont le soutien l'avait aidé à retrouver l'équilibre et trottina au sommet de la butte qui plongeait vers la voie ferrée. Un autre coup de feu résonna au loin, au-delà d'une étendue d'arbres. Peut-être n'avaient-ils rien à voir avec les fugitifs, mais il devait en avoir le cœur net. Alors, il se jeta dans la pente et la dévala, se demandant bien qui pourrait tirer sur des orphelins en fuite. Certainement pas l'inspecteur Melchior.

Ce fut pourtant bien la voix de l'officier qu'il entendit quand, quelques minutes plus tard, après qu'une dernière salve de coups de feu eut retenti, il se glissa entre deux voitures abandonnées.

— Ne tirez plus ! hurla-t-elle.

Venaient-ils réellement d'abattre les gamins ? Incrédule, Octave osa un œil discret dans le tunnel formé par les deux colonnes parallèles de wagons d'où était provenu le cri. L'un des compartiments avait fait les frais de la bataille et des morceaux de bois, récemment arrachés, pendaient mollement devant ses fenêtres brisées. Mais il n'y avait personne en vue...

Jusqu'à ce que deux hommes – un type aux sourcils épais et un chauve – s'extirpent soudain d'entre les roues d'une des voitures qui précédaient celle derrière laquelle était caché Octave. Ils se précipitèrent sur un troisième individu, couché au sol, qu'Octave n'avait pas remarqué. Il ne lui fallut toutefois qu'une fraction de seconde pour comprendre que ce mec-là n'embêterait plus personne.

— Pauvre Tibère… commenta un des hommes qui se saisit des bras de la dépouille.

À l'évocation du prénom du mort, Octave réalisa qu'il ne lui était pas inconnu. Sosthème, sa femme, considérait même le gardien comme faisant partie de ses meilleurs clients. Dieu seul savait comment elle accueillerait le décès de ce mari qui avait toujours vécu dans son ombre. Mais Octave avait d'autres chats à fouetter.

Le chauve avait tiré le corps de Tibère en arrière et l'avait appuyé contre le wagon. Sans le sang qui coulait encore de sa blessure et gorgeait la terre autour de lui, on aurait pu croire qu'il faisait une simple sieste… une simple sieste dans un bien étrange cimetière.

Octave s'efforçait de se faire aussi discret que possible. L'échauffourée venait juste de prendre fin et il pouvait sentir la tension qui habitait les deux acolytes. S'ils le repéraient, ils n'hésiteraient probablement pas à faire feu.

Heureusement, l'attention des hommes se reporta subitement sur la voiture ravagée par les tirs.

L'étonnement envahit Octave quand un autre corps en fut brusquement éjecté, s'écrasant dans une position absurde. Plié en deux, la tête contre le sol et le postérieur étrangement levé, il avait tout d'un macabre marchepied. Mais l'inspecteur qui émergea du wagon à sa suite n'alla pas jusqu'à en faire usage. Il bondit au côté du cadavre avec une assurance qu'Octave ne lui avait jamais vue.

Cependant, malgré la distance, il pouvait dire sans mal que tout cela n'était qu'apparence. Florestan venait d'abattre un homme, certainement le premier de toute sa carrière, et il devait déjà en subir le contrecoup. Il allait en souffrir, et pas qu'un peu.

Toujours sous l'emprise de la colère, l'inspecteur donna néanmoins un coup de pied dans la dépouille qui roula sur le côté, révélant ses traits aux yeux d'Octave qui reconnut, même s'il ne l'avait aperçu qu'un instant avant de perdre connaissance, le barbu qui l'avait frappé.

— Sans rancune, pauvre naze, murmura-t-il alors que le chauve plaçait le cadavre à côté de celui de leur compagnon décédé.

Décidément, il s'était passé bien des choses durant son évanouissement. Mais un seul fait importait à Octave : l'absence des orphelins. Quoi qu'il se soit produit, ils avaient filé – c'était une certitude – et le gardien pouvait sans mal reconstituer le fil des événements.

Le barbu, seul, avait fait front aux hommes de Melchior pour qu'ils puissent déguerpir. Il s'était sacrifié, non sans emporter quelques-uns de ses prochains avec lui. Sans le savoir, Octave venait de perdre un adversaire qui aurait enfin pu se montrer à sa hauteur et qui n'aurait pas revêtu les traits de ce sale garnement de Spinello.

Le type aux sourcils broussailleux, qui était resté muet depuis la réapparition de l'inspecteur, rompit le silence et Octave tendit l'oreille pour mieux entendre ce qui se disait.

— Bon, qu'est-ce qu'on fait maintenant ? Ils se sont tirés ?

— Il n'a rien voulu dire… répondit l'officier.

— Alors Tibère et Auguste sont morts pour rien !

— C'était pas prévu qu'on se fasse canarder ! ajouta le chauve. J'aurais dû rester à Rasorburgh.

— Ouais, à vous saouler la gueule, répliqua Florestan avec une agressivité étonnante.

— Putain, ils ont eu Tibère aussi ! s'exclama un homme qui venait d'apparaître.

Un autre gars qu'Octave avait déjà croisé à Rasorburgh s'extirpa de derrière la voiture criblée de balles à sa suite.

— Et les mômes se sont enfuis ! cria le type dégarni.

Les quatre hommes qui entouraient à présent l'officier n'avaient rien de soldats et ce qu'ils venaient de vivre commençait à leur peser. Au moins, ils étaient encore en vie. Tous n'avaient pas eu la chance de réchapper à cette improbable rencontre. L'inspecteur, qui devait lui aussi faire face à ses premiers démons, ne savait plus comment gérer la situation.

— Je ne pouvais pas savoir que ce gars interviendrait !

— On devait juste choper des gamins… Punaise… Pas Tibère... La Sosthème ne nous pardonnera jamais ce qui est arrivé à son mari, se plaignit finalement le chauve.

Alors c'est donc ça.

En fin de compte, ils ne pensaient qu'aux désirs tapis dans leur entrejambe et se moquaient bien du sort de leur compagnon. Mais Octave pouvait les comprendre. Lui non plus n'aurait pas aimé se mettre à dos la matrone responsable du bordel de Rasorburgh. Elle avait un passif qui aurait fait tourner de l'œil plus d'une âme sensible.

— Fermez-la ! ordonna l'inspecteur qui comptait bien employer le peu d'autorité qui lui restait. Chargez-vous des corps. On va aller récupérer celui d'Auguste et on rentre au poste.

— Et nous repartirons avec notre dû ! s'exclama le chauve. Pas vrai, les gars ?

Tous acquiescèrent.

Ils en avaient vu assez. Pour eux, la traque était terminée. Plus jamais ils ne se laisseraient séduire par la promesse d'un argent facile. Ils étaient bien mieux à la taverne de Rasorburgh.

— On ne devrait pas poursuivre les gamins ? suggéra malgré tout le nouveau venu dont le visage ne disait rien à Octave.

Ses acolytes grimacèrent, mais la réponse de l'officier les rassura.

— Inutile de rester là. Ils sont déjà loin à présent et après tout ce remue-ménage, ils ne risquent pas de se montrer avant un bout de temps. C'est fini. Pour le moment.

Octave avait lui aussi abouti à cette conclusion et, alors que les hommes de Florestan s'étaient emparés des cadavres et prenaient la direction de la ville, il essayait de planifier son prochain mouvement. Mais, comme l'inspecteur l'avait dit, il n'y avait pour le moment plus rien à tenter. Seul, il ne pouvait pas ratisser l'immensité de la forêt qui entourait Launkeston. Il n'avait donc plus le choix : il devait retourner à Windrasor et décevoir une nouvelle fois son supérieur.

9

THÉODORE

La veille.

Théodore n'en revenait toujours pas de ce qu'il venait d'apprendre.

Il avait presque réussi à se convaincre que son esprit lui avait joué un tour et pourtant la réaction de l'Ignoble au visage lacéré n'avait laissé aucun doute sur la vérité. C'était bel et bien le cadavre de madame Agrippa qu'Octave avait déplacé ; c'était bien elle qui avait feint sa mort pour s'en prendre aux orphelins. Mais dans quel but ? Tout cela lui échappait encore.

Il aurait aimé en apprendre davantage de l'Ignoble, mais celui-ci avait été on ne peut plus clair sur la question : c'était son seul et unique avertissement. Théodore ne pouvait néanmoins pas s'empêcher de penser que la créature détenait les clés de tous ces mystères qui agitaient Windrasor ces dernières semaines. Et qu'avait voulu dire l'Ignoble en affirmant que les pires horreurs se cachaient parfois derrière un visage enfantin ? Théodore avait bien du mal à comprendre comment la simple mention du prénom d'Anastase, une enfant d'à peine six ans, avait pu avoir un tel effet sur pareil monstre. Tentait-il de l'envoyer sur une mauvaise piste ?

L'orphelin s'apprêtait à interroger Ophélia à propos de la fillette lorsque l'adolescente sortit justement du silence dans lequel elle s'était enfermée depuis le départ de l'Ignoble, quelques secondes auparavant.

— C'était quoi, ça ! hurla-t-elle, ne réalisant que trop tard sa grossière erreur.

Théodore n'eut pas le temps de la questionner car il ne fallut qu'un instant à Kléber, le garde qui patrouillait dans le couloir en contrebas, pour gravir l'échelle et faire irruption dans la chambre.

— Qu'est-ce que... ? s'emporta-t-il en découvrant les deux pensionnaires.

— Attendez ! essaya de se défendre Ophélia qui sentait les ennuis arriver.

— Tu n'es pas censée être là, toi !

Il avança, menaçant.

— Je vais t'apprendre à désobéir. Cette fois, tu vas t'en souvenir.

— Y avait un Ignoble, vous l'avez forcément vu ! s'exclama-t-elle en cherchant du soutien chez Théodore qui détourna les yeux.

— Oui et le Duc m'a invité à son prochain bal masqué, railla Kléber qui attrapa violemment la grande brune par la manche.

Il l'arracha au lit sur lequel elle s'était laissé tomber.

— Théo… le supplia-t-elle. Dis-lui !

Mais le garçon savait pertinemment que cela ne servirait à rien. Au contraire. Alors, il se tut et regarda l'homme entraîner l'orpheline. Il ne connaissait pas les punitions réservées aux filles de ce côté de l'orphelinat, mais il pouvait être certain qu'Ophélia ne lui pardonnerait pas son silence. Du moins, pas de sitôt.

Avant de quitter la pièce, Kléber se retourna vers le garçon, un air sombre sur le visage.

— Quant à toi, nous verrons bien ce que Razonel pensera de tout cela.

Et il claqua la porte, abandonnant Théodorc à son habituelle solitude et à ses pensées, hantées par la présence d'un Ignoble dont l'intervention n'avait fait que renforcer sa soif de vérité.

Il ne se souciait pas encore de la réaction de son maître, seuls les mots de la créature se répétaient dans sa tête.

Pour ce qui était d'Ophélia, il aviserait plus tard.

Il s'allongea sur le matelas miteux et croisa les doigts derrière son crâne. Son regard parcourut brièvement le plafond puis se perdit par la fenêtre mansardée, scrutant chaque parcelle de ce rectangle grisâtre qui bientôt revêtirait sa robe de nuit, constellée d'étoiles. Comme aux précédentes assistantes de Razonel qui, comme lui, s'étaient maintes fois couchées ainsi pour observer l'extérieur, l'immensité du ciel, qui pourtant ne s'offrait à lui que par cette simple vitre, finit par lui apporter calme et réconfort. Mieux encore, cette tranquille contemplation lui remit les idées en place. Il n'avait pas de réponses à toutes ses questions, mais il savait enfin comment il les obtiendrait.

Les mises en garde de l'Ignoble auraient dû le faire douter, lui qui, il y a si peu de temps, se complaisait dans son statut de rat de bibliothèque comme l'appelaient les autres pensionnaires, mais il venait de prendre conscience qu'il ne s'était jamais senti aussi vivant. Il n'avait plus uniquement besoin des livres pour pimenter sa vie de mystères. Et il était prêt à ignorer les paroles de la créature pour que cela continue. Déterminé, il se jeta subitement sur ses pieds. Il veilla à allumer la lampe à huile qui trônait sur la minuscule table de chevet et trottina jusqu'à la sortie. Si jamais un garde passait par là, la lumière diffuse, qui déjà se faufilait sous la porte, le convaincrait que Théodore était toujours debout, le nez plongé dans un de ses ouvrages chéris. Mais l'orphelin ne comptait pas rester dans sa chambrette.

Il écarta lentement la porte et vérifia que le couloir était désert avant de le gagner. Les lieux étaient plongés dans le quasi silence qui précédait chaque nuit, seul l'éclat de quelques cris résonnant encore ici et là.

Contrairement à ses habitudes, il tourna le dos à la cage d'escalier et avança prudemment dans le corridor vers une porte à laquelle il n'aurait jamais pensé devoir frapper. Quelques pas lui suffirent à combler la distance qui l'en séparait et il s'immobilisa, soudain bien moins sûr de son plan.

Si les circonstances l'avaient forcé à se rapprocher d'Ophélia et à trouver en elle une alliée inattendue, il n'en était rien des sauvages qui l'attendaient derrière le battant. Ophélia leur avait certainement parlé de ses rencontres avec Théodore, mais cela ne les avait pas empêchées, comme les autres pensionnaires, de le fusiller du regard dès qu'elles le croisaient. Et Théodore allait frapper à l'entrée de leur tanière. Il aurait tout aussi bien pu se fourrer une pomme dans la bouche et attendre bien sagement sur un plateau d'argent qu'elles viennent le dévorer.

— Allez… chuchota-t-il comme pour ordonner à ses pensées de se taire et à son corps d'enfin prendre le dessus.

Ce qu'il fit. Son poing entra plusieurs fois en contact avec le bois, annonçant l'heure du repas aux bêtes enfermées à l'intérieur. Pétrifié, incapable de s'enfuir comme une partie de son esprit l'y incitait, il sursauta lorsque la porte s'ouvrit, dévoilant la crinière blonde d'une des filles qui s'en étaient prises à lui le jour de son installation.

— Qu'est-ce que tu fous là, toi ? demanda-t-elle, les sourcils froncés.

— Je… Ophélia...

— Rah, c'est pas vrai ! Elle s'est fait choper ! s'énerva-t-elle en attrapant Théodore par le col.

Surpris par la force de la fille, pourtant du même âge que lui, il trébucha et s'étala de tout son long sous les yeux étonnés de dizaines d'orphelines qui n'avaient jamais vu un garçon, autre qu'un garde, pénétrer dans leur dortoir.

En un éclair, la petite blonde referma la porte et Théodore fut pris au piège.

— C'est ça ? Elle s'est fait choper ? insista-t-elle en fixant l'orphelin avec un air de profond dédain.

Théodore s'agenouilla et leva la tête. Visiblement, elles n'avaient rien entendu.

— Oui… un garde l'a surprise dans ma chambre. Il l'a emmenée.

— Rah ! hurla la fille en lui décochant un coup de pied.

— Eh, arrête ! cria-t-il en se tenant la cuisse.

— On lui avait dit de t'ignorer, ajouta une brune, petite mais trapue.

— J'y suis pour rien, se défendit Théodore.

— On devrait le démolir ! suggéra une troisième fille, assise sur un des lits de la première rangée.

Tous les regards étaient tournés vers Théodore et, malgré la situation, il ne pouvait s'empêcher de se demander ce que celui d'Anastase pouvait bien refléter à cet instant-là. Il prit une grande inspiration.

— Non, arrêtez ! J'ai un plan pour la venger !

La blonde lui redonna un coup, aussi gratuit que douloureux, et lança :

— Vas-y, parle.

— Je vais avoir besoin de plusieurs d'entre vous et, si tout se passe bien, personne n'en saura jamais rien. Ophélia sera super fière de vous.

— Et pourquoi on te ferait confiance ? siffla la blonde.

— Écoutez-moi et vous déciderez après ; mais moi aussi je veux venger Ophélia, croyez-moi.

Ce n'était pourtant qu'une partie de ses intentions. Déjà, il pensait au meilleur moyen d'en apprendre plus sur toute cette histoire. Mais, avant toute chose, il avait plutôt intérêt à convaincre cette meute de louves qui le dévoraient des yeux.

5

PLACIDE

Non, non, non, répéta Spinello après avoir brièvement repassé la tête au-dessus du mur.

— Qu'est-ce qu'il y a ? paniqua Placide alors que son ami faisait signe à Asmodée de le laisser descendre. Le gaillard s'accroupit et Spinello sauta de ses épaules.

— J'y crois pas… Ils allaient le virer, c'est sûr.

— Qu'est-ce qui s'est passé ? insista Placide qui craignait le pire.

— Un type chauve est intervenu et l'a entraîné dans le château avec Iphis. C'est pas vrai, Barth...

— Il faut qu'on fasse quelque chose ! s'exclama Placide.

— Spin', qu'est-ce qu'on fait ? s'inquiéta Anselme à son tour.

— La cour est pleine de gardes et de domestiques, je sais pas combien ils sont, mais ils sont trop nombreux, c'est sûr.

— Ils vont le chasser comme tu disais, non ? intervint Asmodée.

— Je sais pas, ce mec était louche. J'ai pas tout entendu, mais je crois qu'il sait qu'il est de Windrasor. Iphis…

— Elle l'a dénoncé ! s'indigna Anselme.

— J'sais pas et ça ne change rien de toute façon.

— Vous croyez qu'ils vont le renvoyer à Windrasor ? demanda Anselme, formulant ainsi la crainte qui avait envahi les autres garçons.

— Ne lui porte pas malheur ! siffla Asmodée.

Mais le malheur avait déjà frappé.

— On sait tous ce que retourner là-bas veut dire… Encore plus pour Barth, ajouta Placide.

Il n'y avait pas à tergiverser et, comme ses amis, il avait

accepté la cruelle vérité qu'Ern'lak leur avait révélée lors de leur fuite. Windrasor était devenu synonyme de mort certaine pour eux. Des mains de qui ? Il n'en savait rien, pas plus que ses compagnons, et peu importait.

Ainsi, ces dernières heures, et peut-être même ces derniers jours, il s'était peu à peu résolu à concevoir une vie de bonheur bien différente de celle qu'il avait toujours imaginée, loin de la famille qu'il avait attendue de si longues années à l'orphelinat.

Il commençait presque à y croire, mais cette brutale séparation d'avec Bartholomée remettait encore une fois toutes ses convictions en question.

— On ne peut pas les laisser faire… souffla Spinello qui semblait dépassé par la situation.

— Ben, on entre et on le récupère alors, lâcha Asmodée.

— T'oublies les gardes… commenta Anselme, agacé.

— Asmodée a raison, intervint Spinello. Si on attend et qu'ils décident de prévenir l'orphelinat, on ne pourra plus rien faire. Il faut agir vite.

— Ça, c'est mon pote ! s'exclama Asmodée.

— Tu crois vraiment qu'on a une chance ? demanda Placide, terrifié à l'idée que l'empressement de ses camarades ait de lourdes conséquences.

Mais ils ne pouvaient pas attendre.

— Je vous ai promis qu'on resterait ensemble ; on ne va pas abandonner Barth. Alors, il faut essayer.

— C'est bien beau, et les gardes ? insista Anselme.

— Toi et Placide, vous faites diversion. Asmodée et moi on entre, on se cache derrière les carrosses et on essaie de repérer Barth. Si on ne le voit pas, on avisera et...

— C'est moi qui viens avec toi, le coupa Placide.

Ces mots qui s'étaient extirpés tout seuls de sa gorge illustraient parfaitement son état d'esprit : il n'avait pas envie d'être laissé en arrière. Du moins, pas cette fois. Il était prêt à tout pour tirer Barth de ce mauvais pas.

— Mec, je sais pas si c'est une bonne idée.

— T'as peur que je te ralentisse ? Je suis aussi discret qu'Asmodée et moins visible.

— Il me traite encore de gros lard ! plaisanta Asmodée qui, malgré l'urgence de la situation, rit de sa propre blague.

Spinello semblait réfléchir, indifférent aux gloussements de son ami.

— Et Barth m'écoutera, ajouta Placide en fixant Spinello avec insistance.

Le garçon se racla la gorge.

— Très bien. Les gars vous faites diversion et Plac' et moi, on entre. Ça ira, mec, hein ?

— T'inquiète pas pour moi, répondit Placide, plus déterminé que jamais.

S'il avait une chance d'être heureux dans ce monde, ce ne serait pas sans ses amis, pas sans Barth.

— Les gars, je veux pas vous inquiéter, mais vous avez conscience que ce plan a de fortes chances d'échouer ? dit Anselme dont les lourds cernes accentuaient l'expression de vive inquiétude.

Évidemment, Placide, comme ses camarades, le savait.

Il n'y avait peut-être qu'Asmodée qui s'imaginait déjà triomphant des gardes. Cependant, si le gaillard en faisait trop cette fois-ci, il risquait de perdre bien plus qu'une simple dent. Ils naviguaient en eaux troubles et inconnues et ils pourraient fort bien tomber sur plus redoutable que les frères Helrik. Ils n'étaient plus à l'orphelinat et, depuis leur départ de Windrasor, chaque obstacle qui s'était dressé sur leur chemin les avait jusqu'à présent mis à rude épreuve.

— Justement… murmura Spinello. Si un de nous se fait attraper, je pense que le mieux sera de tous nous rendre... On aura plus de chances de s'enfuir par la suite si on reste groupés ; mais pour le moment, il faut essayer de récupérer Barth. On ne doit pas abandonner trop vite.

À ces mots, le cœur de Placide vacilla. Spinello était donc prêt à risquer sa liberté pour qu'ils restent ensemble. Prêt à sacrifier cette liberté si durement gagnée pour ses copains.

Placide n'avait jamais douté de son ami, mais ses propos le rassuraient autant qu'ils l'émouvaient. Connaissant l'abnégation de Spinello, Placide savait que, quoi qu'il advienne, il ferait tout pour que tous puissent s'évader de nouveau s'ils venaient à être capturés en tentant de sauver Bartholomée. Il avait foi en lui.

— OK, dit Asmodée. Ça me va. Mais, comme je disais, on n'a qu'à pas se faire choper et tout ira bien, non ?

Spinello ne put retenir un rire. Il affichait un sourire sincère lorsqu'il se tourna vers Placide.

— Allez, on y va, ne perdons pas de temps. Les gars, vous savez ce que vous devez faire.

Déterminés, les orphelins prirent la direction de l'entrée du domaine des Fontiairy.

Pas après pas, Placide essayait de conserver son calme. Pourtant, à mesure qu'ils approchaient, la pression menaçait de le submerger. Sa volonté était toujours aussi forte, mais la peur que sa constitution chétive ne l'handicape était bien présente, quoi qu'il ait pu dire à Spinello. Car il pouvait déjà en mettre sa main à couper : ils allaient devoir courir. Encore et encore.

Alors que la large allée, qui pénétrait le mur d'enceinte et desservait la vaste cour, se dessinait devant eux, les garçons se séparèrent. Accroupis, Placide et Spinello continuèrent à longer la paroi puis s'immobilisèrent à proximité d'une des colonnes qui soutenaient, de part et d'autre, les grilles ouvertes du domaine. De leur côté, Asmodée et Anselme avaient bifurqué vers la route. Le grand gaillard affichait une assurance certaine et avançait torse bombé tandis qu'Anselme se glissait dans son ombre.

Ils n'eurent pas grand-chose à faire pour se faire remarquer.

Les deux gardes, qui venaient tout juste de se débarrasser de Bartholomée, les interpellèrent sitôt les garçons sortis des bois.

— Eh vous ! héla l'un d'eux.

— Combien ils sont ? C'est pas possible, se plaignit le second.

Asmodée et Anselme connaissaient parfaitement la mélodie de ce genre de scène, bien trop souvent vécue à Windrasor, et jouèrent alors leur partition en vrais virtuoses. Un air coupable sur le visage, ils firent mine d'avoir été pris sur le fait. Sur le fait de quoi ? Peu importait, tant qu'ils avaient l'air coupable aux yeux des soldats. Et ils détalèrent aussitôt dans la direction opposée, s'assurant malgré tout de ne pas disparaître trop vite du champ de vision des deux hommes.

— Arrêtez-vous ! crièrent les gardes qui se sentirent obligés de les prendre en chasse.

Placide retint son souffle lorsqu'ils firent irruption hors de l'enceinte et s'éloignèrent sur le chemin de terre. Sans perdre de temps, Spinello lui fit signe de passer devant et Placide se faufila en silence de l'autre côté du mur, suivi de son ami. Pour une fois, la chance fut avec eux et ils trouvèrent le couvert d'une gigantesque calèche sans avoir été remarqués par les domestiques qui déambulaient dans la cour. Mais, allongés sous la lourde voiture, ils avaient encore fort à faire.

Placide jeta un œil discret en arrière, entre les rayons en bois de la roue qui le cachait. À l'extérieur du domaine, les soldats s'étaient arrêtés et hésitaient à revenir. Ils ne voulaient certainement pas abandonner leur poste pour de simples garnements. La raison les convainquit finalement, mais, alors qu'ils faisaient demi-tour, Asmodée apparut soudain entre deux fourrés et les insulta copieusement. Dans cette matière, son imagination était sans limite. Fous de rage, les gardes firent volte-face. Pour autant, la voie n'était toujours pas libre pour Spinello et Placide.

— Je les avais pas vus, se plaignit Spinello en indiquant deux hommes postés devant les grandes portes de la bâtisse.

Mais, qui aurait pu croire que tout se déroulerait comme prévu ? Récupérer Bartholomée relevait à présent de l'impossible, mais aucun des garçons n'était pour autant prêt à renoncer.

— Il y a sûrement une autre entrée, suggéra Placide.

— Allons voir.

Refusant de s'avouer vaincus, les deux orphelins rampèrent au milieu des graviers qui tapissaient la cour puis quittèrent un instant leur cachette pour en retrouver aussitôt une autre. Les voitures, dépourvues de leurs attelages, étaient alignées presque parfaitement et s'étiraient en une longue colonne, parallèle à la pelouse qui bordait la cour. La dernière de la file était garée à gauche de la porte principale, à une poignée de mètres seulement de la façade du bâtiment. Placide et Spinello n'auraient donc qu'à renouveler l'opération entre chacune pour arriver, ni vus ni connus, à proximité de la demeure.

Les garçons patientèrent quelques secondes quand des pieds approchèrent du carrosse sous lequel ils s'étaient glissés et reprirent leur manège sitôt leur propriétaire reparti, chargé de ce qu'il était venu chercher dans l'habitacle.

Lorsqu'ils se faufilèrent enfin sous l'ultime voiture, leurs misérables vêtements, crasseux après ces premiers jours de fuite, avaient adopté quelques trous de plus que personne ne raccommoderait jamais. Ils resteraient dans ce piteux état pour toujours.

De leur cachette, Placide et Spinello apercevaient les premières marches du perron, mais pas les lourdes bottes des deux soldats qui y montaient la garde. Ils allaient devoir agir à l'aveugle et surtout faire preuve de rapidité et de discrétion s'ils voulaient gagner la façade sans être vus. Alors, seulement, ils pourraient jeter un œil à l'intérieur et tenter de repérer Bartholomée.

— T'es prêt ? murmura Spinello.

Placide se contenta d'acquiescer, conscient que leur plan courait certainement à l'échec.

Et il n'avait pas tort. À peine Spinello émergea-t-il du couvert de la voiture que le soldat le plus proche poussa un cri d'alerte. L'orphelin aurait eu à peine trois mètres à parcourir pour quitter le champ de vision du garde, mais l'homme, intrigué par l'agitation près de l'entrée, était sur le qui-vive. Le mouvement ne lui avait pas échappé.

Il n'hésita pas une seconde et dégaina son arme.

— Cours ! cria Spinello à Placide qui se cogna la tête en sortant à son tour.

Placide ignora la douleur et roula dans l'herbe, impeccablement entretenue, avant de se redresser. Sa jambe folle lâcha un cri de protestation quand il s'élança à la suite de Spinello qui filait vers la sortie.

Dans son dos s'élevaient les cris de protestation du garde qui avait contourné la voiture pour les poursuivre sur la pelouse. Du côté opposé, dans la cour, son acolyte courait quant à lui en direction des grilles, espérant bien leur couper la route.

Ne voyant aucune autre issue que sa capture à cette course-poursuite, Placide était convaincu que le moment de se rendre était arrivé, quand Spinello se jeta soudain sous un carrosse. Placide l'imita sans réfléchir. Malheureusement, cette petite manœuvre les avait tirés des griffes du premier poursuivant pour les précipiter dans celles de son collègue.

— Spin ! hurla Placide lorsqu'il vit le mousquet du second garde braqué sur eux.

L'homme les avait pris de vitesse et les tenait en joue à seulement quelques pas.

— Il ne va… commença Spinello.

Un coup sec retentit.

Le cœur de Placide fit un bond. Le garçon était convaincu que son ami venait d'être touché, et pourtant Spinello fonçait de plus belle. Tête baissée, il percuta violemment le garde qui, malgré des pieds fermement ancrés dans le sol pour ajuster son tir, chuta en arrière.

Le visage défiguré par la colère et le sang qui dégoulinait de sa blessure, Spinello se retourna brusquement vers son ami.

— Cours Plac' ! Cours ! Ne t'arrête surtout pas !

Placide, qui avait remarqué avec horreur la profonde entaille dans la joue de Spinello, poussa un cri strident et tira toujours plus fort sur ses muscles fatigués. Il dépassa l'homme, encore sonné, que son ami avait envoyé au tapis. Comme Spinello l'avait déjà compris en réchappant de si peu à la mort, il n'était plus question à présent de se laisser attraper. S'ils ne fuyaient pas, ils allaient se faire abattre. Abattre comme des chiens. Mais, devant eux, les deux gardes qu'Asmodée et Anselme avaient trompés, revenaient sur leurs pas, prêts à les prendre à revers.

6

IPHIS

Iphis serra les dents lorsque les portes principales de la demeure claquèrent dans son dos. Pressé, Gédéon guidait Bartholomée vers le salon où le marquis et la marquise devaient à cette heure-ci prendre leur thé postprandial. Depuis l'arrivée du Duc, quelques jours auparavant, ce rendez-vous avec les feuilles parfumées qu'ils faisaient venir de lointaines contrées était l'un des rares instants où ils pouvaient se retrouver en tête-à-tête, un des rares instants où ils n'avaient pas à satisfaire les moindres désirs de leur invité. Car, à ce moment-là de la journée, le Duc, qui avait lui aussi ses habitudes, s'adonnait à une occupation quelque peu moins raffinée. Et, visiblement, Gédéon semblait prêt à troubler la quiétude de ses maîtres pour leur présenter Bartholomée.

— Par ici, dit-il en tirant de plus belle sur la main de Bartholomée qui le suivait avec un grand sourire.

Le garçon, convaincu que l'homme le menait aux cuisines, n'avait aucune idée de ce que le valet préparait vraiment. Iphis, elle, n'était pas dupe. Gédéon n'avait que faire de Bartholomée. Il ne faisait que tirer profit de sa présence pour essayer de se venger d'elle, de la petite peste qui avait osé liguer Édouard contre lui, et pour lui rappeler que son séjour en ces lieux ne tenait qu'à la bonne volonté des aristocrates. Mais l'orpheline n'avait nul besoin qu'on le lui rappelle. Au contraire, elle n'aurait rien demandé de mieux que de pouvoir partir et n'avoir plus jamais affaire à Gédéon et à son visage couvert de veinules qu'elle avait appris à détester.

Après avoir traversé un dernier couloir, le valet s'immobilisa devant une porte richement décorée à laquelle il frappa avec délicatesse, mais suffisamment fort pour être entendu. Elle s'écarta presque instantanément, laissant apparaître les traits d'une autre personne qu'Iphis ne portait pas dans son cœur. Du moins, plus depuis sa tentative de fuite.

C'était pourtant bien Zachée qui s'était occupée de l'orpheline après que le marquis en avait fini avec elle l'avant-veille, l'abandonnant dans un état critique. Mais Iphis ne lui avait toujours pas pardonné sa trahison. Sans elle, elle aurait pu être loin d'ici.

Cependant, pour l'heure, c'était davantage le sort de Bartholomée qui la préoccupait. Sa première réaction, celle qui l'avait poussée à trahir l'identité de l'adolescent, avait été d'imaginer le garçon en visite avec sa mère. Et elle réalisait à présent sa bêtise. Qu'auraient-ils fait ici, lui et sa maman ? La surprise l'avait emporté et lui avait masqué la vérité. Il n'y avait qu'une explication valable à la présence de Bartholomée et de Spinello : ils avaient réussi à s'enfuir de l'orphelinat. Oui, ils l'avaient fait. Mais, à cause d'elle, l'escapade de Bartholomée risquait bien de prendre fin.

— Qui est-ce ? demanda la marquise à la domestique.

— Gédéon, Madame.

— Plaît-il ?

Le valet relâcha la main de Bartholomée, fit signe aux enfants de ne pas bouger, et s'avança d'un pas à l'intérieur. Édouard était étonnamment calme et fixait Bartholomée avec de grands yeux.

— Madame, Monsieur, pardonnez-moi de vous déranger, mais un garçon vient d'entrer sur la propriété, je…

— Un garçon ? le coupa le marquis, agacé par l'irruption de Gédéon.

En l'absence du Duc, auprès duquel il s'efforçait de faire bonne figure, la moindre chose avait le don de le mettre hors de lui ces derniers jours.

— Monsieur, c'est un pensionnaire de Windrasor.

Malgré l'énervement apparent de l'homme, les mots du valet eurent l'effet escompté.

— Où est-il ?

— Ici, Monsieur.

Gédéon fit un pas supplémentaire dans le salon et s'écarta.

— Viens, dit-il à Bartholomée qui obéit.

— Les cuisines ici ? demanda-t-il en entrant à son tour.

Iphis ne comptait pas l'abandonner seul face au couple et se glissa à l'intérieur.

— Oh, diantre ! s'exclama la marquise en découvrant l'adolescent.

Le regard braqué sur Bartholomée, elle ne réagit pas quand Édouard prit place à ses côtés et s'empara d'une poignée de biscuits, directement dans l'assiette posée devant sa mère. Elle semblait fascinée, et peut-être quelque part terrifiée. Iphis n'aurait su dire ce qui du visage arrondi de Bartholomée ou de sa carrure la plongeait dans un tel état.

Le marquis n'afficha en revanche aucune surprise. Son air sévère trahissait son envie de voir disparaître ce parasite géant dont Gédéon venait de lui imposer la présence. Pourtant, il ne chassa pas l'intrus, pas plus qu'il ne congédia Gédéon d'une cinglante réplique.

— Qu'est-ce que tu fais ici ?

Iphis savait que si elle n'intervenait pas, l'adolescent finirait par tout raconter et par trahir Spinello. Mais la douleur qui irradiait de son visage et de tout son corps lacéré lui dictait la plus extrême prudence. Le marquis avait beau avoir fait comme si rien ne s'était produit, l'avoir ignorée depuis leur confrontation dans la chambre, elle le savait à présent capable de succomber à la colère en un claquement de doigt et plus jamais elle ne voulait en être l'exutoire. Alors, honteuse, elle se tut et pria pour que tout se passe bien.

— Réponds, s'agaça Gédéon devant l'hésitation de Bartholomée qui détaillait la pièce du regard, surpris de n'y trouver aucun fourneau ni ustensile de cuisine.

— Le monsieur a dit que nous avoir à manger.

Malgré ses craintes de voir cette discussion tourner à la catastrophe, Iphis ne put s'empêcher de remarquer que Bartholomée avait déjà cessé de donner du "Gentil monsieur" à Gédéon. Peut-être réaliserait-il à temps ce qui était en jeu.

Mais l'orpheline avait peur de connaître d'avance ce qui allait suivre.

— Nous ? s'enquit aussitôt l'aristocrate.

Bartholomée ne réagit pas. Il fixait Gédéon, les sourcils froncés.

— Tu n'es pas tout seul ? précisa la marquise dont le plat de pâtisseries avait pris un sacré coup dans l'aile depuis l'arrivée d'Édouard.

— Non. Les copains aussi.

Iphis manqua de s'étrangler.

Non seulement Bartholomée venait, involontairement, de vendre Spinello, mais il venait aussi de révéler qu'il n'était pas seul, là-bas dehors. Savoir que deux pensionnaires avaient réussi à s'enfuir de Windrasor était déjà une nouvelle épatante, mais apprendre qu'ils étaient plus nombreux encore portait les fruits d'un espoir que l'orpheline n'avait plus ressenti depuis longtemps.

— Vous êtes combien ? le questionna le marquis qui se leva enfin de la banquette trop étroite pour son long corps dans laquelle il était installé jusque-là.

Instinctivement Iphis recula, disparaissant presque complètement dans l'ombre du géant. Malgré sa peur, elle voulait intervenir, empêcher Bartholomée de trop en dire, mais cette fois-ci, elle devait s'avouer vaincue. Gédéon avait gagné. Il avait réussi à l'affecter en s'en prenant à Bartholomée.

Un air ennuyé sur le visage, visiblement agacé par cet interrogatoire qui retardait le repas qu'on lui avait promis, Bartholomée porta tout de même une de ses énormes paluches devant son visage. Il ferma le poing et déplia les doigts un à un, au rythme des prénoms murmurés qui s'échappaient de sa bouche. Désemparée, Iphis n'en rata aucun.

— Copain Placide, Spinello, Anselme et Asmodée, énuméra le grand gaillard.

Il tendit sa main vers le marquis et releva finalement l'auriculaire.

— Et Barth ! s'exclama-t-il.

Il étudia une dernière fois ses doigts.

— Cinq. Nous, cinq, répondit-il.

— Et vous venez tous de Windrasor ? questionna la marquise incrédule.

Malgré le contre-jour, Iphis vit sans mal une expression bien différente se peindre sur le visage du trisomique.

Mélange de tristesse et de rage, elle témoignait de la dureté de ce que les cinq garçons avaient dû vivre ces derniers jours. Elle n'était visiblement pas la seule à avoir fait les frais de ce monde ignoble.

— Alors ? insista son époux.

— Windrasor, oui, souffla Bartholomée.

Son visage s'assombrit de plus belle, mais il retrouva subitement des traits plus joyeux.

— Avoir à manger ? demanda-t-il en souriant.

La marquise afficha une mine dégoûtée, elle qui avait pourtant succombé aux charmes – du moins au physique singulier – de Placide lors de sa visite à l'orphelinat. Sans la lubie de son mari, elle l'aurait d'ailleurs probablement choisi.

Cependant, personne dans la pièce ne souhaitait accéder à la requête du garçon, du moins pas sans contrepartie.

— Où sont tes amis ? l'interrogea le marquis, en faisant un pas vers lui.

Légèrement plus grand que l'adolescent, il ne semblait néanmoins pas plus épais qu'une brindille en comparaison. Une brindille qu'Iphis aurait tant aimé voir Bartholomée briser dans un accès de colère. Pourtant, ce simple mouvement suffit à faire reculer Bartholomée.

— Ils sont où ? insista l'homme d'une voix sèche.

Bartholomée paraissait enfin comprendre ce qui se tramait. Il n'allait pas vendre la mèche.

— Tu veux à manger, oui ou non ? se permit d'intervenir Gédéon que son maître foudroya aussitôt du regard.

Il ne l'avait pas sonné.

— Alors ?

— Manger, oui, bredouilla Bartholomée.

— Tes amis doivent avoir faim eux aussi, non ?

Le piège s'était refermé sur le géant. Pourtant, il n'était pas trop tard pour qu'Iphis intervienne. Mais, alors qu'elle attrapait la chemise en lambeaux de Bartholomée et s'apprêtait à lui crier de se taire, un tout autre hurlement envahit la demeure. Un hurlement masculin et terrifiant.

Les Fontiairy, qui avaient instantanément reconnu la voix de l'homme, réagirent au quart de tour et sortirent en trombe de la pièce, suivis de Zachée et des servantes qui faisaient le service dans le vaste salon.

— Suivez-les ! ordonna Gédéon qui ne voulait pas laisser la moindre chance à Iphis de s'entretenir avec le géant.

Il suffit au valet de lever la main en direction de l'orpheline pour qu'elle obéisse.

— Et toi, avance ! s'énerva-t-il en poussant Bartholomée vers la sortie.

Il ne leur fallut que quelques secondes pour rejoindre le grand hall, arrivant tout juste à temps pour apercevoir les étranges enfants qui accompagnaient le Duc s'enfuir en courant par la porte d'entrée. Iphis fit volte-face quand un nouvel hurlement de colère s'éleva à l'étage supérieur et que l'homme à l'origine de toute cette agitation apparut en haut de l'escalier central. Simplement vêtu d'une fine tunique qui laissait apparaître son abondante pilosité, le Duc traînait un des garçons de sa petite troupe par l'oreille. Le visage couvert de larmes, l'adolescent retenait ses gémissements. Mais il n'en fut plus rien lorsque l'homme l'envoya brutalement dans les escaliers.

— Qu'on me débarrasse de cette petite merde inutile ! ordonna-t-il aux gardes qui le suivaient et assistaient, impassibles, à la scène.

— Oui, Votre Excellence ! s'exclamèrent-ils.

Ils descendirent les marches avec précipitation tandis que le Duc, toujours hors de lui, prenait le chemin de ses appartements, sans même un regard pour l'attroupement que ses éclats avaient formé. Mais, comme tous les autres, il se retourna brutalement quand un coup sec retentit à l'extérieur.

7

FLORESTAN

Florestan tenait difficilement le rythme imposé par ses hommes, pourtant chargés des cadavres issus de l'affrontement, alors qu'ils regagnaient Launkeston. Malgré le temps qu'ils passaient habituellement à la taverne de Rasorburgh et le poids de leurs sordides bagages, ils avançaient à vive allure. Aucun d'entre eux ne s'était plaint en constatant la disparition de leurs chevaux, probablement effrayés par les coups de feu, et tous avaient accepté ce que leur absence impliquait pour leur dos. À présent, ils se dirigeaient vers la ville, se désintéressant complètement de leur chef dont le corps accusait déjà le contrecoup de la course-poursuite. Mais les jambes douloureuses de Florestan, ces aigreurs qui lui rongeaient l'estomac et ce point entre les côtes, n'étaient pas les seuls stigmates de leur fâcheuse rencontre avec Barnabé. L'excitation de la bataille était retombée et il saisissait peu à peu toute l'étendue de son échec.

À cause de lui, deux hommes avaient été abattus et il avait été obligé de faire usage de cette arme dont il pensait n'avoir jamais l'utilité encore quelques semaines auparavant. Il avait non seulement la mort du barbu sur la conscience, mais il avait aussi et surtout le sang de deux villageois de Rasorburgh sur les mains. Rien ne s'était déroulé comme prévu. Il devait retrouver les orphelins, leur arracher la vérité et tirer enfin au clair toute cette histoire. Mais ses espoirs s'étaient évanouis.

Pire, la mort de certains des volontaires, dont il avait réquisitionné lui-même les services, ne faisait que donner raison au directeur de Windrasor et à son acolyte. Convaincus qu'il serait incapable de mettre la main sur les fuyards, ils avaient tout fait pour l'éloigner de l'orphelinat, et ils avaient eu bien raison. Il n'était qu'un incompétent qui aurait dû rester tranquillement à Rasorburgh, à attendre que tout cela se tasse comme l'auraient fait bon nombre de ses confrères. Il avait joué avec le feu et s'était brûlé. Il ne lui restait plus qu'à en assumer les conséquences et il pouvait dès lors le dire : cette matinée avait marqué un tournant dans sa vie et dans sa carrière. Son retour à Rasorburgh n'aurait rien de triomphal, bien au contraire. Il resterait pour toujours l'officier qui avait conduit deux innocents – du moins, c'était ce que l'histoire dirait – à la mort. Mais, surtout, il craignait la réaction de sa hiérarchie. Jamais il n'aurait dû agir avec une telle précipitation et, à présent, il allait devoir se justifier et trouver une autre raison que son ego bafoué pour expliquer ses choix et son empressement. Mais tout cela viendrait en temps voulu. Florestan devait d'abord vérifier quelque chose. Ainsi, alors que ses subordonnés poursuivaient sur la voie ferrée et dépassaient les premières constructions de la bourgade, il les interpella :

— Continuez, je vous rejoins !

Le chauve, qui portait la dépouille de Tibère sur ses épaules, se retourna brièvement, puis reprit sa route sans chercher à savoir ce que l'inspecteur avait en tête. Comme ses camarades, il ne souhaitait plus que toucher la somme promise et rentrer à Rasorburgh où ils pourraient enfin enterrer leurs morts et s'accouder au comptoir de cette taverne qui, déjà, leur manquait terriblement.

Florestan s'était arrêté au pied de la butte couverte d'arbustes en haut de laquelle il avait abandonné le gardien de Windrasor inconscient. Il prit une grande inspiration et s'élança à sa conquête. Une fois encore, son pantalon succomba à la hardiesse des branches épineuses. De nouvelles coupures sur les mollets, il s'immobilisa au sommet de la pente et poussa un soupir. Il avait espéré que l'homme serait toujours là, mais les lieux étaient déserts. Il avait décampé.

Florestan inspecta rapidement les alentours à la recherche du moindre élément qui pourrait l'aider à mettre la main sur le gardien, mais il dut bien vite se rendre à l'évidence : rien ni personne ne viendrait le tirer de ce mauvais pas.

Aussi, les épaules basses et traînant des pieds, il pénétra dans cette ruelle fétide qu'il avait traversée moins d'une heure auparavant, alors plein d'une détermination vive et puissante qui s'était depuis entièrement évaporée. Les choses pouvaient basculer si vite. Pour le pire comme pour le meilleur.

Finalement, après avoir retracé en sens inverse le chemin emprunté un peu plus tôt, Florestan déboucha dans la rue principale de Launkeston où une foule plus importante se pressait en direction de la place centrale. Soucieux de ne pas perdre la face, il épousseta ses vêtements et réajusta sa veste. Il prit à droite, en direction du poste, et stoppa après seulement quelques pas quand un vieillard se figea devant lui. À son air étonné, Florestan réalisa que ses habits n'avaient pas uniquement fait les frais poussiéreux de la course-poursuite, mais étaient également tachés du sang de l'homme qu'il avait abattu. Pourtant, malgré les yeux vitreux de l'inconnu, Florestan comprit bien vite que ce n'était pas lui qui l'intéressait. Le vieux villageois fixait un point plus bas dans l'avenue.

Alors que d'autres badauds s'accumulaient derrière le vieillard, Florestan se retourna, craignant bien de savoir ce qui avait attiré l'attention des passants. Il avait devancé ses hommes en coupant par les sombres ruelles du village et ceux-ci venaient en effet tout juste d'arriver dans la grand-rue. Leurs bagages funèbres ne laissaient personne indifférent. Les plus âgés, qui avaient déjà connu les ravages de la guerre, contemplaient ce spectacle comme un rappel infâme du passé, tandis que les plus jeunes, les yeux ronds comme des billes, étaient aspirés par cette fascination bien humaine pour la mort.

Bien vite, une colonne se forma de chaque côté de la rue. Les quatre hommes – deux d'entre eux se partageant le poids d'une dépouille – approchaient. Ils passèrent sans un mot devant Florestan qui leur emboîta le pas dans un silence tout aussi total. À la différence des soldats qui rentraient du front, ils n'avaient rien de héros, aucune raison d'être acclamés. Ils ne faisaient que troubler la quiétude de la ville et raviver de profondes blessures.

Lorsque la bicoque des officiers en charge des affaires de Launkeston s'arracha enfin à la triste monotonie des façades, Florestan pressa le pas et prit la tête de la procession. Il s'empressa d'ouvrir la porte et indiqua d'un geste à ses hommes d'emporter les cadavres à l'intérieur. À peine claquait-elle que les discussions, devenues murmures lors du passage du sinistre cortège, regagnèrent en intensité. Les habitants, comme éveillés d'une hypnose désagréable, reprenaient déjà leurs habitudes. Néanmoins, pour Florestan, cette histoire ne serait pas aussi vite oubliée.

En les voyant entrer ainsi chargés, Victorin, un des officiers de la bourgade, qui discutait avec un homme aux longs cheveux gris, se jeta sur ses pieds.

— Mon Dieu ! Qu'est-ce qui s'est passé ? s'exclama-t-il alors que le chauve et ses compagnons déposaient avec respect les trois dépouilles contre le mur.

Comme dans la rue, où leur sang avait maculé à intervalles réguliers le dallage, leur hémoglobine ne tarda pas à s'écouler sur les carreaux qui recouvraient le sol.

Florestan n'eut pas le temps de répondre ; la panique semblait avoir envahi Victorin.

— Monsieur, ceci n'arrive jamais dans notre ville d'ordinaire ! Ces gens ne sont pas de Launkeston ! se défendit-il aussitôt.

Il ne fallut qu'un regard vers l'homme, qui s'était retourné à son tour, pour que Florestan comprenne la réaction de Victorin. Agrafé à la veste safre de l'inconnu, un insigne militaire aux couleurs du Duché le toisait avec insistance, comme s'il avait conscience de la force qu'il octroyait à son possesseur. Toutefois, l'homme, dont le visage sec et plissé était percé de deux yeux froids d'un bleu vif, n'avait nul besoin de ce morceau de métal pour asseoir sa supériorité.

— Mon Colonel ! s'exclama Florestan en claquant du pied au sol.

— Qui est-ce ? demanda l'officier à Victorin.

Figé dans son salut militaire, Florestan était contraint au silence.

Jamais il n'aurait pensé tomber sur un aussi haut gradé dans un tel endroit. Après le drame qui venait de se produire, le plus petit signe d'indiscipline pourrait lui coûter gros, encore plus gros.

— C'est l'officier Melchior, présentement en charge des affaires de Rasorburgh, mon Colonel !

Devant le silence de son supérieur, Victorin se sentit obligé de poursuivre.

— Il stationne ici depuis hier. Il est à la recherche… d'orphelins. Des enfants de Windrasor, mon Colonel.

— Des orphelins… dit-il d'une voix rauque et sans émotion.

Il avança vers les cadavres et s'arrêta à quelques centimètres de Florestan.

— Et ce sont des orphelins qui ont fait ça ?

Il tourna les yeux vers Florestan, toujours au garde-à-vous.

— Repos, lâcha-t-il enfin.

L'inspecteur reprit une posture plus confortable, même si la tension qui l'habitait n'avait aucunement diminué. Il allait devoir bien négocier cette histoire s'il voulait s'en tirer à bon compte. Mais la sombre aura que l'officier dégageait ne lui disait rien de bon.

— Non, mon Colonel. Les orphelins nous ont malheureusement… échappé. C'est cet individu qui est responsable de tout cela. J'ai dû l'abattre pour protéger mes hommes, dit-il en pointant du doigt le corps de Barnabé.

— Il n'est pas des vôtres ?

— Non, mon Colonel. Il était avec les orphelins que l'on m'a chargé de retrouver. Il a fait feu sans la moindre sommation. Je ne sais pas d'où il sort.

Sans un mot, le gradé dépassa Florestan, s'agenouilla auprès de Barnabé dont il releva le visage baissé du bout des doigts, et explosa de rire.

Florestan échangea un regard surpris avec Victorin qui haussa les épaules alors que leur supérieur se laissait aller à son hilarité. Qui pouvait-il être pour s'amuser ainsi de la découverte d'un cadavre ?

— Vous l'avez tué ! s'exclama-t-il entre deux ricanements.

Puis son sérieux revint aussi brusquement qu'il avait disparu.

— Oui, vous l'avez tué. Félicitations.

Incrédule, Florestan le fixait. Voilà qu'on le félicitait quand ses actes avaient conduit à la mort de deux de ses hommes.

— Vous me dites qu'il aidait des orphelins ?

— Oui, mon Colonel. Cinq garçons qui se sont échappés de Windrasor.

Le vieil homme passa une main dans ses longs cheveux, un air circonspect sur le visage.

— Je n'en reviens toujours pas, dit-il d'un air amusé. Mais dites-moi, officier… Melchior. Quel effectif vous faudrait-il pour les retrouver ?

8

SPINELLO

Un goût métallique, toujours plus prononcé à mesure que le sang coulait de sa joue blessée, avait envahi sa bouche. À quelques centimètres près, la balle aurait mis un terme définitif à cette expédition qui l'avait emmené, pour la première fois libre, si loin de Windrasor.

Mais rien n'était terminé. Devant eux, les deux soldats qu'Anselme et Asmodée avaient distraits afin que Placide et lui puissent entrer dans la cour sans être vus, avançaient au pas de course dans leur direction. Le coup de feu avait semé la panique parmi les domestiques qui accouraient vers la demeure. Surtout, il avait attiré l'attention de tous les gardes qui surveillaient le périmètre. Spinello n'avait pas besoin de regarder derrière lui pour savoir que l'homme qu'il avait bousculé n'était certainement plus seul. Placide et lui ne pouvaient plus faire demi-tour. Leur unique solution : faire front et forcer le barrage des hommes armés, en espérant qu'ils n'oseraient pas tirer sur des enfants comme l'avait fait leur collègue.

Le visage en feu et filant vers les soldats, Spinello doutait pourtant de la marche à suivre. Avant de se lancer dans ce stupide plan de sauvetage, ses amis et lui s'étaient mis d'accord pour se rendre si jamais il venait à échouer. Cela lui avait semblé être la meilleure solution ; rester groupés pour mieux saisir la prochaine opportunité de s'enfuir. Mais comment aurait-il pu anticiper un tel accueil ? Était-ce un excès de zèle d'un des gardes ou bien la manière dont les intrus, enfants ou non, étaient reçus ici ? Il était hors de question que Placide ou lui le vérifient, pas plus qu'il ne l'était de capituler. Non, il devait continuer. Jouer le tout pour le tout. Car s'il fallait qu'il se batte pour survivre, alors il le ferait sans la moindre hésitation. Il ferait tout ce qui était en son pouvoir pour que ses copains s'en sortent indemnes.

Plus que quelques mètres le séparaient à présent des soldats qui lui bloquaient la route et, déjà, il les imaginait dégainant leurs mousquets et terminant le travail commencé par leur comparse. Cependant, c'était autour de la poignée de leur sabre qu'ils avaient refermé leurs doigts. Ce qui ne réglait pas pour autant les affaires des deux garçons pourchassés. À choisir, Spinello préférait encore la mort par arme à feu. Et pourtant, il fonçait droit sur les gardes, espérant, s'il n'en réchappait pas, pouvoir au moins ouvrir un chemin à Placide dont la respiration saccadée le talonnait.

— Arrête-toi ! hurla l'un des hommes en tirant son sabre.

Il en pointa aussitôt la pointe acérée vers le garçon. Son acolyte en fit de même.

Les gardes s'étaient immobilisés au milieu de l'entrée, entre les colonnes du portail, et il n'y avait aucune façon de leur échapper sans récolter un coup fatal. Et, derrière, l'étau se resserrait. Mais, encore une fois, Spinello découvrit que la vie en dehors des murs de Windrasor n'était pas aussi différente qu'il l'avait toujours cru. Comme à l'orphelinat, il n'y avait qu'une chose sur laquelle compter dans ce monde : ses amis.

Poussant un rugissement animal, Asmodée apparut soudain dans le dos des gardes et abattit un lourd rondin sur le crâne du plus proche qui s'effondra dans un crac saisissant. Agile, le second fit un bond sur le côté pour échapper à la deuxième offensive du grand gaillard et leva son sabre pour contre-attaquer. Mais, cette fois-ci, la menace vint de la cour. Spinello jaillit comme un démon sur l'homme qui, emporté par l'élan de son agresseur, bascula en arrière. Son crâne connut un sort guère plus enviable que celui de son collègue lorsqu'il entra violemment en contact avec la pierre, dure et intraitable, de la colonne du portail.

Les orphelins ne perdirent pas une seconde supplémentaire alors que le premier garde qui les avait pris en chasse émergeait de derrière les voitures et que d'autres arrivaient. Malgré les heures passées à fuir après la fusillade du matin, ils avaient oublié leur fatigue et cavalaient en direction d'Anselme qui leur adressait de grands signes, plus loin dans les bois. Un coup de feu résonna dans leur dos tandis qu'ils filaient entre les arbres élancés.

Le souffle court, ils s'arrêtèrent plusieurs minutes plus tard quand leurs jambes, à bout de force, ne purent les porter plus loin. Spinello avait la sensation d'avoir avalé des braises et tentait tant bien que mal de calmer sa respiration.

Autour d'eux, la forêt avait retrouvé son ambiance plus sauvage et les longs arbres blancs qui bordaient le domaine où était enfermé Bartholomée, avaient été remplacés par des pins. Épuisés, Anselme et Placide étaient adossés à l'un des énormes conifères se moquant bien de la résine qui, déjà, s'agglutinait dans leurs cheveux.

— C'était moins une, lâcha Asmodée en se laissant tomber devant ses deux amis.

Spinello savait que s'il s'asseyait, il ne pourrait plus repartir. Or, s'ils avaient survécu à la propre stupidité de leur plan, ils n'avaient réglé aucun de leurs problèmes. Ils n'avaient fait que gaspiller leur précieuse énergie et avaient peut-être tué un, voire deux hommes. Et, si c'était le cas, la traque était certainement loin d'être terminée. Seulement, il ne pouvait pas dire tout cela à ses amis.

— Merci, mon pote, dit-il simplement. Sans toi, c'en était fini de Plac' et moi…

— Bah, l'autre m'aurait découpé en deux si t'étais pas intervenu aussi.

Il se tut et dévisagea Spinello d'un regard inquiet.

— Tu vas bien ? demanda-t-il en se touchant la joue.

Spinello porta la main à sa blessure, grimaça puis sourit.

— Ça va me faire une belle cicatrice. De quoi concurrencer tes chicots manquants. Une vraie marque de guerrier, plaisanta-t-il.

Mais aucun, avec raison, n'était d'humeur à la rigolade.

— Et Barth ? s'inquiéta Placide qui se massait le genou.

Sa question resta sans réponse.

— Les gars, on fait quoi ? insista-t-il. Spin' !

— Je sais pas… avoua Spinello. Maintenant c'est plus possible d'entrer. On peut juste espérer qu'ils le laissent partir.

— Alors, il faut retourner près du château pour surveiller ! conclut Placide en se relevant.

Malgré ses efforts pour cacher ses douleurs, personne ne fut dupe.

— Et les gardes ? intervint Asmodée qui en dépit de ses exploits n'était pas bien sûr de vouloir à nouveau risquer sa peau.

— Plac' a raison ! dit Anselme, toujours essoufflé.

Il prit une grande inspiration.

— Ils ne vont pas nous chercher à côté du château. Et je ne crois pas qu'ils nous aient pris en chasse.

Spinello n'en était pas convaincu.

Anselme tourna les yeux vers lui.

— Et t'as vu ta plaie ! Faut la nettoyer ! J'suis sûr qu'il y avait de l'eau pas loin du mur ; j'ai entendu couler un ruisseau.

— Spin' ? demanda Asmodée. On fait ça ?

Depuis leur fuite de l'orphelinat, Spinello avait l'impression de revivre sans cesse la même situation et rien ne semblait s'améliorer pour eux ; bien au contraire. Plus le temps s'écoulait et plus les mésaventures se multipliaient, plus il se sentait dépourvu dans ce monde. À quoi bon avoir passé des heures dans les salles de classe de l'orphelinat à se faire éduquer, comme certains de leurs professeurs disaient, et avoir supporté les élucubrations de Brunswick, pour finalement se retrouver désarmé pour faire face à la réalité. Sans Barnabé, à l'heure qu'il était, ils seraient probablement déjà morts de faim. On ne leur avait pas appris à survivre. Non, on n'avait fait que leur enseigner de quoi satisfaire d'éventuels parents adoptifs. Ils ne savaient pas chasser, ils ne savaient pas quels baies et champignons cueillir et, au rythme où les événements s'enchaînaient, Spinello avait bien peur qu'ils n'aient jamais le temps de l'apprendre. Comme il l'avait constaté un peu plus tôt, ils ne pouvaient compter que sur une chose : leur amitié. Alors, il devait s'en remettre aux autres.

— Allons-y tout de suite, dit-il à l'encontre de ce que lui criait son corps.

— On rincera ta blessure à l'eau propre, ajouta Anselme en se redressant à son tour.

Spinello acquiesça et prit la tête de la troupe.

— C'est reparti, commenta Asmodée en lui emboîtant le pas sans grand entrain.

Les sens en alerte, guettant le moindre bruit, les quatre orphelins revinrent sur leurs pas, traînant difficilement leurs carcasses fatiguées.

Les minutes s'égrenèrent, chaque foulée, ou presque, leur arrachant des grimaces de douleur.

Un profond silence s'était installé entre eux et chacun luttait pour ne pas sombrer dans ses pensées. Qui savait dans quel état ils ressortiraient s'ils s'enfermaient dans leur esprit à ressasser les derniers événements ? Heureusement – ou pas – ils n'en eurent pas l'occasion. Surpris par un bruit, les garçons s'étaient figés d'un bloc. Ils fixaient la forêt, droit devant eux.

Ils attendirent quelques secondes avant que le son ne se répète et ne se précise : des pleurs.

— Barth… souffla Placide, plein d'espoir.

Puisant dans ses dernières forces, le garçon redémarra, mais Spinello lui bloqua aussitôt le passage. Il secoua la tête. Qui que ce soit, ce n'était pas Barth.

— Non ! Pitié ! hurla l'inconnu d'une voix qui montait dans les aigus.

— Spin' ? murmura Asmodée qui s'était baissé pour ramasser une branche aussi épaisse que celle avec laquelle il s'était débarrassé du garde.

Spinello hésita puis, cherchant à son tour une arme du regard, fit signe à ses copains de le suivre.

La tête baissée, avançant en catimini, il se demandait bien ce qui le poussait une fois encore à aller au-devant du danger.

Mais, là, il était hors de question de foncer sans réfléchir. Du moins, c'était ce qu'il pensait.

— Tais-toi ! cria un homme alors que la voix implorait de nouveau qu'on la laisse partir.

Spinello ne ralentit pas pour autant et se dirigea vers l'épais massif d'aubépines qui leur masquait la scène. Qu'est-ce qui pouvait bien se passer ?

— Les gars… chuchota Anselme apeuré.

Spinello l'ignora et continua.

— Vous avez pas besoin de faire ça !

— La ferme, bon sang ! s'énerva un autre homme dont la présence commençait à faire douter Spinello.

Mais sa curiosité était trop grande.

— Tu crois qu'on est assez loin ? demanda le deuxième type.

— Ouais…

Il poussa un soupir.

— Rah, je déteste faire ça.

— Alors laissez-moi partir, les supplia la voix sur laquelle Spinello put enfin mettre un visage quand, tapi dans les buissons, il découvrit ce qui se tramait.

L'adolescent, qui ne devait pas avoir plus de seize ans, était agenouillé entre deux gardes. Bien que de profil, Spinello reconnut l'homme qui, sans sommation, avait tenté de l'abattre. Il avait sorti son arme dont la vue envoya une décharge de douleur dans la joue de Spinello. Il la pointait vers la tête du garçon, un air neutre sur le visage, comme s'il avait fini, malgré ses propos, par s'habituer à cette tâche qui l'avait emmené au milieu des bois. Spinello le soupçonnait même d'y prendre un certain plaisir.

Incapable d'assister en simple spectateur à pareille exécution, Spinello se retourna brusquement vers Asmodée. En un regard, son ami comprit ce qu'il attendait de lui. Il poussa une lourde pierre vers Spinello qui s'empressa de s'en emparer.

Moins d'une heure auparavant, ils avaient risqué leur vie pour tenter de sauver Bartholomée et voilà qu'ils étaient déterminés à rejouer les héros pour un inconnu. Mais tout ami n'était-il pas au départ un inconnu ?

Anselme et Placide, qui étaient restés en retrait, avaient eux aussi saisi toute l'horreur de la scène. Ils ne firent rien pour les empêcher d'agir. S'ils protestaient et essayaient de raisonner Spinello et Asmodée, ils risquaient surtout de se faire repérer et alors, ils n'auraient plus aucune chance d'intervenir. Ils n'auraient plus qu'à courir, encore et encore. Et ils n'en avaient plus la force.

Prêts à se glisser dans le dos des gardes devenus bourreaux, les deux garçons armés contournèrent lentement le buisson derrière lequel ils étaient cachés.

— Eh, c'est ton tour au fait, dit l'homme qui avait sorti son mousquet de son étui.

Il le tendit à son acolyte qui maugréa en le prenant en main.

— On fait ça vite fait et on rentre ; les autres merdeux ont vraiment foutu une sacrée pagaille.

— S'il vous plaît ! gémit l'adolescent, le visage couvert de larmes.

Ils l'ignorèrent.

— Le Duc va être de mauvais poil, on a plutôt intérêt à se grouiller.

— Fait chier ! lâcha l'exécuteur du jour qui braqua l'arme sur sa victime.

Réalisant l'urgence de la situation, Spinello et Asmodée, qui n'étaient plus qu'à quelques centimètres de leur cible respective, bondirent en avant sous les yeux médusés du garçon qui avait cru sa dernière heure venue. Et, pour la seconde fois de la journée, remettant les pendules du destin à l'heure, leurs armes de fortune rencontrèrent les crânes des gardes du Duc qui s'effondrèrent, inconscients. Spinello s'était fait tirer dessus à deux reprises dans la même journée, le voilà donc qui était quitte – enfin presque - avec le sort.

— Tu vas bien ? s'enquit-il aussitôt auprès de l'adolescent, en s'assurant que l'homme qu'il avait frappé avait bien perdu connaissance.

Vu la quantité de sang qui s'échappait à gros bouillons de son cuir chevelu fendu, il ne risquait pas de se réveiller avant un moment.

Essayant de ne pas penser aux conséquences potentiellement néfastes de leur intervention, Spinello répéta sa question tandis qu'Asmodée étudiait avec insistance l'arme du garde.

Incrédule, l'adolescent les fixait, muet, quand Placide et Anselme apparurent à leur tour.

— Faut pas rester là, dit Anselme.

— Allez, vite, les gars ! ajouta Placide.

— Vous êtes… commença l'inconnu.

— Dépêche-toi, le coupa Spinello.

Il lui tendit une main que l'adolescent accepta. Il se releva mais ne fit que quelques pas à la suite des orphelins avant de s'immobiliser.

— Qu'est-ce que tu fais ? demanda Placide, surpris.

— Pas par là… Je… Je ne peux pas y retourner, dit-il d'une voix juvénile qui descendait parfois dans les graves.

— Notre ami est là-bas, contra Spinello.

— Tu viens du château ? le questionna Anselme.

L'adolescent acquiesça.

— Alors tu l'as peut-être vu. Un grand.

— Un… mongolien ?

— Oui ! s'exclama Placide. Il va bien ?

— Les gars ! les pressa Asmodée qui jetait des coups d'œil inquiets vers les soldats.

Ils auraient pu les tuer et régler le problème, mais aucun des garçons n'était prêt à en arriver là, pas même l'adolescent qu'ils venaient de secourir.

— Viens avec nous, insista Spinello. On va avoir besoin de toi.

— Je suis désolé… pour vous et pour votre ami. Je vous serai éternellement reconnaissant, mais je ne peux pas repartir là-bas. Vous ne savez pas ce que c'est.

Sans rien ajouter, il tourna les talons et partit en courant.

— Attends ! cria Spinello.

— Et notre ami ? hurla Placide.

L'adolescent adressa un dernier regard à ses sauveurs inespérés.

— Il va bien, enfin je crois. Je suis vraiment désolé, mais je vous le promets, je vous revaudrai ça. Un jour.

Puis sans un mot supplémentaire, il s'enfuit.

— C'était quoi, ça ? s'exclama Asmodée. On réussit à sauver un ingrat pareil et on n'est pas foutus d'aider notre pote.

Il n'avait pas tort, mais Spinello refusait d'abandonner.

— On y arrivera, leur promit-il alors que l'étrange garçon disparaissait entre les arbres.

Pourtant, au fond de lui, il savait que cela n'était qu'un horrible mensonge.

9

THÉODORE

Malgré quelques irrépressibles sueurs froides, Théodore avait en fin de compte survécu à sa rencontre avec les filles du groupe d'Ophélia. Mieux encore, il les avait convaincues ; convaincues de se fier à lui et de tenter son plan. Il n'avait eu que quelques minutes pour l'échafauder après la disparition d'Ern'lak, mais après l'avoir exposé aux orphelines, il était confiant qu'il serait un succès. À condition, bien sûr, qu'elles tiennent leur parole.

Mais, pour l'heure, Théodore ne pouvait que patienter, condamné à remplir ses obligations à la bibliothèque. Il y avait quelques jours seulement, quand Razonel avait décidé d'en faire son nouvel assistant, Théodore avait explosé de joie à l'idée de pouvoir enfin passer la quasi-totalité de son temps en ces lieux magistraux. Néanmoins, depuis peu, son esprit s'obstinait à s'extirper de son crâne, à se tirer hors des murs de l'immense bâtiment pour se projeter sur ces terres de mystères et d'inconnu sur lesquelles il n'avait eu de cesse de s'aventurer dernièrement. Sa passion pour les livres l'habitait toujours, mais ses tâches à la bibliothèque ne lui semblaient à présent plus aussi importantes. Il n'avait qu'une hâte : en avoir terminé avec sa journée et rejoindre ses complices ; même si cela signifiait aller au-devant du danger.

En attendant, il allait devoir prendre sur lui et s'acquitter aussi exemplairement que possible de ses corvées. Car le garde qui avait surpris Ophélia dans sa chambre n'avait pas manqué – comme il le lui avait promis – d'informer Razonel des dérives de son apprenti. Le maître de Théodore, particulièrement à cran depuis la fuite de Spinello et de ses camarades, avait accueilli la nouvelle comme un deuxième couteau qui lui aurait été planté dans le dos après l'adoption inattendue d'Iphis.

Plein de rancœur à l'égard du directeur qui avait cédé aux demandes du marquis, Razonel s'était abandonné à une colère noire qui, en d'autres circonstances, serait très probablement venue à bout du courage de Théodore. Pourtant, les larmes qui avaient envahi les yeux du garçon n'avaient rien eu de naturel. Honteux, mais ne déformant que bien peu la réalité, Théodore s'était contenté de s'excuser, prétendant que l'orpheline s'était introduite de force dans sa chambre sans qu'il ne sache vraiment pourquoi. Et cela avait fonctionné, en partie.

Après ses éclats de rage, son maître, qui n'avait sûrement pas gobé tous ses bobards, s'était montré clément, à la grande surprise de Théodore. Mais le garçon savait bien que, comme toute bonne chose à Windrasor, il devait juste ne pas trop s'y habituer. Un jour ses mensonges lui retomberaient dessus, et leur poids ne l'épargnerait pas. Finalement, comme l'Ignoble l'avait fait auparavant, Razonel l'avait simplement mis en garde ; d'un danger cependant bien moins mortel.

Si Théodore abusait à nouveau de ses privilèges, Razonel avait juré qu'il serait alors traité à la même enseigne que les orphelines et qu'il laisserait les gardiens se charger eux-mêmes de sa punition. Cet avertissement lui avait donné des frissons – il connaissait la cruauté de ces hommes dont certains de ses amis avaient trop souvent fait les frais –, mais n'avait en rien affaibli sa détermination. À vrai dire, les mots de son maître l'avaient même conforté dans ses choix. Dès sa journée de travail pliée à la bibliothèque, il retournerait aux dortoirs et les choses sérieuses commenceraient.

***

C'est en pensant à Anastase, qu'il aurait aimé pouvoir identifier avec certitude la veille pendant que, concentré, il expliquait son plan aux filles, que Théodore poussa la porte de sa chambre. Il en avait enfin fini avec ses corvées et, par chance, son maître ne l'avait pas retenu pour lui confier une tâche supplémentaire. Pourtant, il devait encore attendre.

Il traversa la minuscule pièce et se laissa tomber sur son matelas. Les muscles tendus par l'appréhension, ses membres prirent d'eux-mêmes cette position qui l'aidait si souvent à clarifier ses idées. Les doigts croisés derrière le crâne, il poussa un long soupir alors que, déjà, son regard se perdait par la fenêtre mansardée.

À l'extérieur, les rayons du soleil se faisaient toujours plus timides. Quand le dernier viendrait à mourir, ce serait enfin l'heure d'agir. Le garçon soupira et ferma les yeux.

Tandis que, dehors, la luminosité baissait peu à peu, Théodore avait fini par abandonner le calme de sa posture et ne cessait de remuer. En proie à une vive agitation, chaque bruit le forçait à relever la tête, et parfois même tout le buste.

Depuis la venue de l'Ignoble dans sa chambre, chaque son résonnait pour lui comme la potentialité d'une nouvelle visite d'Ern'lak ; mais il savait bien que revoir la créature ne serait pas si simple. Il continua malgré tout à surveiller chaque grincement jusqu'à ce que le moment d'entrer en action arrive enfin.

Le cœur tambourinant contre la poitrine, il quitta sa chambre et alla frapper à la porte de celle des filles d'Ophélia. Elle s'ouvrit sitôt son poing en contact avec le bois. Le visage de Mayeule, la blonde qui semblait seconder Ophélia et qui avait pris les rênes en son absence, apparut brièvement. Elle lui fit signe de la tête puis repoussa le battant d'un coup sec. Théodore ne s'en formalisa pas, bien conscient qu'ils ne devaient surtout pas être vus ensemble au risque de tout gâcher, et prit la direction du réfectoire où les derniers repas étaient servis. Mais, ce soir, il savait qu'il devrait s'asseoir sur sa pitance. Leur fenêtre d'action était réduite et ils devaient absolument agir dès à présent, avant la fin de la punition d'Ophélia.

Il chassa l'image de la jeune fille, prostrée et enfermée dans une cellule d'isolement humide, qui tentait de s'immiscer dans son esprit, puis descendit tranquillement les premières marches vers le rez-de-chaussée. Les torches fixées aux murs de pierre crépitaient goulûment.

Parvenu au deuxième étage, il s'arrêta sur le palier. Ainsi qu'il l'espérait, les lieux étaient déserts et le silence qui régnait le rassura. Comme à l'accoutumée, la majorité des orphelines avaient déjà regagné leurs dortoirs respectifs, lui laissant le champ libre. Alors, immobile et les sens aux aguets, il patienta de longues secondes, jusqu'à ce qu'enfin, des bruits de pas légers s'élèvent derrière lui. Il n'eut nul besoin de vérifier qui se tenait plus haut dans les escaliers.

Plaqué contre le mur, à quelques centimètres de l'ouverture qui donnait sur le long couloir de l'étage, il attendait le véritable signal, celui qui lui ouvrirait le chemin de la vérité, ou bien le jetterait dans une cellule où il pourrirait, personne ne pouvait savoir combien de temps.

S'il avait su se montrer plus convaincant, jamais il ne se serait tenu là, mais il avait dû céder face à l'insistance des filles et notamment de Mayeule qui lui avait fait comprendre qu'aucune d'entre elles ne le suivrait s'il ne prenait pas de risques lui aussi. Il n'en avait pas fallu plus pour que de commanditaire, il passe au rang d'appât.

Justement, le lourd martèlement des bottes de leur proie résonna soudain à l'autre bout du corridor. Comme tous les jours à cette heure-ci, Kléber effectuait sa ronde, s'assurant que les pensionnaires se tenaient au calme dans leurs chambres et que les dernières à s'être rendues au réfectoire ne posaient pas de problèmes. Mais celles qui allaient lui en causer ce jour-là avaient mangé depuis un petit moment et, repues, attendaient dans l'ombre des escaliers. L'heure de la vengeance approchait.

Tandis que Théodore retenait son souffle, estimant à quelle distance le gardien se trouvait, les semelles épaisses des chaussures de l'homme continuaient à claquer en rythme. Le décompte était lancé. Tout le succès de leur stratagème reposait sur sa rapidité d'exécution et sur un timing parfait. S'ils agissaient trop vite, ou trop tard, ils seraient vus. Or, si les filles craignaient d'être punies à leur tour et de subir le même sort qu'Ophélia, Théodore était transi de peur à l'idée d'échouer et de se mettre de surcroît les orphelines à dos. Alors, plus concentré que jamais, il comptait les claquements. Clac… Clac...

Soudain, il surgit de sa cachette et hurla :

— Ah ! Laissez-moi !

Il traversa le palier en cavalant, s'engagea aussitôt dans les escaliers, priant pour que le reste se passe sans accroc, et se jeta sur la fenêtre du premier étage qu'il déverrouilla en un éclair. Le reste s'enchaîna en un rien de temps.

Le gardien, qui se tenait à moins de deux mètres lorsque Théodore était brusquement apparu, s'était précipité à sa suite et se retrouva subitement dans le noir le plus total, à mi-chemin entre le premier et le second étage. Les cheveux balayés par le puissant courant d'air qui avait soufflé les torches, il ne comprit que trop tard ce qui allait lui arriver.

Kléber fut violemment tiré en arrière et trébucha. Il voulut hurler, mais des mains expertes, malgré l'obscurité, le bâillonnèrent brutalement. Il essaya de repousser ses agresseurs, de faire jouer sa supériorité physique, mais, trop nombreux, ceux-ci prirent le dessus en une fraction de seconde. L'avalanche de coups lui coupa le souffle.

— Lâchez-moi ! cria Théodore, bien que toujours seul près de la fenêtre.

— Félicité ! Il s'échappe ! lui répondit la voix d'une des filles qui n'avait que rarement eu affaire aux gardes.

Mayeule l'avait choisie, bien convaincue que Kléber serait incapable de l'identifier. Il n'en était pas autant du prénom volontairement crié.

Accusant les coups, l'homme grogna une dernière fois puis se tut. L'espace d'un instant, le silence fut total et le cœur de Théodore menaça de s'emballer.

— C'est bon, il est juste dans les vapes, commenta Mayeule, on dégage. À toi de jouer Théodore.

— D'accord, j'y vais, dit l'orphelin.

Pourtant, au lieu de se ruer vers le réfectoire, comme il avait été convenu, il resta sans bouger, attentif au moindre bruit. Un léger grincement lui indiqua que les filles venaient de refermer la fenêtre qu'elles avaient ouverte de leur côté pour créer le courant d'air, puis il n'entendit plus rien.

À présent seul dans le noir, il avança prudemment vers le gardien inconscient qu'il commença à fouiller à tâtons. Il ne fallut que quelques secondes pour que ses doigts rencontrent ce qu'ils cherchaient. Théodore ferma le poing autour de l'objet et, un énorme sourire sur les lèvres, revint sur ses pas, verrouilla l'autre fenêtre, et retrouva la lumière des torches des étages inférieurs.

Il prit une grande inspiration et hurla en descendant :

— Au secours !

Cette fois-ci, il ne se retenait pas. Il voulait être entendu.

Il s'engouffra dans le réfectoire et brailla de plus belle.

Tous les regards se braquèrent sur lui.

— Vitc, cllcs l'ont attaqué !

Deux gardiens accoururent aussitôt dans sa direction.

— Qu'est-ce qui te prend ? s'énerva l'un d'eux.

— Y a un blessé, vite !

Théodore tourna les talons et regagna les escaliers, suivi des deux hommes.

Découvrant l'obscurité, le plus grand décrocha une torche qu'il brandit devant lui, révélant, plus haut, le corps affalé du blessé.

Le visage gonflé, il saignait abondamment.

— Va chercher une infirmière ! cria-t-il à son collègue qui décampa.

L'homme à la torche s'agenouilla auprès de Kléber dont il redressa la tête meurtrie, et porta un regard noir à Théodore, immobile plusieurs marches en-dessous.

Même si la victime se trouvait dans un tel état par sa faute, le garçon ne feignait pas sa surprise. Mayeule et les autres n'y étaient réellement pas allées de main morte.

— Qui a fait ça ? lui demanda le gardien qui bouillonnait de rage à l'idée qu'une heure plus tard, lors de sa ronde, ça aurait pu être lui.

Théodore secoua la tête, un air faussement apeuré sur le visage.

— Je sais pas… Elles me pourchassaient… euh… depuis le troisième étage.

Il n'avait pas besoin d'en dire davantage. Lorsque Kléber reprendrait connaissance, il ne pourrait pas avoir oublié le prénom de Félicité, cette petite peste qu'il avait punie il y avait de cela quelques jours et que Théodore et ses complices avaient condamnée. Savourant intérieurement la réussite de son plan, l'orphelin referma la main droite sur le trousseau de clés dissimulé dans sa poche. À présent, ce n'était plus qu'une question de temps avant qu'il ne les voie.

10

IPHIS

Qu'est-ce qui se passe ? hurla le Duc alors que l'écho du coup de feu se faisait encore entendre.

Les gardes qu'il avait chargés de le débarrasser du garçon qu'il avait projeté dans les marches avaient fait volte-face et l'entouraient pour le protéger de tout danger. Ils avaient tiré leurs sabres, richement décorés.

— Ne restez pas là ! Allez voir ! aboya-t-il.

Quoi qu'il se produise dehors, son comportement ne cachait aucune peur. Il n'était qu'énervement.

Tandis que les deux gardes se ruaient vers la sortie, Iphis fit un pas sur le côté et approcha d'une des hautes fenêtres qui donnaient sur l'extérieur, effrayée à l'idée que Spinello et ses amis aient été la cible du tir. Mais elle fut incapable de le vérifier : la ligne de voitures, parfaitement garées, lui dissimulait totalement l'agitation qui régnait dans la cour. Cependant, la panique ne tarda pas à se propager au hall quand les premiers domestiques terrorisés et confus y entrèrent avec précipitation.

Les Fontiairy, toujours soucieux de faire bonne impression, avaient rejoint le Duc. Quant à Gédéon, il essayait de contenir l'excitation d'Édouard qui voulait à tout prix voir ce qui se passait. S'il y avait des blessés, ça ne pouvait qu'être amusant.

Réalisant qu'elle tenait peut-être là sa seule chance de s'entretenir avec le fugitif, Iphis se tourna vers Bartholomée qui observait tout ce remue-ménage les sourcils levés.

— Bartholomée, murmura-t-elle. Qu'est-ce que tu fais là ?

À vrai dire, elle n'était pas sûre qu'il la connaisse - sa mère avait déjà abandonné l'idée de lui apprendre à lire quand Iphis avait pris ses fonctions à la bibliothèque – ni même, si c'était le cas, qu'il la reconnaisse vu l'état de son visage.

Le garçon lui répondit pourtant, un éclat amical dans le regard.

— Plus retourner à Windrasor. Avec les copains dans la forêt.

— Vous êtes venus pour moi ? demanda Iphis qui avait formulé cette question sans se rendre compte de sa bêtise.

Pour qui se prenait-elle pour croire que des orphelins pourraient s'enfuir de Windrasor pour lui venir en aide ? Elle avait été victime d'un terrible coup du sort, mais Spinello et ses compagnons ne lui devaient absolument rien. Ce ne pouvait être qu'une coïncidence et elle devait en tirer profit. Bartholomée la fixa, une moue d'incompréhension sur le visage, puis il s'arrêta enfin sur une réponse.

— On cherche à manger.

Décidément, cela l'obsédait ; mais Iphis n'avait pas de temps à perdre.

Elle attendrait d'avoir rejoint les autres fuyards pour comprendre ce que Bartholomée faisait ici.

— Vous alliez où ?

— Aller très loin, Spinello a dit, avoua Bartholomée en soupirant comme si cette perspective ne l'enchantait pas.

Iphis esquissa un sourire.

Très loin : c'est là aussi qu'elle voulait se rendre… qu'elle allait se rendre.

— Bartholomée, il faut qu'on...

Mais, alors que l'espoir d'une fuite loin du domaine des Fontiairy commençait à percer en elle et qu'elle s'imaginait déjà déguerpir avec le géant, une main se referma sur son bras.

— N'y pense même pas, siffla Gédéon qui tenait Édouard de son autre main. J'en ai pas fini avec vous.

Plus que jamais, sa haine à l'égard de ce valet, qui lui avait pourtant semblé si sympathique à son arrivée dans cet enfer, menaçait de la faire exploser. Elle était prête à se jeter sur lui, à profiter de la confusion pour tenter de partir, mais le subit retour des gardes envoyés dans la cour par le Duc la laissa bouche bée.

Chacun d'entre eux portait un homme inconscient au visage ensanglanté. Qu'est-ce qui avait bien pu se passer ? Les orphelins étaient-ils responsables ?

— On a deux blessés !

Zachée et une servante accoururent. La jeune femme fit signe aux gardes de la suivre et ils s'éclipsèrent par l'une des portes latérales, prenant la direction d'une salle de repos où les domestiques avaient l'habitude de traiter leurs petits bobos quotidiens. Mais, ce jour-là, les dommages étaient plus sévères.

Un autre soldat pénétra à son tour dans le vestibule. Il fut aussitôt foudroyé par la colère du Duc.

— Expliquez-vous ! hurla-t-il. Qui a fait cela à mes hommes ? Quel affront !

Le garde posa un genou au sol au pied de l'escalier, à côté du garçon que le Duc avait traîné par l'oreille quelques minutes auparavant.

— Des...

— Toi, reste là ! s'énerva le Duc quand l'adolescent s'écarta du soldat. Poursuivez !

L'homme se racla la gorge.

— Des vagabonds, Votre Excellence.

— Et ce sont eux les responsables ?

— Oui, Votre Excellence. En prenant la fuite lorsque nous avons essayé de les arrêter.

— Bande d'incapables ! s'agaça le Duc. Et dire que je vous confie ma sécurité.

Le garde resta muet, comme le reste de l'assemblée qui assistait sans un mot à la scène. Même Iphis, dont Gédéon maintenait toujours fermement le bras, était incapable de s'affranchir du spectacle.

— Combien étaient-ils ? reprit le Duc.

— Quatre, Votre Excellence, quatre… garçons.

À ces mots, le cœur d'Iphis fit un bond.

— Garçons ? s'étonna le Duc qui contenait difficilement sa rage.

Le soldat déglutit plus bruyamment qu'il ne l'aurait voulu.

— Oui, Votre Excellence…

— Votre Grandeur… voulut intervenir le marquis.

— Taisez-vous ! cracha le Duc en levant le bras. Des gamins ont mis mes hommes dans cet état-là ? Où sont-ils ?

— Ils se sont enfuis, Votre Excellence. J'ai touché l'un d'entre eux, mais il a réussi à partir.

— Qu'attendez-vous pour les retrouver ? Je les veux morts et ce minable aussi ! s'exclama-t-il en pointant du doigt le garçon prostré au pied des marches.

— Votre Altesse Ducale, si je puis me permettre, tenta le marquis, déterminé à se faire entendre.

Cette fois-ci, le Duc ne l'interrompit pas.

— Je pense qu'il s'agit d'orphelins en fuite. Des fugitifs de Windrasor.

— Comment ?

Le marquis indiqua Bartholomée du doigt.

— Ce garçon est arrivé tout à l'heure de l'extérieur. Il m'est d'avis que ce sont ses camarades qui ont tenté de venir le chercher.

Bartholomée sembla soudain comprendre qu'on parlait de lui et de ses amis. Son calme l'abandonna lorsqu'il réalisa ce que cela signifiait.

— Tiré sur les copains ! cria-t-il.

— Quelle est cette horreur ! grimaça le Duc en découvrant le visage arrondi de Bartholomée.

— Tiré sur les copains ! répéta le géant.

Malgré l'entrave de la poigne de Gédéon, Iphis avait reculé. Elle savait que Bartholomée pouvait à tout moment entrer dans une colère noire.

— Ferme-la ! hurla le Duc, nullement inquiet et déterminé à se faire obéir.

Comme devant le marquis, Bartholomée resta coi face à cet éclat, son début de crise terrassé par l'aura dégagée par l'homme. Il était de retour dans la peau d'un enfant inoffensif de cinq ou six ans.

— Quel importun, se plaignit le Duc. Continuez…

— Oui, bien sûr. Je pense donc tout simplement que ce sont des fugitifs, Votre Altesse Ducale. Tout cela n'est qu'un bien triste hasard. Si je puis me permettre, je ne crois d'ailleurs pas qu'ils en avaient après vous. Vous êtes en sécurité ici, dit le marquis qui tenait avant tout à se couvrir et se moquait bien du sort des orphelins.

— Hum… soit, concéda finalement le Duc comme s'il avait déjà oublié l'état dans lequel deux de ses hommes se trouvaient.

Il fit un pas en avant supplémentaire, alignant à la perfection la pointe de ses pieds avec le nez de marche.

— Vous avez raison. Il y a des choses plus importantes. Comme la punition de ce morveux. Il m'a déchiré les tympans ! Soldat, je ne veux plus le voir ! Débarrassez-moi de ce sale petit ingrat inutile.

— Oui, Votre Excellence ! s'exclama le garde qui se releva enfin.

Il saisit l'adolescent par la manche et le tira violemment vers lui.

En un instant, ils disparurent par la porte centrale, sous le regard médusé d'Iphis.

Malgré la distance qui la séparait du Duc, Iphis perçut ses paroles suivantes comme s'il se tenait à ses côtés. Il avait retrouvé tout son calme et s'exprimait d'une voix ronde et complaisante.

— Windrasor, vous disiez.

— Oui, Votre Grandeur, répondit le marquis.

— Quelle judicieuse idée. Cela fait longtemps que je n'y suis pas allé et j'ai bien envie d'anticiper ma prochaine visite.

Il se tourna vers un de ses serviteurs, resté en retrait, bien conscient qu'il ne devait pas intervenir à moins qu'on ne le lui demande.

— Nous irons y faire un tour après notre visite aux Escambrun. Il me tarde bien trop de revoir la comtesse ; mais, ensuite, nous nous y rendrons.

— Très bien, Votre Splendeur. Nous organiserons tout cela, bien sûr.

— Et faites revenir mes petits anges.

L'homme acquiesça et descendit les marches en toute hâte.

— Madame la Marquise, dit le Duc en attrapant l'aristocrate par la main. Vous m'accompagnez ?

La femme lui adressa un sourire forcé.

— Oh ! Hydulphe ! rajouta-t-il. Pendant que vous y êtes, envoyez tout de suite un message à Windrasor. Ils doivent savoir que nous avons un de leurs… pensionnaires.

Le valet qui n'avait pas encore quitté le hall s'était immobilisé au pied de l'escalier.

— Votre Majesté, n'est-il pas un peu trop tard pour cela ? La nuit va bientôt tomber.

Il regretta aussitôt ses propos.

— Comment Hydulphe ?

— Pardon, Votre Splendeur. Un message partira dès ce soir. Je cours chercher vos petits anges.

Une courbette plus tard, il s'éloignait dans la cour tandis que le Duc s'éclipsait avec la marquise, abandonnant derrière lui un marquis fou de rage, un Bartholomée désemparé et une Iphis désespérée. Seul Gédéon souriait. Cette fois-ci, il avait gagné.

11

OCTAVE

Octave, toujours lourd de fatigue, grogna en se retournant sur la couche qui l'avait accueilli presque chaque nuit depuis des années et força ses yeux à s'ouvrir. Il aurait tant aimé pouvoir dormir ne serait-ce encore que quelques minutes mais il en était hors de question.

Son retour à Windrasor n'aurait pas pu être plus pénible et même les retrouvailles nocturnes avec son lit n'avaient rien fait pour effacer sa mauvaise humeur. La veille, plongé dans le doute quant à la marche à suivre pour retrouver les fugitifs et pressé de recevoir de nouvelles directives, il n'avait parcouru qu'une partie du chemin avant que son maudit canasson ne s'effondre, raide mort.

Octave serra les dents en repensant à la distance que ce foutu animal l'avait forcé à couvrir à pied pour rejoindre l'orphelinat. Sans cette sale bête, il aurait dû arriver en pleine journée et aurait eu tout le temps de s'entretenir avec le directeur, mais c'était une nuit noire et fraîche qui l'avait vu débarquer, épuisé et couvert de poussière, en haut du plateau.

Perclus de sommeil, le garde chargé de surveiller l'entrée de l'institution, avait même manqué ne pas le reconnaître sous le couvert de la nuit. Il n'avait cependant fallu à Octave qu'une injonction pour que son collègue lui ouvre les grilles. Un seul éclat de voix avait suffi à faire comprendre au gardien en poste que sa patience avait déjà atteint ses limites. Octave avait essuyé suffisamment de refus dans la journée quand, tour à tour, les villageois des bourgades alentour n'avaient pas daigné lui vendre un autre cheval en constatant le poids misérable de sa bourse et il aurait été incapable d'en entendre un de plus sans laisser son énervement prendre le dessus. Il n'aurait pas dû se montrer aussi généreux lors de son bref séjour à Launkeston. Mais, comment aurait-il pu refuser les faveurs des jolies donzelles qui l'y avaient courtisé ?

Alors, face au portail de Windrasor, comme sur les routes interminables qui l'avaient conduit à l'orphelinat, il avait ravalé sa colère et sa frustration, puis s'était traîné jusqu'à ses quartiers ; bien trop tard pour visiter son supérieur.

Mais, à présent, cette nuit courte et mouvementée avait pris fin et Octave ne pouvait davantage repousser sa rencontre avec le directeur. Malgré sa bourse presque vide, il aurait pu rester encore quelques jours du côté de Launkeston et essayer vainement de mettre la main sur les orphelins, mais cela n'aurait fait que retarder l'inévitable et il le savait. Il devait voir les choses en face : il avait laissé passer son unique chance de les attraper facilement. Heureusement, il n'était pas le seul dans ce cas et il aurait au moins une bonne nouvelle à annoncer au directeur : l'inspecteur Melchior avait lui aussi échoué, exactement comme ils l'avaient espéré en l'envoyant à la poursuite des enfants pour l'éloigner de l'orphelinat. Il avait conduit à la mort plusieurs de ses hommes, des villageois qu'il avait probablement enrôlés sans autorisation, et cela lui coûterait cher. Il ne viendrait même plus fouiner du côté de Windrasor, c'était certain.

Chassant définitivement son sommeil d'un bâillement sonore, Octave se redressa. Il n'avait même pas pris la peine de se déshabiller avant de se coucher et ses vêtements souillés et humides de sueur avaient propagé leur pestilence à son lit. Il renifla son aisselle droite et jugea, malgré l'âpreté de l'effluve qui avait pénétré ses narines, qu'il valait mieux traîner une odeur contrariante dans le bureau de son supérieur plutôt que risquer de s'y faire reprocher une catégorisation douteuse de ses priorités. Oui, il se laverait plus tard. Si tout allait bien.

Et c'est ainsi, affublé d'habits crasseux et malodorants, les jambes lourdes et douloureuses après les kilomètres avalés la veille, qu'il frappa à l'épaisse porte derrière laquelle, à cette heure matinale, son supérieur travaillait déjà.

L'homme aux cheveux gris afficha une mine surprise en voyant Octave entrer. Ce ne furent pourtant pas la présence incongrue du gardien, ni son apparence négligée qui le percutèrent le plus violemment, mais une déception certaine.

— Octave… dit-il en guise d'accueil.

— Monsieur, lui répondit le géant qui avança vers le bureau central.

— Je ne pensais pas vous revoir si vite.

— Tout ne s'est pas passé comme prévu, Monsieur, confessa Octave sans y aller par quatre chemins.

Depuis le temps qu'il connaissait le directeur, il savait que son franc-parler et sa loyauté étaient ce qui lui avait permis d'obtenir sa confiance. Même si aucune de ces deux qualités ne l'avait empêché de lui cacher ce qu'il avait vu le soir du prétendu meurtre d'Agrippa.

— Les fuyards doivent être loin à présent. J'en suis désolé.

Sans sourciller, le directeur plongea son regard dans celui de son subordonné et l'invita d'une voix monotone à tout lui raconter, ce que le géant fit sans omettre, cette fois-ci, le moindre détail. Enfin presque ; le directeur n'avait pas besoin d'apprendre son escapade au bordel de Launkeston.

— Bref, je ne pense pas que nous les reverrons un jour, conclut Octave dont l'estomac était retourné à la simple idée d'un Spinello libre. S'ils ne meurent pas dans les bois, ils se contenteront de disparaître.

Le directeur, qui l'avait écouté avec attention, ses doigts traversant en rythme sa barbichette poivre et sel alors qu'Octave lui expliquait comment l'inspecteur Melchior avait lui aussi échoué, poussa un long soupir.

— Je ne le pense pas non plus et vu les déboires rencontrés par notre ami Florestan, je crois que vous avez raison : lui aussi est hors-jeu. Mais cela ne change pas grand-chose…

Pourtant, quelque part, Octave sentait poindre un certain soulagement. Si les orphelins ne faisaient plus partie de l'équation, alors il n'aurait plus besoin de les traquer et encore moins de s'en débarrasser une bonne fois pour toutes. La vie pourrait reprendre son cours à peu près normalement. Toutefois, raisonner ainsi revenait à oublier que les fugitifs n'étaient qu'une partie des soucis qui accablaient son supérieur. Lui voulait savoir ce qui se tramait dans son orphelinat, ce qu'on lui cachait.

— Je n'ai toujours pas de réponses à mes questions et nous n'en aurons visiblement pas grâce à ces fuyards… Nous allons devoir apprendre ce qui s'est passé autrement ; mais Araknor refuse de me voir… avoua le directeur.

— Comment peut-il ? s'offusqua Octave.

— D'un simple mot, il a décliné mon invitation.

Le gardien, silencieux, fixa son supérieur qui caressait de plus belle les poils de son menton.

— Les humains ne nous corrompront pas davantage, a-t-il simplement écrit.

— Qu'est-ce que ça veut dire ?

— Je ne sais pas, mais je commence à croire que lui non plus ne sait pas ce qui se prépare exactement, ou il refuse de nous le dire. Après tout, il a toujours tenu à ce que les termes de l'accord soient respectés à la lettre. Chacun de son côté. Mais je crois que quelqu'un manipule les Ignobles…

Il souffla brusquement par les narines, autant d'agacement que de lassitude.

— Et ces orphelins auraient pu nous mettre sur la piste.

— Monsieur, je peux tenter à nouveau de les localiser, mais…

— Ne dites pas de bêtises et ne croyez pas que je vous en veuille. Sans cet homme… celui qui les protégeait, vous auriez réussi. Mais maintenant c'est trop tard. Et je n'ai pas assez d'effectifs pour lancer une traque dans tout le Duché. Je vais avoir besoin de tous ceux que nous savons fidèles pour maintenir l'ordre ici. Quoi qu'il se trame dans mon orphelinat, j'y mettrai un terme avec ou sans la coopération des Ignobles. Ce ne sont que des créatures bonnes à rien.

Plus que jamais, Octave était déterminé à venir en aide à celui qui, en l'acceptant parmi les gardiens de Windrasor, lui avait offert le gîte et le couvert et surtout avait donné un but à sa vie.

Justement, il allait témoigner de sa volonté de le seconder lorsque plusieurs coups s'élevèrent dans son dos.

— Eh bien… Vous êtes bien matinaux aujourd'hui, dit le directeur avant d'inviter, d'une voix plus forte, le visiteur à entrer.

La porte s'écarta.

— Monsieur ! s'exclama un gardien aux cheveux emmêlés. Un messager !

Surpris, Octave fronça les sourcils, priant pour que l'homme ne soit pas porteur d'une mauvaise nouvelle. Et si Melchior avait mis la main sur les morveux ?

— Qu'il entre.

Et ce fut une deuxième personne aux vêtements répugnants et à l'odeur forte et pénible qui vint entacher la beauté des lieux.

— Monsieur ! salua l'homme dont la fatigue était évidente. J'ai un message de la part du Duc.

Cette annonce laissa le directeur et Octave sans voix. Face à leur silence, le malheureux, qui avait dû se guider toute la nuit à la lumière d'une simple lanterne, continua.

— Il me fait dire qu'il se trouve actuellement au domaine de Monsieur et Madame le Marquis et la Marquise de Fontiairy… en compagnie d'un de vos orphelins.

— Comment ? s'écria Octave, incrédule.

— Et il semblerait que d'autres pensionnaires errent là-bas, ajouta l'homme.

Abasourdi, mais sentant pourtant une excitation certaine grandir en lui, Octave se tourna vers son supérieur. Il ne lui fallut guère plus qu'un regard pour savoir qu'une fois encore il allait devoir reprendre la route. Il avait finalement retiré les orphelins un peu trop vite de l'équation. Mais, cette fois-ci, il n'avait pas le choix : il les en soustrairait pour de bon.

12

FLORESTAN

Il y avait quelques semaines encore, si on lui avait dit qu'on le verrait si souvent à dos de cheval, Florestan aurait très probablement ri au nez de son interlocuteur, se demandant bien comment quelqu'un pouvait débiter autant d'inepties. Et pourtant, c'était bien du haut du mètre cinquante de sa monture qu'il conduisait, aussi vaillamment que possible, la petite troupe dont on lui avait confié le commandement.

Juché sur son cheval, observant les abords boisés de la route, Florestan n'arrivait toujours pas à croire qu'une telle chance ait pu lui sourire. Il s'était cru condamné, destiné à la cour martiale même ; jusqu'à ce que le colonel Fromir – car tel était le nom de l'homme en uniforme qu'il avait rencontré la veille à Launkeston – change complètement la donne. Florestan n'avait pas osé l'interroger sur l'identité du barbu qu'il avait abattu, mal à l'aise, comme le reste de l'assistance, face à l'hilarité qui avait emporté l'officier en découvrant la dépouille de Barnabé. Toujours est-il qu'il avait accepté avec plaisir et incrédulité l'offre du colonel.

Fromir, dont la présence avait tout autant surpris Victorin, un des officiers chargés de la surveillance de Launkeston, n'avait de toute façon pas cherché à s'expliquer. Il n'était certainement pas du genre à s'épancher sur ses intentions, quelles qu'elles soient. Il avait promis des hommes à Florestan, dix pour être exact, et il avait tenu parole. Puis il était parti avec le reste de sa garnison, le cadavre de Barnabé fermement empaqueté sur le dos de la jument cendrée d'un de ses subordonnés.

Florestan, qui menait la marche, se retourna brièvement, inquiet à l'idée que cette simple pirouette l'envoie valdinguer sur la piste. Il vérifia que ses hommes, neuf soldats du bataillon de Fromir et Philibert, un volontaire de Rasorburgh qui avait finalement décidé de rester, le suivaient bien. Eux aussi épiaient la forêt alentour.

L'inspecteur savait bien qu'une telle manœuvre était vouée à l'échec. Quelles étaient les chances que les fuyards s'approchent autant de la route et se fassent repérer par l'un de ses hommes ? Mais il devait bien essayer. Il n'en allait à présent plus uniquement de sa fierté, de sa volonté de démêler le mystère entourant Windrasor et de rabaisser leur caquet au directeur et à son acolyte ; il en allait de son honneur de membre de l'armée ducale. Il n'était plus là de son propre chef, il était en mission pour un supérieur et, quoi qu'ait pu voir en lui Fromir, il ne pouvait pas le décevoir. Alors, il devait continuer à croire en sa bonne étoile, celle-là même qui avait mis le colonel sur son chemin la veille.

Avant de s'éloigner de Launkeston, Florestan avait toutefois emmené ses hommes sur les lieux de l'échauffourée afin de tenter de retrouver la trace des orphelins. Certains soldats avaient eu tôt fait de repérer plusieurs pistes possibles, mais toutes s'étaient terminées en impasse.

Florestan regrettait l'absence des chiens de Rasorburgh avec lesquels, lui et les hommes qu'il avait dégotés à la taverne, avaient quadrillé les alentours du village le jour où les enfants s'étaient enfuis. Il ne savait pas si leur odorat, plus de vingt-quatre heures après l'affrontement avec le barbu, aurait été assez sensible pour leur indiquer quelle était la voie à suivre, mais il n'aurait en ce moment pas rechigné à les voir courir dans les fourrés de chaque côté du chemin. Au moins, il aurait eu l'impression d'avoir un semblant de contrôle sur la situation.

Car, si ses hommes n'avaient émis aucune objection depuis leur départ de Launkeston, dont ils avaient passé les environs au peigne fin, il pouvait sentir à intervalles réguliers les regards lourds de jugements qui s'écrasaient dans son dos. Ils auraient probablement préféré ratisser la forêt, ce que Florestan aurait pu leur ordonner, mais quel fou aurait pu espérer y trouver les orphelins surtout s'ils avaient décidé de s'y cacher ? Non, comme il l'avait fait en anticipant leur arrivée à Launkeston, il ne pouvait que compter sur leur prochaine erreur, leur prochaine réapparition auprès de la civilisation. Et cela prendrait le temps qu'il faudrait. Au moins, le vieil âne qui tractait péniblement leurs provisions à l'arrière du peloton, ne s'échinait pas pour rien. C'était certain : les orphelins, s'ils ne mouraient pas dans les bois, se remontreraient bien avant que Florestan et sa troupe ne soient à court de nourriture et d'eau. Florestan ne savait seulement pas encore où chercher.

Justement, tandis que la courbe du soleil annonçait la fin de l'après-midi, les silhouettes d'un autre groupe se découpèrent à l'horizon. Désireux de les rattraper, Florestan fit signe à ses hommes de forcer le pas. Le baudet surchargé poussa un braiment sonore lorsque le rythme s'accéléra.

De nombreux claquements de sabots plus tard et la peau couverte d'une chair de poule qui parcourait ses bras et ses jambes dès que son cheval gagnait en vitesse, Florestan arriva enfin au niveau de l'homme qui fermait la marche.

Étonnamment, alors que Florestan pensait être tombé sur un simple convoi de marchands, l'inconnu s'avéra richement vêtu, un large chapeau vissé sur la tête. Il n'avait pour autant rien d'un bourgeois et l'état de son canasson trahissait ses fonctions. L'inspecteur éperonna une dernière fois sa monture et dépassa le petit groupe – trois femmes et deux hommes.

En comprenant l'intention des cavaliers, le domestique qui conduisait le chariot, tira les rênes en arrière. La voiture s'immobilisa.

— Messieurs, commença le cocher, visiblement rassuré par les couleurs portées par les soldats du colonel.

Les attaques n'étaient pas fréquentes dans cette partie du Duché – le commerce y étant trop peu développé pour attirer les brigands – mais elles n'étaient pas pour autant inexistantes.

— Que pouvons-nous pour vous ? continua-t-il. Vous devez savoir que Sa Majesté le Duc attend impatiemment notre retour.

Les hommes de Florestan échangèrent des murmures.

— Le Duc ? s'étonna l'inspecteur tandis que son cheval frottait sa tête contre la croupe de celui d'une des servantes.

— Oui, Sa Majesté le Duc séjourne actuellement chez Monsieur et Madame le Marquis et la Marquise de Fontiairy. Ils nous attendent avec ces quelques victuailles, répondit-il en soulevant le tissu qui couvrait son chargement.

L'estomac de Florestan grogna en voyant ce que le domestique transportait, mais l'inspecteur revint bien vite à la raison. Le nom des aristocrates ne lui était évidemment pas inconnu. C'étaient eux qui étaient venus adopter un orphelin – ou plutôt une orpheline, avait-il entendu dire – juste avant le premier meurtre à Windrasor. Et aujourd'hui, le Duc leur rendait visite. Il réprima un tremblement à l'idée d'avoir lui aussi un jour affaire à cet homme que tous craignaient dans le Duché.

— Nous ne vous dérangerons pas longtemps, s'expliqua Florestan qui s'évertuait à refréner les ardeurs de sa monture. Nous recherchons des orphelins. Ils se sont enfuis de Windrasor il y a quelques jours.

— Des enfants ? le questionna la servante la plus proche.

Quelque chose dans la voix de la femme emplit Florestan d'espoir.

— Il y a bien ceux qui ont essayé d'attaquer Sa Majesté le Duc, intervint un des domestiques.

— Comment ? s'étonna Florestan dont le cœur battait à tout rompre.

— Deux garçons ont tenté d'entrer hier chez Monsieur et Madame. Et ils n'étaient pas seuls !

Florestan n'y croyait pas.

— Combien étaient-ils ? s'enquit-il, avide de réponses.

— Quatre, précisa la femme.

— Non, cinq. Tu oublies celui qu'ils ont gardé.

— Ah oui, le mongolien.

Il n'y croyait vraiment pas. La chance était encore avec lui.

— Ce sont eux ! s'écria-t-il, incapable de contenir sa joie.

Ses hommes, qui avaient gardé le silence, n'en revenaient pas non plus. Ils étaient convaincus que cette petite mission aurait au moins pour elle de les éloigner quelques jours de la sévérité du colonel, mais voilà qu'elle allait être bouclée en une seule journée.

— À quelle distance se trouve le domaine ? demanda Florestan dont les jambes tremblaient d'excitation.

— Oh, ce n'est plus très loin, affirma le cocher. Le Duc voulait absolument ces vivres pour le repas de ce soir. Et nous ne saurions le faire attendre. Peut-être une demi-heure pour nous. Moitié moins pour vous si vous vous dépêchez. Il n'y a qu'un chemin de toute façon.

— Merci beaucoup ! s'exclama Florestan qui leva la main droite et lança sa troupe au galop, sous les protestations tonitruantes de l'âne.

Alors qu'il se cramponnait ridiculement à la crinière de sa monture, dont les jambes puissantes avalaient avec appétit mètre après mètre de la piste, Florestan se demandait bien comment le destin avait pu tourner en sa faveur si vite. La veille, il menait plusieurs hommes à la mort et voyait les orphelins disparaître sous son nez et voilà qu'il les retrouvait déjà. Non seulement Fromir, dont il ne s'expliquait toujours pas l'intérêt pour les orphelins, allait être fier de lui, mais, surtout, il allait enfin pouvoir soutirer la vérité de la bouche des fugitifs. Alors, il pourrait faire parler le directeur de Windrasor. Ce n'était plus qu'une question d'heures. Ainsi qu'il leur avait été annoncé, les hautes grilles qui marquaient l'entrée du domaine des Fontiairy ne tardèrent pas à s'élever, fières et vaillantes, au bout du chemin. Petit à petit, elles grandirent jusqu'à se matérialiser complètement devant Florestan qui arrêta son cheval, aussitôt imité de ses hommes. Derrière eux, le baudet semblait prêt à s'effondrer.

Un garde, arborant une tenue que Florestan aurait aimé porter dans une autre vie, les interpella à travers les grilles fermées. Depuis la tentative d'intrusion des orphelins et la découverte, la veille, de deux soldats dans des états critiques dans les bois, elles n'avaient été ouvertes que pour laisser entrer et sortir les domestiques envoyés à la ville.

— Qu'est-ce qui vous amène ? demanda-t-il d'un ton amical, en réalisant qu'il avait affaire à des confrères.

— Nous venons pour les orphelins, répondit Florestan avec assurance.

Cette fois-ci, ils ne pourraient pas lui échapper.

— Ces sales morveux… jura le garde en fronçant les sourcils.

Il tira une clé de sa poche et déverrouilla le portail dont il amena un premier battant vers lui.

— Mais il n'y en a qu'un ici, précisa-t-il lorsque Florestan, descendu de sa monture, s'avança, tenant la bride de son cheval.

Tout n'allait finalement pas être si facile.

— Un seul ?

— On n'a pas retrouvé les autres. Ils ont mis quatre des nôtres dans un sale état et ils ont réussi à s'enfuir.

— Mais vous en avez un avec vous ?

— Oui, un grand mongol, assura le garde, confirmant les propos de la servante.

Alors, tout n'était pas perdu. Car si Florestan avait retenu une chose du peu de temps qu'il avait passé à Windrasor, c'était bien que ces orphelins faisaient partie de la même famille. Jamais ils n'abandonneraient un des leurs. À présent, il savait exactement où chercher.

— Vous avez des chiens ? demanda-t-il tandis que le soldat le guidait à travers la cour.

Mais l'homme n'eut pas le temps de répondre. Trois cavaliers surgirent soudain par les grilles laissées ouvertes. Surpris, le soldat et deux de ses collègues avaient tiré leurs armes.

— Arrêtez-vous ! s'exclama l'un d'eux. Que faites-vous là ?

La bonne humeur de Florestan s'évapora quand l'inconnu qui semblait mener le trio bondit de sa monture.

— Nous venons chercher nos pensionnaires, dit le gardien à l'aspect répugnant, un large sourire sur les lèvres.

13

PLACIDE

Le visage de Placide s'assombrit lorsqu'il aperçut ceux des nouveaux venus. Pourtant, l'expression d'horreur qui s'y était peinte n'avait rien d'aussi terrifiant que celle qui s'était comme gravée sur celui, livide et figé, de Spinello. La simple vue d'Octave, aussi loin les orphelins soient-ils de lui, leurs têtes dépassant à peine du mur qu'ils avaient escaladé, avait suffi à pousser Spinello dans des contrées de rancœur et de haine. Et la longue plaie suintante qui lui barrait la joue n'arrangeait rien à son apparence.

Tous savaient bien ce que l'arrivée du gardien et de l'inspecteur signifiait.

Non seulement la traque allait reprendre, ils n'allaient rien pouvoir faire pour Iphis, mais surtout Bartholomée semblait plus que jamais condamné à retourner à l'orphelinat.

Par chance, la veille, ils avaient réussi à échapper sans trop de mal aux gardes qui s'étaient lancés à leur recherche après la découverte des deux hommes inanimés dans la forêt ; mais ce jour-là, Placide pouvait parier qu'Octave et l'inspecteur ne renonceraient pas avant de les avoir attrapés.

— Spin', essaya Placide en posant une main sur l'épaule de son ami, incapable d'arracher son regard à la scène qui se jouait dans la cour.

Anselme et Asmodée n'osaient rien dire, conscients eux aussi du danger qui planait à présent au-dessus de leurs têtes.

— On va trouver une solution, continua-t-il, sincère malgré la peur qui lui rongeait l'estomac.

Toujours pas de réponse. Il secoua légèrement Spinello.

— Cet enfoiré… lâcha finalement l'adolescent, les dents serrées.

Il se laissa tomber du mur, les doigts douloureux de s'être trop longtemps maintenu en suspension, et ses camarades l'imitèrent.

Ils se tenaient derrière un énorme massif de buissons qui formait un arc de cercle presque parfait le long de l'enceinte du domaine.

De l'extérieur, l'épaisseur de son feuillage rendait impossible la détection des garçons.

— Il ne nous lâchera jamais… souffla Spinello.

Son ton trahissait un désespoir que Placide n'avait que rarement entendu dans sa bouche. Il semblait prêt à capituler.

— Fait chier… dit Asmodée en baissant la tête.

Le vent agita les branches des arbustes de leur cachette.

— Vous vous rappelez ce qu'on s'était dit… si un de nous se faisait attraper, suggéra timidement Anselme.

Placide leva les yeux vers Spinello, surveillant sa réaction, mais, impassible, ce dernier ne bougeait pas. Il contemplait l'herbe qui se dressait paresseusement à ses pieds.

— Ils vont emmener Barth…

— Mais quand est-ce qu'ils ont prévenu l'orphelinat ? s'indigna Asmodée.

— Ce n'est plus la question, répondit Anselme qui savait que plus aucun coup d'éclat ne les tirerait de ce mauvais pas.

Il fallait voir la réalité en face.

— Si on veut rester ensemble, on doit se rendre, ajouta le garçon aux lourds cernes.

Ce matin-là, après une dure nuit passée à proximité d'une rivière qui longeait le domaine, il n'avait pas fêté son réveil avec autant d'entrain que d'habitude. Et la peur d'être entendu n'était pas la seule raison ; il y avait aussi ce désespoir, celui même qui semblait s'être brutalement abattu sur les épaules de Spinello, qui grandissait d'heure en heure.

— Pour qu'on se fasse tirer dessus ? rétorqua Asmodée en zyeutant discrètement la blessure de Spinello.

— L'inspecteur n'est pas là pour nous tuer. Octave non plus, plaida Placide.

Si les gardes avaient ouvert le feu sur eux, il ne voyait pas de raison pour que les deux hommes chargés de les ramener à Windrasor en fassent autant.

— On doit se rendre, répéta Anselme qui se tourna vers Spinello, un air désolé sur le visage.

Placide fit de même, attendant lui aussi une réaction de son ami, lorsque Spinello éclata d'un rire inquiétant.

— Vous ne comprenez pas, hein ?

Sa question n'appelait pas de réponse.

— Si on se rend, c'est foutu. Octave est un monstre. Il est né pour nous pourrir la vie. Avec n'importe qui d'autre, on aurait encore pu espérer s'échapper tous ensemble, avec Barth. Mais avec lui, c'est perdu d'avance.

— Il y a l'inspecteur aussi, intervint Anselme.

Spinello ricana de plus belle.

— Jamais Octave ne le laissera se charger de nous. Et même si ça arrivait, cette ordure ne serait jamais loin. C'est simple, si on se rend, on mourra à Windrasor comme nous l'a dit Ern'lak.

Un silence lourd s'installa un instant entre les garçons qui réfléchissaient aux propos de Spinello.

— Et puis, t'étais là Asmodée le soir du meurtre d'Agrippa ; enfin pas de son meurtre, mais vous m'avez compris ; on l'a entendu. Octave était là. Donc si ça se trouve, il trempe dans tout ça et c'est lui qui nous tuera avant même qu'on soit à l'orphelinat. Non, les gars, on peut pas se rendre.

— Et Barth alors, souffla Placide qui sentait les larmes lui monter aux yeux.

Il savait que Spinello avait raison, mais comment aurait-il pu se résoudre à abandonner Bartholomée.

— Je ne sais pas… dit simplement Spinello le visage pâle.

— Ils vont le tuer s'il retourne à Windrasor ! s'offusqua Anselme.

— Et nous aussi… rétorqua Asmodée sans arrière-pensée.

Il ne faisait que rappeler la vérité que Spinello venait de détailler.

— Spin', répéta Placide, comme si prononcer le prénom de son ami pouvait magiquement faire apparaître une solution.

Mais l'invocation ne fonctionna pas ; au contraire. Des aboiements, puissants malgré l'épaisseur du mur qui les séparait des chiens, s'élevèrent dans la cour du domaine.

À peine Placide s'était-il retourné que, déjà, Spinello s'était jeté sur la haute muraille qu'il escaladait avec dextérité. Il ne resta à son sommet que l'espace d'une seconde.

— Faut pas rester là, ils ont sorti les chiens et ils viennent par ici ! paniqua-t-il.

— Comment ils peuvent savoir qu'on est encore là ? s'étonna Asmodée.

— Octave ! Lui doit savoir qu'on ne lâchera jamais Barth ! s'exclama Anselme.

— Anselme ! s'énerva Spinello. On ne peut pas… Bartholomée s'est condamné tout seul.

Placide trouvait les mots de Spinello aussi durs qu'injustes.

Bartholomée n'avait pas conscience de ce qu'il avait provoqué en fonçant ainsi au manoir des Fontiairy. Il n'y était pour rien.

Placide était convaincu que, s'il avait su ce qui l'attendait, le géant aurait réussi à contrôler ses pulsions. Il serait resté avec eux et… qu'est-ce que cela aurait changé ?

Après tout, Spinello n'avait pas caché vouloir tenter de sauver Iphis. La situation aurait-elle été vraiment différente ? Mais voilà que son ami avait décidé de laisser tomber Barth, et Placide ne parvenait pas à le haïr pour autant. Il ne savait plus que ressentir. Il n'avait de toute façon plus le temps d'y penser. Les chiens approchaient.

Il ne réagit pas lorsque Spinello l'attrapa subitement par la main. De l'autre, il tenait celle d'Anselme.

— On ne peut plus rien faire. On doit faire confiance à Quirin, Attale, Théo et les copains. Ils sauront gérer ça ; eux peuvent encore aider Barth, OK ?

— Si Bartholomée arrive vivant à Windrasor, souffla Anselme.

Cette fois-ci, Placide fut incapable de contrôler ses larmes. Ils allaient vraiment abandonner leur ami.

— Je suis désolé, conclut Spinello en les entraînant vers l'étroit passage par lequel ils s'étaient faufilés pour rejoindre leur repaire.

Sans les canidés, ils auraient pu s'accrocher à cette dernière lueur d'espoir qui brillait dans leur cœur, essayer de se cacher, attendre le moment opportun pour libérer Bartholomée, mais la présence des bêtes avait tout changé. Elle les poussait aux pires décisions et, une fois de plus – et ils ne s'y habitueraient jamais – il ne leur restait plus qu'à courir.

19

THÉODORE

Théodore avait dû patienter plus de vingt-quatre heures, la peur au ventre à l'idée de se faire prendre, avant de se retrouver enfin, la nuit venue, derrière cette porte. Toutes sortes de scénarios, la majorité à l'issue malheureuse, lui avaient traversé la tête depuis que lui et les filles s'en étaient pris à Kléber, mais la possibilité d'incarner le héros malchanceux d'un d'entre eux ne l'avait aucunement arrêté. S'il l'avait pu, il s'y serait même rendu la veille au soir, juste après avoir dérobé les clés au gardien, mais l'agitation qui avait secoué les dortoirs des filles l'avait poussé à la plus grande discrétion.

En effet, comme Mayeule, ses comparses et lui l'avaient planifié, toute cette histoire était rapidement retombée sur Félicité, une chef de clan particulièrement redoutée de ce côté de l'orphelinat. Les gardiens n'avaient pas perdu de temps et l'orpheline, accusée à tort, s'était vue en moins de deux enfermée derrière les barreaux d'une cellule d'isolement, dans les obscurs soubassements des dortoirs. Pourtant, cette injustice toute calculée n'avait pas permis à Théodore d'agir comme il l'aurait souhaité.

Les rondes avaient été renforcées et la tension qui avait envahi les gardiens, plus nerveux que jamais, avait suffi à faire comprendre aux pensionnaires que la moindre incartade leur coûterait cher. Ravalant son impatience, Théodore n'avait eu d'autre choix que de regagner le calme de sa chambre et de patienter, cherchant un sommeil qui s'était refusé à lui. La crainte que les protestations de la fille, pour une fois innocente, fassent comprendre aux gardiens que l'on s'était joué d'eux, l'avait rongé une bonne partie de la nuit. Car, si la vérité était rétablie, il était fichu.

Alors, le lendemain, sitôt sa journée de travail terminée, son dîner pris dans son éternelle solitude et la nuit installée, il s'était glissé en douce hors de sa chambre, la main droite enveloppant fermement l'objet de son larcin. Formé à bonne école et malgré les gardiens, toujours aussi nombreux, personne ne l'avait vu disparaître dans l'obscurité de cette partie de la cour des filles où il se tenait à présent.

La veille, ne parvenant pas à s'endormir, Théodore avait longuement passé en revue les différentes clés du trousseau qu'il avait dérobé, s'étonnant de leur nombre et de leur variété. Il s'était imaginé ce que chacune d'entre elles, de la plus petite à la plus grande, de la plus ancienne à la plus récente, ouvrait et, surtout, laquelle il pourrait enfin introduire dans cette serrure qui le mettrait, il en était convaincu, sur la voie de la vérité.

Mais, alors qu'il tentait justement d'y glisser une autre candidate, après l'échec des deux précédentes qui avaient refusé de tourner une fois insérées, il commença à douter de son plan. Il pensait avoir paré à pratiquement toutes les éventualités, mais n'avait pas anticipé la situation dans laquelle il craignait de se trouver à présent : il n'avait pas la bonne clé. Pas une seule seconde, il n'avait imaginé que le gardien pourrait ne pas la posséder. Pour lui, seuls les orphelins étaient cantonnés à l'espace qui leur était destiné et les adultes pouvaient aller où bon leur semblait. Mais il avait vu faux.

Bêtement.

— Allez, s'il te plaît, souffla-t-il en passant à la suivante qui refusa à son tour de lui ouvrir la lourde porte.

Il n'arrivait pas à croire qu'il avait fait tout cela pour rien. Ce n'était tout simplement pas possible d'être aussi stupide.

— Allez ! s'énerva-t-il un peu trop bruyamment.

Mais, malgré le silence presque total de la cour, que seuls les chants de quelques insectes nocturnes perturbaient, son agacement ne trahit pas sa présence.

Il farfouilla dans le trousseau de clés à la recherche de celle qu'il convoitait tant, mais il pouvait déjà dire qu'il avait lamentablement échoué. C'était fini. Il n'aurait pas de réponses à ses questions et il devrait affronter les conséquences de ses décisions avec le goût amer de la défaite. Mieux valait d'ailleurs ne pas penser à ce qu'Ophélia lui réserverait quand elle apprendrait qu'il avait embarqué ses amies dans une vendetta aussi risquée. Et c'était sans parler de ce que lui ferait subir Félicité, si par hasard il lui parvenait aux oreilles qu'il était derrière tout cela. La protection d'Ophélia, si elle la lui accordait encore, et rien n'était moins sûr, ne serait jamais suffisante pour qu'il en ressorte indemne. Et, à cause de sa bêtise, il aurait à endurer tout cela pour rien.

Dépité, Théodore jura lorsque la clé, qu'il avait introduite dans la serrure, tourna dans le vide. Fou de rage, il ne fit rien pour retenir son pied qui s'écrasa violemment contre la porte, sans même l'ébranler.

— Tu vas te faire mal, tu sais ? siffla une voix au-dessus de sa tête.

Surpris, le garçon sauta en arrière et leva aussitôt des yeux terrifiés vers le sommet du mur d'où s'était échappée la voix.

Bien que masquée par l'obscurité, il ne mit qu'un instant à discerner la silhouette noire qui l'observait, juchée plusieurs mètres au-dessus de lui. La cape de la créature battait dans le vent, telles les ailes d'un rapace nocturne, prêt à fondre sur sa proie.

S'il avait su que venir ici aurait été suffisant pour rencontrer l'Ignoble, il ne se serait pas donné tout ce mal. Au moins, il pouvait encore espérer avoir quelques réponses sans avoir à aller les trouver dans leur tanière, ce qu'il aurait été déterminé à faire si cette maudite porte avait accepté de s'ouvrir. Cette simple pensée le fit frissonner, mais il se reprit.

— Nous devons parler, dit Théodore qui tâchait d'afficher autant d'assurance que possible.

Les yeux de l'Ignoble brillèrent d'un éclat rougeoyant.

— Quelle insolence de la part d'un être aussi faible… railla la créature accroupie, ses genoux s'alignant presque avec sa mâchoire.

À ces mots, Théodore comprit brutalement sa méprise et recula d'un pas.

— Qu'est-ce qui t'arrive garçon, tu pensais voir quelqu'un d'autre ?

— Laisse-le tranquille, intervint soudain une autre voix.

Tremblant d'effroi, Théodore chuta en arrière lorsqu'une deuxième ombre surgit de la nuit et atterrit au sommet de la muraille, à l'exact opposé de là où était perchée celle qui l'avait interpellé.

— Ern'lak... siffla la première créature avec un certain contentement.

— Araknor...

— Je me demandais quand tu finirais par te montrer.

Un long silence s'installa entre les Ignobles tandis que, tétanisé, Théodore ne trouvait pas la force de bouger.

— Tu n'échapperas pas éternellement à ta punition, crois-moi, ajouta Araknor. Tu connais les règles.

— De vieilles règles qui ne demandent qu'à être abolies. Tu sais aussi bien que moi que j'ai eu raison d'agir. Tu voulais toi-même que je la surveille après tout...

— Tu aurais dû laisser Gralirk tuer les orphelins...

— Non ! C'était trop tard, Gralirk était corrompu. Je ne pouvais pas le laisser faire cela. Ces orphelins n'y sont pour rien. Ils sont comme nous, prisonniers de cet enfer. Comme nous, ils n'ont pas choisi cette vie !

— Comme nous ? s'emporta Araknor qui déplia son corps difforme. Cette vie, c'est la nôtre. Nous l'avons choisie. Ici, c'est chez nous.

— Vous n'avez rien choisi. Ce sont les hommes qui ont décidé pour vous. Évidemment, vous avez préféré pactiser avec eux plutôt qu'être exterminés, mais ce sont eux qui ont décidé. Juste un arrangement pour se débarrasser de nous et nous garder bien au chaud en attendant d'avoir à nouveau besoin de nous. Car tu n'ignores pas que cela arrivera.

— Tais-toi ! rugit l'Ignoble. J'étais sûr que votre génération poserait des problèmes !

— C'est à toi de voir la vérité en face. Ce n'est plus une vie ici... ça ne l'a jamais été.

Une rafale de vent fit voltiger leurs sombres vêtements.

— J'aurais dû écouter Élias, ajouta Ern'lak avec une certaine nostalgie.

— Ne me parle pas de ce morveux ! s'agaça Araknor qui bondit en direction d'Ern'lak.

Ce dernier l'esquiva et s'élança vers la paroi rocheuse qui s'élevait dans son dos.

Aux yeux écarquillés de Théodore, il avait complètement disparu, ne faisant qu'un avec la roche à laquelle il s'agrippait fermement. Oublié par les Ignobles, Théodore ne ratait pas un mot de leur discussion, essayant de comprendre ce à quoi il assistait. Venaient-ils vraiment de parler d'Élias ? De cet Élias-là ? L'orphelin qui, il y avait quelques jours, était encore le seul à s'être jamais échappé de Windrasor ?

— Tout cela est de votre faute. Vous, la première génération, siffla Ern'lak avec véhémence. Regarde ce que tu laisses faire aujourd'hui. Tu savais que certains d'entre nous attendaient la moindre occasion pour se révolter et vois quel chemin ils suivent à présent. Ils sont aveuglés par de fausses promesses. Regarde ce que Gralirk a fait : il a tué Agrippa par loyauté envers ce fumier !

— Silence !

— On aurait dû se battre ensemble, pour nous, pour tous partir d'ici, libres. Aujourd'hui, ils sont convaincus de faire tout cela pour nous, mais ils ne sont que des pions des humains et de leurs guerres incessantes. Et tu les laisses faire…

— Nous avons des règles et nous devons nous y tenir !

— Tu savais qu'il avait besoin d'Agrippa pour les convaincre et tu n'es pas intervenu. Avec notre aide, elle aurait pu s'enfuir avec son fils et nous n'aurions jamais été mêlés à tout cela. Maintenant combien d'entre nous tient-il sous sa coupe ?

Un instant, les yeux d'Araknor parurent s'embraser puis l'intensité de son regard diminua.

— Agrippa n’avait pas besoin de nous pour partir. Elle a fait son choix. Elle savait bien qu’il l’aurait retrouvée si elle avait fui avec son enfant. Et crois-tu vraiment qu’elle voulait d’une vie d’errance et d’incertitude sur les routes avec son garçon ? Elle était prête à tout pour qu’il puisse rester vivre ici. Personne ailleurs n’aurait voulu de lui.

Araknor soupira longuement et reprit :

— Tu peux penser ce que tu veux, mais je me bats pour nous tous. Nous avons vécu ici en paix en respectant les règles et nous continuerons. Nous n’interviendrons pas dans les affaires des Hommes et... nous punirons les meurtriers !

Confus, Théodore était convaincu qu’Araknor allait de nouveau tenter d’attaquer Ern'lak lorsqu’il vit l’horrible silhouette de la créature tomber dans sa direction.

L’orphelin ne le savait pas encore mais, en se jetant sur lui, Araknor venait de forcer Ern'lak à un combat presque perdu d’avance.

15

OCTAVE

— Nous venons de Windrasor. Le directeur de l'établissement nous envoie récupérer nos pensionnaires… égarés, précisa Octave en cachant sa surprise.

Il ne s'attendait certainement pas à tomber sur Melchior et encore moins à le voir entouré de tels hommes. Ceux-là n'avaient rien des piliers de comptoir qu'il avait traînés jusqu'à Launkeston et ils pourraient fort bien poser problème.

— Mais ces messieurs... commença le garde à qui il s'était adressé.

— Monsieur Melchior n'a plus de raison de se déranger maintenant que nous sommes là, le coupa Octave en dardant un regard froid sur l'inspecteur.

Toutefois, l'intéressé ne l'entendait certainement pas ainsi.

— Vous alors ! Vous ne faites pas une sieste en plein milieu de la rue aujourd'hui ? lui lança l'officier sans qu'Octave ne comprenne immédiatement où il voulait en venir.

Il lui fallut quelques secondes d'un silence gênant pour réaliser que l'homme l'avait certainement trouvé évanoui après sa rencontre avec le barbu. Florestan profita de son hésitation pour continuer :

— Vous savez très bien que ces enfants sont liés à mon enquête. Le directeur n'avait pas besoin de vous envoyer ici. Je m'occupe de tout.

Les dents serrées, Octave cherchait une solution pour se débarrasser de ce gêneur, mais pas une ne se présentait à lui. Il avait cru l'affaire presque pliée et pourtant, ce minable ventripotent venait encore lui mettre des bâtons dans les roues.

— Messieurs, intervint le garde. Vous réglerez cela plus tard. Nous partons dès ce soir, donc peu importe ce que vous allez faire tant que vous ne gênez pas les préparatifs de départ du Duc.

Il pointa du doigt une série de constructions bâties directement le long du rempart qui entourait le domaine.

— Le chenil est là-bas, je crois. Voyez cela directement avec le maître-chien, dit-il à Florestan qui fit aussitôt signe à l'un de ses hommes d'y aller.

Voyant la situation lui échapper, Octave allait intervenir, mais l'inspecteur le força au silence.

— Pouvez-vous vous assurer que le garçon que vous avez capturé reste sous bonne garde ? demanda-t-il. Nous devons d'abord retrouver ses camarades, sans perdre de temps.

— Oui, ce sera fait, répondit le soldat qui semblait, malgré sa politesse, perdre patience.

Seule l'idée que ces sales gosses soient punis le poussait à garder son calme.

Il n'en était pas de même d'Octave qui ne voyait aucune issue favorable. Sa mission restait inchangée mais, comment pourrait-il mettre la main sur les fuyards avant que Melchior et ses hommes ne le fassent ?

Il scruta les alentours, espérant une quelconque intervention, divine ou non, qui viendrait le sortir de ce mauvais pas, mais le seul signe qui lui fut envoyé lui rappela surtout qu'il n'avait pas une seule minute à perdre. En effet, le maître-chien et l'homme de Florestan, qui était allé le quérir, approchaient déjà, tirés par une dizaine de canidés. Les animaux surexcités aboyaient et glapissaient en forçant sur les liens qui les retenaient.

Octave n'avait pas le choix, il devait trouver les enfants au plus vite. Agacé de voir de quelle façon Melchior avait, semblait-il, pris la situation en main, il fit signe à Ozias et Lothaire, les gardiens qui l'avaient accompagné pour récupérer les orphelins, de le rejoindre.

— On va pas décevoir le patron. C'est nous qui allons retrouver les morveux, OK ? murmura-t-il d'un ton plein d'une conviction inébranlable.

La loyauté n'était certainement pas une corde aussi sensible chez eux que chez lui, mais peut-être avaient-ils un minimum d'honneur et un ego à rassurer.

Les deux gardiens acquiescèrent, n'ayant visiblement nulle envie de contester et de risquer la colère d'Octave, et s'engagèrent à la suite des soldats qui, déjà, se dirigeaient vers la sortie, prêts à faire ce pour quoi leur véritable chef les avait confiés aux ordres de ce type rondouillard qui les précédait. Devant eux, les chiens contenaient de moins en moins leur excitation.

À peine les grilles de l'entrée franchies, Florestan, plus sûr de lui que jamais et convaincu que sa chance ne l'abandonnerait pas de sitôt, prit les devants, sans même accorder un regard à Octave et à ses acolytes.

— Je suis sûr qu'ils ne sont pas allés bien loin. Pas avec leur ami à l'intérieur. Nous allons nous séparer et faire le tour du domaine en balayant une portion aussi large que possible de la forêt alentour. Répartissez-vous les chiens et mettez-vous en position. Je veux une ligne de chaque côté de la route ! ordonna-t-il.

Devant la détermination surprenante de l'officier, Octave doutait de plus belle de ses chances de s'en tirer à bon compte. Peut-être ses craintes étaient-elles irrationnelles, mais il ne voulait pas tout risquer en laissant les orphelins tomber entre les mains de ce fouineur de Melchior.

Non, pour lui tout cela ne pouvait se terminer que d'une seule façon.

Il jeta un regard noir, illustration parfaite de tout le mépris qu'il éprouvait pour l'inspecteur, et se tourna vers ses collègues.

— Devancez ce groupe-là, je prends l'autre côté ! s'exclama-t-il. Si vous trouvez les mômes, ne laissez pas Melchior les embarquer. Surtout pas ! C'est notre mission !

Ozias et Lothaire, qui se seraient bien passés de cette expédition, même si changer d'air n'était pas non plus pour leur déplaire, ne cherchèrent pas à comprendre l'inquiétude d'Octave et se contentèrent d'obéir. Ils s'enfoncèrent dans les bois où la battue ne tarderait pas à démarrer.

Habitués à s'exécuter avec célérité, les hommes de Florestan avaient quant à eux commencé à former deux lignes de part et d'autre de la piste qui desservait le domaine des Fontiairy. Les plus proches de l'entrée se tenaient déjà en position tandis que les autres trottinaient pour prendre place plus loin sur la route. Bientôt ils formeraient deux rangées de cinq hommes chacune, tous séparés de vingt à trente mètres. Ainsi, ils ne couvriraient qu'une surface ridicule comparée à l'immensité de la forêt, mais Octave craignait que cela ne soit suffisant pour que les bêtes flairent la trace des orphelins, aussi malins soient Spinello et ses amis.

Le géant n'attendit cependant pas qu'ils se mettent en marche pour s'élancer entre les arbres. Dans cette partie de la forêt, la végétation n'offrait que peu de possibilités pour se cacher et le gardien ne comptait pas perdre de temps à inspecter chacun des longs arbres qui entouraient la propriété.

Son instinct, dressé par des années à fréquenter des générations successives d'orphelins à Windrasor et secondé, pour une fois, par sa raison, lui dictait de ne pas trop s'éloigner du mur d'enceinte. Comme Melchior l'avait lui aussi déduit, les fugitifs n'étaient probablement pas partis bien loin. Ils étaient forcément restés à proximité pour surveiller ce qui se passait au manoir où se trouvait le rejeton d'Agrippa. Comme le lui avait raconté le messager du Duc à Windrasor, les morveux n'avaient pas hésité à s'attaquer à des hommes armés de la garde ducale pour tenter de le récupérer. Une telle audace n'était certainement pas celle d'enfants résolus à renoncer. Ils devaient être là, non loin, à préparer l'évasion du mongolien. Mais les chiens les avaient forcément avertis de ce qui se préparait. Il devait juste découvrir où ils s'étaient cachés jusque-là. Alors, il saurait quelle direction suivre.

Avalant mètre après mètre de cette terre noire, couverte de feuilles, qui tapissait le plancher de la forêt, le gardien essayait de se plonger dans la peau des garçons tout en mettant un maximum de distance avec la battue qui s'était lancée dans son dos. Son départ précipité avait énervé les chiens dont les aboiements puissants rythmaient à présent chaque instant de la course-poursuite qui s'était engagée.

Il ne savait pas exactement ce qu'il cherchait mais, après avoir suivi le mur sur plusieurs dizaines de mètres, il comprit qu'il tenait quelque chose quand un épais massif, accolé au rempart, se découpa entre les troncs longiformes. Jusque-là, pas un arbuste, ou presque, n'était parvenu à imposer son existence dans ces bois façonnés par l'Homme. Le gardien accéléra puis ralentit à proximité du buisson qui trahit aussitôt le passage des orphelins.

Là, sous les yeux brillants d'Octave, son inattendu allié tendait, du bout d'une de ses lourdes branches, un morceau de tissu crasseux. Pour le gardien, la question ne se posait même pas : l'étoffe appartenait forcément aux morveux. Sans même vérifier que cet endroit était effectivement propice à la surveillance de la demeure des Fontiairy, il tourna le dos au mur et fonça en direction de la partie plus sauvage des bois, là où, il en était convaincu, les fuyards étaient partis s'abriter.

Sa course ne lui avait fait gagner que quelques précieuses minutes sur les chiens, mais il espérait bien les mettre à profit. Si les garçons avaient fui en entendant les aboiements, ils ne pouvaient pas être bien loin surtout avec le boiteux qui devait les ralentir.

Envahi par un nouvel élan d'espoir et pressé par les gémissements des bêtes toujours plus proches, Octave fila aussi vite qu'il le pouvait, se désintéressant à présent presque complètement de ce qui l'entourait.

Son attitude changea au moment où la Nature commença à reprendre ses droits. Plus jeune, même s'il n'avait jamais fait partie des plus doués, il avait participé à nombre de parties de chasse et, à présent, ses yeux balayaient le sol pour glaner des indices. Une branche brisée, des plantes piétinées… et il n'eut guère à attendre. Son cœur fit un bond et un afflux d'adrénaline lui envoya une vive décharge d'énergie lorsqu'il détecta enfin la trace des orphelins. Il ne savait pas encore comment il s'en tirerait une fois qu'il leur aurait mis la main dessus, mais peu importait. S'il était le premier à les trouver, il serait en mesure de les empêcher de parler.

Tout en gardant un rythme acceptable et en s'assurant de ne pas se tromper de chemin, il remontait la piste quand le clapotis de l'eau résonna soudain dans les bois. Il sourit en imaginant les sordides possibilités que lui offrait la présence d'une rivière, mais son contentement se dissipa en comprenant, après avoir traversé le torrent, que la piste s'arrêtait là. Cependant, son désarroi ne dura qu'une seconde. Plus bas, il les aperçut, pataugeant au bord du ruisseau. Enfin, il les tenait.

Réprimant un cri de victoire qui aurait trahi sa présence, il s'enfonça sous le couvert des arbres et fila, invisible aux yeux des orphelins, en longeant le cours d'eau. Il hésita un instant à les laisser prendre de l'avance pour s'éloigner le plus possible de Melchior et de ses hommes, mais décida finalement qu'il ne pouvait pas courir le risque de les perdre de vue. Dès qu'il les aurait rattrapés, il agirait. Ce qu'il fit en l'espace de quelques minutes.

Malgré leur hâte et la peur qui semblait les pousser, les fuyards, comme Octave l'avait anticipé, se déplaçaient bien moins vite que lui et leur choix de marcher dans l'eau, probablement pour essayer de tromper les chiens, n'arrangeait en rien leur situation.

Un sourire amusé se dessina sur les lèvres d'Octave quand il vit que cette horreur de Placide fermait effectivement la marche. Devant, Spinello ne cessait de se retourner et de scruter leurs arrières, mais il ne regardait pas dans la bonne direction. Maintenant à leur niveau, le gardien jaillit subitement des fourrés.

Octave exulta en voyant une expression de parfaite terreur se dessiner sur les visages des orphelins. Leur détresse illumina son sourire. Sans perdre une seconde, il sauta sur un rocher qui sommeillait dans le lit de la rivière, puis sur un autre. Contre toute attente, les orphelins ne s'étaient pas dispersés, comme conscients que fuir ne leur servirait plus à rien. Octave ne put s'empêcher de rire lorsqu'il réalisa que, pour la première fois, il n'allait pas avoir à retenir ses coups. Bien au contraire. Il n'aurait juste pas le temps de jouer avec ses proies.

Pour toute bande sonore à cet affrontement inévitable, s'ajoutant aux aboiements des chiens, résonnait le bruit sourd d'une cascade de seulement quelques mètres qui se déversait dans une large cuvette creusée dans la roche. Décidément, tout était parfait, pensa Octave en se jetant sur les garçons, son énorme poing droit prêt à faire son sinistre travail.

L'affreux et l'avorton s'étaient réfugiés derrière le grand gaillard dont il était facilement venu à bout à Launkeston. Spinello et lui, lui faisaient face. Mais que croyaient-ils ? Cette fois-ci, ils ne pourraient pas compter sur leur ami barbu pour les aider, ni sur les règles de l'orphelinat pour les épargner. Ils allaient y passer.

Se moquant bien de son intégrité physique et voulant parer au plus pressé, Octave ne chercha pas à éviter le coup du plus costaud qui l'atteignit en pleine poitrine. Le souffle coupé, le gardien profita de l'ouverture et cueillit son adversaire en plein front, le laissant sur le carreau. Il fondit aussitôt sur sa deuxième victime. Non, il n'allait pas garder le meilleur pour la fin.

Spinello lâcha un cri étouffé quand Octave, une main refermée sur sa gorge, le souleva du sol. Pris au dépourvu, l'orphelin n'avait rien pu faire.

Alors que ses doigts écrasaient la trachée du garçon, qu'il tenait à bout de bras, le gardien se sentait tout puissant. Finie la frustration de ne pas pouvoir remettre cette petite merde à sa place. Il était libre de laisser sa rancœur s'exprimer.

Sous sa poigne, le garçon, qui déjà manquait d'air, se débattait comme un beau diable et essayait d'atteindre le visage de son agresseur, mais il n'avait pas suffisamment d'allonge. Ses ongles se contentaient de lacérer l'avant-bras du géant que la scène paraissait amuser follement. Enfin, Octave pouvait se repaître de la souffrance de cet orphelin qui lui avait si souvent pourri la vie.

Une vive douleur dans le dos le força pourtant à relâcher son étreinte. Sa victime, qu'il n'avait pas pour autant libérée, en profita pour prendre une inspiration salvatrice.

— Lâche-le ! hurla le garçon difforme qui l'avait attaqué.

Affligé par le ridicule de l'orphelin, Octave esquiva le deuxième projectile, un lourd galet, et bondit en avant. Il renversa d'un seul geste les deux garçons qui l'avaient pris pour cible. Ces minus transpiraient la peur. Ils n'étaient même pas capables d'aider leur ami.

— Arrête ! cria une voix bien plus grave.

Tenant toujours Spinello, dont le visage avait viré au bleu, Octave fit volte-face. Il ne pouvait pas y croire. Comment cet enfoiré avait-il pu…

— Libère-le, tu vas le tuer ! s'énerva Melchior qu'un soldat accompagnait.

Mais Octave avait succombé à la rage. Sa frénésie n'entendrait aucun argument. Encore une fois, cet incapable de Melchior venait de gâcher tous ses plans. À cause de lui, il risquait de perdre la confiance de son supérieur, le seul qui ait jamais vraiment cru en lui. Et surtout, il ne pourrait pas se débarrasser de ce morveux. Non, il était hors de question qu'il relâche cette ordure de Spinello ! Au contraire, il resserra sa prise meurtrière.

— Arrête ! hurla Florestan en se précipitant sur le gardien.

Surpris par la charge de l'inspecteur, Octave libéra sa proie sans le vouloir et un Spinello agonisant, que quelques secondes supplémentaires auraient probablement condamné à une mort certaine, s'écrasa lourdement au sol. Emporté par la fureur, Octave saisit d'une main l'arrière du crâne de l'officier qu'il propulsa violemment vers le bas, appuyant son geste jusqu'à ce qu'un horrible craquement vienne couvrir tous les autres sons alentour. Le ruissellement de la cascade parut s'interrompre l'espace d'un instant.

— Non ! beugla le soldat.

Tremblant, la main couverte du sang de Melchior qui s'échappait à gros bouillon de son visage fendu en deux, Octave leva les yeux vers le fusil de l'homme.

À ses pieds, l'inspecteur, se raccrochant à des bribes de conscience, réalisait, plongé dans un brouillard terrifiant, que la chance qui lui avait permis de retrouver la trace des orphelins venait de l'abandonner définitivement. En fin de compte, elle ne l'avait mené qu'à ce terrible moment que tous redoutaient. Celui de la nuit éternelle, celui des rêves brisés.

Alors que les membres de Florestan étaient parcourus de derniers spasmes, Octave se tourna vers Spinello que ses amis, aux visages rougis par la gifle monumentale qu'il leur avait donnée, avaient déjà tiré en retrait.

— Ne bouge pas ! s'énerva le soldat qui semblait avoir oublié les orphelins. Tu l'as tué !

Malgré tout son entraînement, la panique le submergeait.

— Les laisse pas partir, putain ! cracha Octave qui saisissait peu à peu la portée de ses actes.

Enragé, il fit un pas vers l'homme sans obtenir la réaction escomptée. Le soldat, les pieds plantés dans le sol, n'avait pas bougé d'un millimètre et le menaçait toujours de son arme. Il ne flancherait pas.

— Couche-toi ! cria-t-il.

— Les laisse pas partir ! répéta Octave tandis que, dans son dos, les garçons s'éloignaient déjà.

— Les laisse pas partir ! hurla de nouveau Octave, fou de rage.

Une fois de plus, il n'avait que deux options : obéir, se laisser immobiliser et espérer que le garde s'occuperait aussitôt des enfants, mais à quoi cela le condamnait-il ? Il avait mis un officier à mort et, dans le Duché de Morenvagk, cela ne le mènerait que sur un seul chemin : celui du gibet. Ou il pouvait tenter le tout pour le tout et finir ce qu'il avait commencé. Ce qu'il brûlait d'envie d'achever...

16

IPHIS

En entendant les chiens exprimer leur excitation avec une telle ferveur dans la cour, Iphis, qui se rendait alors dans la salle de jeux en compagnie d'Édouard et de Gédéon, n'avait pu réprimer un frisson de peur, bien consciente de ce après quoi les bêtes allaient bientôt partir en chasse. Pourtant, jamais elle n'aurait imaginé les voir rentrer avec une telle proie.

Feignant l'amusement tandis qu'Édouard modifiait à son gré les règles du jeu sur lequel son choix s'était porté après une longue réflexion, elle avait presque perdu tout espoir pour les garçons. Ainsi traqués, jamais ils ne pourraient porter secours à leur ami et, elle, en profiter pour s'échapper à son tour. Cependant, la vue du gibier rapporté par la meute rouvrit brusquement en grand les battants de la porte qui avait jusque-là gardé tout espoir enfermé à double tour.

— Qu'est-ce qu'ils font ? demanda Édouard qui, après quelques minutes à tourner en rond dans la grande salle avait décidé qu'il préférait jouer à l'extérieur.

Il voulait absolument sa revanche à ce jeu stupide que lui avait offert sa mère.

Iphis, à genoux dans l'herbe, une balle de croquet à la main, ignora le garçonnet. Elle n'en croyait pas ses yeux, et pourtant c'était bien lui que le groupe de soldats qui venait d'arriver traînait. Octave, ce salaud qui l'avait forcée à se plier à la décision du marquis de l'adopter. Elle savait que, ce jour-là, l'homme aurait pu se montrer bien plus terrible et violent, mais au fond d'elle, elle le voyait comme celui qui avait scellé son sort et l'avait jetée entre les griffes des Fontiairy. Et voilà qu'elle le retrouvait dans des circonstances qui la dépassaient complètement. Qu'est-ce qui avait bien pu se passer ?

En effet, plus loin dans la cour, une poignée d'hommes en uniforme, tirés par les molosses des Fontiairy, avançaient d'un pas décidé, poussant devant eux le gardien aux poings liés. Son visage ensanglanté, comme ceux de plusieurs soldats, et sa démarche résolument douloureuse trahissaient la violence de l'affrontement qui avait eu lieu dans les bois. Autour d'eux gravitaient plusieurs gardes du Duc dont la tension semblait se matérialiser dans l'air alentour. Quoi qu'il se soit passé, cela n'allait pas plaire à leur maître.

Stupéfaite, Iphis se releva alors qu'un des gardes en arme, qui surveillait l'entrée jusque-là, enfonçait les portes du manoir. Mais son étonnement se mua en horreur lorsqu'elle distingua les deux retardataires – deux autres gardiens de Windrasor dont elle ignorait les noms – qui venaient de franchir les grilles du domaine.

Progressant péniblement, ils laissaient derrière eux un sillage de moues terrifiées et dégoûtées parmi les domestiques du Duc qui terminaient de charger les voitures, en vue de leur proche départ. Même les membres de la garde ducale s'étaient arrêtés pour contempler l'état de leur chargement.

— Waouh ! lâcha Édouard en apercevant à son tour la dépouille que les deux gardiens transportaient avec une maladresse presque comique.

L'horreur de cette scène avait comme paralysé toute l'assistance, et la course du garçonnet fut le seul mouvement à troubler l'immobilité quasi totale de ce sordide tableau. Tous découvraient avec effarement ce qu'il était advenu de l'inspecteur Melchior et de son visage réduit à une pulpe terrifiante.

— Édouard ! s'exclama Gédéon qui le prit aussitôt en chasse.

L'homme devait déjà penser à ce qu'il adviendrait de ses nuits si le garçon commençait à cauchemarder du crâne fendu de Florestan.

Toujours tétanisée et maintenant seule, Iphis les observa s'éloigner alors que tous les regards restaient scotchés sur le cadavre que les gardiens au front couvert de sueur, portaient à bout de bras. Devant eux, la petite troupe s'était figée face aux grandes portes du manoir, le chemin barré par un des hommes du Duc. À l'écart, l'un des soldats tenait à présent à lui seul les laisses des chiens qui se léchaient les babines et jappaient en voyant le macchabée approcher. En quelques pas, les deux malheureux – qui l'étaient cependant bien moins que celui dont ils déplaçaient la dépouille – rejoignirent les militaires. Juste à temps pour assister à l'arrivée de celui que tous attendaient et redoutaient.

Comme les autres, Gédéon se désintéressait complètement d'Iphis et fixait avec effroi le Duc qui venait de faire son apparition sur le perron, accompagné du marquis, de la marquise et de nombre de serviteurs. Les soldats reculèrent pour faire davantage de place au Duc. C'était maintenant ou jamais.

Lançant un dernier coup d'œil au crâne luisant de Gédéon, Iphis retint son souffle, comme si cela pouvait l'aider à passer davantage inaperçue, et tourna les talons. Elle marchait lentement, par peur qu'un geste soudain attire une attention non désirée, et traversa la pelouse sans un regard en arrière. Après quelques enjambées, elle put enfin compter sur la perspective et sur la haute tour rongée par le lierre qui ornait cet angle du bâtiment pour disparaître aux yeux de la foule massée dans la cour. Elle se mit aussitôt à courir, se demandant bien quand Gédéon remarquerait son absence.

La porte brunâtre qui avait marqué sa véritable entrée dans l'univers des Fontiairy atteinte, l'orpheline s'immobilisa, incertaine. Elle colla une oreille contre le bois et se concentra sur les sons qui lui parvenaient. Les cuisines étaient une étape indispensable mais s'y rendre présentait un risque supplémentaire ; qu'elle était prête à prendre. L'idée de mourir d'inanition, l'estomac vide dans la forêt, ne l'enchantait guère.

L'absence de bruit la rassura et Iphis poussa lentement la porte, avant de s'avancer jusqu'à l'arche qui donnait sur les lieux de sa première rencontre avec Zachée. Cette fois-ci, la jeune domestique était absente, tout comme ses collègues. Les soldats avaient décidément bien choisi leur heure pour revenir de leur battue. À tout autre moment de la journée, ou presque, Iphis serait inévitablement tombée sur une servante s'affairant aux fourneaux. Le silence, que seul le crépitement des braises mourantes dans le four à bois perturbait, semblait incongru en ces murs.

Iphis, dont toutes les précédentes ébauches de plans d'évasion incluaient le vol nocturne de provisions, alors même que Gédéon l'enfermait systématiquement dans sa minuscule chambre le soir venu, savait qu'elle tenait là une chance énorme. Une chance qu'elle ne devait pas laisser filer.

Sans attendre, elle se jeta sur un sac en jute pendu à une étagère devant elle. Elle le déposséda de son contenu pour le remplacer par des denrées plus propices. Sa razzia ne dura que quelques secondes et, en un éclair, elle se retrouva, un sac bien chargé sur l'épaule, derrière cette ultime porte qui la séparait de la liberté. Mais quelque chose la retenait. Un visage rond. Rond et triste.

— Bartholomée, souffla-t-elle.

Elle réalisait enfin ce que la présence des trois gardiens signifiait, même si elle ne comprenait pas encore très bien comment Octave avait pu se mettre dans de si beaux draps. Le messager, envoyé par le Duc la veille à Windrasor, était donc arrivé à bon port et l'orphelinat n'avait visiblement pas perdu une minute pour envoyer des gardiens récupérer ses pensionnaires. À présent, ils étaient là et Bartholomée semblait condamné à retourner à Windrasor. Et où étaient Spinello et les autres ? Avaient-ils vraiment abandonné leur compagnon à son triste sort ? Iphis, qui ne savait qu'en penser, chassa cette amère pensée et déposa son chargement à côté de la porte.

Elle n'avait pas revu Bartholomée depuis le départ du messager, mais elle pensait savoir où le marquis l'avait fait enfermer. Si elle ne se trompait pas, il se trouvait, non loin, dans la même aile que ses propres quartiers.

Elle soupira puis relâcha finalement l'anse du sac qu'elle tenait encore jusque-là, matérialisant par ce geste de séparation sa décision.

Le destin lui avait offert une chance inespérée de s'enfuir et déjà, elle tentait le diable. Rien ne disait que le géant accepterait de la suivre et encore moins qu'elle parviendrait à le libérer. Mais, envahie par les images qu'elle s'était forgée de ses héros favoris, ceux qui se languissaient désespérément d'elle à Windrasor, enfermés sous les épaisses couvertures des ouvrages qui les retenaient prisonniers, elle savait que c'était la bonne décision. Elle devait au moins essayer.

Ainsi, marchant à pas de velours, elle s'aventura plus profondément dans l'immense demeure. Chaque seconde qui débutait était plus importante encore que celle qui l'avait précédée. Le temps jouait contre elle. À tout instant, ses espoirs pouvaient être balayés. Ce qu'ils furent ; en partie du moins. Iphis n'aurait eu que quelques mètres à parcourir pour atteindre la pièce où Bartholomée, dévasté et ressassant la mort de sa mère, était emprisonné depuis des heures, mais les voix graves, qui venaient de résonner à l'autre bout du couloir dans lequel elle était entrée, avaient mis fin à toute espérance. Iphis eut tout juste le temps de rebrousser chemin avant de se faire remarquer.

— La troisième chambre, c'est ça ?

— Ouais.

— J'espère que le mongol ne va pas faire des siennes, t'as vu la taille du bestiau.

— T'as peur d'un môme ?

Iphis n'eut pas besoin d'en entendre davantage pour comprendre qu'elle était arrivée trop tard. Le cœur lourd et quelque peu honteuse, espérant qu'elle n'avait pas gâché toutes ses chances pour rien, elle regagna les cuisines. Par miracle, elles étaient toujours désertes. Elle attrapa son sac qu'elle enfila en bandoulière et aucune main traîtresse ne vint, ce jour-là, se saisir de son poignet pour la retenir. Elle poussa la porte, l'esprit entièrement concentré sur ce qui allait suivre.

17

THÉODORE

Les deux créatures s'écrasèrent lourdement au sol, à quelques centimètres seulement de Théodore. Par chance, grâce à son élan, Ern'lak avait réussi à dévier la trajectoire d'Araknor. Mais le garçon n'était pas tiré d'affaire pour autant ; et certainement pas s'il restait ainsi vautré à attendre que les griffes de l'Ignoble se referment sur sa gorge.

Comme deux chats aux dimensions et à la vivacité remarquables, Araknor et Ern'lak ne formaient plus qu'une boule meurtrière. Les yeux brillant d'une lueur à l'aura corrosive, ils roulaient au sol, cherchant l'un et l'autre à prendre le dessus.

Dans l'obscurité, Théodore était incapable de différencier les deux Ignobles et il ne sut dire lequel lâcha la première plainte ; un râle de douleur qui le terrifia. Cela suffit néanmoins à lui remettre les idées en place.

Non, il n'allait pas attendre de voir qui allait sortir vainqueur de ce duel. Les doigts toujours refermés sur le trousseau qu'il avait dérobé la veille, il prit ses jambes à son cou, filant aussi vite que possible vers les zones éclairées de la cour, vers la sécurité apparente des dortoirs. Car, depuis l'intrusion d'Ern'lak dans sa chambre, il savait pertinemment que la sûreté des lieux n'était qu'une illusion. Rien, ou presque, n'empêcherait Araknor de le retrouver si jamais la créature avait réellement décidé de se débarrasser de lui, quoi qu'elle ait pu dire sur son refus d'intervenir dans les affaires des Hommes. Ce n'était qu'une piètre assurance pour Théodore ; rien de suffisant en tout cas pour l'aider à fermer l'œil lors des longues nuits à venir.

De nombreux jours s'écouleraient avant qu'il ne voie plus dans chaque ombre la forme terrifiante de l'Ignoble.

Toujours est-il qu'il ne comptait pas faciliter la tâche du monstre. Ses courtes jambes l'avaient déjà porté à quelques enjambées seulement des dortoirs.

Se refusant à regarder en arrière, il termina sa course contre la porte qu'il ouvrit violemment. Elle se referma d'elle-même dans son dos. Déjà, il gravissait les marches quatre à quatre, en direction du premier endroit – il le savait – où la créature viendrait le chercher si elle triomphait d'Ern'lak. Mais où aurait-il bien pu aller ?

Malgré la fatigue et la peur tenace qui l'habitaient, un profond sentiment de tristesse l'envahit. S'il était resté auprès de ses amis, il n'aurait pas eu à se poser toutes ces questions. Eux auraient été prêts à se battre, comme ils l'avaient été pour Bartholomée. Non, il avait préféré accepter le poste d'assistant de Razonel.

— Eh ! s'exclama un gardien en le voyant passer en trombe dans la cage d'escalier. Arrête-toi !

En entendant la voix de l'homme, Théodore faillit manquer une marche.

Il se rattrapa et s'immobilisa en réalisant qu'il ne s'agissait que d'un garde. Un garde dont la présence était synonyme de sécurité. Car, et cela il l'avait bien compris, jamais l'Ignoble n'agirait à la vue des gardiens de Windrasor.

Alors, figé dans les escaliers, tentant de dissimuler sa peur, Théodore attendit que l'homme le rejoigne.

— Qu'est-ce que tu… Ah, c'est toi ! dit l'homme que l'orphelin reconnut également.

C'était à lui qu'il avait menti lorsque les filles avaient passé à tabac Kléber, le gardien qui avait puni Ophélia.

— Bon alors, qu'est-ce que tu fais là ? demanda-t-il.

Théodore fut pris au dépourvu. S'il voulait profiter de la présence rassurante du gardien, il devait inventer une excuse, n'importe laquelle, quitte même à se faire punir. Mais il n'eut pas le temps de répondre, l'homme trouva de lui-même une explication à la présence du garçon.

— Ces garces en ont encore après toi ?

Théodore acquiesça en silence, ne cherchant plus à masquer ses craintes. Si les filles l'avaient vraiment traqué de la sorte, sa terreur n'aurait pas été loin d'atteindre le niveau de celle qu'il ressentait à présent. Il devait juste faire en sorte de rester avec le gardien aussi longtemps que possible. Malheureusement, ce dernier, pensant faire preuve de bonté, lui coupa l'herbe sous le pied.

— Bon, file dans ta chambre, je m'en occupe, dit-il en tournant les talons.

Théodore voulut protester, mais seul un son étranglé sortit de sa bouche.

— Allez ! Dégage ! s'impatienta l'homme qui estimait avoir montré assez de clémence.

Il s'enfonça dans la cage d'escalier où, la veille seulement, son collègue avait fait les frais du plan du garçon qu'il venait pourtant de laisser partir.

Revenu au point de départ, à quelques cases seulement de celle où les deux créatures se battaient peut-être encore, Théodore fit volte-face et reprit sa course, au rythme du cliquetis des clés qui s'entrechoquaient dans sa main. Il se figea, soudain conscient de sa chance. Sans le savoir, il venait en fait d'éviter la catastrophe. Comment le garde avait-il pu ne pas voir ce qu'il tenait à la main ? Il lâcha un long soupir, préférant ne pas penser à ce qui lui serait arrivé si les yeux de l'homme étaient bel et bien tombés sur les clés, puis repartit en courant. Il ne voulait guère plus savoir ce qu'Araknor lui ferait subir, s'il le rattrapait.

Bondissant d'une marche à la suivante, il atteignit bientôt le dernier étage où un son bien différent de la voix du gardien le fit s'arrêter. Un son qui chassa avec une aisance inquiétante le faciès horrible d'Araknor de ses pensées et qui poussa ses jambes à le traîner jusqu'à la porte voisine.

Immobile derrière le battant de la chambre des filles d'Ophélia, il laissait le chant délicat se lover contre ses tympans. La voix n'était pas aussi sublime que celle de Bartholomée, mais elle avait quelque chose d'inexplicable.

Une poésie, une force qui le contraignait à rester là, exposé à toute menace, inconscient de ce qui l'entourait.

— Ça va ? le fit sursauter Mayeule.

La petite blonde se tenait dans son dos, une moue de surprise sur le visage.

— On va pisser, on revient et qu'est-ce qu'on trouve ? ajouta-t-elle.

Théodore, dont le cœur avait failli exploser, s'était plaqué contre la porte. Ses muscles se détendirent et il s'écarta du battant sans répondre. Il ne pouvait rien lui dire. Pas à elle… Il allait devoir retourner dans sa chambre et prier qu'Ern'lak l'emporte sur son adversaire.

Ignorant le garçon, Mayeule posa les doigts sur la poignée qu'elle abaissa. Le chant envahit aussitôt le couloir.

— Tu viens pas ? lui demanda la blonde, le visage pourtant fermé. On va se faire choper si tu restes là.

Étonné, Théodore la laissa l'entraîner à l'intérieur.

La chaleur agréable qui régnait dans le dortoir et la voix mélodieuse chassèrent les inquiétudes du garçon. Comme si elle l'avait oublié, Mayeule rejoignit les autres pensionnaires. Réunies au fond de la pièce, elles entouraient une fillette dont Théodore connaissait déjà bien le nom bien qu'il ne l'ait jamais vue.

Sa surprise alla grandissant quand il vit Ophélia approcher. La brune avait dû être libérée dans la journée et il ne savait pas s'il devait s'en réjouir. À la démarche de la fille, il avait bien peur que non. Il esquissa néanmoins un sourire. Mais Ophélia l'en départit lorsqu'elle lui cingla violemment le visage.

— Je suis contente de te voir, dit Ophélia, toutes dents dehors, sous le regard médusé de Théodore qui se tenait la joue.

Encore une fois, le garçon se trouvait coi, ne comprenant pas ce qui venait de se passer. Mais, après tout, il avait très probablement mérité cette baffe.

L'agitation avait attiré l'attention d'une partie des filles qui fixaient Théodore avec davantage d'étonnement que de haine.

— Allez, viens. Tu veux entendre Anastase, pas vrai ? lui dit Ophélia en lui prenant délicatement la main.

— Euh oui, balbutia Théodore qui lui rendit finalement son sourire.

À vrai dire, l'orphelin ne savait pas vraiment ce qu'il faisait là, ni ce qu'il voulait. Fuyait-il l'Ignoble ? Voulait-il retrouver un semblant de normalité dans sa vie en passant une soirée avec… des amies ? Ou bien voulait-il enfin pouvoir plonger ses yeux dans ceux de cette fillette qui ne quittait plus ses pensées depuis quarante-huit heures ? Non, il ne devait pas se mentir. Il savait très bien ce qu'il voulait.

Alors, se répétant sans discontinuer les propos d'Ern'lak, il se laissa guider par Ophélia qui lui fit une place dans le cercle des filles. Et, enfin il la vit, cette gamine maigrichonne à la tignasse rousse qui enchantait ses amies de sa sublime voix. Cette enfant de six ans au visage angélique qui, imperturbable, poursuivait son récital.

Assise à côté de Théodore, Ophélia lui adressa un autre sourire puis s'abandonna, comme toutes les auditrices, au spectacle d'Anastase. Le garçon tenta bien de résister, mais, comme avec Bartholomée, il finit par succomber. Il profitait du moment présent…

Pourtant au fond de lui, il était bien incapable de faire taire cette autre voix qui résonnait dans son crâne. Quoi qu'il advienne, il découvrirait ce qui se cachait derrière ce visage enfantin. Il était prêt à tout ; même à faire face une nouvelle fois aux créatures de la nuit dont l'affrontement s'achevait à l'extérieur... dans un bain de sang effroyable.

18

SPINELLO

À chaque inspiration, Spinello avait l'impression que des lames de rasoir étaient enfoncées dans sa gorge, et pourtant il avalait les bouffées d'air avec un appétit insatiable. Il avait besoin de cet oxygène, pas seulement pour assurer la survie de son organisme, mais surtout pour sauver ses amis et les emmener aussi loin d'ici que son état le lui permettrait.

Tout s'était passé bien trop vite pour que son cerveau asphyxié, enregistre tous les événements. Néanmoins, le craquement horrible, qui avait suivi le retour de l'air dans ses poumons, ne lui avait pas échappé.

Pendant que des mains amies le tiraient hors de portée de la frénésie de ce monstre d'Octave dont il ne percevait qu'une silhouette floue, il se concentrait sur sa respiration. Heureusement, l'afflux d'oxygène, qui se précipitait dans sa trachée malmenée, ne tarda pas à le ramener définitivement à la réalité. Il ne lui fallut qu'un unique regard vers le soldat qui braquait son arme sur le gardien pour comprendre que lui et ses amis avaient quitté son tableau des priorités.

Saisissant sa chance, Spinello se releva, chancelant, et se rua sur Asmodée qu'il gifla violemment.

— Les laisse pas partir, putain ! hurla Octave.

Spinello l'ignora et donna une autre claque à son ami qui ouvrit enfin les yeux.

En un éclair, Asmodée se jeta sur ses pieds, les poings fermés, mais déjà ses compagnons l'entraînaient loin du champ de bataille.

— Faut partir ! siffla Spinello dont le simple fait de parler fit tourner la tête.

— Les laisse pas partir ! répéta le gardien.

Plongé dans une bulle d'effroi dans laquelle il avait failli suffoquer sous les doigts d'Octave, Spinello n'avait qu'une conscience partielle de ce qui l'entourait. Mais seule importait la fuite à présent. Sans le soldat qui retenait Octave, ils auraient très certainement été obligés de faire front, de dire non à cette course-poursuite qui semblait ne plus vouloir prendre fin, mais à quel prix ? Il ne devait pas se mentir. Sans l'intervention de l'homme armé et le sacrifice de l'inspecteur, ils seraient probablement tous morts.

Alors qu'ils avaient franchi la rivière et pénétraient à nouveau dans la forêt, leurs souliers trempés recrachant l'eau qui les avait remplis, un coup de feu résonna dans leur dos. Toutefois aucun des garçons ne se retourna pour voir ce qui s'était passé. Les grognements qui suivirent en disaient assez long sur le combat qui venait de s'engager entre les deux hommes. Mais quelle qu'en soit l'issue, les orphelins devaient en profiter pour s'éloigner autant que possible.

Épuisés, après presque deux jours de privations, les quatre garçons brûlaient leurs toutes dernières forces. Ils se moquaient des arbustes qui se dressaient sur leur chemin, ignoraient les odieux graviers logés dans leurs chaussures, chassaient avec désarroi le visage de l'ami qu'ils avaient abandonné derrière eux : ils couraient avec l'espoir que cette fuite se termine et qu'enfin débute un chapitre plus heureux de leurs aventures.

Spinello ne savait pas depuis combien de temps ils fonçaient ainsi lorsqu'il réalisa, à l'intensité des aboiements, que les autres hommes à leur trousse, évidemment attirés par le coup de feu, ne paraissaient pas avoir poussé la traque au-delà de la rivière.

La folie d'Octave et la mort de l'inspecteur avaient visiblement tempéré leurs ardeurs. En fait, seule l'éventualité que le gardien ait échappé aux hommes de Florestan le poussait à continuer avec une telle vigueur. Mais les pisteurs auraient-ils cessé leur poursuite si le meurtrier leur avait filé entre les doigts ? Spinello espérait que non. Cependant, se bercer d'illusions était une des choses les plus dangereuses en ce bas-monde et il pouvait malheureusement déjà en témoigner.

Alors, malgré la fatigue, les douleurs et la certitude grandissante que plus personne ne les pourchassait, le garçon persévéra jusqu'à ce qu'un de ses amis cède le premier. Encore quelques mètres, et cela aurait tout aussi bien pu être lui…

— Stop, souffla Asmodée qui avait vainement essayé de reprendre sa course avant de capituler.

Cette fois-ci, son corps, comme celui de ses amis, disait non. Il lui exposait simplement la dure réalité : aller plus loin, forcer encore, ne ferait que le rapprocher de cette mort qui leur était promise à Windrasor et que lui et ses amis fuyaient depuis ce qui semblait être une éternité.

À bout, le gaillard se laissa tomber et ferma les yeux, la tête entre les mains. Visiblement, le coup d'Octave n'avait pas fait que des dégâts superficiels.

Anselme et Placide en firent autant, leurs visages crasseux dégoulinant d'une sueur épaisse qui engluait leurs cheveux. Aucun mot ne sortit de leur bouche, chacun plongé dans des pensées tout aussi terribles, et ce furent finalement les sanglots de Placide qui vinrent rompre le silence.

Pourtant, ni Spinello, ni ses camarades n'avaient les mots pour le consoler. Spinello avait su dès leur départ de l'orphelinat que la vie serait dure, mais jamais il ne se serait douté qu'un tel sort leur serait réservé. Il avait convaincu les autres de faire la pire chose imaginable : abandonner un des leurs. Et, pour en arriver où ?

Il soupira puis, tandis que les larmes traçaient de profonds sillons sur le visage de Placide, se rendit compte qu'il avait lui aussi encore la force de pleurer ; ce qu'il fit, désespéré et perdu dans un monde qui, avait-il toujours cru, lui était destiné ; un monde d'aventures et de découvertes qui n'avait jusque-là apporté que son lot de malheurs.

Les minutes s'écoulèrent. Asmodée s'était assoupi, sa peur ne pouvant plus lutter contre son épuisement et Spinello se prit à repenser à Iphis. Barth n'était pas le seul qu'ils avaient laissé derrière et peut-être la douleur de la jeune fille était-elle encore plus insupportable à présent. Qu'avait-elle pu croire en voyant Barth ? Avait-elle ressenti un quelconque espoir ? Spinello aurait aimé que non, que le hasard qui les avait conduits jusqu'à ce manoir où résidait à présent la fillette, ne l'ait pas dupée à son tour. Mais il savait bien qu'il suffisait parfois d'un rien, surtout dans les situations les plus terribles, pour trouver quelque chose, n'importe quoi, à quoi se raccrocher.

— Désolé… murmura-t-il, l'esprit tourmenté par les visages des deux orphelins retenus prisonniers, si près et pourtant si loin.

Et ce fut sur ces sinistres pensées que son esprit céda enfin à la fatigue. Le soleil descendant se retrouva bientôt seul, dernière sentinelle à surveiller cette partie de la forêt où les quatre garçons, exténués, reprenaient peu à peu des forces.

Mais la nuit n'était pas encore tombée quand des bruissements décidèrent que Spinello et ses amis s'étaient assez reposés. Réveillé en sursaut, le corps plus douloureux que jamais, Spinello se redressa d'un bond et scruta les fourrés environnants. Il n'avait pas rêvé.

— Spin', commença Anselme lui aussi réveillé par le son.

L'orphelin lui fit signe de se taire. Le bruit approchait, rapide, au ras du sol.

Ancrant fermement les pieds dans l'humus, alors qu'Asmodée s'était immobilisé dans son dos, Spinello était prêt à accueillir n'importe quelle bête d'un grand cri. N'importe laquelle ou presque. Car l'animal qui fit brusquement irruption devant lui lui rappela aussitôt que rien n'était terminé. Le chien – un molosse au poil mi-long – retroussa les babines en apercevant les orphelins. Mais son agressivité n'était pas ce qui effrayait les garçons. Sa présence ne pouvait signifier qu'une chose : leur fuite allait cesser, on les avait retrouvés.

À l'arrêt, à quelques mètres seulement, la bête se mit soudain à aboyer, sonnant, Spinello en était convaincu, la fin inexorable de leurs aventures.

— Je peux me le faire, dit Asmodée dont les genoux craquèrent quand il se baissa pour ramasser une pierre.

Malgré la lenteur du geste du garçon, le chien accueillit ce mouvement avec hargne et claqua des dents en faisant mine de les attaquer. Surpris, Spinello fit un pas sur le côté ; ce qu'il regretta immédiatement. Asmodée en avait déjà profité pour se précipiter sur la bête.

— Arrête ! beugla Spinello qui s'attendait à voir surgir un des soldats à tout instant.

Mais Asmodée l'ignora.

— Ah ! cria-t-il en essayant d'écraser la pierre sur le crâne du chien.

Mais le molosse, plus rapide, ne se contenta plus de simuler. Ses crocs se refermèrent subitement sur le bras d'Asmodée qui hurla de douleur en lâchant son arme. Le garçon riposta et décocha un puissant coup dans les côtes de l'animal qui desserra les mâchoires et reprit aussitôt une posture d'attaque, les babines couvertes d'hémoglobine. Surpris par la violence de l'assaut, Asmodée s'était jeté au sol. Le bras ruisselant de sang, il n'était plus qu'une proie facile que le chien ne comptait pas laisser se relever. Les pattes arquées, il était prêt à jaillir.

— Stop ! Au pied ! cria une voix qu'aucun des garçons ne reconnut.

Obéissante, mais sur ses gardes, la bête s'enfonça dans les fourrés et réapparut une seconde plus tard, accompagnée de son maître qui fronça les sourcils en découvrant les quatre orphelins.

Incrédule, Spinello fixait cette étrange apparition ne sachant que dire. Il en avait presque oublié la blessure d'Asmodée. Mais le silence ne dura pas.

— Ben, elle est où ma copine ? s'énerva Édouard en affichant un air boudeur, mais déterminé.

PARTIE 2

UN VENT D'ESPOIR

1

SPINELLO

Ben, elle est où ma copine ? s'étonna le garçonnet que Spinello avait aperçu à plusieurs reprises de l'autre côté du mur d'enceinte du domaine des Fontiairy.

Il n'avait pas l'air d'apprécier sa découverte. Mais Spinello devait reconnaître que lui et ses amis offraient un spectacle particulièrement misérable.

— Alors, elle est où ? insista le petit dont le chien émit un nouveau grognement.

Asmodée, toujours au sol, recula de plus belle. Il se tenait le bras en serrant les dents.

— Dis à ton chien de se calmer, ordonna sèchement Spinello qui ne comptait pas se laisser marcher sur les pieds par un môme de six ou sept ans.

La réaction du garçon ne fut pas vraiment celle à laquelle il s'attendait. Malgré l'autorité du ton de Spinello, il n'affichait aucune crainte. Au contraire, il avait l'air de se demander comment on pouvait s'adresser ainsi à lui.

— Spin', il est peut-être pas seul, s'inquiéta Placide.

— Si, je suis seul ! s'énerva subitement l'enfant. Tu crois que je suis trop petit pour être là tout seul ?

Le chien, affecté par l'emportement de son jeune maître, releva les babines et fit un pas en avant.

— Retiens ton chien ! s'exclama Spinello en jetant un bref regard à Asmodée, toujours sur les fesses.

— Alors, réponds-moi, gros nigaud ! Elle est où ?

Même si Spinello se doutait de qui il parlait, il n'avait pas la moindre idée de l'endroit où pouvait bien être Iphis. Avait-elle réussi à s'enfuir pour que l'enfant se trouve ainsi seul dans la forêt ? Il voulut lui poser la question mais Anselme ne lui en laissa pas le temps.

— Tu parles d'Iphis ? demanda-t-il.

— Parce que j'ai d'autres copines ? souffla le garçon en écartant les bras, comme si son amitié avec Iphis était une chose évidente dont tous devaient avoir connaissance. J'en ai eu marre des autres ; Père les a renvoyées et bien fait pour elles ! Et il va faire pareil avec vous si vous ne répondez pas. Ou sinon, je laisse Croque-Miaou vous dévorer vivants !

En entendant son nom, la bête lâcha un grognement plus terrifiant que les précédents. Édouard ne l'avait pas renommée ainsi par hasard et elle portait ce stupide surnom particulièrement bien ; le garçon avait été si fier quand il lui était venu à l'esprit après que l'animal n'eut fait qu'une bouchée de Cookito, le chaton que des amis de ses parents lui avaient offert pour son anniversaire. Il avait ri de sa trouvaille de longues minutes tandis que la chienne, car c'était une femelle, se léchait goulûment les babines. Aujourd'hui encore, il se souvenait de l'unique miaulement que le bébé félin avait poussé avant de disparaître, comme par magie, dans l'énorme gueule de Berth, ou plutôt de Croque-Miaou.

Si Spinello et ses compagnons avaient su dans quelles circonstances le chien avait été baptisé ainsi, peut-être auraient-ils agi différemment. Quoi qu'il en soit, ce que craignait le plus Spinello n'était pas de finir entre les crocs de la bête. Il ne s'était pas réellement interrogé sur l'identité du garçon, même lorsqu'il l'avait vu avec Iphis, mais il venait de réaliser qui était le petit... Le fils de ces deux insectes dont il espérait bien ne plus jamais croiser le chemin. Comment ces odieux échalas avaient-ils pu donner naissance à un enfant aussi trapu et rond ? Cela le dépassait. Cependant, là n'était pas la question. Sa courte expérience face aux aristocrates à l'orphelinat lui avait appris qu'avec ces gens-là, il valait mieux se méfier. Alors, il préféra jouer la carte de l'honnêteté.

— Je ne sais pas où est Iphis.

Le visage du garçon afficha aussitôt des traits de colère, mais Spinello poursuivit avant qu'il ne puisse exprimer sa rage.

— Elle s'est enfuie ?

Il devait le faire parler. Essayer de le calmer.

— Elle est partie sans moi ! s'énerva le petit qui, plus que fâché, avait plutôt l'air vexé. Je l'ai vue escalader le mur et le temps que j'aille chercher Croque-Miaou, elle avait disparu !

Le garçon soupira, son visage se détendant l'espace d'un instant, mais d'un instant seulement.

— Vous la cachez, c'est ça ? cria-t-il.

— Bien sûr que non ! Calme-toi ! répondit Spinello qui sentait que le molosse attendait l'ordre de sauter sur Asmodée.

— Asm', ça va ? s'inquiéta-t-il dans un chuchotement. Tu peux te relever ?

Il tendit une main à son ami.

— Ne bougez pas ! s'emporta le petit. Arrêtez de m'ignorer.

— On ne t'ignore pas ! intervint Placide. On ne sait pas où est Iphis, tu dois nous croire.

— Alors, aidez-moi à la retrouver ! ordonna-t-il.

Si un gamin aussi jeune avait fait preuve d'un tel comportement à Windrasor, il en aurait pris pour son grade, mais Spinello se rendait compte qu'ici la situation était bien différente. Et l'enfant ne semblait pas uniquement profiter de l'avantage que lui conférait Croque-Miaou. Il y avait autre chose. Il y avait ce désagréable sentiment de supériorité qu'il dégageait. Ne voyait-il en eux que des êtres transparents, des objets mis sur son chemin pour parvenir à ses fins, des créatures dont il pouvait se servir librement sans en craindre la moindre réaction ? Spinello ne pouvait l'accepter, même sous la menace d'une attaque de la chienne.

— Non ! On ne t'aidera pas.

— Quoi ? s'étouffa le garçon.

— Non ! répéta Spinello.

Dans son dos, la tension de ses compagnons venait de monter d'un cran.

— T'as vu ce que ton chien a fait à mon ami ! Et nous sommes épuisés !

L'enfant jeta un regard dédaigneux à Asmodée et passa en

revue les orphelins un à un.

— M'en fiche ! Vous devez m'aider, c'est comme ça.

— Non… Tu peux laisser le chien nous dévorer.

Les yeux du petit brillèrent d'une lueur qui faillit paralyser Spinello. Heureusement, il se reprit à temps, une idée en tête.

— Mais alors, tu devras retrouver Iphis tout seul…. Car personne ne t'aidera à part nous. T'as qu'à retourner chez toi pour demander de l'aide. Tu verras bien que tout le monde refusera car ce sont tes parents qui ont chassé Iphis. Ils ne l'aiment pas !

— Tu mens ! Ils ont été la chercher pour moi.

— Pourquoi crois-tu qu'Iphis est partie sans te dire au revoir ? Elle n'avait pas le choix.

Spinello avait bien senti, lorsque son interlocuteur avait mentionné ses précédentes “amies”, qu'Iphis représentait quelque chose de spécial pour lui, et il comptait bien en tirer profit pour s'octroyer une part de ce que le garçon portait dans son dos. Car le volumineux sac du petit n'avait évidemment pas échappé à l'estomac affamé de Spinello.

— C'est des balivernes ! couina l'enfant.

Spinello aurait pu le mettre au défi de lui prouver le contraire et peut-être le garçon serait-il reparti au château, mais il avait à présent un objectif bien précis en tête. Et il ne voulait pas prendre le risque de voir le petit revenir avec des renforts alors que lui et ses amis, l'estomac toujours vide, n'auraient pas repris de forces.

— Tu penses vraiment ça ? T'as vu le visage de ta copine ? C'est qui d'après toi qui lui a fait ça ? Non ! Tes parents ne l'aiment pas et ils voulaient qu'elle parte. Y a que nous pour t'aider.

Spinello savait qu'il jouait gros ; pourtant, il comprit bien vite qu'il avait vu juste sur l'identité du coupable des blessures de l'orpheline.

— Mais, Mère a dit qu'Iphis s'était fait mal en tombant ; c'est des sornettes, se défendit le petit d'un ton moins certain.

C'était le moment d'enfoncer le clou.

— Vas-y, rentre chez toi et va demander de l'aide. Ils accepteront peut-être, pour te faire plaisir, mais tu verras que vous ne retrouverez jamais Iphis. Parce qu'ils ne veulent pas et feront semblant de la chercher !

— Aidez-moi alors ! cria l'enfant dont l'agacement avait fait rougir les joues.

— Non… on a bien trop faim et mon ami est blessé. Ton chien nous fait peur.

Le garçon, visiblement mal à l'aise dans cette situation d'incertitude où donner des ordres ne suffisait pas, fixa Spinello quelques secondes puis claqua de la langue.

— Croque-Miaou, gentille.

Ce simple mot suffit à métamorphoser le monstre carnassier qui aurait tué Asmodée sans l'intervention du garçonnet. La chienne leva la tête vers son maître puis trottina vers Anselme qui glapit à son approche. Elle se laissa choir sur le dos et exhiba son ventre aux poils mi-longs. Sa queue balayait le sol de contentement.

— Si je vous donne à manger ? Vous m'aiderez ? demanda le garçon.

Spinello retint un sourire.

— Bien sûr, on est les seuls à pouvoir le faire, donc on le fera. Iphis est aussi notre amie, tu sais.

— Au fait, moi c'est Édouard et c'est pas grave si vous me tutoyez, je ne le dirai pas.

Bien que surpris par la dernière remarque du garçon, Spinello fit rapidement les présentations et s'accroupit auprès d'Asmodée.

— Mec ?

Le gaillard qui n'avait pas lâché la chienne du regard depuis son attaque, mit un terme à sa surveillance. Ses yeux abandonnèrent à contrecœur la bête qui se roulait aux pieds d'Anselme et s'arrêtèrent sur Spinello.

— Ça va… souffla-t-il.

Son visage grimaçant, qu'une énorme bosse sur le front défigurait, en disait autrement. Il se passerait des jours avant que ce souvenir douloureux laissé par Octave ne s'efface. Mais ce n'était pas ce qui inquiétait le plus Spinello.

— Montre ton bras.

Récalcitrant, Asmodée retira la main qu'il avait posée sur sa blessure et pâlit de plus belle en constatant lui aussi les dégâts.

Les dents acérées de Croque-Miaou ne s'étaient pas contentées de s'enfoncer sous la peau de l'orphelin. Elles étaient reparties avec un bon morceau de chair. La plaie saignait abondamment et Spinello ne sut dire quelle était sa profondeur exacte, mais les dommages paraissaient sévères. À côté, bien que suintante, sa blessure à la joue était un simple bobo, une petite incision bien nette, là où Croque-Miaou avait fait un travail bâclé sur l'avant-bras d'Asmodée. Il fallait agir et vite. Et Spinello, tout comme Placide et Anselme qui s'étaient eux aussi agenouillés autour d'Asmodée, en avait parfaitement conscience.

— On peut pas rester là, dit-il, tout son épuisement transpirant dans sa voix. Faut qu'on trouve de l'eau pour laver la blessure d'Asmodée et…

Il se tourna vers le garçon qui avait commencé à tirer de la nourriture de son bagage.

— Édouard, on doit faire quelque chose pour ton odeur. Si les chiens de tes parents la repèrent, ils te retrouveront et ils t'empêcheront de partir à la recherche d'Iphis.

Spinello aurait aimé pouvoir profiter des vivres du garçon puis s'en débarrasser, mais, déjà, il pouvait affirmer qu'il était trop tard pour cela et il n'avait aucune envie de voir Croque-Miaou se transformer à nouveau en démon carnivore.

— Qu'est-ce qu'il faut faire ? s'enquit Édouard d'un air méfiant.

L'orphelin l'ignora.

— Asm', tu peux marcher, ça va aller ? dit-il alors que sa propre douleur lui comprimait encore la gorge.

Le gaillard acquiesça et Anselme et Placide l'aidèrent à se mettre sur ses jambes.

— Dépêchons-nous.

2

IPHIS

Davantage que de la joie et de l'excitation, ce fut un véritable soulagement qu'Iphis ressentit lorsque l'aube peignit enfin de ses couleurs vives la forêt environnante. Comme le faible éclat de la lune la nuit passée, la lumière du jour naissant traversait difficilement le couvert des arbres, mais s'y glissait néanmoins là où les branches acceptaient qu'elle se fraie un chemin.

La veille, Iphis n'avait eu que quelques heures, terrifiée à l'idée d'être rattrapée aussi rapidement qu'elle avait réussi à escalader le mur de la propriété des Fontiairy, pour mettre de la distance entre elle et le manoir de ces monstres qui l'avaient adoptée.

L'obscurité l'avait obligée – bien trop tôt à son goût – à s'arrêter là où ses jambes fourbues l'avaient menée. Grelottante, tout au plus avait-elle somnolé au pied de l'arbre contre lequel elle s'était blottie. Jamais le véritable sommeil n'avait réussi à la terrasser, ses sens aux aguets interdisant avec autorité à son cerveau de prendre le moindre repos. Chaque bruit pouvait être celui de ses poursuivants, chaque éclat lumineux celui de leurs torches car, elle en était certaine, jamais les Fontiairy et surtout leur fils, ne la laisseraient partir sans même essayer de la retrouver.

L'aurore venue, Iphis abandonna la position fœtale qu'elle avait adoptée une bonne partie de la nuit et se leva. Tendue, elle étudia un instant les sons environnants puis s'étira en baillant. Une hermine au ventre blanc qui regagnait son terrier après une nuit de chasse fructueuse se carapata en apercevant la jeune fille qui ne vit, quant à elle, du petit carnivore qu'un arrière-train bondissant. Iphis sourit brièvement. Si la créature allait profiter de la journée pour récupérer des forces avant de partir en quête de son prochain repas à la nuit tombante, ce serait tout l'inverse pour l'orpheline. Elle ne devait pas traîner.

Elle ramassa son sac et en tira une miche de pain qu'elle entama tout en marchant. La mie avait durci et elle se prit à regretter les petits déjeuners au manoir. Elle avait beau devoir se satisfaire le plus souvent des restes, elle n'avait jamais aussi bien mangé de toute sa vie. *À quelle vitesse on peut s'habituer aux bonnes choses*, pensa-t-elle en soupirant. Mais ce n'étaient pas les repas matinaux qu'elle fuyait... Alors ce croûton ferait bien l'affaire, comme les plateaux servis à Windrasor l'avaient fait pendant de si longues années.

Ainsi, tout comme ses mâchoires répétaient inlassablement le même mouvement, écrasant cette pâte qui donnerait à Iphis la force de continuer, les jambes de la jeune fille se déplièrent l'une après l'autre dans un rythme quasi parfait.

Malgré les jours passés chez les Fontiairy à planifier son évasion et les heures à jouer avec Édouard, l'esprit ailleurs, Iphis ne savait pas quelle serait l'étape suivante de son voyage, si tant est qu'il ne prenne pas fin sitôt entamé. Elle partageait sans le savoir la même situation que Spinello et ses amis : elle était portée par un espoir qui la pousserait à affronter tous les obstacles qui se dresseraient sur sa route ; cette route dont elle ne connaissait pas encore la destination.

À la simple pensée des garçons, son cœur se serra. Les choses auraient été si différentes si elle leur était tombée dessus ; malheureusement, le hasard n'avait pas fait de miracles et les chercher aurait été bien trop risqué. Non, elle devait les oublier, chasser le souvenir de Bartholomée retenu chez les Fontiairy, et avancer, marcher et marcher jusqu'à arriver là où plus personne ne viendrait la traquer, là où elle pourrait se débarrasser de son passé et tout reprendre à zéro.

Lors de sa fuite, elle avait été trop concentrée sur les pièges du sol pour pouvoir s'émerveiller de ce qui l'entourait, mais, ce matin-là, bien que sur ses gardes, elle commençait enfin à profiter du spectacle des bois qui se donnait tout autour d'elle.

Le carnivore à la toison soyeuse n'en avait été qu'un bref aperçu et elle découvrait peu à peu la beauté de ce paysage qu'elle avait dû jusqu'à présent se contenter d'embrasser du regard, prisonnière des falaises et des hauts murs de Windrasor ou de ceux du manoir dont elle venait de s'échapper.

Et c'est captivée par le chant des oiseaux, le bruissement des feuilles, l'odeur des fleurs printanières qui proliféraient dans de rares clairières ou en bordure de ruisseaux, qu'elle sursauta quand un hennissement retentit, tout proche. Son instinct l'envoya au sol. L'oreille tendue, elle guettait le moindre bruit qui trahirait la présence de ses poursuivants. Pourtant, rien ne vint. Peut-être une route passait-elle à proximité et ne s'agissait-il que d'un voyageur, mais alors pourquoi n'entendait-elle pas les claquements des sabots du cheval ? Non, la bête ne bougeait pas. Sur le qui-vive, elle attendit, mais les pépiements étaient les seuls sons qui lui parvenaient.

Elle allait se redresser lorsque le cri de l'animal se répéta, aussitôt suivi d'une voix d'homme qui demandait à la bête ce qui lui arrivait. Iphis, à présent bien certaine de ne pas être la seule intruse dans cette portion de forêt, se figea. Elle hésitait. Que devait-elle faire ? Rien dans le ton de l'inconnu ne laissait penser qu'il était à ses trousses, ni même qu'il avait la moindre idée qu'elle se trouvait là. Pour l'homme, elle n'existait tout simplement pas. Mais devait-elle pour autant se montrer et compter sur la bienveillance du voyageur pour qu'il accepte de la prendre avec lui ? Ou bien devait-elle fuir et continuer seule ?

Refusant de tirer une leçon définitive de sa rencontre avec Gédéon qui lui avait amèrement prouvé que les apparences pouvaient être trompeuses, Iphis décida de tenter sa chance et d'épier l'inconnu. Juste un coup d'œil pour voir à quoi il pouvait ressembler, rien d'autre pour le moment. Et si l'homme ne lui inspirait pas confiance, elle rebrousserait chemin.

Elle se releva, dos courbé, et avança à pas de loup en direction des hennissements. Le cœur palpitant avec une célérité croissante, elle remarqua devant elle la large trouée dans l'implantation des arbres, là où passait probablement une route, et ralentit. Malgré le silence du cheval, la proximité de la piste lui signifiait qu'elle approchait. Elle s'allongea à plat-ventre, puis rampa entre deux buissons qui s'avérèrent les derniers vestiges de végétation avant le chemin. Pourtant, encore une dizaine de mètres l'en séparait. Entre elle et la route : un espace herbeux chahuté par le vent au milieu duquel une large roulotte avait été immobilisée.

La voiture était bien plus longue que le carrosse dans lequel elle avait voyagé depuis Windrasor et n'avait aucune des formes tarabiscotées de celles du cortège du Duc. Seuls son toit légèrement arrondi et les bandes de couleurs – bordeaux et orange – qui la traversaient, rompaient son apparence de brique sur roues. Quoi qu'il en soit, un seul cheval ne pouvait pas tracter un tel engin et il y avait peu de chances que l'homme qu'elle avait entendu soit seul à voyager à son bord.

Iphis balaya la clairière du regard à la recherche des animaux et des potentiels passagers et distingua enfin une silhouette assise, adossée à un arbre isolé dans la minuscule prairie. Son cœur fit un bond quand elle comprit ce que l'homme, tête baissée, faisait, mais il manqua de s'arrêter lorsqu'elle reconnut l'objet qu'il tenait entre les mains.

Cette couverture, elle l'aurait reconnue parmi cent, voire des milliers. Elle sentit le chagrin l'envahir à l'idée de l'exemplaire qu'elle avait dû abandonner avec le reste de ses affaires chez les Fontiairy, mais le chassa d'une secousse de la tête. Quelle histoire l'homme pouvait-il bien lire ? Peut-être celle de *Nécéphore au grand cœur* ; elle aurait tant convenu pour occuper une pause dans un lieu si charmant.

Immédiatement, l'inconnu au visage entouré d'une épaisse tignasse bouclée, lui parut des plus sympathiques. Mais pouvait-elle vraiment se fier à lui pour autant ? Après tout, elle disposait de suffisamment de provisions pour poursuivre son chemin. Elle pouvait longer la route, voir où cela la mènerait et essayer d'embarquer plus tard avec des marchands. Ou bien… elle pouvait lui parler.

Incapable de se décider, Iphis lâcha un profond soupir auquel un nouvel hennissement fit aussitôt écho. Elle tendit le cou et aperçut finalement les trois chevaux qui broutaient pourtant à seulement quelques mètres à sa gauche. Le mouvement ne leur avait pas échappé et les animaux la fixèrent, surpris, mais sans crainte.

Iphis rentra la tête dans les épaules, mais il était trop tard.

— Qui va là ? demanda l'homme d'une voix qui cachait difficilement son inquiétude.

Il bondit sur ses pieds, scrutant les fourrés que ses bêtes ne quittaient pas des yeux.

La maigreur de l'homme étonna Iphis. Il n'avait décidément pas l'air dangereux et elle doutait que, porté par des jambes aussi frêles, il soit capable de la rattraper si elle s'enfuyait.

— Qui va là ? insista-t-il avec davantage de détermination.

Elle le sentait pourtant prêt à déguerpir.

L'ouvrage toujours à la main, il claqua de la langue pour attirer l'attention de ses chevaux, mais celui qui semblait le plus âgé, un étalon grisâtre, l'ignora et fit au contraire un pas vers Iphis.

Bizarrement, ce simple mouvement de l'animal convainquit Iphis de se jeter à l'eau. La jeune fille se leva, sans un mot, et tendit la main vers la bête qui y appuya son énorme museau.

Malgré l'état effrayant du visage d'Iphis, l'homme parut rassuré quand il découvrit que son visiteur n'était qu'une gamine ; il n'avait néanmoins pas retrouvé sa sérénité pour autant. Parfois un enfant affamé pouvait être aussi dangereux qu'un gang de voleurs, voire davantage.

— Eh bien, bonjour, dit-il, sans bouger.

— Bonjour, répondit Iphis, ses doigts caressant à présent le crâne du vieux mâle.

— Je vois que Robuste vous apprécie.

— On dirait bien, approuva Iphis en souriant.

Un silence gênant s'installa et l'orpheline se sentit obligée d'y mettre un terme.

— Il est vraiment génial, intervint-elle en pointant du doigt le livre que l'homme, dont les modestes vêtements ne faisaient qu'accentuer la maigreur, tenait.

— *Contes et légendes du Nouveau Monde*, précisa-t-elle devant la moue surprise de l'inconnu.

La mention du titre du livre suffit à faire s'évaporer toute la tension qui habitait le type aux cheveux en bataille. Il se détendit et adressa un large sourire à la petite qui venait de troubler sa courte pause quotidienne.

— Vous l'avez lu ?

— Bien sûr, c'est mon roman préféré. J'en ai… j'en avais un à moi.

— Quelle merveille ! s'étonna l'homme. Venez donc… euh…

— Iphis, je m'appelle Iphis, précisa l'orpheline qui approcha sans écouter ce que lui dictait une partie méfiante de son esprit.

Elle allait devoir réapprendre – voire apprendre tout simplement – à faire confiance à autrui.

Elle ne pourrait pas toujours fuir les autres et elle n'en avait pas l'intention.

— Vous connaissez déjà Robuste. Voici Délicate, Virevoltant et votre humble serviteur Vulfran.

— Enchantée, les salua-t-elle alors qu'elle ne se tenait plus qu'à deux mètres de l'homme dont les grands yeux noirs brillaient de sympathie.

Nonobstant son apparence quelque peu négligée, sa barbe de plusieurs jours et son teint hâlé, habituellement propre à ceux qui s'échinent dans les champs toute la journée, Iphis sentait que l'homme n'était pas qu'un lecteur occasionnel. C'était un lettré, un véritable amoureux de la littérature. Ce fut d'ailleurs son premier sujet de discussion, comme si la provenance de l'orpheline n'était que secondaire ou ne l'intéressait tout bonnement pas.

— Et vous lisez beaucoup, Iphis ? s'enquit-il d'une voix douce et amicale.

Dernièrement, même si elle avait passé de longues heures le soir plongée dans *Contes et légendes du Nouveau Monde*, elle ne pouvait pas vraiment dire que oui... mais, si elle, ne pouvait pas répondre par l'affirmative à cette question, qui l'aurait pu ?

— Oh oui ! s'enthousiasma-t-elle. J'ai lu des centaines de livres à…

Elle se tut.

Et si Vulfran, sous le couvert d'une banale discussion, cherchait en réalité à en apprendre davantage sur elle ? Pourtant, il ne prêta pas attention à l'hésitation de l'orpheline.

— Des centaines, je suis impressionné ! Venez, il faut que je vous montre quelque chose !

Bondissant d'un pied sur l'autre, dans une drôle de danse de contentement, il rejoignit sa roulotte.

Indécise, Iphis lui emboîta le pas, prête à filer au moindre problème.

— Et ceux-là, les avez-vous lus ? dit l'homme en posant la main sur une poignée métallique fermement ancrée sur le côté de la voiture.

Il donna une impulsion vers le haut, et une large portion du flanc de la roulotte se souleva, dévoilant des rangées successives de livres.

Bouche bée, Iphis était paralysée tandis que, déjà, ses yeux sautaient du dos d'un ouvrage à un autre. Elle en reconnut certains, mais la très grande majorité lui était étrangère.

Vulfran, qui rayonnait de joie, rit lorsqu'elle balbutia une réponse incompréhensible.

— On dirait que non !

Il tapa dans les mains et, les paumes jointes, les appuya contre son menton.

— Dites-moi, Iphis. Peu m'importe ce que vous faites ici, mais si vous avez besoin d'un moyen de locomotion, je serais heureux que vous m'accompagniez. Cela vous tente-t-il ? demanda-t-il avec une gentillesse qui laissa la fillette coite.

3

THÉODORE

Somnolent, Théodore classait les ouvrages qu'il venait de hisser, non sans peine, au deuxième niveau de la bibliothèque. Ses gestes rappelaient ceux d'un automate quelque peu mal réglé, mais atteignaient systématiquement leur objectif. Les épais volumes, comme autant de dents égarées au cours d'une bagarre plus intellectuelle que physique, retrouvaient leur place les uns après les autres, redonnant tout leur sourire aux étagères qui avaient la charge de les abriter. Cependant, malgré la cadence presque mécanique de ses mouvements, il devait faire preuve d'une concentration que son esprit s'entêtait à lui refuser.

Le garçon subissait le contrecoup de ses aventures de la veille. Il ne s'était pourtant pas couché bien tard, chassé sans animosité par Ophélia et Mayeule sitôt le récital d'Anastase terminé. Il n'avait d'ailleurs même pas eu le temps de s'entretenir avec la grande brune et Théodore ne savait de toute façon pas ce qu'il lui aurait dit. Peut-être se serait-il excusé de ne pas l'avoir défendue contre Kléber ; peut-être lui aurait-il raconté sa rencontre avec Ern'lak et cet Ignoble terrifiant qui se faisait appeler Araknor ou peut-être auraient-ils discuté de tout autre chose ? Il n'en avait aucune idée. Mais, parler, lui parler, lui aurait fait du bien. Toujours était-il qu'il avait dû regagner sa chambre la queue entre les jambes, avec la crainte que la créature qui l'avait attaqué ne l'y attende bien patiemment. Pourtant, rien ne s'était jeté sur lui quand il avait poussé la porte de la pièce mansardée ; et rien n'avait non plus tenté de l'égorger dans son sommeil. C'eût été de toute façon impossible tant la peur de l'orphelin n'avait pas laissé la moindre chance à ses yeux de se fermer.

Ainsi, Théodore, régulièrement secoué par des tremblements d'effroi dès que son imagination se faisait trop vive, avait passé toute la nuit à attendre ce qui lui paraissait inévitable. Et rien ne s'était produit.

Telle qu'était la situation au moment où il avait fui l'affrontement entre les deux Ignobles, il était incapable de dire qui l'avait emporté. Peut-être Ern'lak avait-il finalement réussi à se défaire de son adversaire ou peut-être Araknor, victorieux et peu désireux de se mêler des affaires des hommes, tenait-il parole. Théodore n'en savait rien, il était dans le flou, un flou qui se propageait à sa journée de travail, sa vision fatiguée se brouillant à intervalles de plus en plus rapprochés.

Ses paupières étaient lourdes et la monotonie de ses corvées du jour n'aidait en rien. Si au moins Razonel avait pu recevoir des visiteurs, le garçon aurait été obligé de courir dans tous les coins et recoins, parfois oubliés, de la bibliothèque pour dégoter les ouvrages que les lettrés étaient venus consulter. Mais, ce jour-là, seule une orpheline assise en contrebas lui avait demandé un livre d'un air indifférent, et Théodore avait de plus en plus de mal à garder les yeux ouverts.

Pourtant, toute trace de fatigue disparut de son corps lorsque, par hasard, son regard caressa les vitres d'une des hautes fenêtres de l'édifice qui donnait sur la cour des garçons. Il cligna des paupières, incrédule, et se pencha à la balustrade pour mieux voir dehors. Non, il n'avait pas rêvé. Il aurait reconnu cette silhouette entre mille : Bartholomée !

Ignorant pour le moment les pensées pragmatiques qui lui dictaient que son retour à Windrasor n'était peut-être pas la meilleure chose qui puisse arriver à son ami, Théodore ne contint pas sa joie. Et si Spinello et les autres étaient là, eux aussi ? Il se précipita jusqu'à la première ouverture dans le plancher et saisit fermement les montants latéraux de l'échelle. Puis, comme s'il avait oublié l'existence des échelons, il desserra les doigts et se laissa glisser sans même poser les pieds sur les barreaux. Et, en un rien de temps, après avoir renouvelé l'opération au premier étage, il atterrit, souriant et fier – il fallait vraiment qu'il fasse une démonstration de cette acrobatie à ses amis un de ces quatre – au rez-de-chaussée. Il ne put s'empêcher de courir et un grognement agacé émergea de l'antre de son maître, mais Théodore ne pouvait pas attendre.

Il se jeta sur la lourde porte qui donnait sur la cour et se rua vers Bartholomée, étouffant, sans s'en rendre compte, la déception de l'y trouver seul, sans les autres. Mais, seul, il ne l'était pas réellement.

— Où tu te crois ? couina Darius, le gardien à la face de rat, à Théodore qui les avait rattrapés et forcés à s'arrêter.

Le garçon l'ignora.

— Barth ! Tu vas bien ? s'exclama-t-il avec un grand sourire qui s'effaça lorsque ses yeux croisèrent ceux de son ami.

Rouges, irrités d'avoir sûrement trop pleuré, ils n'affichaient presque aucune émotion.

L'imagination de Théodore se mit aussitôt en marche et l'effroi le submergea.

Qu'avait-il pu arriver à Spinello, Asmodée, Anselme et Placide ?

Il craignait déjà le pire, mais il tenta de se raisonner. Il ne pouvait pas savoir ce que Bartholomée pouvait ressentir. Il avait réussi à s'évader et voilà qu'on l'avait ramené, probablement de force, là où sa mère avait commis des horreurs innommables et où elle avait été assassinée par cet Ignoble dont Araknor avait mentionné le nom. Ce n'était peut-être que ça… que ça…

Théodore chassa l'expression de désarroi qui avait déformé son visage et s'arma de son plus beau sourire. Il ne se le pardonnerait pas si, en affichant ses émotions, il enfonçait un peu plus profondément Bartholomée dans son chagrin. Les amis ne sont pas faits pour ça.

— Je suis content de te voir ! Les copains vont exploser de joie en te voyant ! dit-il avec un enthousiasme sincère.

— Non, mais, tu te crois où, sérieusement ? siffla Darius. Dégage tout de suite !

Et soudain, Bartholomée craqua.

— Théo !

Des larmes, lourdes et rondes, comme celles qui avaient couvert son visage quand on l'avait traîné hors de la chambre où il avait été retenu prisonnier chez les Fontiairy, se mirent à couler sur ses joues crasseuses.

— M'ont laissé tout seul ! cria-t-il alors que Darius lui ordonnait de la fermer. Tout seul !

Théodore n'avait pas besoin qu'on lui fasse un dessin pour comprendre de qui Bartholomée parlait. Il ne pouvait juste pas y croire. Jamais ils ne l'auraient abandonné sans une bonne raison. Tout cela devait s'expliquer et il mourait d'envie de connaître ce qui s'était passé, mais il sentait bien que questionner son ami ne ferait, pour le moment, que retourner le couteau dans la plaie.

— On est là, nous, maintenant. Tu vas retrouver tous les copains, ça va aller, dit-il en essayant de se convaincre lui-même que c'était vrai.

— Putain, mais tu vas arrêter de faire ta fillette, s'emporta Darius, grimaçant de colère. Tu vas pas me donner du fil à retordre comme à Lothaire et Oz…

Le regard de rage que Bartholomée venait de lui lancer l'avait laissé sans voix.

— Tu… tu, bafouilla-t-il.

— On va aller au dortoir et tu vas te reposer, suggéra Théodore.

Barth acquiesça et se frotta les yeux.

Cependant, Darius n'avait pas dit son dernier mot.

— Toi, tu dégages, j'ai dit !

Puis, sentant que la colère de Bartholomée était loin de s'être dissipée, il ajouta :

— T'as de la chance que le directeur t'ait à la bonne car tu chantes bien, mon gars. Sinon…

Il ne verbalisa pas ses menaces.

— Après tout, tes petits copains et toi nous avez débarrassés d'Octave, c'est pas rien. J'ai jamais pu le blairer alors je veux bien être sympa, souffla-t-il.

Surpris, Théodore se tourna vers le gardien, mais il n'en apprit pas davantage. Il devrait attendre que Bartholomée se soit remis de ses émotions et soit prêt à tout raconter.

— Je le raccompagnerai au dortoir, mais d'abord on doit passer aux bains, dit Darius, avec cette lueur qui traversait son regard dès qu'il mentionnait les lieux d'ablution. Le directeur veut que tu sois présentable pour retourner à la chorale. T'as vu ton état ?

Bizarrement, cette simple question suffit à faire s'évaporer l'énervement de Barth qui fixa, l'air penaud, ses mains sales. Théodore, lui, s'inquiétait de tout autre chose et se moquait de l'apparence de Bartholomée. La seule mention de la chorale avait suffi à lui rappeler qu'il n'avait pas encore de réponses à ses questions, ou très peu. Il savait juste que c'était un endroit dangereux, un endroit où son ami allait être à nouveau projeté.

— Allez, toi, tu dégages ! conclut Darius qui attrapa Bartholomée par la manche.

— Barth, ça va aller ? s'enquit Théodore, conscient qu'il écoperait d'une lourde punition s'il continuait à tester la patience du gardien.

Le géant acquiesça et se laissa emmener, abandonnant Théodore sur le chemin de gravier où jamais il n'aurait pensé revoir son camarade. Étrangement, ces répliques que Spinello aimait tant crier aux petits nouveaux lors de leur arrivée lui revinrent brusquement en tête : “Bienvenue à Windrasor ! Bienvenue en enfer !”. Mais qu'aurait-il crié à quelqu'un qui aurait réussi à fuir cet enfer et qui y serait replongé ?

9

PLACIDE

L'après-midi était bien entamée et le soleil brillait haut dans le ciel. Silencieux, Placide se traînait derrière ses amis. La veille, même son chagrin à l'idée d'avoir abandonné Barth n'avait pas été suffisant pour empêcher le sommeil de s'abattre sur lui et, comme ses camarades, ainsi que ce garçon pour lequel ils avaient dû confectionner un lit de feuilles et de branches dans la semi-obscurité, il avait capitulé et s'était assoupi.

Et pourtant, ce repos ne l'avait que piètrement requinqué et il peinait de plus en plus à suivre le groupe.

Il aurait pu prétexter une nouvelle ampoule pour réclamer une pause, mais à quoi bon mentir ? Ses pieds accueillaient déjà depuis des jours une colonie entière de ces douloureux décollements de peau et il n'était pas le seul à en souffrir. Une de plus ou de moins, cela n'aurait guère fait de différence, d'autant que, devant, le petit qui avait vainement essayé de convaincre Asmodée de le porter à plusieurs reprises, ne comptait pas s'arrêter de sitôt. Pas avant d'avoir trouvé Iphis.

Depuis leur départ, tôt le matin, le garçonnet rondouillard oscillait entre les phases d'enthousiasme, durant lesquelles il hurlait à ses compagnons d'infortune de s'empresser de le suivre, et celles où son tempérament boudeur le rattrapait.

La veille, il avait fait une scène quand Spinello lui avait ordonné de couvrir ses vêtements d'une boue épaisse et malodorante. Mais l'adolescent avait tenu bon et, à force de lui répéter que les chiens de ses parents pourraient facilement le repérer à son odeur et qu'il ne reverrait alors plus jamais Iphis, il avait réussi à se faire obéir et l'enfant avait plongé les mains dans l'eau stagnante de la souille au bord de laquelle ils s'étaient arrêtés. D'abord récalcitrant, se contentant de déposer de petits monticules terreux sur ses avant-bras, il avait fini par y prendre goût et comme un marcassin qui découvrait les plaisirs du bain de boue, s'en était badigeonné de la tête aux pieds.

Puis Édouard avait à nouveau changé de comportement quand, sa carapace ayant séché, il avait été pris de démangeaisons, forçant Spinello à recourir encore une fois à un bagou qui semblait de moins en moins efficace sur le garçon. Il lui avait promis qu'il pourrait se laver lorsqu'ils auraient mis assez de distance avec le manoir de ses parents et Édouard s'était tu. C'était ça ou chercher Iphis tout seul dans la forêt, lui avait répété Spinello.

À présent, au moins dix minutes s'étaient écoulées sans qu'il ne se plaigne et il filait fièrement, tiré par Croque-Miaou à qui il faisait régulièrement sentir un morceau d'étoffe qu'il prétendait appartenir à Iphis.

Des heures que ce petit jeu durait, qu'il semait sur son passage des plaques de boue toujours plus nombreuses et que Placide craignait que le garçon ne change d'avis et ne retourne son molosse contre eux, et pourtant Édouard n'avait pas l'air de se lasser.

Au contraire, sa détermination à retrouver Iphis était presque palpable. De là à dire si cela était bon signe, Placide n'aurait su se prononcer. Il ne voyait que rarement le mal chez autrui, mais un je-ne-sais-quoi chez cet enfant au comportement changeant le troublait profondément. Cette manière qu'il avait de tout ramener à lui, ou cette complaisance qui habitait le moindre de ses propos peut-être.

Justement, le garçonnet, qui encore une demi-heure auparavant avait forcé tout le monde à stopper pour un simple gravier dans sa chaussure droite, les interpella :

— Dépêchez-vous, vous êtes lents !

Pour Placide, ce fut la goutte d'eau qui fit déborder le vase. Il n'en pouvait plus de ce jeu. Il ne pensait qu'à une chose, ou plutôt à une personne, et il voulait des réponses.

— Stop ! cria-t-il.

Tous les visages se tournèrent vers lui.

— Qu'est-ce qu'il y a Plac' ? s'inquiéta aussitôt Spinello. T'as entendu quelque chose ?

— Non, c'est pas… commença Placide.

— Eh ! On va pas encore faire une pause ! s'exclama Édouard. Croque-Miaou est sur une piste là !

Placide était parfaitement conscient que Spinello les avait tirés d'une situation délicate et que grâce à ses mensonges il avait poussé le petit à partager sa nourriture avec eux, mais il était prêt à risquer cet équilibre précaire pour en savoir plus.

— Tu dois nous dire ce qui est arrivé à notre ami, le défia-t-il d'un air froid qui surprit ses compagnons.

— Quoi ? s'étonna Édouard. Quel ami ?

— Bartholomée ! Le grand garçon qui s'est introduit chez toi avant-hier.

— Ah oui, l'affreux. Iphis le connaissait, je crois.

— C'est normal, c'est son ami à elle aussi, ajouta Spinello qui voulait visiblement entendre lui aussi ce qu'Édouard pouvait avoir à dire.

Reconnaissant, Placide lui sourit et acquiesça discrètement pour le remercier.

— Allez, dis-nous ce qu'ils ont fait de lui, insista-t-il

— Mais, on doit retrouver Iphis, couina Édouard qui perdait déjà patience.

— On ira plus vite si on sait qu'il va bien. S'il te plaît.

Placide ne pouvait pas imaginer que quoi que ce soit de mal soit advenu à son ami, mais il avait besoin d'en avoir la certitude. Dans le pire des cas, cela ne serait qu'une raison supplémentaire de se ronger les sangs. Au fond de lui, il espérait toutefois que le meurtre de Florestan ait pu jouer en faveur de Bartholomée. Les parents adoptifs d'Iphis ne pourraient jamais le confier à une brute comme Octave. Pas s'ils avaient un cœur.

Agacé, Édouard tapa du pied alors que Croque-Miaou s'enfonçait toujours plus profondément dans la forêt. Il la rappela d'un ton sec et soupira.

— J'en sais rien… Allez, on y va !

— Si tu sais quelque chose, dis-le nous, intervint Anselme qui n'avait guère ouvert la bouche de la journée.

Lui aussi avait du mal à accepter qu'on ait pu laisser Bartholomée en arrière.

Édouard fit mine de réfléchir tandis qu'Asmodée, assis à l'écart, restait silencieux.

— Tout ce que je sais c'est que deux domestiques en rouge l'ont aidé à monter à cheval. Après, Gédéon a rejoint Père et Mère en vue du départ du Duc ; c'est à ce moment-là que j'ai été chercher Croque-Miaou. Quand je suis revenu, ils étaient partis. C'est bon, on peut y aller ?

— Y avait que deux hommes ? demanda Spinello qui, comme Placide, avait bien compris qu'Édouard parlait des gardiens de Windrasor qui avaient été envoyés pour les rattraper.

— Bah, oui.

— Y avait un homme très grand et costaud parmi eux ? Vraiment grand.

Édouard haussa les sourcils et rit.

— Non, le gros il risquait pas d'aller bien loin. Vous auriez vu sa tête et celle du monsieur qu'il a tué.

Placide n'avait rien raté de la mise à mort de l'inspecteur.

Jusque-là, l'urgence de la situation lui avait permis d'en chasser le souvenir, mais voilà qu'il l'assaillait avec une vitalité terrifiante. Il revit le crâne du petit homme, celui-là même qui l'avait interrogé avec Anselme, exploser contre la roche dure, le sang gicler et les membres trembler. Il n'avait pas mérité un tel sort… Et ce garçon en riait.

— Qu'est-ce qu'ils ont fait de lui ? le questionna Spinello, le regard plein d'espoir.

— Ils vont le pendre ! s'exclama le petit.

Il leva une main et pencha la tête sur le côté en tirant la langue.

— Et si on retrouve Iphis à temps, je pourrai peut-être le voir !

L'enthousiasme de l'enfant à l'idée d'assister à un tel spectacle fit grimacer Placide. Octave s'était condamné de lui-même et Placide ne le pleurerait certainement pas, mais jamais, lui, ne s'en serait réjoui. Pourtant, Édouard n'était pas seul à jubiler.

— Vous avez entendu ! hurla Spinello. On est débarrassés de cet enfoiré !

Placide se retint de lui dire que cela ne changeait pas grand-chose pour Bartholomée. Leur ami était déjà sur la route de Windrasor et, à l'heure actuelle, y était peut-être arrivé. Et tous savaient ce qui l'y attendait.

Placide détourna les yeux, refusant de fêter l'annonce de la future mise à mort d'un homme, aussi monstrueux soit-il.

— T'as entendu Asm' ! insista Spinello qui n'avait pas trouvé l'écho souhaité chez ses deux autres compagnons.

Mais il ne vint pas non plus du grand gaillard.

Dodelinant de la tête, Asmodée tomba brutalement à la renverse de la souche sur laquelle il s'était assis.

— Asm' ! crièrent les garçons en chœur.

Placide, qui était le plus proche, fut le premier à l'atteindre.

Étendu au sol, Asmodée respirait péniblement en se tenant le bras. Ses paupières papillonnaient.

— Il est brûlant de fièvre ! constata Anselme.

Son inquiétude se propagea autour de lui.

— Asm', Asm', allez, mec, ressaisis-toi, paniqua Spinello en essayant de redresser son ami.

Placide glissa ses mains sous les aisselles d'Asmodée et aida Spinello à le mettre en position assise.

— Qu'est-ce qu'il a encore ? souffla une petite voix dans leur dos.

Les orphelins l'ignorèrent.

— Merde… Regardez son bras, dit Anselme en décollant le morceau de tissu qu'ils avaient enroulé autour de la morsure du garçon après l'avoir lavée la veille.

Gonflées, les chairs avaient pris une vilaine couleur violacée et un liquide blanchâtre s'écoulait de la blessure mal refermée. Placide avait l'impression de pouvoir ressentir contre ses joues la chaleur qui irradiait de la plaie, comme celle qui se serait dégagée des braises d'un foyer dont les flammes se seraient tout juste éteintes.

— Donne-lui à boire ! ordonna Spinello en s'avançant vers Édouard qui, méfiant, fit un pas en arrière.

— J'ai presque plus d'eau ! protesta-t-il.

Croque-Miaou, aux pieds de son maître, grogna en levant son énorme tête vers Spinello.

— Il en a besoin. T'as vu dans quel état il est à cause de ton foutu chien !

— C'est une fille, rétorqua Édouard comme si la nuance était importante dans cette situation.

Placide sentait que Spinello était en train de perdre son sang-froid.

— Édouard, ce n'est pas un jeu. Asmodée ne va vraiment pas bien, intervint-il. On remplira ta gourde au prochain ruisseau. Y en a sûrement un pas loin.

— Il n'a qu'à attendre alors.

D'un air déterminé, il croisa les bras et Placide fut obligé de retenir Spinello par la manche.

— Les gars ! dit Anselme qui se tenait toujours auprès du malade. Ce n'est pas d'eau dont il a besoin… Il lui faut un vrai docteur. Quelqu'un qui sache quoi faire. On doit faire vite avant que son sang s'infecte…

Il n'avait pas besoin d'expliciter les conséquences d'une telle horreur.

— Aidez-moi alors, il faut trouver une route et gagner la ville la plus proche, affirma Spinello qui rejoignit le blessé et passa un de ses bras autour de ses épaules.

Placide et Anselme se portèrent à son secours et, le poids d'un Asmodée à moitié inconscient sur le dos, ils firent un premier pas.

— Eh ! On doit retrouver Iphis d'abord ! s'énerva Édouard qui n'appréciait pas qu'on le laisse de côté.

Cette fois-ci, ce fut le vase de Spinello qui déborda.

— Tu te tais et tu nous suis ! On t'aidera pas tant que notre ami n'ira pas mieux. Alors ferme-la !

La violence avec laquelle il avait crié ces derniers mots fit trembler Placide qui se tourna aussitôt vers Édouard, guettant la réaction du garçon, quelle qu'elle soit. Placide était prêt à tout, même à faire front si Édouard lâchait le chien sur eux ; fort heureusement, le petit se contenta de taper du pied une nouvelle fois.

— Suis-nous ! s'énerva Spinello quand Anselme, Placide, Asmodée et lui le dépassèrent.

Le garçon poussa un long soupir d'agacement, mais obéit. Il n'avait apparemment pas l'habitude d'être traité ainsi et Placide se demandait combien de temps il coopérerait.

Quoi qu'il en fût, lorsque les orphelins débouchèrent enfin sur une large piste après une longue marche harassante, Édouard n'avait pipé mot et traînait des pieds derrière eux.

— Tiens bon, Asm', murmura Spinello qui soutenait la grande majorité du poids de son ami.

Le visage de l'adolescent dégoulinait de sueur et son état semblait se détériorer rapidement. Mais, plus que la blessure suintante et l'odeur âcre qu'il dégageait, c'était surtout son silence qui terrorisait Placide. Chemin faisant, Asmodée avait eu de rares moments de lucidité, aucun pourtant n'avait été prétexte à un quelconque trait d'humour qui aurait rassuré ses compagnons. Il n'avait fait que bafouiller, tremblotant, des paroles incompréhensibles.

Placide, qui ignorait ses propres douleurs, tentait tant bien que mal de contenir ses émotions. Il savait que s'il craquait, Spinello et Anselme, eux aussi à bout de nerfs, se laisseraient emporter par sa détresse.

Pour le moment, il devait oublier Bartholomée et Asmodée et avancer.

Par chance, leur salut vint à eux bien plus vite qu'ils n'auraient pu l'espérer… sous la forme d'une vaste bâtisse en rondins construite en bordure de route. Une cheminée massive perçait son toit de chaume à deux pans et recrachait une fumée grisâtre que le vent s'empressait de disperser dans les bois environnants.

Placide tourna les yeux vers Spinello qui acquiesça en croisant son regard. Ils n'avaient plus le choix. Ils firent un pas en avant, puis un autre, les palpitations fougueuses du cœur d'Asmodée se répercutant dans leurs propres corps endoloris.

5

IPHIS

Vulfran rit de bon cœur en voyant l'expression qui s'était peinte sur le visage d'Iphis.

— Alors, c'est tout décidé.

Il sourit et ajouta :

— Laissez-moi récupérer mes affaires et préparer les chevaux.

Iphis ne sut que répondre et le regarda s'éloigner d'un pas joyeux.

Décidément, ce Vulfran, avec ses cheveux en désordre, était un sacré personnage. Un personnage auquel Iphis ne savait pas encore si elle devait se fier ou non. Mais, après la découverte du chargement de sa roulotte, il lui était impossible de se le figurer différemment qu'en brave homme.

— Allez, les amis, venez ! appela-t-il avec bienveillance en revenant vers Iphis, une sacoche en bandoulière.

Il claqua de la langue et les trois chevaux accoururent.

— Ils n'étaient pas attachés ? s'étonna Iphis.

— Pour quoi faire ? Ils n'iraient jamais bien loin ; pas vrai mes beaux ? dit-il en caressant le haut du crâne de Virevoltant, un étalon noir à la musculature impressionnante.

L'animal secoua la tête comme pour confirmer les propos de son maître.

— Allez, en place ! ordonna-t-il.

Les chevaux contournèrent la roulotte et s'immobilisèrent à l'avant. Il ne restait à Vulfran qu'à les harnacher, ce qu'il fit avec une délicatesse qui termina de convaincre Iphis de sa nature aimable.

— Je vais à Launkeston aujourd'hui, cela vous convient-il, Iphis ?

Launkeston...

L'orpheline fouilla dans ses souvenirs, se demandant si elle avait traversé ce village lorsque les Fontiairy l'avaient ramenée chez eux. Car, si c'était le cas, elle craignait qu'emprunter cette direction ne la rapproche de leur manoir. Cependant, le nom ne lui évoquait rien. Alors à quoi bon se creuser la tête ? Au moins, elle ne serait plus à pied et seule dans ces bois. Malgré l'effet enchanteur qu'avait eu la forêt sur elle, elle savait qu'y rester trop longtemps ne pourrait qu'avoir des conséquences désastreuses.

Devant le silence de la jeune fille, Vulfran continua :

— Ensuite, je poursuivrai encore un peu plus au Nord avant de redescendre vers la capitale au Sud.

— Ah d'accord. Oui, c'est très bien, bredouilla Iphis.

Vulfran, qui resserrait une sangle, leva les yeux vers elle et haussa les sourcils. Il les maintint ainsi en l'air un instant puis les rabaissa pour terminer sa tâche.

— Vous vous êtes assez reposés, tu plaisantes ! s'exclama-t-il lorsque Robuste hennit.

Virevoltant et Délicate, une belle jument cendrée, trépignaient d'impatience sur place et levaient leurs sabots antérieurs l'un après l'autre.

— Vous pouvez monter, dit Vulfran en indiquant à Iphis le marchepied et la petite échelle qui permettaient de regagner la place du cocher. Vous voyagerez à mes côtés, nous pourrons discuter. Je suis sûr que nous avons plein de choses en commun.

Encore ce sourire de pure bienveillance qu'Iphis lui rendit avec empressement.

— Et, dites-moi, vous n'avez pas d'autres affaires avec vous ? reprit-t-il en avisant le sac de jute de l'orpheline.

— Non, c'est tout, répondit-elle, un peu honteuse et craignant qu'il ne change d'avis par peur qu'elle ne soit qu'un vagabond criminel caché derrière les traits d'une jeune fille bien éduquée.

Pourtant, une telle idée ne serait jamais venue à l'esprit de Vulfran.

— En route, alors.

Il passa devant Virevoltant qui occupait la place de tête, lui tapota gentiment le crâne et, en un instant, fut assis à la place du conducteur, une large banquette en bois dur marquée par les dizaines de postérieurs qu'elle avait vu défiler.

Iphis, qui n'avait pas bougé, se sentit idiote et attrapa le premier échelon. Elle se hissa auprès de Vulfran.

— C'est parti, les amis ! s'exclama-t-il gaiement en secouant légèrement les rênes après s'être assuré que sa passagère était correctement installée.

Les chevaux forcèrent un instant sur leurs pattes puissantes pour remettre la voiture sur la piste puis retrouvèrent avec joie le plat de la chaussée. Iphis avait porté son lot de livres pour savoir que la collection de Vulfran devait peser un certain poids, mais les animaux, maintenant lancés, ne semblaient pas en souffrir.

— Merci beaucoup monsieur Vulfran de me prendre avec vous, dit-elle.

L'homme se gratta derrière l'oreille, comme gêné par cette manifestation de gratitude.

— Ce n'est rien. Au contraire, tout le plaisir est pour moi. Mes voyages sont souvent très longs et malgré la présence de mes amis, je me sens parfois un peu seul. Et pas de monsieur avec moi, je vous en prie.

Iphis n'en revenait pas de voir un adulte, qu'elle connaissait à peine, se confier ainsi à elle et faire état de sa souffrance et de sa solitude.

— Mon travail n'est pas toujours facile, vous savez, ajouta-t-il.

Iphis sauta sur l'occasion. Si elle pouvait éviter un silence gênant qui pousserait l'homme à l'interroger et de surcroît en apprendre davantage sur son nouveau compagnon, c'était parfait.

— Vous êtes bibliothécaire et vous ramenez tous ces livres à votre bibliothèque, c'est ça ? demanda-t-elle avec un intérêt sincère.

Vulfran rit.

— Oh ! Je pense que je me serais empâté si je n'avais qu'une simple bibliothèque à gérer.

Il amena son poignet droit au niveau de sa bouche et, les yeux fixés sur ses os saillants, le fit pivoter.

— Je ne prête pas de livres, je les vends et parfois, peut-être trop fréquemment si vous questionnez ma bourse, je les donne. Derrière vous se trouve mon échoppe, mais aussi ma maison, et je vais de ville en ville, de faubourg en faubourg, de village perdu et ignoré en village perdu et, pire encore, oublié.

Iphis n'avait pas besoin de lui demander pourquoi il faisait tout cela.

— Et vous offrez aux gens un moyen de s'échapper de leur quotidien ou d'apprendre de nouvelles choses !

— Oui ! s'extasia Vulfran qui, voulant taper dans ses mains, faillit lâcher les brides. C'est exactement ça ! Je savais que nous nous entendrions. Après tout, quelqu'un qui cite *Contes et légendes du Nouveau Monde* comme son roman favori ne peut qu'être une bonne personne.

Iphis sourit en réalisant que Vulfran avait décidé de lui faire confiance pour la même raison qu'elle lui avait accordé la sienne.

Toutefois, l'extase du maigrichon prit rapidement fin. Il souffla, un air à présent dépité sur le visage.

— Malheureusement, peu nombreux sont ceux qui savent lire et cela fait fort longtemps que je n'ai plus un seul livre d'images.

Iphis se demanda de quel genre d'ouvrages il pouvait bien parler.

Elle était certaine que la bibliothèque de Windrasor n'en possédait pas. Elle imaginait néanmoins sans mal ce dont il s'agissait bien qu'elle n'ait jamais vu d'illustration sans légende pour expliciter ce que le lecteur avait sous les yeux.

— Mais c'est là où je rencontre ces laissés-pour-compte que je reçois les accueils les plus chaleureux même s'ils n'ont que faire de la lecture et refusent souvent mes apprentissages.

— Pourquoi ? s'étonna Iphis qui ne comprenait pas qu'on puisse s'interdire d'entrer dans n'importe lequel des milliers d'univers que renfermaient tous les livres du monde.

— Quand on vit loin de la frénésie de la ville, qu'on n'a que ses mains pour subvenir à ses besoins, on a rarement le luxe d'un moment d'oisiveté et encore moins de lecture, quand bien même notre esprit chérirait un tel écart avec la réalité.

Iphis acquiesça en silence. Elle prenait conscience qu'à Windrasor, aussi maigres soient les repas, elle n'avait jamais eu à s'inquiéter à l'idée de mourir de faim. Si elle avait dû faire le choix entre nourriture de l'esprit et du corps, elle ne pouvait se mentir sur ce qui l'aurait emporté.

— Mais au moins j'essaie, et je parviens de temps en temps à de beaux résultats, notamment avec les anciens qui sont trop faibles pour aller aux champs et qui, malgré leur vue baissante, montrent toujours un vif intérêt pour la nouveauté. Je me souviens d'ailleurs d'un vieil homme dont la vivacité d'esprit m'avait remarquablement étonné il y a de cela quelques années. C'était à Launkeston. J'espère que nous le reverrons, même si j'en doute. La vie de ce côté du Duché est particulièrement rude, vous devez le savoir.

Iphis tressaillit, convaincue que Vulfran venait délibérément de glisser un hameçon dans la conversation pour la ferrer et la questionner, mais, une fois de plus, il n'en fut rien.

— Nous verrons bien, dit-il.

— Vous avez bien du courage, constata simplement Iphis, pensive.

— C'est le plus beau métier du monde ! se défendit Vulfran sans la moindre once de vexation. Je ne roule peut-être pas sur l'or, mais je vois la curiosité briller dans les yeux des gens, je vois du pays aux côtés de mes amis et je fais souvent de belles rencontres.

Ses dents à l'implantation anarchique apparurent à nouveau et l'orpheline se sentit rougir.

Un nid de poule avala soudain une des roues de la roulotte. Iphis se rattrapa de justesse à la rambarde. Pourtant, aurait-elle raté sa prise qu'elle ne serait pas tombée. Elle tourna la tête vers Vulfran dont les doigts fins relâchèrent avec délicatesse son bras.

— Je ne l'avais pas vu celui-là ! plaisanta-t-il. Et ce sera sûrement pas le dernier à me surprendre.

Il tira légèrement sur les rênes pour faire ralentir les animaux qui avaient accéléré, emportés par la fougue de Virevoltant.

— Bon, et dites-moi. Je sais que je suis bien trop curieux, c'est mon vilain défaut, mais quelle est donc votre histoire favorite de *Contes et légendes du Nouveau Monde* ? s'enquit-il, un peu embarrassé.

Surprise, Iphis accepta cette question avec ravissement et, ainsi, la discussion continua un bon moment, entrecoupée des rires des deux interlocuteurs. Puis les premières bâtisses commencèrent à apparaître aux abords de la route.

— Nous y serons bientôt, commenta Vulfran.

Inquiète à l'idée d'approcher d'une première bourgade, Iphis se crispa sur son siège, de nouveau mal à l'aise malgré le plaisir qu'elle avait éprouvé jusque-là à échanger avec Vulfran. Cela n'échappa pas à l'homme qui tira soudain sur les brides.

— Iphis, je serais bien triste que vous me quittiez ici, mais je sens que quelque chose vous tracasse.

Il la fixa d'un air inquiet et sincère. Puis il lui adressa un clin d'œil complice.

— Vous voulez peut-être découvrir le reste de ma collection dans la roulotte.

Iphis leva les yeux, un léger sourire se dessinant sur ses lèvres.

— Il n'y a que deux petites lucarnes à l'intérieur, personne ne pourra vous voir, précisa-t-il en ricanant.

L'orpheline opina, muette face à autant de bonté. Vulfran fit claquer les rênes et les chevaux repartirent en avant.

— Mais… bafouilla Iphis.

— Ah ! Vous pensiez entrer par la porte peut-être ? s'amusa Vulfran, devant l'expression déconcertée d'Iphis. Par ici !

Il s'écarta de quelques centimètres et posa les doigts sur un loquet qu'il déverrouilla. D'une main experte, il poussa vers l'intérieur de la cabine le battant vitré qui leur servait de dossier depuis le début de leur voyage.

— Je vous en prie.

Dehors, les habitations se faisaient plus denses et Iphis, le cœur palpitant d'excitation, se faufila par la petite fenêtre.

Elle entra dans cette roulotte, comme Vulfran venait d'entrer dans sa vie.

6

THÉODORE

Quand la porte de la bibliothèque claqua dans le dos de Théodore, son maître se tenait devant lui, le visage figé dans une expression de parfaite fureur.

— Maître, c'est Bartholo... essaya-t-il.

— Depuis quand crois-tu que tu peux aller et venir comme bon te semble ? Tu n'es pas ici pour te tourner les pouces et faire ce qui te chante ! s'énerva Razonel.

Il émanait du vieil homme une odeur d'encens désagréable et sa colère agitait son épaisse barbe.

— Bartholomée, Maître ! s'exclama Théodore. Il est revenu.

— Bartholomée, répéta Razonel, une moue intriguée déformant sa bouche.

— Je sais que j'aurais dû vous demander la permission d'aller le voir, mais… c'est mon ami… Je n'ai pas pu m'en empêcher. Je suis désolé.

Théodore savait qu'il n'avait déjà que trop abusé de la clémence du vieux bibliothécaire et il ne comptait pas dessus une nouvelle fois…

— Tu resteras une heure de plus ce soir pour faire le ménage dans mon bureau. Et n'aggrave pas ton cas en y mettant davantage de pagaille, c'est bien compris ? trancha le vieillard.

Théodore ne risquait cependant pas de chambouler quoi que ce soit dans l'antre de son maître.

Sous la pression d'Ophélia qui voulait tout connaître des futures adoptions, l'orphelin n'avait pas perdu une occasion d'aller y fourrer son nez et il savait parfaitement quelle était la place de chacune des possessions de Razonel ; surtout celle du carnet élimé dans lequel il consignait tout ce qui concernait les visites. Mais, depuis l'adoption d'Iphis, l'homme n'y avait rien inscrit.

— Bien sûr, Maître. Pardonnez-moi encore, dit-il en baissant la tête.

— En attendant, termine donc de ranger ce capharnaüm, ajouta Razonel en indiquant de la tête les ouvrages que Théodore n'avait toujours pas montés au deuxième niveau.

— Ce sera fait !

Malgré l'enthousiasme de son apprenti, le vieil homme lui lança un regard froid, un regard de mise en garde, plein de sous-entendus.

— Je vais m'absenter quelques minutes... lorsque je reviendrai je veux que tout soit en ordre.

Théodore se contenta de hocher la tête, surpris par le ton glacial de Razonel et l'empressement avec lequel il s'éclipsa par la grande porte qui menait au hall des adoptions. Il aurait mis sa main – et même son bras – à couper que cela avait à voir avec le retour de Bartholomée.

J'aurai tout le temps d'y penser en accomplissant mon travail, songea-t-il.

Il se dirigeait vers l'échelle la plus proche quand un son strident résonna au fond de la bibliothèque. Tout juste eut-il le temps de voir les cheveux noirs d'une orpheline, qui s'était installée une demi-heure auparavant, disparaître dans la cour des filles. Puis Théodore fut véritablement seul.

Il soupira, triste à l'idée qu'aucun autre orphelin ne viendrait probablement aujourd'hui, et gravit l'échelle.

Il retrouva le second niveau tel qu'il l'avait laissé et posa les doigts sur un lourd volume encyclopédique qu'il devait replacer au sommet du rayonnage devant lui. Mais ni lui ni son dos ne pouvaient se plaindre... Il grimaça en soulevant l'ouvrage et les minutes s'écoulèrent à mesure que sa pile de livres à ranger diminuait.

Plongé dans ses pensées, hanté par le faciès terrifiant d'Araknor et par celui désespéré de Bartholomée, il poussa un cri aigu lorsqu'il fut violemment projeté en avant.

Trop concentré et inquiet pour ses amis dont il n'avait pas de nouvelles, il n'avait rien entendu. Une expression d'horreur se peignit sur son visage quand il réalisa qu'Araknor se tenait peut-être bien dans son dos. Non, une telle bousculade était une attaque bien trop minable pour être celle d'un Ignoble. La voix qui s'éleva derrière, le lui confirma sans pour autant effacer sa peur.

— Tu vas tout me dire, sale petite bouse !

Théodore, dont le nez s'était arrêté à quelques millimètres d'un des montants de l'étagère dont il réorganisait le contenu, se retourna.

— Coucou ! le salua avec un sourire carnassier une brune dont la silhouette n'avait rien à envier à celles des garçons les plus âgés et costauds de l'orphelinat.

Mais ce n'était pas elle qui l'avait poussé.

Encadrée de la grande brute et d'une blonde au regard fuyant, la responsable le fixait avec un air de profond dédain. Son visage sévère renfermait de petits yeux noirs que d'épais sourcils semblaient vouloir engloutir. Et sa bouche…

On aurait cru qu'elle n'avait jamais souri de sa vie, que le bonheur n'était pour elle qu'une notion abstraite, dénuée de sens.

— T'as pas entendu Clothilde, l'avorton ? demanda la brune en frottant son poing droit à l'intérieur de sa paume gauche.

Ce moment que Théodore craignait tant était arrivé. Il ne connaissait pas ces orphelines, même s'il pensait avoir déjà aperçu la bagarreuse – comment aurait-il pu la manquer ? – mais il savait bien à quel groupe elles appartenaient.

Théodore remarqua alors une quatrième fille qui se tenait en retrait et la reconnut immédiatement. Plus tôt, elle avait prétendu vouloir en apprendre plus sur la géographie du Duché et s'était installée aux tables d'étude avant de déguerpir juste après Razonel. C'était donc elle qui avait informé ses complices du départ du maître de Théodore. Le garçon souffla et prit son courage à deux mains.

Il allait devoir tenir bon.

— De quoi vous parlez ? Qu'est-ce que je vous ai fait ? dit-il en reculant de quelques pas le long des rayonnages.

— Bouge pas ! s'énerva la plus grande.

Clothilde ne le quittait pas du regard.

— Tu veux vraiment jouer à ça, petit minable ? lâcha-t-elle.

— Ouais, on sait que c'est toi qui as accusé Félicité ! aboya la blonde.

— Et tu vas être mignon, tu vas nous dire pourquoi, renchérit la grande.

— Mais je n'ai rien fait ! J'ai juste dit qu'un garde avait été attaqué, je voulais pas d'ennuis moi !

— À cause de toi, on sait pas quand on reverra notre copine, alors je te jure que tu vas parler ! s'énerva la fille baraquée dont la voix résonna puissamment dans la vaste pièce.

Théodore aurait tant aimé voir surgir un gardien, même Kléber qui, selon les ouï-dire, se remettait doucement de ses blessures à la tête et qui s'était juré de se montrer impitoyable envers tous les orphelins à l'avenir. Mais Razonel ne voulait pas de gardes entre les murs de la bibliothèque et les filles avaient visiblement réussi à passer sous le nez de ceux postés dans la cour.

— Dégomme-le, Louison, siffla la blonde.

Et, en un éclair, la grande brune fut sur lui.

Elle le souleva par le col et le plaqua violemment contre le mur tapissé de livres.

— Pourquoi ? demanda-t-elle tout simplement.

Théodore ne devait pas craquer.

— Je ne sais pas de quoi vous parlez ! Vous auriez fait comme moi à ma place !

Les larmes lui montèrent aux yeux.

Cette comédie avait peu de chance de marcher, mais il ne pouvait de toute façon pas leur tenir tête ou elles l'écraseraient encore plus brutalement.

— Je voulais pas être puni alors j'ai dit ce que j'avais vu ! J'ai jamais parlé de votre amie, je ne la connais même pas.

Une gifle cinglante le laissa bouche bée et des larmes, de douleur cette fois, s'ajoutèrent à celles de crocodile qui avaient commencé à s'échapper de ses yeux.

— Non, non, non, le menaça Louison. On veut la vérité.

— Mais…

Une claque, frappée du dos de la main, imprima l'empreinte des doigts de l'adolescente sur son autre joue.

— Tu couvres Ophélia et ses garces, c'est ça ? On a bien vu que t'étais devenu son larbin. Tu croyais qu'elle allait te protéger ? Hein ? Que tu pourrais t'en prendre à Félicité et t'en tirer à bon compte ?

En vérité, Théodore ne l'avait jamais cru ; il avait tout bonnement osé l'espérer ; à tort.

— Oh purée, il a mis Louison en pétard, rit Clothilde qui, sur la pointe des pieds, approcha son visage disgracieux de celui de Théodore. Alors, tu vas parler ou tu veux vraiment recevoir la raclée de ta vie ?

Le garçon secoua la tête.

— Alors ?

— Je sais rien… pleurnicha-t-il.

Louison grogna et Théodore ne sut dire si c'était d'agacement ou de contentement.

— OK, tu l'auras voulu.

Et sans prévenir, elle le jeta au sol où des souliers durs et froids fondirent sur lui. Recroquevillé, il ne put retenir des couinements de douleur. Puis les coups se calmèrent. Pourtant les filles n'en avaient pas terminé avec lui. Elles voulaient l'humilier, qu'il se souvienne toujours du jour où il avait osé défier le groupe de Félicité.

— Laïsa, à toi de jouer.

Immobile et les yeux fermés, comme pour mieux se couper de la réalité, Théodore entendit des pas approcher, probablement ceux de celle qui l'avait donné en pâture à ses acolytes, mais ne réagit pas pour autant. La fille s'empara brusquement des mains de Théodore qu'elle tira dans son dos et le garçon comprit bien trop tard qu'elle était en train de le ligoter. Il voulut protester, mais un tissu malodorant lui emplit soudain la bouche. Pris de panique, il peinait à respirer alors que d'autres cordes étaient nouées autour de ses jambes.

— À plus tard ! conclut Louison quand Laïsa en eut fini.

— Ouais, à la prochaine, cracha Clothilde en lui donnant un dernier coup pour la route.

Et ainsi, les filles s'en furent.

Théodore aurait été incapable de dire combien de temps il avait passé ainsi entravé, mais c'est un Razonel fou furieux qui le ramena à la réalité en l'appelant pour la troisième fois.

— Théodore ! beugla son maître, hors de lui.

L'orphelin aurait aimé que n'importe qui d'autre vienne à son secours, mais il ne pouvait se résoudre à attendre une seconde de plus. Il étouffait et le tissu fétide continuait à lui donner des haut-le-cœur. S'il ne se manifestait pas, il allait se noyer dans son propre vomi.

Il lâcha un cri étouffé, convaincu que Razonel, qui n'était pas réputé pour son ouïe fine, n'entendrait rien.

— Théodore ? C'est toi, tu es là-haut ? demanda le vieil homme, soudain inquiet.

L'orphelin réitéra son appel de détresse.

Il dut attendre plusieurs minutes de calvaire supplémentaires avant que les chaussures de cuir de Razonel apparaissent dans son champ de vision. Ses yeux se posèrent sur les chevilles blafardes et squelettiques, puis remontèrent le long de la robe de son maître. Enfin, il découvrit deux pupilles noires où se mêlaient horreur et exaspération.

— Mon garçon, qu'as-tu encore fait ?

7

OCTAVE

La veille.

Bouillonnant de rage, Octave savait bien qu'il était impossible de revenir en arrière. Ce maudit inspecteur était mort et rien ne pourrait le changer. Par contre, il n'était pas trop tard encore pour rattraper les morveux et s'occuper d'eux… s'il parvenait à se défaire de cet homme qui pointait son fusil dans sa direction.

— Couche-toi ! insista le soldat qui le tenait en joue.

Octave n'avait pas le temps de discutailler et d'essayer de le convaincre. Comme toujours, il ne pouvait compter que sur lui-même. Alors, il devait agir, quitte à ajouter la mort de ce type aux charges qui pèseraient bientôt contre lui.

— OK, OK, très bien… dit-il en pliant une jambe.

Mais jamais son genou ne toucha le sol. Le gardien jaillit en avant et percuta violemment l'homme, saisissant d'une main le canon de l'arme qu'il détourna de sa poitrine. Le coup de feu partit tout seul et se perdit dans le ciel. Déterminé à prendre le dessus et à couper court à cet affrontement, Octave resserra le poing droit, mais ce fut lui qui reçut le premier coup. L'arcade sourcilière fendue, il chancela en arrière, sonné et déconcerté par la force de ce type qu'il dépassait pourtant facilement d'une tête. Profitant de l'étourdissement de son adversaire, le soldat, rompu au combat, tentait d'introduire de la poudre dans le canon de son fusil. Il comprit néanmoins qu'il ne lui serait plus d'aucune utilité lorsque le meurtrier se ressaisit brusquement et bondit vers lui. Il lâcha son arme, prêt à en découdre.

— Je vais te crever ! gronda Octave, incapable de contrôler ses émotions.

À chaque seconde, les orphelins s'éloignaient un peu plus et il ne pouvait l'accepter. Les muscles tendus, il lança son poing droit vers sa cible qui, d'un simple jeu de jambes, esquiva l'attaque et se plaça dans son dos. Octave avait eu raison de se méfier de ces hommes qui accompagnaient Melchior. Comme il s'en était douté, ils n'avaient pas appris à se battre au milieu des effluves de bière d'une taverne. C'était leur métier.

Le soldat profita du déséquilibre du gardien pour lui asséner un violent coup de coude entre les omoplates. Ce fut pourtant à son tour d'être surpris.

Résistant à cet assaut qui aurait dû l'envoyer au tapis, Octave se redressa brutalement et son crâne vint percuter le menton de son opposant dont les dents s'entrechoquèrent violemment. Du sang se mêla bien vite aux morceaux d'émail brisé qui s'étaient répandus dans sa bouche.

— Les morveux, putain ! s'énerva Octave en reprenant position, prêt à charger.

Le soldat ignora ses paroles et décida subitement qu'il en avait fini de jouer. Les pieds fermement ancrés dans le sol, il tira son sabre et en dirigea la pointe vers son adversaire. Mais il n'eut nul besoin de s'en servir. Plusieurs hommes haletants débouchèrent soudainement dans son dos, émergeant des fourrés sans crier gare.

— Qu'est-ce que… s'étouffa l'un d'eux en découvrant la dépouille de l'officier.

— Octave ! cria une voix que le militaire ne reconnut pas.

Son assaillant, lui, ne perdit pas un instant.

— Retrouvez les morveux, ils sont partis par là ! hurla-t-il en apercevant Lothaire et Ozias, les gardiens qui l'avaient accompagné pour récupérer les fugitifs.

Il ne comprenait pas ce que ces deux abrutis, qui étaient censés explorer l'autre côté du domaine, faisaient là, mais il s'en moquait s'ils pouvaient enfin se montrer utiles.

— Ne bougez pas ! s'interposa un autre soldat. Personne ne bouge ! Qu'est-ce qui s'est passé ?

— Les merdeux s'enfuient ! Bougez-vous ! beugla Octave qui ne savait pas ce qui le retenait de se jeter à nouveau sur celui qui lui avait fait perdre tant de temps.

Certainement la situation inextricable dans laquelle il se trouvait à présent…

— Ferme-la ! cria justement l'intéressé.

Il raffermit sa prise sur son épée et poursuivit :

— Il l'a tué, dit-il en indiquant le cadavre de Florestan. Comme un chien…

— Fromir va être fou de rage… souffla un autre homme du bataillon du Colonel qui avait dégainé son arme et la braquait sur Octave.

— Quel salaud, c'est pas vrai !

Le gardien était désemparé. Une fois encore la situation lui échappait.

— Allez-y ! C'est un ordre ! insista-t-il alors que Lothaire et Ozias le fixaient, les yeux écarquillés.

Ozias eut un hoquet de surprise et tendit un doigt vers la forêt devant lui.

— Par là ? demanda-t-il, hésitant.

— Je vous ai dit de ne pas bouger ! répliqua de manière cinglante celui qui semblait avoir pris les choses en main. Vous deux là, chargez-vous du corps. Les gars, on ramène cette ordure au domaine.

— Et les enfants ? s'enquit malgré tout le soldat qui avait combattu Octave. Fromir voulait qu'on les retrouve.

— Il voulait qu'on les retrouve pour cet homme. Maintenant, il est mort. On attendra ses ordres, mais pour le moment, la justice ducale doit être rendue.

Ils fondirent sur Octave.

***

Les longues heures qui s'étaient écoulées depuis qu'on l'avait jeté à l'intérieur de cette minuscule chambre sans fenêtre n'avaient pas suffi à tirer Octave de la colère dans laquelle il s'était emmuré. Il n'avait pas dormi et ne trouvait rien à quoi se raccrocher pour sortir de cet état de fureur pure et parfaite.

La veille, alors qu'on l'emmenait en direction de sa prison actuelle, il avait bien croisé l'affreux mongolien, traîné de force par deux gardes, mais cela n'avait pas suffi à atténuer, de manière aussi insignifiante soit-elle, sa rancœur. Comment cela aurait-il pu le soulager ? Il avait le sentiment d'avoir échoué comme personne n'avait échoué avant lui. Par sa faute, les autres morveux étaient toujours en liberté et sa propre mort avait été programmée d'un ton indifférent par le Duc.

Il ne savait pas depuis combien de temps il était ainsi captif, mais il pouvait parier que les heures qui lui restaient avant qu'il ne soit conduit par les gardes des Fontiairy, comme le Duc l'avait ordonné, à Launkeston où il serait pendu haut et court, se comptaient à présent sur les doigts d'une main.

À vrai dire, l'idée de mourir ne l'effrayait pas. Il n'y avait jamais réellement songé et la mort n'était pour lui qu'une notion floue. En revanche, se savoir pendu devant des hordes de villageois, qu'un voyeurisme malsain attirait toujours en nombre sur la grand place lors de ces sinistres événements, l'écœurait profondément. Ces minables n'avaient pas le droit de se satisfaire de sa mise à mort.

Il frappa le mur devant lui et un léger nuage de poussière chuta du plafond. Il n'y avait rien qu'il puisse faire si ce n'était attendre et se laisser ronger par cette amertume qui le consumait avec avidité. Jamais il ne reverrait Windrasor, mais cela n'était peut-être pas plus mal. Il n'aurait pas pu supporter le regard pesant de déception du directeur. Pas une fois de plus...

Des bruits de pas dans le couloir le tirèrent soudain de ses pensées. Il s'étira, fit craquer les jointures de ses doigts et se planta, raide comme un piquet, au milieu de la pièce. Qu'ils viennent le chercher, il était prêt. Il eut le temps de distinguer au moins trois voix différentes – dont celle d'une femme – avant que la lourde porte ne soit déverrouillée. Le canon d'un mousquet fut le premier à apparaître dans l'entrebâillement.

Un bras le suivit, puis se tint devant lui un des gardes qu'il avait vus emporter le trisomique la veille.

— Assieds-toi, lui ordonna l'homme en appuyant le bout de son arme sur la tempe du prisonnier.

Octave s'exécuta et prit place sur le lit qui ornait un des coins de la pièce. Le bout glacial du mousquet ne se décolla jamais de sa peau.

— Madame, Monsieur, vous pouvez entrer, dit le garde.

Octave resta de marbre lorsqu'il vit arriver le couple d'aristocrates. La veille, ils s'étaient tus pendant que le Duc rendait un prompt jugement. Aujourd'hui, était-ce à leur tour d'essayer de l'humilier ? Le désintéressement total du Duc pour l'affaire et la manière avec laquelle il l'avait expédiée avait été suffisante pour qu'Octave se sente pire qu'un moins que rien. Et ces deux-là venaient probablement en rajouter une couche. Mais, au point où il en était, Octave se moquait bien de ce qu'ils pouvaient penser de lui.

— Ces orphelins, commença la marquise qui avait revêtu une longue robe noire qui lui collait au corps, sont-ils dangereux ?

Le gardien haussa les sourcils, surpris.

Le métal du mousquet s'enfonça plus profondément dans la peau grasse de sa tempe. Octave n'avait pas d'autre choix que d'entrer dans leur jeu.

— Extrêmement, Madame, répondit-il. Si vous saviez ce qu'ils ont fait pour s'enfuir de l'orphelinat...

Elle parut horrifiée et se tourna vers son mari.

Juché sur ses hautes jambes, il dominait Octave et l'inspectait avec insistance. Il se racla la gorge.

— Et vous savez y faire avec eux, n'est-ce pas ?

Octave resta silencieux une seconde, se demandant où il voulait en venir, puis trancha pour une approche rapidement réfléchie.

— Je suis le meilleur. Pourquoi croyez-vous que j'ai été envoyé à leur recherche ? Sans ce minable de Melchior, je les aurais eus et tout serait terminé.

— Il faut lui faire confiance, mon cher ! s'exclama soudain la marquise.

— Attendez… voulut intervenir son époux.

— Notre fils Édouard a disparu depuis hier ! Et ces incapables n'ont pas été fichus de le retrouver ! sanglota-t-elle.

Tous les cris et le remue-ménage qui avaient secoué la demeure la veille au soir s'expliquaient enfin. Octave avait cru qu'un tel vacarme accompagnait tous les départs du Duc, mais il comprenait que la panique dont il avait capté quelques fragments sonores, enfermé dans cette pièce, avait une tout autre origine.

Il retint un sourire.

— Vous devez le retrouver pour nous ! poursuivit la marquise avec empressement.

Elle se jeta sur Octave et referma ses longs doigts de chaque côté de sa veste.

— Vous devez le retrouver ! cria-t-elle en le secouant.

— Calmez-vous ! s'interposa son mari qui la tira en arrière.

Il l'embrassa tendrement sur le front et la poussa vers l'extérieur.

— Allez vous reposer.

Il referma la porte sur la femme, qui frôlait à présent l'hystérie, et fit face à Octave.

— Je suis condamné à mort, vous savez ? dit le gardien sans sourciller.

Il devait se montrer aussi dur que froid.

— Et je vous offre une chance de vous en tirer vivant, répliqua le marquis. Vous serez recherché, ça je n'y pourrai rien, si ce n'est oublier de signaler immédiatement votre évasion ; mais si vous retrouvez mon garçon sain et sauf, mon épouse et moi-même saurons plaider en votre faveur. Vous serez pardonné et libre de faire ce qui vous chantera.

Cette fois-ci, le gardien ne put réprimer son sourire.

— Et les orphelins ? s'enquit-il.

— Si Édouard est avec eux, comme nous le craignons, vous avez carte blanche.

— Je le retrouverai, promit Octave dont la colère s'était mue en une exaltation qu'il peinait à contrôler.

Le marquis hocha la tête et se dirigea vers la sortie. Mais, avant de quitter la pièce, il se retourna une dernière fois.

— Gédéon et un certain Philibert vous accompagneront. Et…

Il hésita.

— Si Iphis, la gamine que nous avons adoptée, est avec lui : tuez-la.

8

SPINELLO

Vous, vous restez là, OK les gars ? dit Spinello en zieutant la vaste auberge à une vingtaine de mètres de leur cachette.

Malgré l'urgence de la situation, il savait que la prudence était de mise et il était hors de question que Placide ou Anselme ne l'accompagnent là-bas. Il gardait à l'esprit les événements de Launkeston, lorsque l'épicier avait identifié le garçon aux lourds cernes. À présent peut-être son propre visage avait-il rejoint ceux de ses deux amis sur les avis de recherche placardés çà et là dans cette partie reculée du Duché de Morenvagk, mais Spinello n'avait d'autre choix que de courir le risque d'être repéré. Asmodée ne pouvait pas attendre. Quant à Édouard, ils étaient bien trop proche de chez lui – qui sait qui pourrait le reconnaître ? – et, surtout, Spinello ne voulait pas l'avoir dans les pattes. Non, la mission lui incombait à lui et à lui seul.

— Quoi qu'il arrive, vous restez là.

Inquiets, Placide et Anselme hochèrent la tête tandis qu'Édouard grattouillait le ventre de Croque-Miaou sans se préoccuper de ce qui se disait.

— Surveillez-le bien et ne vous laissez pas faire, murmura Spinello à l'intention de ses deux copains qui acquiescèrent de nouveau.

— C'est bon, je le tiens, ajouta Spinello quand les deux garçons se dégagèrent du bras gauche d'Asmodée.

Son ami délirant pesait une tonne, mais il aurait pu en peser dix de plus que cela n'aurait pas empêché Spinello de le traîner jusqu'à l'entrée de la bâtisse.

Spinello prit une grande inspiration et contourna les buissons derrière lesquels ses compagnons et lui s'étaient dissimulés. Il regagna la piste et parcourut difficilement les derniers mètres qui le séparaient de la lourde porte en chêne de l'auberge.

Un écriteau du même bois, pendu au bout de deux chaînes châtiées par les avaries du temps, recueillait des lettres et une sorte d'emblème métalliques.

"*Au Bouillon du Félin*" lut Spinello en grimaçant devant la représentation d'un chat ébouriffé chutant dans une large marmite.

Il n'y prêta guère plus d'attention et enfonça la porte.

Les regards qui le foudroyèrent le laissèrent muet. Il avait l'impression d'être de retour au réfectoire de Windrasor, de devoir supporter à nouveau les coups d'œil haineux des frères Helrik, sauf que, dans cette obscure taverne, ceux-ci avaient pris quelques kilos de muscles, avaient vu se développer d'épaisses barbes crasseuses et semblaient plus mauvais que jamais.

Un homme, la bouche encore pleine, qui se tranchait un épais morceau de jambon, planta la lame de son couteau dans la table devant lui sans quitter Spinello des yeux. Deux autres ricanèrent en découvrant l'apparence du garçon puis replongèrent avec passion dans leur partie de cartes.

On ne pouvait pas parler d'effervescence – les sièges vides étaient bien trop nombreux pour cela – mais l'agitation reprit peu à peu.

Des grommellements d'Asmodée rappelèrent Spinello à la réalité. Il déglutit difficilement et traîna le gaillard à l'intérieur.

— S'il vous plaît ! cria-t-il. Mon ami a besoin d'un docteur !

Des rires amusés s'élevèrent de l'assemblée d'ivrognes et de voyageurs souvent éméchés eux aussi. Confus, Spinello chercha un quelconque soutien du regard mais ne trouva que gloussements et hilarité.

— S'il vous plaît ! insista-t-il.

— Dégage, morveux ! C'est pas pour toi ici ! aboya un homme au visage sec et menaçant.

À la couleur des joues et au ton du type, Spinello devina sans mal que le tabouret sur lequel l'alcoolique était assis avait probablement depuis longtemps adopté la forme de son fessier. Tous ceux qui fixaient encore le garçon partageaient cet air ahuri de soiffard. Quant aux autres, souvent les mieux habillés, ils l'avaient déjà oublié, indifférents à ses appels à l'aide.

Spinello savait bien que les médecins ne tombaient pas du ciel et il n'avait jamais pensé en rencontrer un en ce lieu, mais il ne s'était pas attendu à recevoir un tel accueil. Amèrement, il réalisa qu'il aurait dû s'en douter. *Les personnes comme Barnabé ne courent visiblement pas non plus les rues*, pensa-t-il en contenant son chagrin. Mais, il n'allait pas abandonner si vite.

— Reste là, mon pote, dit-il en asseyant délicatement Asmodée à une table près de l'entrée.

D'un pas déterminé, il avança jusqu'au comptoir, espérant y trouver l'aubergiste, mais il n'y avait personne.

— Casse-toi, bon sang ! s'exclama un autre poivrot avant de porter ses lèvres sèches à sa chope.

Il allait probablement passer toute la journée à tenter de les hydrater dans l'amer breuvage.

— S'il vous plaît ! supplia Spinello.

— Quoi encore ? Ça arrive, bon sang ! répondit une voix rauque et agressive, en provenance de ce qui devait être les cuisines qu'une simple porte ouverte séparait du bar.

— J'ai besoin d'aide ! cria Spinello.

Le garçon contint sa surprise lorsque le propriétaire des lieux fit son apparition. Une femme rondelette, qui ne devait guère être plus grande qu'Anselme, les cheveux noirs et ras, le fixait.

Relevé, le coin droit de sa bouche laissait apparaître des gencives rougeâtres.

— C'est quoi, ça encore… maugréa-t-elle en remplissant une série de chopines.

L'odeur de la bière emplit l'air de plus belle.

— Je sers pas les mômes, s'empressa-t-elle d'ajouter.

— T’as compris, dégage ! renchérit le boit-sans-soif d’un air dédaigneux.

— Mais mon ami va mal, implora Spinello en indiquant le gaillard à l’entrée de la taverne.

— C’est pas mon problème, petit. Allez, barre-toi avec ton pote, j’ai des clients à servir.

— S’il vous plaît, madame !

— T’es bouché ? demanda le pochtron en se levant.

Malgré son ivresse, il parvint à garder son équilibre et tituba vers Spinello qui, frappé par l’odeur répugnante qui se dégageait de l’homme, n’attendit pas que ce soient ses vilaines mains osseuses qui viennent le frapper à leur tour. Le garçon serait très probablement sorti vainqueur de l’affrontement si le type s’était jeté sur lui, mais, pris au cœur d’une bagarre de taverne, il n’aurait pas donné cher de sa peau, ni de celle d’Asmodée.

— Du balai ! conclut la minuscule matrone dont seuls quelques centimètres d’une chevelure courte et épaisse, dépassaient du bar.

Des rires fusèrent à nouveau lorsque Spinello appuya Asmodée contre son épaule et sortit du “*Bouillon du Félin*”. Ces maudits adultes étaient décidément tous plus mauvais les uns que les autres. Il les détestait. Enragé, il se jura qu’un jour il se vengerait et que jamais il ne serait comme eux.

Il repartit en direction de la cachette de ses amis.

— On va trouver quelqu’un Asm’, tiens bon, murmura-t-il avant de se faufiler entre les fourrés et d’adosser le gaillard à l’arbre dont les hautes branches couvraient d’ombre l’endroit où attendaient ses copains.

— Je le savais, cracha Anselme.

— Qu’est-ce qui s’est passé ? demanda Placide qui n’avait pas l’air de comprendre pourquoi Spinello était déjà de retour.

— Ils nous ont chassés ! Ces ordures en avaient rien à faire, rien ! s’énerva Spinello. Tous ces minables étaient bien trop occupés à se saouler la gueule.

— Et l’aubergiste ? s’enquit Placide.

— Une vilaine nabote.

— Il joue la comédie, intervint soudain Édouard.

Il pouvait se targuer d'être un véritable expert dans ce domaine-là.

— Demain, il ira mieux vous verrez, ajouta-t-il. On peut repartir ? Iphis nous attend…

Spinello serra les dents et se retint de l'étrangler. Il allait lui clouer le bec d'une réplique cinglante quand une voix dans son dos le fit sursauter.

Placide poussa un couinement d'effroi.

— Sortez de là !

Spinello fit signe à ses amis de garder le silence.

— Vous voulez quoi ? demanda-t-il.

Il avait reconnu la voix désagréable de la patronne.

— Montrez-vous ! ordonna-t-elle. Et puis merde.

La petite femme apparut soudain entre les branchages, la même moue disgracieuse sur la bouche.

— Ben ça alors ! lâcha-t-elle en apercevant les enfants.

Ses yeux passèrent d'un garçon à l'autre et Spinello jura que ses pupilles se dilatèrent lorsqu'elle découvrit les visages d'Anselme et de Placide.

Toutefois, la certitude qu'elle les avait identifiés s'évapora presque aussi rapidement qu'elle s'était forgée.

— Vous êtes combien comme ça ? s'étonna-t-elle.

— Ben, cinq, répondit Placide bien trop habitué à se montrer poli.

— Vous voulez quoi ? insista Spinello, méfiant.

— Du calme, mon petit.

Elle avait pris un ton mielleux qui ne lui inspirait pas confiance.

— Je suis pas sans cœur, tu sais ? Mais je ne pouvais pas accepter de vous aider devant mes clients. J'ai une réputation à tenir moi. Qu'est-ce qu'il a ton ami ?

— Il a été mordu ! expliqua Anselme. Vous pouvez faire quelque chose ?

La femme réfléchit un instant puis hocha la tête.

— Venez avec moi, on va l'installer à l'intérieur. Allez.

Elle sortit des buissons et Spinello se tourna vers ses compagnons.

— On fait quoi ?

Pour une fois, c'était lui qui posait cette sempiternelle question.

— On y va, répondit Anselme sans hésitation. On n'a pas le choix.

— OK, aidez-moi à le soulever, demanda Spinello.

Ils s'exécutèrent.

— Mais, j'ai pas envie moi ! pleurnicha Édouard. Vous aviez dit qu'on allait retrouver Iphis.

— Quand Asmodée ira mieux ! cracha Spinello.

Anselme lui écrasa le bout du pied.

— L'aubergiste va sûrement nous donner à manger, tu sais ? dit-il avec davantage de diplomatie.

— Bah, il fallait le dire ! s'exclama joyeusement Édouard.

Il les devança et rejoignit la femme à l'arrière de la taverne, Croque-Miaou sur les talons.

— Le chien reste dehors, commanda-t-elle quand les quatre garçons arrivèrent à leur tour.

Édouard leva des yeux contrariés vers Spinello qui secoua la tête.

Le petit souffla et s'accroupit près de sa chienne qu'il caressa entre les oreilles.

— Tu restes là, Croque-Miaou, pas bouger !

Le molosse le fixa d'un air bovin mais, comme s'il avait parfaitement saisi l'ordre, alla s'allonger le long de la chaumière.

— Parfait. Bon, entrez par là et ne faites pas de bruit, conseilla la matrone en écartant une porte à moitié sortie de ses gonds. Allez, allez, on se dépêche, les clients m'attendent.

Spinello se laissa emporter par l'élan de ses camarades.

— Bienvenue au "*Bouillon du Félin*", la meilleure auberge des environs, annonça la femme en refermant la porte derrière elle. Je vais m'occuper de votre ami, ne vous inquiétez pas.

Des voix graves s'élevèrent de la salle principale.

— Je reviens, murmura-t-elle.

Elle traversa le sombre couloir dans lequel les garçons se tenaient et retourna en cuisines.

— Oui, ça arrive ! hurla-t-elle, son ton hargneux de retour.

9

THÉODORE

Aussi loin qu'il s'en souvienne, Théodore n'avait jamais pris une telle raclée. Il n'avait certes pas le même palmarès, et encore moins la réputation, de bagarreur d'Asmodée ou des frères Helrik, mais l'orphelin avait participé à son lot d'échauffourées aux côtés de ses amis. Pourtant, pas une fois il n'avait reçu une telle leçon. Seul face à une brute comme Louison, il n'avait eu de toute façon aucune chance de s'en tirer.

Il aurait aimé ne plus y penser, mais, depuis que son maître l'avait libéré de ses entraves à l'étage de la bibliothèque, tout – ou presque – s'efforçait de lui rappeler la déculottée que les filles de Félicité lui avaient infligée. Les regards surpris mais indifférents des gardes, ceux amusés des orphelines, chaque respiration et, à ce moment précis, alors qu'il se tenait à l'écart dans le réfectoire, chaque bouchée de cette miche de pain trop dure.

Malgré leur violence, les gifles de Louison n'avaient laissé que des marques éphémères sur les joues de Théodore, mais il n'en était pas autant du coup de pied qu'il avait reçu en pleine mâchoire. Il resserra les dents et grimaça de plus belle lorsque l'activation de ses muscles maxillaires lui envoya une nouvelle décharge de douleur.

Théodore aurait pu se contenter de boire l'infusion qu'une cuisinière lui avait servie, probablement par pitié ; il aurait pu abandonner ce pain rassis puis s'empresser de trouver refuge, comme un petit animal blessé, à la bibliothèque. Malheureusement, il savait maintenant que même ce lieu magistral ne lui offrait qu'une protection illusoire. Mais, surtout, il ne voulait pas offrir cette satisfaction aux filles qui le fixaient à l'autre bout de la grande salle.

Depuis qu'il était entré, Clothilde et Louison ne l'avaient pas quitté des yeux sauf pour échanger un clin d'œil complice avec une des orphelines de leur tablée.

La dérouillée légendaire dont il avait été victime avait sûrement déjà fait le tour des dortoirs et certaines filles du groupe de Félicité se tordaient régulièrement le cou pour lui jeter un regard espiègle avant de se retourner en pouffant. Refusant de se laisser atteindre par ces moqueries et ce petit jeu d'intimidation, Théodore croqua à nouveau dans son pain.

La veille, après l'avoir secouru, son maître l'avait longuement questionné sur les événements, mais le vieil homme n'avait rien obtenu de son apprenti.

Dès le départ, Théodore avait su qu'en faisant porter le chapeau à Félicité, il ne s'en sortirait pas indemne ; pour autant, cela ne voulait pas dire qu'il devait tout accepter ; surtout après la tannée de la veille.

À présent les filles avaient eu leur vengeance et il ne se laisserait plus faire. Il ne leur accorderait rien de plus et tout son corps endolori était bien d'accord.

— Théo… le fit soudain sursauter une voix douce à sa gauche.

Ses yeux se posèrent sur le délicat visage d'Ophélia qui fixait la peau bleuie de sa mâchoire.

— Tu ne devrais pas me parler ici, murmura-t-il.

— Qui t'a fait ça ?

Le garçon haussa les sourcils, l'air de ne pas comprendre ce que lui voulait la grande brune.

L'orpheline soupira sans le lâcher du regard. Théodore ne voulait pas avoir cette conversation. Ce qui était fait, était fait et il devait l'accepter, pas jeter de l'huile sur le feu. Il avait des choses bien plus importantes à régler. Alors, il fit ce qu'il faisait depuis si longtemps, sans toujours en avoir conscience, en parcourant les livres de la bibliothèque : il fuit la réalité.

— Oublie, d'accord.

Il repoussa sa chaise et emporta son plateau sans un mot de plus à Ophélia.

Lorsqu'il pénétra sous le vaste plafond de la bibliothèque par le passage des lettrés, même la beauté du petit jardin qu'il avait traversé pour y accéder n'avait pas arrangé son humeur.

— Théodore ! appela son maître de son bureau.

Le garçon, qui venait tout juste de rejoindre le guichet, leva les yeux au ciel d'un air excédé. Il n'avait aucune envie de subir un autre interrogatoire.

— Bonjour, Maître, dit-il en glissant la tête par l'encadrement de la porte.

— Bonjour.

À la grande surprise de son élève, l'homme s'extirpa de son fauteuil sous les protestations de ses genoux et s'avança vers Théodore. Il le passa rapidement en revue, ses lèvres remuant comme s'il hésitait à lui demander comment il allait. Malgré les décennies en fonction à Windrasor, le vieillard ne pouvait pas capitaliser sur cette expérience : les enfants restaient des êtres qu'il ne comprenait que trop rarement. Il savait néanmoins que si le garçon avait décidé de garder le silence, cela ne servait à rien de revenir à la charge, quand bien même il aurait aimé pouvoir réprimander les coupables. Rien ne l'empêchait en revanche d'essayer d'égayer la journée de son apprenti.

— Tu pourras aller voir ton ami, tout à l'heure, après sa leçon de chant.

La sinistre expression que Théodore arborait depuis son réveil se dissipa et il sourit à pleines dents, se moquant bien de la douleur que ce simple mouvement provoquait. Une sinistre pensée – celle que Bartholomée était déjà de retour à la chorale – menaça de faire disparaître le sourire du garçon, mais Théodore la chassa de son esprit.

— Vraiment ? s'enthousiasma-t-il.

— Mais je veux que tu me promettes que…

Razonel hésita.

— Que toutes ces histoires sont terminées.

Théodore ne pouvait faire une telle chose en bonne conscience. Rien n'était fini, au contraire.

— Nous allons prochainement recevoir quelqu'un d'important et je veux que tu te tiennes tranquille. Je doute que nous aurons droit à une visite officielle, ici, à la bibliothèque, mais si cela devait advenir, je ne te pardonnerai pas la moindre erreur, entendu ?

Théodore se contenta d'acquiescer, les yeux brillant d'excitation. Il allait enfin savoir ce qui s'était passé exactement la nuit de la fuite de ses amis et ce qui leur était arrivé par la suite.

— Bon, je crois que tu as encore du travail au deuxième niveau, conclut Razonel qui regagna son bureau d'un pas traînant.

Le voyant aussi faible, Théodore n'en revenait toujours pas que l'homme ait gravi les deux échelles pour lui porter assistance.

— Merci pour tout, Maître, dit-il avant de tourner les talons.

***

Quelques heures plus tard, malgré l'interdiction officielle de courir entre les murs de l'orphelinat, Théodore déboula en trombe dans le couloir qui menait à la salle de chant.

Il fut heureux de ne pas s'y trouver seul. Quirin et Attale, qui avaient manifestement repris le groupe en main au départ de Spinello, le saluèrent de la main et lui indiquèrent discrètement le garde dans leur dos.

Théodore ralentit. À chaque pas, les chants des choristes gagnaient en intensité et pourtant le garçon fut incapable de discerner la voix de Bartholomée.

— Théo ! l'accueillit Quirin d'une tape dans le dos.

Théodore grimaça de douleur.

— Ben merde, qu'est-ce qui t'est arrivé ? s'inquiéta Attale en avisant les contusions de son ami.

— Une bagarre avec des filles à la bibliothèque… Elles étaient plus nombreuses et grandes que moi, avoua-t-il.

Il n’avait pas besoin d’en dire plus. Se prendre une raclée faisait partie du quotidien de Windrasor.

— Les garces ! Si seulement…

— Vous inquiétez pas, c’est fini, le coupa Théodore. Vous, ça va ?

— Nous, ouais, répondit Attale en haussant les épaules.

— Ça a pas été facile pour Barth, c’est ça ?

— Il a beaucoup pleuré au début, puis les petits, et surtout les nouveaux Séraphin et Venceslas ont réussi à lui arracher un sourire, raconta Attale en se remémorant la triste scène de Bartholomée prostré sur son lit.

— Ça allait mieux ce matin, mais il a dû vivre des choses horribles… soupira Quirin.

— Il vous a dit ce qui s’est passé ? Le soir de la fuite ? précisa Théodore.

Les deux garçons échangèrent un regard puis Quirin baissa la voix.

— Il a dit qu’il pouvait rien nous dire, que c’était dangereux.

— Ça ressemble pas à Barth de répondre un truc comme ça, contra Théodore.

— Ben non, d’ailleurs on s’est fait la même remarque…

Pour que Bartholomée refuse de leur narrer les événements de cette fameuse nuit, il devait avoir connaissance de quelque chose d’extrêmement grave. Mais Théodore en avait déjà appris suffisamment sur ce qui s’était produit pour savoir que leur copain essayait tout simplement de les protéger.

Sa mère avait assassiné des orphelins, sans que Théodore ne puisse encore expliquer pourquoi, puis elle avait, elle-même, visiblement fait les frais de ses actes. Comme Ern'lak qui avait incité Théodore à cesser de remuer cette affaire, Bartholomée voulait juste les garder à l’écart de toutes ces horreurs. Et dire que Théodore n’aurait jamais pensé son ami capable d’une telle fermeté et lucidité. Il en avait honte.

— Et après ? Pourquoi il est revenu ? Vous savez ce qui est arrivé aux autres ?

— Eh, doucement, le calma Attale.

— On en sait guère plus… et tout a l'air très confus pour lui aussi. Sa séparation d'avec Spin' et les autres l'a marqué.

— Apparemment, il a été chercher à manger tout seul. Il a parlé d'un grand château, de plein de monde, d'un type méchant et menteur. Enfin on sait pas trop...

— Ils l'ont abandonné, vous pensez ? demanda Théodore qui ne croyait pas vraiment à cette théorie.

— T'es fou ! J'ai plutôt l'impression que Barth les a mis dans l'embarras et que la situation leur a complètement échappé, souffla Quirin.

— J'espère qu'ils vont bien… dit Théodore qui aurait aimé être rassuré sur le sort de ses amis.

— T'inquiète pas, je suis sûr que tout va bien pour eux, répondit Attale.

— En tout cas, j'espère que Barth sera plus bavard dans les jours à venir, ajouta Théodore qui souhaitait surtout que le garçon lui en dise plus.

Il était certain de pouvoir convaincre Bartholomée qu'il en savait déjà assez pour que le géant n'ait pas à avoir peur de tout lui raconter. Il devait juste lui parler en tête à tête.

— Ce sera pas pour tout de suite, j'en ai bien peur, dit Quirin. Regarde-le.

Théodore s'approcha de la porte de la salle d'où émanaient toujours les voix harmonieuses des enfants et se hissa sur la pointe des pieds pour voir à l'intérieur. Le gardien en poste lâcha un grognement de désapprobation, mais n'intervint pas.

La gorge de l'orphelin se noua lorsqu'il réalisa, devant l'immobilité des lèvres de Bartholomée, pourquoi il n'avait pas réussi à identifier la voix de son ami parmi celles qui lui parvenaient. La tête à moitié baissée, le géant contemplait ses pieds, plongé dans ses pensées.

Même Brunswick, qui accompagnait ses élèves au piano, semblait aujourd'hui avoir abandonné l'idée de faire participer Bartholomée. Toutefois, malgré son irascibilité légendaire à Windrasor, la désobéissance du garçon ne l'avait apparemment pas fait monter sur ses grands chevaux. Au contraire, souriant, il levait régulièrement les yeux du clavier de son instrument, mais sa distribution de sourires n'avait rien d'équitable et une orpheline à la tignasse rousse en recevait presque l'intégralité.

Un air satisfait sur le visage, Anastase chantait à tue-tête comme si ses petits camarades étaient inexistants… enfin pas tous. Ses yeux verts n'avaient pas oublié la présence de Bartholomée et dardaient sur lui, dès que Brunswick s'intéressait de nouveau à sa partition, un regard froid et terrifiant.

Théodore en trembla de peur en réalisant que, face au silence de Bartholomée, ce n'était pas la jalousie d'Anastase qui parlait… Non, il y avait autre chose à l'œuvre. Quelque chose de cruel et de terrible.

10

IPHIS

La veille.

Cachée dans la roulotte, Iphis avait eu tout le loisir d'observer Vulfran et de mesurer toute la difficulté de la mission qu'il s'était confiée le jour où il avait décidé de prendre la route.

L'homme avait garé sa voiture au centre de la grand place de Launkeston, parmi les étals d'autres marchands, et avait très rapidement sympathisé avec sa voisine, une vieille femme qui vendait des myriades d'étoffes colorées. Mais, malgré la fréquentation des lieux, qui tranchait avec l'ambiance moribonde qui se dégageait de la plupart des rues de la bourgade, Vulfran n'avait pas conclu la moindre vente et son sourire, pourtant charmeur, n'avait convaincu aucun badaud d'engager la conversation avec lui. Ils passaient devant les rayonnages de livres, tantôt les sourcils levés en signe d'étonnement et d'incompréhension, tantôt les yeux baissés pour être sûrs de ne pas avoir à discuter avec ce fou qui trimballait ses bouquins d'un village à un autre.

Iphis aurait aimé sortir, écouter tout ce que Vulfran pouvait avoir à lui dire sur les ouvrages de sa collection qu'elle n'avait pas lus, mais elle n'était pas prête à tenter le diable. Chaque fois qu'elle posait la main sur la poignée de la porte du fond, elle revoyait les deux visages dessinés qu'elle avait aperçus à plusieurs reprises, affichés sur les murs de la ville. Bien qu'elle ne les connaisse que de vue, elle n'avait aucun doute sur l'identité de leurs propriétaires. En revanche, elle ne s'expliquait pas la présence de seulement deux portraits. La personne qui les avait fait placarder n'avait-elle été capable que de décrire ces deux fugitifs ? Quoi qu'il en soit, elle craignait maintenant de se retrouver nez à nez avec son propre faciès gribouillé partout où elle irait. Restait à savoir quelle version d'elle les aristocrates feraient reproduire : celle de l'orpheline arrachée à un quotidien qu'elle avait fini par accepter ou celle de l'enfant violentée et aux cheveux ras en laquelle son séjour chez les Fontiairy l'avait transformée.

Iphis eut un pincement au cœur en réalisant la chance qu'elle avait eu de tomber sur Vulfran. Et elle ne pouvait même pas le remercier en lui tenant compagnie. Alors, elle ferma les yeux et espéra de tout son cœur que le vieil homme dont Vulfran avait parlé, celui qui l'avait marqué par sa vivacité d'esprit, avait-il dit, passerait par là. Il n'en fut rien.

Les heures s'écoulèrent et Iphis se désintéressa peu à peu du spectacle extérieur, s'attardant avec davantage de curiosité sur la pagaille qui régnait dans la roulotte.

Car tous les livres de la collection de Vulfran étaient loin d'avoir trouvé leur place dans les renfoncements que l'homme exposait fièrement dehors en écartant les panneaux de bois du véhicule. Des piles et des piles de romans s'entassaient çà et là sur le plancher de la roulotte et sur les étagères croulant de bric-à-brac posées le long des parois de la cabine. La vaisselle, les pots remplis d'herbes, les bougies se perdaient au milieu de cet océan de papier et de lettres.

La roulotte offrait pour tout confort une banquette au rembourrage fatigué sur laquelle l'orpheline avait atterri après s'être faufilée à l'intérieur. Mais celle-ci était bien trop étroite pour que l'homme puisse s'y coucher, et Iphis comprit que Vulfran devait dormir à même le sol parmi ce désordre rassurant, et ranger le matin, puis dérouler le soir, le fin matelas qu'elle avait aperçu dans un coin. Néanmoins, cela ne lui semblait pas la mer à boire d'autant que l'endroit était presque aussi vaste que son ancienne chambre à Windrasor et bien plus grand que la misérable pièce dans laquelle elle avait logé chez les Fontiairy. Et surtout, il était plein de tous ces livres.

La porte fut soudainement écartée et, l'espace d'un instant, Iphis crut que Vulfran l'avait trahie et que des soldats allaient surgir pour l'emporter, mais seul le visage hâlé de son compagnon apparut.

— Je pense que nous allons y aller, dit-il en lui souriant.

Surprise, Iphis avança vers lui.

— Vous ne comptiez pas rester plus longtemps ?

— Non, j'ai fait ce pour quoi je suis venu, plaisanta-t-il. J'ai donné un roman à Wandrilla. Notre voisine d'étal. Alors, je ne suis pas bredouille.

Ses rires agitèrent son épaisse tignasse.

— Et je crois que nous aurons plus de succès à Hobbarsburgh, ajouta-t-il.

— Ce n'est pas à cause de moi que vous voulez partir, pas vrai ? demanda Iphis qui ne voulait surtout pas être un poids pour Vulfran.

L'homme sourit de plus belle.

— Pas totalement, dirons-nous.

Il lui adressa un clin d'œil.

— J'annonce la nouvelle à mes amis et nous repartons. Je vous ferai signe quand nous serons sortis de la ville, d'accord ?

Iphis, trop gênée pour verbaliser toute sa reconnaissance à l'égard de l'homme maigrichon, se contenta d'acquiescer.

La porte se referma et, peu après, la roulotte se mit à tanguer, secouée par le pavage irrégulier des rues de Launkeston, puis les vibrations se calmèrent et la voiture prit de la vitesse.

— C'est bon ! appela Vulfran sur un ton chantant par la petite lucarne qu'il avait écartée.

Iphis s'en approcha et se hissa par l'étroit passage, heureuse de respirer l'air frais de l'extérieur. Launkeston se tenait à présent à moins d'un kilomètre derrière eux et les arbres avaient repris le contrôle des abords de la route.

— J'espère que ça ne vous a pas paru trop long, dit Vulfran en se décalant pour laisser davantage de place à sa passagère.

— Il ne fallait pas vous hâter pour moi, répondit-elle. Vous en avez déjà fait bien assez.

— Oh ! Mais je n'ai rien fait. Attendez de goûter ce soir au coin du feu à la cuisine de Vulfran ! s'exclama-t-il.

Iphis s'esclaffa, sa curiosité piquée au vif.

— J'ai hâte d'y être !

— Ah ça, vous ne l'oublierez jamais, se rengorgea Vulfran, le nez relevé avec fierté.

Pour la première fois depuis longtemps, Iphis exultait de joie.

Elle s'imaginait déjà rester aux côtés de Vulfran et, comme elle l'avait été pour Razonel, devenir son apprentie.

Ressasser toutes ses mésaventures lui semblait même terriblement inutile. Si tout ce qui s'était produit lui avait permis d'en arriver là, alors elle était prête à l'accepter et à oublier ce chapitre de sa vie.

— Vous avez donné quel livre à Wandrilla ? demanda-t-elle, curieuse.

Et ainsi, la conversation fut lancée sur un sujet que ces deux êtres si différents chérissaient tout autant. Elle continua jusqu'à ce que, quelques minutes plus tard, une cavalcade de sabots résonne dans leur dos.

Ils n'avaient jusqu'à présent croisé personne sur l'étroite route qu'ils empruntaient et les cavaliers qui les talonnaient étaient bien les premiers et sûrement les seuls qu'ils rencontreraient, car rares étaient ceux qui se rendaient à l'extrême Nord du Duché de Morenvagk.

Là-bas, les derniers villages civilisés s'élevaient sur les flancs pentus et inhospitaliers des montagnes inaccessibles qui marquaient, plus profondément dans les terres encore, la frontière avec l'Aristie.

— Rentrez vite… murmura Vulfran tandis qu'au loin les silhouettes minuscules des cavaliers grandissaient à vue d'œil.

La réaction de l'homme surprit l'orpheline mais elle s'exécuta, réalisant que tout individu, même en dehors de la ville, pouvait être un danger pour elle.

Alors, comme elle l'avait fait quelques heures auparavant, elle se glissa par la fenêtre et se laissa tomber sur la banquette.

— Cachez-vous, ajouta Vulfran avant de refermer la lucarne.

L'inquiétude de son compagnon l'avait gagnée et Iphis parcourut la cabine du regard à la recherche d'un endroit où disparaître, mais les possibilités étaient réduites. Édouard qui aimait tant jouer à cache-cache en aurait été fort malheureux. Elle écarta cette pensée, se demandant ce que le garçonnet pouvait bien encore y faire, et balaya de nouveau les lieux des yeux. Elle ne voyait qu'une option.

Elle se jeta à genoux au pied de la banquette et extirpa les caisses de livres et autres accessoires qui avaient été entreposées sous son armature et se faufila dans l'espace ainsi dégagé. Elle tira les bacs en bois vers elle pour terminer de dissimuler son corps. Seul un espace d'une dizaine de centimètres entre deux boîtes lui permettait de surveiller l'extérieur et d'apercevoir le ciel par la petite fenêtre qui se découpait dans la porte du fond.

Le claquement des sabots s'intensifia soudain ; les cavaliers les avaient rattrapés.

— Arrêtez-vous ! cria un homme.

En un instant, la roulotte s'immobilisa.

Iphis se fit aussi petite qu'elle le put et tenta d'oublier la poussière qui lui chatouillait le nez. Cependant, lorsque l'odieux visage de Gédéon apparut à la fenêtre, elle sut que, aussi malicieux puissent se montrer les moutons qui avaient élu domicile sous la banquette, jamais elle n'éternuerait.

Le valet des Fontiairy plaqua brièvement sa face rougeaude contre la vitre, jeta un coup d'œil à l'intérieur puis disparut.

— Bonjour ! s'exclama Vulfran.

— Salutations, lui répondit une voix qui fit trembler Iphis d'effroi.

Cette fois-ci, elle n'y comprenait plus rien. C'était tout bonnement impossible.

— Où allez-vous comme ça ? questionna Octave.

Malgré le ton inamical de l'homme, Vulfran ne se départit pas de sa bonne humeur.

— Au nord, jusqu'à Hobbarsburgh et peut-être plus au nord encore si mes amis en ont la force.

— On nous a dit que vous voyagiez avec une fille, lâcha brusquement le gardien dont Iphis pouvait sentir le regard soupçonneux à travers l'épaisseur des planches qui la séparait de lui.

— Qui a bien pu vous raconter cela ? s'étonna Vulfran.

Le visage d'un autre homme se dessina subitement derrière la fenêtre et les muscles d'Iphis se tendirent de plus belle.

Elle ne le connaissait pas, mais l'orpheline était convaincue de l'avoir entrevu dans la cour des Fontiairy le jour du départ du Duc… le jour où Octave avait massacré un homme… et pourtant le tueur se tenait là, dehors, visiblement à la tête de toute une expédition pour la retrouver.

— Une vieille femme à Launkeston. Elle nous a dit avoir aperçu le visage d'une enfant dans une drôle de voiture bariolée. La vôtre.

— Vous voyez bien que je voyage seul, répondit Vulfran sur le même ton affable. Vos compagnons l'ont déjà vérifié, n'est-ce pas ?

En l'entendant mentir avec une telle aisance, Iphis découvrit qu'elle avait encore beaucoup à apprendre sur cet étrange personnage dont elle avait croisé le chemin.

— Attendez ! s'exclama-t-il soudain comme s'il venait de se rappeler de quelque chose d'important. Il y a bien cette gamine, vilaine au possible, le visage tout enflé, qui a essayé de me voler.

— C'est elle ! s'emporta Gédéon. Est-ce qu'il y avait un garçon ? Six ans, un petit peu... enveloppé, les cheveux noirs, avec elle ?

Les yeux d'Iphis s'écarquillèrent.

Le valet avait décrit très précisément Édouard. Elle n'en revenait pas. Pourquoi le cherchaient-ils lui aussi ? Elle comprit avec une certaine horreur quelle était la seule explication concevable. Le garçonnet avait lui aussi disparu... S'était-il lancé à sa poursuite ? Aussi odieux qu'il ait pu être, elle sentait une angoisse tenace s'immiscer en elle. Et si le petit s'était égaré dans la forêt ou pire encore ?

— Non, à ma connaissance elle était seule. Elle a essayé de s'introduire dans ma roulotte, probablement pour me dérober de la nourriture, et elle a déguerpi quand je l'ai prise sur le fait. Mais, je n'ai pas vu de garçon. Désolé, messieurs.

— Vous feriez mieux de dire la vérité ou vous aurez des problèmes avec Monsieur et Madame le Marquis et la Marquise ! menaça Gédéon qui accusait difficilement la nouvelle.

Il aurait tant aimé retrouver le garçonnet et le ramener dès aujourd'hui à ses parents.

— Calmez-vous ! le coupa Octave.

— Messieurs, vous pensez bien que je n'ai aucune raison de vous mentir. Vous devriez chercher à Launkeston, c'est là-bas que la fille a essayé de me voler.

Un long silence s'installa et Iphis put sentir la tension entre les interlocuteurs.

— Est-ce que je peux faire autre chose pour vous, messieurs ? Je ne pense pas que mon chargement vous intéresse ni que vous ayez le temps de vous laisser conseiller un bon livre, dit Vulfran d'un ton cordial.

Il ne reçut pas de réponse immédiate.

— J'espère pour vous que vous dites vrai, trancha finalement Octave. Bon, allons-y !

Sur ce, le gardien repartit au galop, bientôt suivi de ses deux acolytes.

Vulfran n'attendit pas plus longtemps et fit claquer les rênes. La roulotte se remit en marche et Iphis, confuse et tremblotante, s'extirpa de sa cachette. L'homme avait menti pour elle, mais comment allait-il réagir à présent ? Jamais il n'accepterait qu'elle reste avec lui dorénavant.

La fenêtre qui servait de dossier au conducteur s'écarta subitement au-dessus de sa tête.

— Iphis ! l'interpella Vulfran.

— Oui, répondit-elle d'une voix étonnamment rauque.

— Est-ce que vous pouvez me promettre une chose ?

L'orpheline se crispa, ne sachant où cette conversation allait la conduire.

— Bien sûr ! assura-t-elle néanmoins.

— Vous n'avez rien fait de mal ?

Son cœur se détendit.

— Non !

D'un coup, elle avait envie de tout lui raconter. De son rôle d'apprentie à Windrasor, de son adoption par les Fontiairy, des horreurs que le marquis et Édouard lui avaient fait subir jusqu'à sa fuite. Elle voulait qu'il sache qui elle était vraiment. Rien d'autre que cette enfant passionnée qu'il semblait déjà tant apprécier.

— Je te le promets ! ajouta-t-elle, le tutoyant pour la première fois sans même s'en rendre compte.

— Je vous crois, conclut-il simplement. Allez, revenez vous asseoir. Je crois que notre petit voyage au nord vient de tourner court. Tant pis, direction la capitale !

Aussitôt les chevaux bifurquèrent et s'engagèrent sur une piste perpendiculaire dont le mauvais état envoya des secousses douloureuses à travers les membres d'une Iphis qui en avait maintenant la certitude : sa rencontre avec Vulfran était la plus belle chose qui lui soit jamais arrivée...

11

PLACIDE

Le lendemain.

Empêtré dans les draps, Placide s'écrasa contre le plancher de la chambre lorsqu'un bruit tonitruant le tira violemment de son sommeil. Anselme, avec qui il avait partagé son lit, tremblait comme une feuille et enserrait son oreiller de ses bras maigres. Il avait bien cru que la mort qu'il pensait au rendez-vous de chacun de ses égarements nocturnes était enfin venue le chercher. Ce n'était pourtant que Maria, l'aubergiste, une casserole et une cuillère en bois à la main.

La minuscule femme frappa de nouveau contre le cul en cuivre brûlé du récipient, davantage par amusement que par nécessité.

Spinello et Édouard, qui avaient occupé le deuxième lit de la chambre, avaient eux aussi été arrachés à leur sommeil.

— Mais ça va pas ! hurla Édouard offusqué par un tel comportement.

— Eh ! Silence, petit ! s'énerva Maria. C'est l'heure, alors debout.

Placide s'extirpa de l'étoffe qui s'était enroulée autour de ses jambes et s'assit au côté d'un Anselme toujours sous le choc.

— L'heure de quoi ? s'enquit Spinello.

La femme le fixa comme s'il avait posé la question la plus bête qu'elle ait jamais entendue.

Et pourtant, elle avait dû en entendre de bien bonnes derrière le comptoir du bar.

— De travailler… répondit-elle.

Elle rit.

— Vous croyiez quoi ? Que j'allais soigner votre ami et que vous alliez vous tourner les pouces pendant ce temps-là ? J'ai de quoi vous occuper, moi. Allez, habillez-vous et suivez-moi ; et que ça saute.

Il ne fallut à Placide qu'un regard vers Spinello pour être rassuré : celui-ci ne comptait pas discuter. Ils pouvaient en effet s'estimer heureux qu'on prenne soin d'Asmodée et si cela ne leur coûtait que quelques corvées, ils pouvaient bien prendre sur eux le temps qu'il se rétablisse.

— Elle est folle, celle-là ! s'écria Édouard lorsque les marches qui menaient au rez-de-chaussée craquèrent sous le poids de Maria. Quand Père et Mère l'apprendront, elle le regrettera. Et puis comment a-t-elle pu nous servir un repas aussi épouvantable hier ?

Au contraire, Placide avait trouvé la femme plutôt bonne cuisinière. Il avait englouti à toute vitesse les œufs brouillés et la tranche de pain qu'elle leur avait apportés après qu'elle eut installé Asmodée dans une petite chambre au-dessus des cuisines. Édouard avait été le seul à faire la grimace, mais il n'avait, par chance, rien osé dire.

Puis, comble du bonheur, après une toilette rapide, tous avaient profité du confort d'un vrai lit. Placide ne se souvenait pas d'avoir aussi bien dormi depuis des années… du moins jusqu'à ce réveil un brin mouvementé.

Maria n'avait cependant rien des gardiens de Windrasor qui arrachaient de façon tout aussi agitée et bruyante les orphelins des bras de Morphée quand bon leur semblait ou quand ils en avaient reçu l'ordre. Elle attendait tout simplement une compensation.

— Vous croyez qu'elle va nous faire faire quoi ? demanda Placide qui était prêt à se retrousser les manches et enfilait son pantalon encore humide.

La veille, les garçons avaient vainement tenté de rendre à leurs vêtements une apparence potable, mais ils étaient – c'était certain à présent – définitivement condamnés à avoir l'aspect et l'odeur de vieux chiffons.

— On se dépêche ! cria Maria dans la cage d'escalier, sa voix rauque faisant presque trembler les murs.

Placide, sidéré qu'une si petite femme puisse produire un son aussi prodigieux, fonça vers la porte.

— Allez, les gars ! s'exclama-t-il.

Anselme, enfin habillé, bondit à sa suite, puis Spinello et Édouard, récalcitrants pour des raisons pourtant bien différentes, quittèrent la chambre à leur tour.

— Elle va pas me faire travailler ? dit le garçonnet avant d'entrer dans la cuisine où les attendait Maria, les bras croisés.

Personne ne lui répondit.

La matrone se tenait derrière la table rustique qui occupait une bonne partie de la pièce. Aucune chaise ne l'entourait, trahissant la fonction réelle du meuble dont le bois avait subi les assauts de milliers de coups de couteaux et les brûlures de centaines de plats trop chauds.

Sur les murs, là où nul passage ne s'ouvrait dans la pierre, les étagères se multipliaient, envahies d'ustensiles graisseux et mal entretenus. Seul dans un coin, l'âtre se reposait.

— Bon, écoutez-moi bien, commença Maria. Il est hors de question qu'on me prenne pour la bienfaitrice du coin et qu'on apprenne que je vous ai accueillis. Je veux pas voir des hordes de morveux débarquer parce qu'on aura raconté que j'offre le gîte et le couvert au moindre pisseux dans votre genre. C'est compris ?

Placide fut le seul à acquiescer.

— Donc, vous restez en cuisines ou dans mes quartiers, là où se trouvent votre chambre, la mienne et celle de votre copain. Hors de question que vous alliez dans la grande salle ou dans les chambres de l'aile réservée aux hôtes. On est bien d'accord ?

Elle s'interrompit, puis la lèvre remontée sur ses gencives malsaines, elle scruta chacun des garçons.

Elle continua :

— Et tant que vous serez ici, vous m'obéirez. Je soigne votre ami, alors vous me devez bien ça. Pas d'entourloupe.

Elle se tourna vers Spinello.

— Toi, en revanche, je veux que tu bosses en salle. Tu vas m'aider à servir. Tu présentes bien malgré ta vilaine balafre et avec des habits propres ça devrait le faire. Et t'es quand même moins maigrichon que tes petits copains. Mais pas un mot sur leur présence. En fait, pas un mot tout court, contente-toi d'amener ce que je te dirai d'amener et ce sera parfait.

— Bien sûr, Madame, intervint Placide qui craignait que Spinello n'envoie paître l'aubergiste. On fera tout ce que vous nous direz.

— On peut voir notre ami ? demanda Spinello, les yeux brillant de méfiance.

Maria soupira et s'essuya les mains sur son tablier taché.

— Ah ! L'impatience de la jeunesse. Votre copain a besoin de repos. J'ai nettoyé sa plaie hier soir, l'ai refermée comme je le pouvais et lui ai donné une décoction qui devrait lui faire du bien. Maintenant il faut laisser le temps à la fièvre de retomber. D'ici là, je ne veux voir personne traîner. On a du boulot !

Placide fut rassuré d'entendre qu'Asmodée allait mieux et, bien qu'il ait hâte de lui rendre visite, attendait à présent de recevoir les ordres de la matrone. Si on lui confiait une mission, au moins il aurait l'impression de reprendre un peu le contrôle de son quotidien.

— Moi, je vais voir comment va Croque-Miaou, dit Édouard qui ne s'était, tout compte fait, pas vraiment senti concerné par le discours de la femme.

Il tourna les talons et se dirigea vers le couloir par lequel Maria les avait introduits dans son monde.

— Je crois qu'on ne s'est pas bien compris, petit porcinet, lança Maria qui le rattrapa et l'agrippa par l'épaule. T'aimes peut-être pas faire les sales boulots, mais ici tout le monde est logé à la même enseigne.

Elle se saisit d'un torchon miteux qu'elle tendit à Édouard.

— Toi, tu vas lustrer ma marmite, commanda-t-elle en indiquant de la tête l'énorme chaudron qui trônait sur les braises éteintes. Attends…

Elle grimaça et farfouilla dans un rangement au-dessus de sa tête, à moins d'un mètre cinquante du sol.

— T'auras besoin de ça pour l'intérieur, ajouta-t-elle en tendant une racle en fer au petit. Mon ragoût, le plus réputé du coin, n'en sera que meilleur.

Placide retint un rire en se remémorant ce que madame Agrippa répétait si souvent en cuisines : "c'est dans les vieux pots qu'on fait les meilleures soupes". Et l'ancienneté de la marmite de la femme ne laissait pas planer l'ombre d'un doute ; les efforts d'Édouard seraient vains. Naturellement, ce souvenir le projeta parmi d'autres, bien moins heureux.

— Barth… souffla-t-il, se demandant ce qui avait pu arriver à son ami, alors que Maria terminait de distribuer les tâches.

12

THÉODORE

Le lendemain.

Le Duc ! Demain ! s'exclama Ophélia.

Théodore lui fit signe de baisser d'un ton.

Cela était déjà téméraire de la part de l'orpheline de l'avoir rejoint dans sa chambre mansardée, mais ne pas jouer la carte de la discrétion était pure folie. Kléber, le gardien qui l'avait punie pour son intrusion dans les quartiers de Théodore, n'était pas complètement remis, mais ses collègues étaient à l'affût. Pourtant, malgré cette menace, la fille avait gravi la petite échelle menant à la chambre de Théodore. Il était tôt, encore très tôt, et le garçon s'était laissé convaincre de la faire entrer.

Après tout, il devait lui parler.

— Oui, c'est ce que Razonel a écrit… rien de plus. Enfin, il l'a souligné et entouré tout de même...

La veille, après avoir passé un peu de temps avec ses amis et un Bartholomée muet, Théodore s'était en effet rappelé de la visite importante que son maître avait évoquée et avait donc sauté sur la première occasion d'aller fouiner dans son bureau. Au moins, le débarquement intempestif d'Ophélia lui avait facilité quelque peu les choses, et il n'aurait pas à se soucier du complexe système de transmission d'informations que la grande brune et Iphis avaient mis en place avant que Théodore ne remplace cette dernière à la bibliothèque. Il n'avait eu qu'à lui raconter de vive voix.

— Je crois qu'il est déjà venu, y a longtemps ; je ne m'en souviens plus vraiment… Mais c'est un homme riche et respecté ! s'extasia Ophélia.

Théodore leva des yeux circonspects vers son amie.

— Être adopté par l'homme le plus puissant du Duché, c'est quand même pas rien. Va falloir qu'on se tienne à carreau, si on veut avoir nos chances d'être présentées, s'expliqua-t-elle.

Théodore, certain que cela n'arriverait jamais, se garda bien de briser les illusions de l'orpheline en lui racontant ce qu'il avait pu lire sur cet homme. De ce qu'il en savait, l'histoire de la famille ducale était particulièrement violente et l'immense château, au cœur de la capitale, où elle séjournait, devait receler moult secrets… et les placards abriter plus d'un squelette apparenté au Duc…

Devant le silence du garçon, qui réalisait qu'il n'avait en revanche jamais vu de représentation de l'homme en question, Ophélia changea de sujet.

— Théo. Pourquoi tu ne m'as pas dit que c'étaient les filles de Félicité ?

Gêné, l'orphelin rabaissa les manches de sa chemise de nuit, masquant ses avant-bras bleuis. Le contour des ecchymoses avait commencé à prendre une couleur jaunâtre et Théodore grimaçait dès qu'il les effleurait.

— Ça n'a pas d'importance, souffla-t-il.

Ophélia, qui le dépassait d'une tête, le toisa de toute sa hauteur.

— Tu rigoles ? Non seulement elles t'ont agressé parce que tu as aidé à me venger, mais je te rappelle que t'es sous ma protection. Je peux pas laisser passer ça.

Peut-être Théodore devait-il lui dire toute la vérité et lui avouer qu'il avait monté Mayeule et les autres contre Kléber dans l'unique but de lui dérober son trousseau de clés ? Toutefois, vu l'utilité qu'il avait tirée de l'objet de son larcin, il préféra s'abstenir

Même si Ophélia lui avait pardonné d'avoir exposé ses amies au danger, il préférait ne pas savoir comment elle réagirait en apprenant que tout ceci n'avait eu pour but que de servir ses propres desseins. Certes, il avait agi ainsi pour en découvrir davantage sur l'affaire qu'elle et lui s'étaient promis d'éclaircir ensemble, mais son plan et le vol des clés ne lui avaient pas permis d'avancer suffisamment dans son enquête pour risquer une dispute avec elle, aussi grande soit l'envie de la jeune fille de savoir pourquoi son amie Céleste avait été assassinée. Et surtout, il y avait Anastase, en laquelle la grande brune refusait de voir toute menace, laissant Théodore avec une terrible question : Ophélia serait-elle capable d'accepter tout ce qu'ils pourraient mettre à jour ?

— Ne fais rien de stupide, s'il te plaît, l'implora-t-il. Ça ne ferait que confirmer votre implication dans l'attaque de Kléber.

— Non… ça leur rappellerait qui mène la danse ici ! lâcha la fille.

Théodore l'avait rarement vue aussi agacée, ou bien était-ce autre chose ?

— Ophélia… répliqua Théodore, mais l'orpheline avait tourné les talons et, sans lui répondre, quitta la pièce.

Le garçon soupira, patienta quelques minutes, le regard perdu par la fenêtre, puis s'en fut à son tour. Le jour où il comprendrait les filles n'était pas arrivé.

Une vingtaine de minutes plus tard, il avait une nouvelle fois survécu aux coups d'œil haineux des pensionnaires au réfectoire et gagnait, le ventre plein, la bibliothèque. Comme les jours précédents, il ne put s'empêcher de s'attarder un instant à proximité du mur où Araknor et Ern'lak s'étaient affrontés. Et, comme les jours précédents, il ne vit aucune trace du combat ; aucune. Malgré les heures écoulées depuis ce duel à mort, il n'avait pas la moindre idée de qui avait pu l'emporter.

— Reste pas là ! s'énerva un gardien qui poussait une brouette chargée d'outils en direction du potager commun.

Théodore s'exécuta et fonça vers la bibliothèque. Il allait accéder au jardinet mitoyen par lequel il avait l'habitude d'entrer quand il perçut un bruit métallique à sa gauche. Celui d'une serrure que l'on déverrouille. Surpris, il s'approcha de la porte principale qu'il tira vers lui.

Elle s'ouvrit sans rechigner sur la silhouette de son maître.

— Ah ! Te voilà, dit-il en voyant son apprenti.

— Bonjour, Maître.

— J'ai bien fait de venir plus tôt aujourd'hui ; nous avons déjà un visiteur, indiqua l'homme en pointant du doigt un garçon à l'intérieur. Occupe-toi de lui, puis rejoins-moi, j'aimerais que l'on réarrange mon bureau. J'en suis las.

— À votre service, Maître ! s'exclama Théodore qui se dirigea vers Attale qui l'attendait derrière le guichet.

La présence de son ami, aussi tôt le matin, avait quelque chose d'irréel, mais surtout d'inquiétant. Théodore ne perdit pas pour autant le nord.

— Fais comme si tu voulais un livre, murmura-t-il.

Il s'assit et ouvrit le lourd registre.

— Comment puis-je t'aider, ajouta-t-il à haute voix.

— C'est Barth… susurra Attale.

— Je voudrais un livre… euh… sur les mathématiques ! reprit-il plus fort.

Attale était un si mauvais acteur que Théodore ne voyait guère comment Razonel pouvait se faire avoir par une telle supercherie. Puis les premiers mots de son ami le frappèrent enfin. Barth ! Non, ce n'était pas possible, il ne pouvait pas être...

— Ils l'ont bien amoché, précisa Attale dans un chuchotement.

— Qu'est-ce qui s'est passé ? s'enquit Théodore avec inquiétude.

Il ne devait pas pour autant en oublier leur petit jeu.

— De la théorie ou du pratique ? ajouta-t-il avec empressement.

— Les frères Helrik lui sont tombés dessus… c'est Venceslas qui l'a trouvé… De la pratique, c'est pour m'exercer !

Si ces derniers mots sonnaient comme un énorme mensonge, les précédents portaient eux une vérité qui, aussi horrible soit-elle, rassurait pourtant Théodore. Il ne s'en réjouissait évidemment pas, mais au moins Bartholomée était encore de ce monde. Le pire ne s'était pas produit.

— Suis-moi, ordonna Théodore. Je vais te montrer nos différents livres d'exercice.

Il était rare que Théodore accompagne les visiteurs entre les rayonnages, mais si Razonel lui demandait des explications, il pourrait toujours prétendre qu'il est difficile de conseiller un ouvrage de mathématiques sans en avoir passé soi-même soigneusement le contenu en revue. Théodore entraîna alors Attale jusqu'à la section consacrée à cette science, heureusement à l'écart de la zone d'étude, trop visible.

— Il ne nous entendra pas d'ici, dit Théodore lorsqu'ils s'immobilisèrent devant une gigantesque étagère chargée de volumes numérotés.

— C'est Putipute et Tobie…

Théodore ne releva pas le nouveau surnom que l'aîné des frères Helrik s'était vu attribuer.

— Ils l'ont vraiment démoli.

Il y a quelques semaines encore, quand Bartholomée faisait partie de ceux que l'on appelait les intouchables, Théodore aurait eu bien du mal à le croire.

Mais, aujourd'hui, le géant ne pouvait plus compter sur la protection de sa mère qui privait autrefois de repas quiconque s'en prenait à son fils. Il ne lui restait que sa force physique pour lutter. Or, Théodore avait pu constater avec tristesse l'état quasi catatonique dans lequel il était tombé depuis son retour à Windrasor. En surnombre, le groupe des frères Helrik avait très bien pu le terrasser sans grand problème.

— Mais pourquoi ?

Attale haussa les épaules.

— Justement, c'est pour ça que je suis là…

Théodore ne comprit pas tout de suite le rapport.

— T'as bien dit qu'elles t'avaient attaqué ici, non ? s'expliqua Attale.

— Non, non, non, mon maître va me tuer ! rétorqua Théodore qui avait saisi le plan de son ami.

— Depuis les meurtres, ils ont augmenté les rondes, on peut plus rien faire. On est surveillés en permanence, se défendit Attale. Je sais même pas comment ces salauds ont réussi à trouver une ouverture pour coincer Barth. Faut qu'on attire des gars d'Helrik ici pour les faire parler.

Théodore secoua la tête vivement.

— C'est hors de question. Non, non, ça ne marchera pas, répondit-il, les mises en garde de Razonel bien à l'esprit.

Il ne lui pardonnerait pas la moindre erreur surtout si près de la visite du Duc.

— Théo, jamais Spin' et les autres n'auraient laissé passer ça. Si t'avais vu Barth… Ils l'ont carrément amené à l'infirmerie… et tu sais que d'habitude ils se moquent de nos bobos.

L'orphelin sentait la honte l'envahir, mais il ne pouvait pas accepter. Ce qui ne voulait pas dire qu'il ne pouvait pas aider Attale.

— Et si je te proposais une autre solution ? demanda-t-il en tirant de sa poche le trousseau de clés dérobé.

Il allait peut-être finalement avoir son utilité.

Les yeux d'Attale s'écarquillèrent.

— Tu l'as eu où ?

— Je te raconterai plus tard, le coupa Théodore. Voilà ce qu'on va faire…

Essayant de parer à toute éventualité, l'orphelin exposa son idée à Attale dont la mine, peu convaincue, finit par laisser place à un large sourire.

— Rendez-vous tout à l'heure alors ! s'exclama-t-il en tapant dans la main de son copain.

Il allait partir quand Théodore l'interpella.

— Attale ? Tu vas où ?

Le garçon se retourna, confus.

— T'as plus le choix, là… faut vraiment que tu fasses des maths, lança Théodore en lui tendant un épais manuel.

La mine déconfite d'Attale valait tout l'or du monde.

13

SPINELLO

T'es encore là, toi ? s'étonna le soûlard lorsque Spinello sortit des cuisines.

La veille, après que le garçon eut accepté d'assurer le service comme le lui avait ordonné Maria, le pochtron n'avait déjà pas manqué de le railler, imitant sans talent la détresse qui avait gagné l'orphelin quand il était entré pour la première fois dans l'auberge. Visiblement, l'homme, pour qui la présence de Spinello semblait une telle source d'agacement, n'en avait pas fini avec lui.

— Il est mort ton petit copain ? Tu l'as laissé mourir ? le provoqua-t-il avant de se rincer de nouveau le gosier.

Malgré l'heure matinale, l'œsophage de l'homme ne s'était en réalité pas contenté d'un simple rinçage, il était impeccable, lavé par une multitude de rasades de bière. À vrai dire, il était même noyé dans le liquide amer. Jusque-là, Spinello avait réussi à ignorer le boit-sans-soif, mais la tentation de rappeler ce type à sa condition de minable pilier de bar le démangeait de plus en plus.

— T'es muet ou t'es attardé ?

Spinello, qui se tenait à quelques mètres du comptoir, un plat d'œufs et de lard grillé à la main, fit volte-face. Il avait pleinement conscience que s'il laissait la colère prendre le dessus, il nuirait à Asmodée, mais cet être pitoyable avait tout du parfait exutoire qui permettrait à la rage accumulée ces derniers jours de se libérer. Spinello fit un pas en avant.

— Alors, l'ahuri réagit enfin ? baragouina le soiffard en quittant le tabouret sur lequel il passait la majeure partie de son temps.

Devant la démarche chancelante du type, Spinello ne put s'empêcher de se demander où cette épave pouvait bien habiter pour venir chaque jour en ces lieux perdus. D'ailleurs, était-il seulement capable de monter à cheval pour rejoindre son domicile lorsque l'heure de fermeture arrivait, ou cuvait-il dans le fossé la nuit durant, avant de ramper dès l'aube jusqu'à ce bouge qui le verrait sûrement mourir ? Spinello soupira. Ce gars était misérable… il ne valait même pas l'intérêt qu'il lui portait.

Mais il était trop tard, l'alcoolique avait obtenu l'attention qu'il désirait et titubait vers le garçon.

— Laisse-le donc tranquille, Ignace, intervint Maria qui était montée sur le bloc de bois qui lui permettait de dépasser du comptoir. Le petit bosse pour moi maintenant.

L'homme tourna des yeux mornes en direction de la minuscule matrone.

— Il m'a suppliée de l'engager, mentit-elle. Je l'aurais bien envoyé bouler ce merdeux, mais il va se rendre utile, j'en suis persuadée.

Elle lança un regard lourd de sous-entendus à Spinello qui répondit d'un sourire forcé.

— Et le grand, son copain ? l'interrogea le dénommé Ignace dans un rare éclair de lucidité.

— Probablement mort, lâcha Maria avec indifférence. Allez, viens, j'offre la suivante.

À ces mots, le type émit un odieux ricanement et traîna sa carcasse imbibée vers son siège, ce trône au sommet duquel il s'évertuait à refaire le monde depuis tant d'années… avec les résultats que tous les habitants du Duché, ou presque, connaissaient.

— Alors ! Ça vient ? s'impatienta un marchand qui s'était arrêté au "*Bouillon du Félin*" la veille au soir et s'était levé aux aurores pour prendre son petit-déjeuner.

Maria fit signe à Spinello de se hâter et le garçon obéit sans plaisir.

Malgré les mésaventures des jours passés, Spinello avait pris un goût certain pour l'absence de corvées et il ne savait combien de temps il pourrait servir de pareils ingrats avant de craquer. Pourtant, la réponse était évidente : aussi longtemps qu'il faudrait pour qu'Asmodée soit remis. Cependant, sans se l'expliquer, Spinello avait l'étrange impression – pratiquement une certitude – qu'ici, cela allait prendre des semaines, voire des mois. Et ils ne disposaient assurément pas d'autant de temps, surtout si proches du domaine des deux insectes. On ne tarderait pas à venir frapper aux portes du "*Bouillon du Félin*" pour enquêter sur la disparition d'Édouard. Et c'était sans compter sur l'orphelinat… Car, même si Octave était hors-jeu, Spinello pouvait parier que le meurtre de l'inspecteur par l'un de ses gardiens ne mettrait pas fin pour autant à la traque menée par l'administration de Windrasor. Plus que jamais, ils étaient recherchés et cette taverne n'avait rien de la planque idéale.

Spinello expira de lassitude. Asmodée allait devoir récupérer au plus vite ou bien… Il préférait ne pas y penser.

La veille, après une dure journée de labeur au cours de laquelle Maria les avait tous assommés de consignes et de règles à respecter, les orphelins avaient finalement pu rendre visite à leur ami, alité à l'étage dans une chambre étriquée attenante à celle de l'aubergiste. L'état d'Asmodée s'était stabilisé et ses bandages étaient propres, signe que Maria avait tenu parole et que la plaie cicatrisait peu à peu. Pourtant, il n'y avait guère d'autres améliorations. Toujours délirant, le garçon était à peine conscient et bafouillait de façon incompréhensible.

Asmodée est un solide gaillard, il va être sur pied au plus vite, pensa Spinello avec un optimisme qu'il aurait aimé capable d'influencer la réalité.

Il plaça enfin l'assiette sous le nez de l'homme qui l'avait interpellé et tourna les talons sans un mot. Déjà, derrière lui, le marchand engloutissait son contenu sans prendre réellement le temps de mâcher.

D'autres voyageurs s'arrêtèrent en milieu de matinée et Spinello s'occupa d'eux tout en veillant à ne pas oublier les habitués dont les regards n'avaient rien perdu de leur animosité malgré les chopes et les chopes qu'il leur apportait. Tout juste grognaient-ils sans interrompre leurs jeux et discussions quand Spinello déposait leurs verres remplis à ras bord devant eux.

Puis vint l'heure des déjeuners et Spinello, même si les clients étaient loin d'occuper tout l'espace disponible, n'eut pas une seconde pour faire une pause et encore moins pour s'entretenir avec ses copains. D'eux et de leurs occupations, il n'eut qu'un bref aperçu tandis que la porte des cuisines se refermait sur Maria, chargée de deux écuelles remplies de pommes de terre cuites à la braise. Placide, le visage rougi et couvert de traces de suie noirâtres, ne chômait pas non plus… et il devait en être autant d'Anselme et d'Édouard… du moins, si le petit n'avait pas fait une nouvelle crise.

Au réveil, il avait menacé de tout raconter à Maria s'ils ne repartaient pas immédiatement à la recherche d'Iphis, mais Anselme avait réussi à l'en dissuader… pour le moment. Pour Spinello la question n'était plus de savoir si, mais quand le petit finirait par mettre sa menace à exécution. Décidément, le temps jouait contre eux.

Alors, lorsque la dernière assiette fut servie, l'orphelin décida de prendre le taureau par les cornes, quand bien même celui-ci avait davantage l'apparence d'une petite vachette. Mais écornée, elle ne l'était certainement pas.

— Quand est-ce qu'Asmodée ira mieux ? demanda-t-il à Maria sans vraiment baisser la voix.

Même s'il doutait que la présence d'Anselme, de Placide et d'Édouard à l'arrière de l'auberge resterait un secret bien longtemps, il voulait que la patronne sache qu'à tout instant, il pouvait, volontairement ou non, informer ses clients de ses petites cachotteries. Maria le fusilla du regard et l'attrapa par la manche. Elle le tira derrière le comptoir et l'entraîna en cuisines.

— Ne joue pas au plus malin avec moi, dit-elle.

Spinello ne démordit pas de ses intentions.

— Il ira mieux quand ?

Agacée, la femme soupira.

— Je ne sais pas. D'ici plusieurs jours, une, deux semaines. Je ne sais pas. Ton ami était salement amoché, rien ne m'obligeait à m'occuper de lui.

D'un coup, Spinello ne savait plus que penser. Se montrait-il tout aussi ingrat que les clients de l'auberge ou avait-il raison de laisser parler sa méfiance ?

Il était cependant sûr d'une chose : l'attitude de Maria n'avait rien du dévouement désintéressé de Barnabé. Pouvait-il pour autant lui en vouloir de mettre leur présence à profit ?

— D'ailleurs, c'est l'heure de son traitement, ajouta la femme aux cheveux courts en jetant un œil à l'horloge mécanique accrochée au large conduit de la cheminée.

Elle retira son tablier qu'elle pendit avec soin au bout d'un crochet rouillé qui accueillait déjà une botte de carottes aux fanes fatiguées.

— Retourne donc en salle. Je vais faire vite.

Puis elle disparut avec un empressement que Spinello ne manqua pas de relever.

— Bon, allez, on va chercher Iphis cette fois ! s'énerva Édouard.

Assis en tailleur dans un coin, il astiquait une batterie de casseroles. Ce jeu l'avait lassé depuis longtemps. En fait, avant même que son chiffon, à présent noir de crasse, n'ait frotté le premier ustensile.

Spinello lui fit signe de se taire et approcha de la porte que Maria venait de refermer. Il la poussa aussi discrètement que possible.

— Qu'est-ce que tu fais ? s'étonna Placide sous le regard également surpris d'Anselme.

— Les gars, me dites pas que vous pensez que rien ne cloche.

— Quoi ? demanda Placide les sourcils levés.

— Asmodée devrait aller mieux ; c'est pas normal…

— Il a été mordu Spin', rétorqua Anselme.

— Oui, mais sa plaie est propre, sa fièvre devrait avoir baissé.

— Son sang est peut-être infecté comme a dit Anselme, avança Placide qui ne voulait pas que le comportement de Spinello vienne mettre un terme au calme dans lequel ils vivaient depuis leur arrivée à l'auberge.

Spinello prit une grande inspiration puis la relâcha.

— Si c'était le cas… il serait déjà mort… avoua-t-il en refusant de se figurer cette possibilité.

— C'est vrai qu'il n'était plus très chaud, concéda soudain Anselme.

Placide le fixa d'un air désapprobateur, comme s'il venait de le trahir.

— Je dois aller voir, conclut Spinello, sans laisser le temps à Placide de dire quoi que ce soit.

Il savait bien ce que son ami ressentait, mais il ne devait pas pour autant oublier Asmodée. Leur tranquillité, de toute façon condamnée à n'être qu'éphémère, n'était que secondaire. Maria cachait quelque chose et il devait en avoir le cœur net.

11

OCTAVE

Plus de quarante-huit heures déjà qu'ils les recherchaient et toujours pas la moindre piste valable à l'horizon. Comme ses compagnons, le jour même de leur départ du domaine des Fontiairy, Octave avait bien cru que les informations collectées à Launkeston couperaient court à la traque, mais l'homme qu'ils avaient rattrapé à grand galop avait eu tôt fait de mettre fin à leurs illusions. Pas d'enfants à bord de sa voiture bariolée. La gamine et le petit s'étaient comme volatilisés. Et pas de trace non plus de ces quatre merdeux qui lui avaient glissé entre les doigts...

À présent, il regrettait amèrement de ne pas avoir insisté auprès de l'inconnu et de ne pas avoir fouillé sa roulotte de fond en comble. Le résultat aurait très certainement été identique, mais au moins il aurait été ôté de ce doute qui lui disait que, peut-être, il s'était laissé duper par son air avenant et son apparente innocence.

Depuis cette infructueuse rencontre, ils avaient retourné les environs immédiats de Launkeston, questionné des dizaines de villageois, mais nul n'avait aperçu l'ombre des deux disparus.

Étaient-ils seulement arrivés jusqu'à la ville ? Rien n'était moins sûr et Octave s'attendait même à voir débarquer à tout instant un des hommes des Fontiairy, qui avaient été chargés de ratisser les bois autour du domaine, avec une nouvelle fatale. Celle de la découverte du corps sans vie du petit, le cou brisé au milieu des bois. Une découverte synonyme pour Octave de sa propre condamnation. Car, si le garçonnet avait péri pour quelque raison que ce soit – et la forêt ne manquait pas de ressources pour piéger un petit garçon –, le gardien savait parfaitement quelles en seraient les conséquences. Il ne berçait pas de faux espoirs à ce propos. Il n'y en avait, en fait, qu'un qu'il puisse cajoler entre ses membres massifs et poilus : celui de retrouver en personne l'enfant chéri. Mais, pour l'heure, tout semblait aller à l'encontre de ce dénouement heureux, le seul qu'Octave voulait réellement envisager.

— Édouard, Monsieur ! Jeune Maître ! cria soudain le valet des Fontiairy qui chevauchait à sa droite.

Octave serra les dents. Ces appels intempestifs lui tapaient sur les nerfs. Il avait eu beau expliquer leur inutilité à cet énergumène dégarni, le type ne pouvait s'empêcher de hurler ainsi tous les deux ou trois cents mètres. Au mieux, surtout si le garçonnet n'était pas seul, comme Octave en était convaincu, il avertirait les orphelins de leur approche. Mais à quoi bon se répéter avec pareil zigue ?

Alors, comme pour les dizaines d'interventions stériles précédentes de Gédéon, Octave se tut et continua à avancer à un trot léger tout en inspectant les abords boisés de la route. En réalité, il voulait éviter de hâter la confrontation avec ses compagnons qui, inévitablement, viendrait tôt ou tard.

Dès leur départ, le troisième membre de leur trio, un dénommé Philibert, le dernier des hommes recrutés par Florestan à Rasorburgh, lui avait bien fait comprendre qu'il n'était là que pour la récompense promise par les aristocrates et que, sans son "comportement d'abruti fini", car tels avaient été ses mots, il aurait déjà touché une prime conséquente et mis la main sur les fuyards de Windrasor avec l'inspecteur.

Malgré son absence totale de remords, Octave était bien conscient des enjeux et il avait accusé sans broncher la rancœur de l'homme dont il appréciait maintenant le silence.

Philibert n'adressait que rarement la parole à ses coéquipiers, se contentant de s'acquitter de sa tâche, avec cependant aussi peu de réussite que les deux autres. Mais, au moins, lui, ne gueulait pas en vain comme un sagouin.

— On devrait peut-être essayer une route avec davantage de passage, suggéra le valet au front couvert d'une sueur à l'odeur acide.

Même si Octave comprenait sa logique – plus de voyageurs signifiait davantage de témoins potentiels et de personnes à questionner et leur donnerait par-dessus tout l'impression de faire autre chose que de scruter la forêt sans réelle chance de succès –, il ne put s'empêcher de le contredire.

— Parce que vous croyez que des gamins en fuite vont s'approcher d'une route fréquentée…

Gédéon prit cet air outré qu'Octave avait également appris à détester.

— Monsieur ne fuit pas ! Il a été enlevé par la gamine, j'en suis persuadé ! Qui sait ce qu'elle a pu lui faire ! Monsieur et Madame ne nous pardonneront jamais s'il lui est arrivé quoi que ce soit.

Gédéon avait certainement raison sur ce dernier point. Néanmoins, les choses, aussi complexes soient-elles, semblaient bien plus simples pour Octave qui n'entrevoyait que deux scénarios. Le premier était on ne peut plus direct : si le petit était parti seul ou s'était retrouvé seul, alors il était mort. Rien de plus. Seul. Mort.

Conscient de ce que cela signifiait, Octave évitait de s'attarder sur cette hypothèse pour rester concentré sur sa mission, mais il ne devait surtout pas l'écarter du domaine des possibles. Car, si jamais il avait la confirmation du décès du garçon, il lui fallait se tenir prêt à fausser compagnie à ses acolytes, ne serait-ce que pour gagner quelques jours, voire quelques semaines, avant d'être arrêté et traîné au gibet…

Le temps pour lui de visiter au moins une dernière fois les bordels les plus fameux de la région. Alors, il accepterait son sort. Après tout, il lui restait probablement trois quatre pièces que son supérieur lui avait confiées. À moins que, justement, il ne mette à profit ses dernières heures de liberté pour aller demander pardon au directeur de Windrasor pour ses multiples échecs. Il ne le saurait que le moment venu.

Le second scénario justifiait quant à lui leur présence sur ce chemin abîmé par les intempéries : ou bien l'enfant était parti avec la fille, ou il avait rejoint les quatre fuyards de Windrasor, ou, et ce n'était pas impossible, il les accompagnait tous les cinq. Et dans ce cas, c'était évidemment lui l'homme de la situation, comme il l'avait promis aux Fontiairy. Il connaissait suffisamment ces vauriens pour savoir qu'ils finiraient par commettre une erreur. N'avait-il pas failli les avoir à Launkeston ? Toutefois, une chose était sûre : se faire surprendre sur une route plus passante n'était pas celle qui les mènerait à eux.

Les chances de tomber sur les enfants en dehors d'une agglomération étaient faibles, mais si cela devait se produire, c'était sans nul doute sur un chemin comme celui qu'ils empruntaient actuellement que cela adviendrait. Sinon ils n'auraient plus qu'à arpenter les autres villages des environs et à poser inlassablement les mêmes questions sur cette fillette aux cheveux courts et au visage boursouflé, sur ce petit garçon enveloppé aux beaux vêtements, sur cet enfant difforme et repoussant, sur ce gamin aux lourds cernes, sur ce gaillard si bien bâti pour son âge et sur cette petite merde de Spinello.

Octave souffla d'énervement. Il n'en revenait toujours pas que les orphelins aient filé à cause de cet incompétent de Melchior. Et voilà en quelle compagnie il se trouvait à présent par sa faute !

— Édouard, Monsieur ! Jeune Maître ! Vous m'entendez ?

— S'ils vous entendent, vous allez les faire fuir… lâcha Philibert qui, visiblement, en avait lui aussi assez des cris de Gédéon.

— Non, Monsieur me répondrait.

— Fermez-la, les interrompit Octave. On a un client.

Il indiqua la silhouette d'une large charrette qui approchait au loin.

— Ah, enfin ! s'exclama Gédéon.

Les trois hommes accélérèrent, puis leurs chevaux s'immobilisèrent à proximité du marchand qu'ils avaient repéré.

Le conducteur, qui avait fait stopper sa bête de trait – une vieille mule aux oreilles recourbées – les dévisagea. Ses joues rosies trahissaient un déjeuner richement arrosé.

— Bonjour, mon brave, l'interpella Gédéon qui coupa l'herbe sous le pied d'Octave.

Jusqu'à présent et d'un accord tacite, c'était ce dernier qui avait entamé tous les interrogatoires. La musculature et l'apparence sévère du gardien étaient autant de raison de répondre avec honnêteté et force détails à ses questions.

Le marchand se contenta de secouer la tête et attendit de savoir ce qu'on pouvait bien lui vouloir.

— Nous recherchons des fugitifs, précisa Octave qui fit taire Gédéon d'un regard. Des enfants.

— Des enfants ?

Le gardien laissa Philibert décrire les fuyards et comprit rapidement qu'une fois encore ils avaient perdu leur temps.

— Eh ben, ça a l'air d'être un sacré gang... commenta l'homme. Désolé messieurs, le seul gamin que j'ai vu bosse à l'auberge, à quelques kilomètres d'ici. Le service est déplorable, mais la nourriture y est plutôt correcte. Vous devriez vous y arrêter si vous poursuivez par là. Après, il n'y a plus rien avant un bon moment.

Il se retourna sur son chariot et souleva l'épaisse toile qui protégeait son chargement.

— Je viens de Wynyarb. La forêt alentour y est propice à la chasse à ces sales bêtes. Quand j'en ai suffisamment je vais à Launkeston pour les vendre ; c'est toujours un périple, dit-il en rabaissant le tissu sur les fourrures de renards.

Gédéon remercia le chasseur, s'excusa du dérangement et l'homme repartit sans tarder.

D'ici quelques jours, il regagnerait son village natal avec de quoi subvenir un temps aux besoins de sa famille. Il n'aurait à ce moment-là pas la moindre idée de ce qui s'était produit dans cette taverne qu'il avait conseillée à ces étranges voyageurs.

— On continue ou on essaye ailleurs ? lança Philibert.

— Je n'ai jamais entendu parler d'une auberge dans les parages, mais s'il y en a effectivement une, cela veut dire que nous y trouverons du monde, répondit Gédéon.

Muet, Octave fixait l'horizon, ignorant volontairement les regards insistants de ses deux compagnons.

— Allons-y, nous verrons bien, trancha-t-il finalement. Si nous n'apprenons rien, alors nous tenterons à l'Est.

Entrer dans une taverne n'est jamais une perte totale de temps, pensa-t-il en songeant à la bière qui l'y attendait déjà.

15

IPHIS

Depuis leur rencontre avec Octave et sa petite troupe, Iphis et Vulfran ne s'étaient arrêtés que pour permettre aux chevaux de boire et de se reposer. En dehors de ces rares moments de répit pour les animaux et pour les jambes engourdies des deux voyageurs, chaque éclat du jour avait été accompagné du ramdam des sabots contre le sol. Ils avaient poursuivi leur route de l'aurore au crépuscule... sans presque discontinuer, obligeant Vulfran à préparer à la va-vite des repas qui n'avaient certainement rien de celui, inoubliable, qu'il avait promis à Iphis après leur départ de Launkeston.

Ce matin-là, réveillée avant le lever du soleil, Iphis attendait que son compagnon émerge à son tour. De la banquette qui lui faisait office de lit au fond de la voiture, elle observait l'homme emmitouflé à même le plancher dans une sorte de grand sac en tissu épais. Sa respiration lente et paisible emplissait l'air de la roulotte, mais Iphis savait bien que ce calme risquait fort de n'être qu'éphémère.

La veille, sitôt les premiers rayons du soleil assez puissants pour se faufiler à l'intérieur de la cabine, Vulfran s'était jeté sur ses pieds, s'était empressé de servir un petit-déjeuner avalé en vitesse et avait renvoyé ses trois amis équins à la conquête des chemins qui les mèneraient tôt ou tard – si tout se passait bien – à la capitale. Cependant, cela ne semblait aujourd'hui pas faire partie de ses plans ; peut-être la fatigue avait-elle pris le dessus.

Dehors, l'astre diurne commença à illuminer les environs et la clarté se fit dans la voiture, révélant peu à peu la pagaille qui y régnait. Et pourtant, Vulfran ne bougeait toujours pas, comme inconscient de l'heure qu'il était déjà, probablement trop occupé à chasser en rêve une créature fantastique issue des romans qu'il vendait aux habitants du Duché.

Iphis patienta encore quelques minutes puis, hésitante, posa ses pieds nus sur le bois du sol. Peut-être devait-elle le secouer ? Elle s'accroupit auprès de son compagnon et approcha une main de son épaule. Elle tomba à la renverse quand Vulfran ouvrit brusquement les yeux. Lui, n'avait aucunement l'air surpris.

— Rendormez-vous si vous le souhaitez, dit-il d'une voix douce chargée de sommeil. Je pense que nous sommes assez loin pour ne plus nous inquiéter de ces… individus.

Iphis ne lui avait toujours pas expliqué qui ils étaient. Elle s'était néanmoins promis de le faire dès aujourd'hui.

— Je ne suis pas sûre d'y arriver, avoua-t-elle.

— Attendez, ajouta-t-il en extirpant un bras de la couverture dans laquelle il était emballé comme une grosse larve prête à se métamorphoser.

Il retira un collier – plutôt une simple ficelle – qu'il portait sous sa tunique et le tendit à l'orpheline. Une minuscule clé y était attachée.

— Comme ça vous pourrez ouvrir les panneaux à l'extérieur. Vous n'avez pas eu l'occasion de voir toute ma collection après tout. Moi, si vous me le permettez, j'aimerais me reposer encore un peu. Pas longtemps, promis.

Iphis rougit. Jamais personne n'avait calé son temps de sommeil sur le sien – elle s'était toujours levée aux heures qui lui avaient été imposées – et cela lui paraissait particulièrement incongru.

— Non, dormez autant que vous le souhaitez ! s'exclama-t-elle gênée.

Elle s'empara de la clé et traversa avec précaution la cabine encombrée dans laquelle le corps couché de Vulfran n'était qu'un obstacle parmi tant d'autres.

— À tout à l'heure, dit-elle en ouvrant la porte.

Mais, déjà, Vulfran était reparti au pays des songes.

Dehors, une belle journée ensoleillée se préparait.

Il faisait encore frais, mais bientôt le soleil darderait ses rayons sur la clairière près de laquelle Vulfran avait décidé de passer la nuit. Si un bel arbre s'était dressé en son centre, l'endroit aurait tout eu de celui où Iphis avait rencontré son nouveau compagnon. Enfin presque, lui rappela le clapotis de la rivière qui coulait paisiblement non loin.

Iphis s'étira, avança vers les chevaux puis se rendit soudain compte qu'elle ne s'était pas chaussée. Mais le contact de l'herbe sous ses pieds avait quelque chose d'apaisant. Alors, elle continua.

Robuste, le vieil étalon gris de Vulfran, vint dans sa direction et tendit un museau frétillant vers elle. Délicate et Virevoltant qui somnolaient debout, tête basse et yeux mi-clos, ne tardèrent pas à l'imiter.

— Bonjour, les amis, dit-elle sans remarquer qu'elle avait déjà adopté les mots que Vulfran utilisait pour saluer ses chevaux. Vous avez faim peut-être ?

Virevoltant émit une sorte de frémissement, presque un soupir, dont Iphis n'eut aucun mal à comprendre le sens.

Elle se dirigea vers la roulotte et récupéra le sac d'avoine que Vulfran gardait attaché à l'avant du véhicule. Les chevaux l'avaient suivie, visiblement impatients malgré la quantité d'herbe qui les entourait. Eux aussi avaient leurs petites habitudes.

La joie des animaux l'envahit bientôt et Iphis réalisa qu'elle tenait là l'occasion parfaite de se rendre utile à Vulfran en attendant son réveil. Elle lui devait bien ça. Alors, elle se retroussa les manches et se mit en quête de quoi préparer le petit-déjeuner.

Peu après, des galets charriés par le torrent depuis des millénaires terminèrent leur course dans un cercle quasi parfait formé à proximité de la roulotte, puis de petites branches sèches vinrent s'édifier en pyramide au centre de l'espace qu'ils délimitaient.

Soucieuse de ne pas déranger le dormeur, l'orpheline utilisa enfin la clé qu'il lui avait remise et déverrouilla lentement un des panneaux latéraux, révélant les dos de nombreux ouvrages et surtout le matériel dont la jeune fille avait besoin.

Elle disposa au-dessus des branchages l'arche de métal qu'elle avait vu Vulfran installer la veille, et partit remplir d'une eau glacée et cristalline la bouilloire cabossée qu'il y suspendait.

Une miche de pain, des pommes et des tranches de fromage complétèrent l'ensemble. Fière d'elle, Iphis constata que tout était prêt pour l'arrivée de Vulfran… ou presque. L'orpheline grimaça en posant les yeux sur le minuscule tipi de bois à ses pieds.

— Pauvre cloche, murmura-t-elle.

Pour préparer le thé que Vulfran avait rapidement avalé la veille, malgré la vapeur qui s'en dégageait encore, il manquait tout de même quelques flammes. Mais elle n'avait rien pour allumer le bois… Quant à savoir où Vulfran rangeait son briquet, cela relevait du mystère.

— Vous allez avoir besoin de ça, dit soudain l'homme dans son dos, un objet métallique à la main.

Il rit et la rejoignit, un grand sourire en travers du visage.

— Merci pour tout ça, ajouta-t-il. Vous n'étiez pas obligée.

Iphis aurait pu lui expliquer que c'était justement cette absence d'obligation qui l'avait rendue heureuse de s'acquitter de ce qui, en d'autres circonstances, aurait été d'ennuyeuses corvées, mais à quoi bon ? Assurément, Vulfran en avait parfaitement conscience. Il rayonnait.

L'homme à la tignasse emmêlée salua ses amis, qui broutaient à présent à la lisière des bois, et s'agenouilla.

— Regardez, commença-t-il en réarrangeant les branches de la pyramide. Pour que le feu prenne plus facilement, il faut les placer ainsi. Les plus petites en-dessous et au cœur de quoi nourrir les premières flammes.

Il arracha une touffe d'herbe sèche et l'inséra au milieu du tipi.

— Sans oublier l'ingrédient principal, reprit-il en tirant une étrange lamelle d'une besace en cuir pendue à sa ceinture.

— C'est de l'amadou ? s'enquit la jeune fille qui avait lu un article encyclopédique sur ce champignon hautement inflammable.

— Exactement ! s'enthousiasma l'homme qui d'un geste habile du pouce produisait de petites étincelles avec son briquet rotatif. Vous en savez des choses !

C'est le moment de se jeter à l'eau, pensa Iphis.

— J'ai beaucoup lu à l'orphelinat, c'est pour ça.

Vulfran leva les yeux vers elle sans rien dire. Son silence, tandis qu'il lançait de minuscules boulettes séchées dans la bouilloire, invitait l'orpheline à continuer.

— J'étais l'assistante du maître bibliothécaire de Windrasor avant d'être adoptée…

Et ainsi elle lui raconta tout, sa peur de voir Vulfran afficher un air contrarié se dissipant à mesure qu'elle poursuivait son récit et que le maigrichon avalait les informations avec une attention constante.

Pas une fois il ne l'interrompit, pas même lorsqu'il leur servit à chacun une tasse de thé bouillant. Puis Iphis en arriva à leur rencontre et le visage de l'homme s'illumina aussitôt.

— Eh bien ! Quelle histoire ! s'exclama-t-il. Je savais bien que vous n'étiez pas comme les autres.

Il lui sourit et croqua dans son morceau de pain.

— Vous n'allez pas me laisser là ? demanda Iphis qui, même si elle avait peu de doutes sur la réponse, n'avait pas pu s'empêcher de verbaliser ses craintes.

— Bien sûr que non ! Et vous n'allez peut-être pas me croire, mais je connais votre maître ! J'ai déjà eu l'occasion de me rendre à Rasorburgh et d'admirer la bibliothèque de l'orphelinat. Quel endroit majestueux ! Ce vieux Razonel est un homme fort gentil d'ailleurs, étrange, oui, mais gentil et je suis heureux de voir qu'il a eu une si belle influence sur vous.

Iphis rougit de plus belle.

Alors, elle avait peut-être déjà croisé Vulfran par le passé ? À moins qu'il n'ait visité l'orphelinat avant qu'elle n'assiste Razonel ?

— Quant aux Fontiairy, j'en ai suffisamment entendu parler pour me réjouir que vous soyez ici avec moi. Il est parfois difficile de démêler le vrai du faux quand les rumeurs se propagent, mais votre récit ne fait que confirmer les ouï-dire… Et j'en suis réellement désolé.

— Ne vous inquiétez pas, ça va beaucoup mieux maintenant, mieux que jamais ! intervint Iphis.

— Vos cheveux vont repousser et vos blessures guériront. D'ailleurs, les marques sur votre visage se sont estompées. Vous n'aurez bientôt plus rien à voir avec le portrait que ces hommes que nous avons croisés font de vous. Ces odieux personnages pourront toujours vous chercher, plus personne ne vous reconnaîtra. Croyez-moi, notre aventure ne fait que commencer !

16

THÉODORE

Théodore avait beau se creuser les méninges, il ne voyait pas comment il pourrait aider ses amis à mettre son plan à exécution. Lui aussi mourait d'envie de comprendre pourquoi les frères Helrik s'en étaient pris à Bartholomée et l'avaient laissé dans un état pareil, mais il devait s'y résoudre : il était coincé à la bibliothèque.

La visite du Duc était programmée pour le lendemain et son maître s'était montré assez clair sur le comportement irréprochable qu'il attendait de sa part pour que le garçon y réfléchisse à deux fois – et même beaucoup plus – avant de tenter quoi que ce soit. Non, il n'avait pas le choix : il allait devoir compter sur ses copains pour se charger de cette histoire et expliquer les agissements de la bande à Tobie et Putifare. Pourtant, bien qu'il leur fasse entièrement confiance, quelque chose le dérangeait.

Il s'était imaginé, son trousseau fièrement brandi à la main, offrir à ses amis l'accès au lieu idéal pour tirer les vers du nez de garçons du groupe des frères Helrik, et voilà qu'il lui fallait confier cette tâche à un autre. Et, après ce qu'il avait dû faire pour obtenir ces clés, il ne devait pas se mentir : il n'avait aucune envie de les prêter. Il ne pouvait cependant pas en être autrement, pas s'il voulait savoir ce que cette agression sournoise cachait.

Théodore soupira et chassa ces pensées égoïstes.

Pourvu que je ne le regrette pas, songea-t-il.

Cela faisait un bon moment qu'Attale était parti. Après s'être contenté de tourner, sans même les regarder, les pages du manuel que Théodore lui avait donné, il avait rapidement estimé que cette blague avait suffisamment duré et s'était éclipsé. Tout juste avait-il adressé un signe furtif à Théodore avant de regagner la cour des garçons. Maintenant, il ne devrait pas tarder à être de retour.

Qu'avait donc cru Théodore en exposant son plan à Attale ? Qu'il pourrait tranquillement quitter la bibliothèque, venger Bartholomée, récolter des informations et s'en sortir comme une fleur ?

Non, il avait déjà bien trop souvent faussé compagnie à son maître et il savait que cette fois ce serait impossible, surtout en plein après-midi. Même s'il avait à présent la certitude que ce qui était arrivé à Bartholomée n'était pas un hasard, il devait résister à l'envie de faire cette bêtise de trop. De toute façon, Razonel ne semblait pas décidé à abandonner son bureau aujourd'hui, probablement le dos courbé au-dessus de son secrétaire à préparer la venue du Duc ; ce qui ne l'empêchait d'ailleurs pas de quérir l'aide de son apprenti plusieurs fois par heure. C'était peine perdue.

Théodore referma les doigts sur le trousseau logé dans sa poche et formula un souhait silencieux.

Que tout se passe bien pour mes amis.

Un mouvement à sa droite attira justement son regard. Attale était enfin là. Théodore se leva et lui indiqua d'un geste de l'attendre au milieu des rayonnages, à bonne distance de la porte entrouverte du bureau de Razonel. Sur la pointe des pieds, son ami s'exécuta et disparut, caché par un des hauts piliers qui soutenaient le toit majestueux de l'édifice.

Théodore patienta une poignée de secondes, l'oreille tendue vers l'antre de Razonel, puis se décida. Il chargea plusieurs ouvrages sur son chariot qu'il poussa, sans essayer de soustraire le grincement des roues à l'ouïe de son maître. Un silence parfait était toujours plus suspect qu'un son pour le moins habituel en ces lieux.

— T'es prêt ? lui demanda Attale quand Théodore stoppa à ses côtés.

— C'est foutu pour moi. Si je pars, Razonel le saura. Mais vous pouvez le faire sans moi, pas vrai ?

Attale retint un rire.

— Tu sais, on comptait pas vraiment sur toi pour les faire parler.

Finalement, malgré ce que Théodore avait pu leur raconter de ses aventures, malgré sa rencontre avec un Ignoble, il restait le même aux yeux de ses amis. Un garçon trop gentil pour s'occuper de ceux qui s'en étaient pris à Bartholomée. Quelque peu déçu, Théodore fit la moue et soupira.

Attale, qui ne pensait pas que de tels propos aient pu affecter Théodore, interpréta bien différemment la réaction de son ami. Lui non plus n'aurait pas aimé se séparer d'un tel trésor.

— Je te les rendrai, ne t'inquiète pas, affirma-t-il en tendant la main. Dès que c'est fait, je te les ramène.

Les lèvres pincées, Théodore farfouilla dans sa poche et déposa les précieuses clés dans la paume d'Attale qui se fendit d'un sourire radieux.

— Ils vont le regretter, crois-moi.

— Tu reviens après, d'accord ? s'enquit Théodore qui tentait de repousser l'idée saugrenue d'accompagner Attale quoi qu'il en coûte.

— Si tout se passe bien, je serai revenu avant que tu ne rentres là-bas, dit-il d'un ton dédaigneux en indiquant l'autre côté de l'orphelinat, cet endroit inconnu où résidaient les filles.

— Allez, les copains m'attendent, ajouta-t-il. Merci Théo !

Le garçon lui fit signe de rester discret, mais déjà Attale repartait.

***

Combien de fois Théodore s'était-il retourné vers la gigantesque porte par laquelle Attale avait disparu avant qu'il ne réapparaisse enfin ? Certainement autant que les immenses structures en bois de l'édifice avaient laissé échapper leurs craquements singuliers.

Toujours est-il que, cette fois-ci, son cœur avait enfin une raison valable de battre la chamade. Il allait en savoir plus… ou bien apprendre qu'il avait jeté ses amis dans la fosse aux lions et que son plan avait été un échec. Mais, si Attale était là, tout ne devait pas avoir viré au pire. La méfiance restait pourtant de mise.

Un grognement rauque s'éleva d'ailleurs dans son dos et le garçon crut bien qu'il ne pourrait pas aller à la rencontre de son ami ; mais, après quelques secondes, plus aucun son n'émana du bureau de Razonel.

Alors, oscillant entre excitation et vive inquiétude, Théodore rejoignit Attale à l'abri des regards indiscrets.

Le sourire de l'orphelin le rassura aussitôt et Théodore se sentit allégé d'un poids.

— Si t'avais vu ça ! s'exclama Attale qui avait du mal à se contrôler. On leur a mis une de ces roustes !

Théodore plaqua un doigt contre sa bouche et essaya de ne pas se laisser contaminer par l'agitation de son ami.

— Allez, raconte, l'encouragea-t-il.

— T'avais raison, on avait bien la clé et les bains étaient déserts à cette heure-là. On a chopé deux des nazes de Putipute. Tu sais, ceux qui avaient voulu aller vider des bassines de je-ne-sais-quoi sur Spin' ? Ah, ils risquent pas d'oublier de sitôt !

Théodore ne lui fit pas remarquer qu'ils auraient pu s'en prendre à des adversaires plus coriaces ; seules comptaient les informations qu'ils avaient pu obtenir.

— Et alors ?

— Ce sont bien eux qui ont attaqué Barth, mais ça on le savait déjà. Si t'avais vu la tronche d'un des mioches quand j'ai menacé de le noyer.

Attale plaqua ses mains contre sa bouche pour contenir ses rires.

— Vous les avez pas jetés dans l'eau ? s'inquiéta Théodore.

Attale leva les sourcils.

— On n'en a pas eu besoin, mais ç'aurait été drôle.

Et les gardiens auraient su que quelqu'un s'était introduit aux bains, pensa Théodore qui préféra ne pas formuler sa crainte.

— Et pour Barth ?

Le visage du garçon, si heureux d'avoir infligé une raclée aux sbires de Putifare et Tobie, s'assombrit.

— Je sais pas trop quoi en penser. Quirin et les autres non plus, mais je crois pas qu'ils nous aient menti.

Théodore soutint son regard pour l'inviter à continuer.

— Ils prétendent qu'on leur a demandé de le faire.

— Hein ? Qui ça ? le questionna Théodore qui savait maintenant qu'il ne s'était pas trompé.

Ils ne s'en étaient pas pris à Bartholomée rien que pour s'amuser.

— Ils en savent rien et je peux te dire qu'on a insisté, répondit Attale avec, malgré tout, une pointe de remords dans la voix.

Il prit une grande inspiration.

— On leur a laissé une caisse de pommes dans leur chambre avec un mot.

— Qui disait de s'occuper de Barth ?

— Pas juste de s'en occuper… de l'amocher vraiment sérieusement… Ce qu'ils ont fait en échange de la promesse d'avoir davantage de pommes. J'en aurais fait autant.

— Et personne ne sait qui a livré la caisse ?

— Apparemment Putipute s'en moquait complètement… Ils n'ont pas cherché à savoir.

Théodore était plongé dans un océan de doutes.

Qui aurait pu vouloir du mal à Bartholomée et pourquoi ?

Les traits angéliques d'Anastase traversèrent son esprit mais il les en chassa rapidement. Quoi qu'elle cache, ce n'était qu'une pensionnaire. Elle n'aurait jamais pu mettre la main sur pareil butin ; un butin pour lequel Attale aurait lui aussi été prêt à passer un autre orphelin à tabac. Peu auraient hésité devant l'opportunité de goûter aux plaisirs sucrés d'une caisse de pommes. C'était là que devait se cacher la solution, au milieu de ces fruits.

— Et le mot ?

— Ben, je t'ai dit…

— Qu'est-ce qu'il racontait exactement ?

Attale leva les yeux au plafond, l'air songeur, comme pour se remémorer la réponse à une question qu'il n'aurait pas eu la présence d'esprit de poser. Heureusement, on l'avait fait pour lui.

— Roh ! Je sais plus. Ils parlaient de pommes succu... euh...

— Succulentes.

— Ouais. Un truc du genre : “Vous voulez davantage de ces succulentes pommes ? Réglez son compte à Bartholomée, que son séjour à l'infirmerie soit…” Bon je sais plus, mais ils voulaient que Barth y reste un moment !

Théodore se répéta les propos d'Attale, mais cela ne l'avança à rien. Tout juste le contenu du message confirmait-il que son rédacteur était un adulte, un adulte qui avait lâchement acheté la bande des frères Helrik. Mais pourquoi ? Peut-être le commanditaire avait-il trop à perdre pour agir lui-même et prendre le risque d'être surpris ?

Soudain, la discussion qui avait précédé l'affrontement entre les deux Ignobles lui revint en mémoire. Une piste solide s'ouvrit alors devant lui. Les créatures avaient mentionné une personne. Ils ne l'avaient certes pas nommée, mais il n'y avait pas l'ombre d'un doute que c'était elle qui tirait les ficelles depuis le début. Agrippa avait tué pour elle, puis s'était à son tour fait éliminer pour elle, par ce Gralirk dont Araknor et Ern'lak avaient parlé. Et, à présent, cette personne s'en prenait à Bartholomée.

Plus que jamais, tout semblait lié à la chorale. À peine de retour en son sein, Bartholomée était la cible d'une attaque. Non, ce n'était pas un hasard. Mais dans ce cas, pourquoi ne pas s'être tout simplement débarrassé définitivement du garçon, comme de Céleste et d'Armaël ?

Attale voulut dire quelque chose, mais Théodore, sans lâcher du regard les ouvrages dont il fixait les dos, lui fit signe de patienter. Non, cette personne n'aurait pas pu demander aux gars de Tobie et de Putifare de commettre un meurtre. Aussi mauvais soient-ils, ils ne se seraient pas pliés à un tel ordre.

Ou du moins, Théodore l'espérait-il. Alors, pourquoi n'avait-elle pas envoyé un Ignoble s'occuper une bonne fois pour toutes de Bartholomée ? Si, comme l'avait dit Ern'lak, elle contrôlait une partie des monstres, elle n'aurait eu aucun mal à trouver un volontaire. Agrippa n'aurait jamais fait une chose pareille à son propre fils, mais Théodore doutait que les Ignobles aient, quant à eux, la moindre réticence. Ou bien... peut-être voulait-elle éviter un nouveau meurtre à l'orphelinat… un nouveau scandale…

— Le Duc ! s'écria brusquement Théodore.

Cette fois, ce fut Attale qui lui indiqua de baisser d'un ton.

Mais Théodore avait crié bien trop fort.

— Théodore ! s'exclama la voix, légèrement étouffée par la distance, de son maître.

— Zut… jura le garçon. Vas-y. On se revoit vite.

Attale hésita. L'emportement de Théodore avait piqué sa curiosité au vif, mais l'insistance de Razonel repoussa le moment fatidique où il demanderait à son ami de s'expliquer.

— Théodore ! répéta le vieil homme.

— Oui, Maître, j'arrive ! répondit le garçon qui afficha un air désolé, mêlé à celui, étrange, de celui qui en sait plus qu'il ne veut bien le dire.

Il s'éloigna, puis fit volte-face vers Attale en réalisant qu'il n'avait pas récupéré le trousseau. Mais déjà son copain quittait les lieux.

***

Théodore ressassait encore les propos d'Attale, d'Araknor et d'Ern'lak lorsque son maître le congédia. Beaucoup d'éléments restaient confus ; il commençait cependant à entrevoir la vérité et tout lui disait que la visite du Duc le lendemain allait changer bien des choses. En attendant, les inconnues restaient particulièrement nombreuses et la tête lui tournait. Plongé dans ses pensées, il traversa le “passage des lettrés” et s'engagea dans le petit jardin adjacent. Un instant, il hésita à s'installer sur le banc en pierre sur lequel Iphis avait passé tant d'heures à rêver d'aventures, pour essayer de remettre de l'ordre dans ses idées, mais l'envie subite de partager ses découvertes avec Ophélia le prit. Leur promesse d'élucider les mystères de l'orphelinat tenait toujours et, même s'il craignait que l'adolescente n'accepte pas la possible implication d'Anastase, il pourrait au moins compter sur elle pour l'écouter.

Il franchit le jardinet et se retrouva bientôt dans la cour où quelques filles travaillaient la terre en vue de futures plantations. Ce ne furent pourtant pas elles qui attirèrent son attention mais une silhouette plus grande… ou plutôt ce qu'elle tenait.

Cyriaque arrivait dans sa direction, son air crétin habituel affiché sur le visage. Ses dents déchaussées s'exhibaient chaque fois qu'il ouvrait grand la bouche pour engloutir une nouvelle bouchée. Si le gardien avait été fourré avec Darius, avec qui il traînait la plupart du temps, Théodore n'aurait sans doute pu rassembler le courage de prononcer ces mots.

— Elle est suc-cu-lente, pas vrai ? lança-t-il en indiquant la belle pomme rouge que l'homme dévorait.

Il n'en fallut pas plus. Comme il avait déjà piégé Ern'lak au sujet d'Agrippa, il venait de confondre Cyriaque.

Le regard que lui adressa l'homme, si loin de l'expression de demeuré que tous lui connaissaient, lui glaça le sang. Ses yeux brillaient d'une intelligence brutale et sanguinaire. Non, Théodore ne venait pas seulement de démasquer celui qui avait déposé les pommes dans le dortoir des frères Helrik, il avait peut-être bien découvert l'identité du monstre qui avait plongé Windrasor dans le chaos...

Terrorisé, Théodore prit ses jambes à son cou. Cette fois, il en était certain : il avait fait tout ce contre quoi Ern'lak l'avait mis en garde. Il avait signé son arrêt de mort.

17

PLACIDE

Placide ouvrit la bouche, mais il était trop tard. Spinello avait disparu par la porte qui menait à l'étage où Asmodée était alité, poussé par une méfiance que Placide ne s'expliquait pas. Maria les avait recueillis sous son toit et s'occupait d'Asmodée, et voilà que Spinello cédait à quelque fantaisie qui risquerait fort de gâter la situation. Pourquoi devait-il agir ainsi ? Ils n'avaient qu'à faire ce que Maria leur demandait et tout se passerait bien.

Placide avait toujours eu une confiance aveugle en son ami. Cependant, ce jour-là, il mesurait à quel point les épreuves qu'ils avaient dû surmonter pour en arriver là, l'avaient changé.

À présent, l'assurance d'un repas chaud et d'un bon lit le soir venu étaient autant de raisons de remettre en cause le comportement de son copain et il n'en avait pas honte. Même si Maria était un peu bourrue et directive, elle n'avait rien fait pour leur nuire. Et pourtant…

— Je le savais ! s'exclama Spinello en déboulant en trombe en cuisines.

Édouard fut le premier à réagir. En un éclair, il fut sur ses pieds, abandonnant au sol la casserole qu'il était en train de lustrer, un regard haineux sur le visage. Si Spinello l'ordonnait, il était déjà prêt à déguerpir. Au moins, ils pourraient repartir à la recherche d'Iphis.

— Quoi ? s'étonna Anselme.

— Asmodée va mieux, je l'ai entendu parler avec Maria, et il n'avait pas l'air de vouloir prendre son médicament. Mais elle a apparemment réussi à le lui donner et il s'est tu juste après…

— Tu veux dire…

— Elle le drogue !

Placide n'en croyait pas ses oreilles.

Il y avait forcément une explication moins tordue. Pourquoi Maria ferait-elle ça ? C'est Anselme qui formula le premier ce doute.

— Mais pourquoi ?

Spinello jeta un œil vers la porte fermée dans son dos, visiblement effrayé à l'idée que Maria ne les surprenne en plein conciliabule.

— Elle sait peut-être qui on est…

— Elle nous aurait déjà dénoncés si c'était le cas, contra Placide.

— Placide a raison, depuis qu'on est là, elle aurait largement eu le temps d'envoyer quelqu'un au village le plus proche pour prévenir les autorités. Ce n'est pas ça… renchérit Anselme.

— N'importe ; je veux savoir ce qu'elle donne à Asmodée. Elle est entrée dans sa chambre avant de le rejoindre. C'est là qu'elle doit cacher son remède.

Réalisant où tout cela allait mener, Placide baissa les yeux sur le dallage irrégulier de la pièce.

— Je vais faire diversion, il faut que l'un d'entre vous fouille sa chambre et lui prenne le flacon, ajouta Spinello.

— Moi ! Moi ! s'exclama Édouard avec un enthousiasme rare.

— Euh… Édouard, tu feras le guet, d'accord ?

Le garçonnet, heureux d'être inclus dans le plan, et surtout de ne plus avoir à frotter les récipients que Maria avait confiés à ses bons soins, ne se départit pas de son sourire.

— Je comprends pas, intervint Anselme. Pourquoi tu veux lui voler le flacon ?

— Si elle ne le trouve plus et que subitement Asmodée va mieux, alors on sera fixés.

Des bruits de pas résonnèrent soudain dans la cage d'escalier.

— Placide, c’est toi qui y vas, conclut Spinello qui fonça aussitôt dans la salle principale avant que l’intéressé ne puisse rétorquer.

— Qu’est-ce que vous faites les bras croisés ? s’énerva Maria dès qu’elle eut un pied en cuisines. Au boulot ! Je vais soigner votre pote et vous, vous en profitez pour ne rien faire ; vous devriez avoir honte !

À ces mots, Placide sentit s’immiscer un sentiment d’embarras auquel le cours des choses ne laissa néanmoins pas le temps de s’installer. Car, au bar, Spinello qui connaissait bien son ami, n’avait pas perdu une seconde pour attirer l’attention sur lui.

— Tu vas voir, morveux ! s’écria une voix grasse, trahissant le degré d’alcoolémie de son propriétaire. Vais m’occuper de toi !

Il n’en fallut pas plus pour que Maria oublie l’oisiveté des trois garçons. Qualifiant Spinello d’un nom d’oiseau particulièrement exotique, elle quitta la pièce avec emportement. Les bras ballants, Placide fixa Anselme et Édouard tour à tour. Il n’avait aucune envie d’aller mettre le nez dans les affaires de Maria.

— Si tu trouves rien, Spin’ changera peut-être d’avis. Puis, même si on lui pique la fiole, rien ne dit qu’Asmodée ira mieux, souffla Anselme.

Il a raison, pensa Placide. La méfiance de Spinello n’était qu’une façon de les protéger. Alors, s’il pouvait rassurer son ami sur les intentions de leur hôtesse, il devait le faire.

— Édouard, tu montes la garde en haut des marches ; si elle revient tu me préviens pour que j’aie le temps de sortir de sa chambre, d’accord ?

Le garçonnet acquiesça et suivit Placide qui s’élança, d’un pas boitillant, vers cette porte qui n’avait eu de cesse de s’ouvrir et de se refermer ces dernières minutes. Ils gravirent l’escalier et atteignirent le palier où Placide abandonna Édouard qui prit une posture particulièrement grotesque pour épier en contrebas.

À l'étage inférieur, le chahut continuait, mais Placide savait bien que Spinello ne pourrait pas occuper Maria toute une éternité. Il finirait par se faire attraper aussi impressionnantes soient ses pirouettes de table en table et intense sa confrontation avec le soûlard qu'il avait provoqué.

Debout dans le couloir, la main tendue vers la poignée, Placide fut soulagé lorsque, d'une poussée, la porte qui menait aux quartiers de Maria s'écarta sans résister. Un unique tour de clé et l'affaire aurait relevé de l'impossible. C'était d'ailleurs bon signe. Quel genre de secret aurait pu essayer de se faire oublier dans une pièce non verrouillée ? Maria avait beau leur avoir strictement interdit de pénétrer dans sa chambre, si elle avait réellement eu quelque chose à cacher, elle ne se serait jamais arrêtée à un simple avertissement oral. Et pourtant, motivé par sa loyauté envers Spinello et sa volonté de bien faire, Placide se retrouva bien vite à farfouiller dans la modeste pièce.

Étonnamment, l'endroit n'était guère plus meublé que la chambre où Maria les logeait. Mis à part un lit immense dans lequel une légion entière de Maria aurait pu s'endormir paisiblement, seuls une imposante armoire et un bureau en pin, dont les résidus de résine avaient depuis longtemps séché, occupaient l'espace.

Conscient que le temps jouait en sa défaveur, Placide n'hésita pas une seconde. Il se rua sur le secrétaire dont le plateau était jonché de feuilles – beaucoup d'entre elles couvertes de chiffres sans queue ni tête –, parcourut même les premières lignes d'une correspondance qui appelait visiblement à une rencontre qui n'aurait rien de platonique, puis s'attaqua au premier tiroir. Tout un bric-à-brac de papeterie s'offrit à lui, mais pas la moindre trace de flacon ni de quoi que ce soit d'autre qui pourrait remettre en cause l'honnêteté de Maria. Son cœur fit cependant un bond violent lorsqu'il fit coulisser le second tiroir. Ce n'était pas possible...

Reposant sur une pile de papiers chiffonnés, une fiole à moitié remplie venait d'apparaître. Mais la découverte du flacon n'était en rien à l'origine de l'effroi qui avait envahi Placide. C'est ce sur quoi il était couché qui le laissa bouche bée.

L'œil gauche déformé par le verre de la petite bouteille, une parfaite représentation de son propre faciès le fixait avec un rictus effroyable. Refusant d'y croire, Placide se saisit de l'avis de recherche et l'observa un instant avant de replonger les yeux dans le tiroir où le portrait d'Anselme avait pris la place du sien. Un clou minuscule pendait dans un coin écorné du document, comme s'il avait été arraché à la va-vite avant d'être rangé ici, à l'abri des regards indiscrets.

Une fois encore, Spinello avait eu raison. Une fois encore, l'intuition de son ami leur avait révélé l'odieuse vérité. Maria savait qui ils étaient…

Un cri de douleur le ramena soudain à la réalité. Il fourra la fiole dans sa poche et rafla le deuxième avis de recherche avant de se précipiter dans le couloir.

— Édouard, appelle Anselme ! cria Placide en fonçant sur la porte de la chambre d'Asmodée.

En une seconde, il fut au côté du malade.

— Réveille-toi, Asm', on doit partir ! paniqua-t-il en secouant le grand gaillard quasi inconscient. Allez !

Mais le géant ne réagissait pas.

— Qu'est-ce qu'il y a ? s'inquiéta Anselme en entrant à son tour, Édouard sur les talons.

— Elle sait tout ! répondit Placide en exhibant les affichettes.

Anselme resta muet. Il avait espéré ne jamais revoir cet affreux portrait de lui.

— Faut porter Asmodée, aide-moi !

Et ensemble, sans même réfléchir, ils tirèrent l'adolescent de son lit.

— Fais un effort, Asm', supplia Placide qui croulait sous le poids de son ami.

Malgré son état hagard, les jambes d'Asmodée se raffermirent et Anselme et Placide purent enfin avancer.

Édouard les précédait quand, les visages couverts de sueur, ils arrivèrent au pied des marches.

À leur gauche débouchait le couloir par lequel Maria les avait conduits dans la taverne.

— On se planque dehors et on prévient Spinello, dit Placide qui, depuis sa terrible découverte, ne pensait qu'à une chose : fuir, même si cela devait être dans la précipitation.

Il y avait quelques minutes, il aurait tout donné, ou presque, pour que Spinello se trompe, pour pouvoir rester encore un peu au "*Bouillon du Félin*" et voilà qu'à présent il hâtait leur départ.

— D'accord, répondit Anselme qui respirait bruyamment.

Ils pivotèrent, mais la porte des cuisines s'ouvrit brutalement devant eux, manquant de renverser Édouard au passage.

Maria, qui tenait Spinello par l'oreille, retint un cri de surprise en apercevant les quatre garçons. Vive comme l'éclair, elle projeta son prisonnier au sol et se saisit d'un hachoir qu'elle brandit devant elle. La colère qui assombrissait ses traits aurait fait trembler le plus téméraire de ses clients.

— Alors là, non, vous n'irez nulle part…

18

SPINELLO

Pourquoi ? se lamenta Placide.

— Pourquoi ? Il ose me demander pourquoi ? répondit Maria, la voix dénuée de la moindre trace de bienveillance, tandis que Spinello, l'oreille en feu, se remettait sur ses pieds.

Elle ricana.

— Vous croyiez vraiment que je ne vous avais pas reconnus, ni lui d'ailleurs, dit-elle en désignant Édouard. Ce merdeux va me rapporter une montagne d'or et encore plus si j'attends que la prime monte.

Ses yeux brillaient d'une avidité maladive.

Spinello serra les poings. Il avait vu juste sur son compte et sans l'arme qu'elle tenait, se serait rué sur elle, comme sur l'alcoolique dont la violente réaction avait permis de détourner l'attention. Cette femme ne valait pas mieux que les autres.

Comme elle, Spinello avait été étonné de tomber sur ses amis dans le couloir. Il n'aurait pas pensé, quoi que découvre Placide dans la chambre de Maria, qu'ils agiraient ainsi, mais la panique avait visiblement pris le dessus et il était trop tard pour le leur reprocher. Maintenant, il fallait s'occuper de cette femme misérable et déguerpir avant qu'elle ne cherche du soutien parmi ses clients. Ce n'était pas gagné.

— Oh oui, il va me rapporter une somme bien rondelette ! s'enorgueillit l'aubergiste.

Elle s'apprêtait à ajouter quelque chose lorsqu'elle se plia en deux de douleur. L'attaque d'Édouard avait fait mouche et la matrone se tenait l'entrejambe en grimaçant. Spinello, qui n'aurait pas imaginé qu'un tel coup puisse être aussi efficace sur une fille, n'hésita pas une seconde et envoya son pied dans la face de l'aubergiste qui, sonnée, roula sur le flanc, leur bloquant complètement l'accès à la porte la plus proche ; celle par laquelle ils étaient arrivés le premier jour. Il ne leur restait qu'une issue.

— Les cuisines, vite ! cria Spinello qui se précipita pour aider ses amis à porter Asmodée.

La femme n'allait pas tarder à recouvrer ses esprits. Et elle ferait tout pour les retenir et toucher la prime promise en échange de leur capture. Son expression aussi déterminée qu'avide n'avait pas menti à ce sujet.

Justement, à peine les orphelins entrés dans le bar, sous les regards médusés des clients qui avaient déjà assisté à un sacré remue-ménage, Maria surgit en cuisines en rugissant. Avec son nez ensanglanté et malgré sa petite taille, elle avait l'air d'un démon tiré du pire des cauchemars.

— Revenez là ! rugit-elle en contournant la lourde table qui occupait le centre de la pièce.

Mais les orphelins et Édouard ne comptaient pas vraiment lui obéir.

Les muscles transis de douleur, Spinello supportait presque à lui seul le poids d'Asmodée et le traînait aussi vite que possible, mais il devait se rendre à l'évidence : ils ne pourraient pas fuir ainsi sans se débarrasser de Maria.

— Tenez bon, les gars, dit-il en se dégageant soudain d'Asmodée.

Anselme exhala de surprise et lutta pour rester debout. Spinello, immobile, faisait face à Maria, son hachoir à la main, tandis que, de leur côté, Placide et Anselme continuaient à avancer vers la porte.

C'est quoi ce bordel encore ? s'énerva un client debout son assiette à la main.

— Vermine ! l'insulta l'alcoolique enragé dont Spinello s'était servi pour occuper Maria.

Il accourut.

Du moins, tituba dans sa direction.

— Ils sont à moi ! cria Maria en le voyant approcher. Dégage !

Frappé par l'acidité du ton de l'aubergiste, le soiffard stoppa net, son visage affichant un air de sobriété que peu l'avaient vu porter ces dernières années.

Spinello profita de cet instant de répit pour attraper une chaise qu'il leva, pieds en avant, pour se protéger de la femme et de son arme.

Impassible, elle faisait tourner la lame d'une main experte, de celle qui a désossé des milliers de carcasses dans sa vie.

— Eh ! Vous, là ! Empêchez-les de sortir ! lança-t-elle à deux pochtrons attablés près de la porte. Me le faites pas répéter !

Mais ce fut en vain. Bien que concentré sur son adversaire, Spinello entendit clairement la porte claquer contre le mur dans son dos. Et ce n'étaient pas ses amis qui sortaient…

— Édouard ! s'exclama une voix qu'il ne connaissait pas.

— Spin' ! paniqua Placide.

La peur de Placide était telle que Spinello risqua un coup d'œil en arrière, qu'il regretta aussitôt. La simple vue d'Octave qui se tenait tête baissée dans l'encadrement de la porte, précédé de deux hommes, avait suffi à le tétaniser.

Si le gardien était revenu d'entre les morts, il ne l'aurait guère terrorisé davantage. Ce monstre avait voulu les tuer, et il venait encore une fois de les retrouver, envers et contre tout. La situation ne pouvait pas être pire et c'était sans compter sur la fureur de Maria qui tenta sournoisement de lui taillader le bras.

Spinello para le coup davantage par réflexe que par expérience du combat, et bondit sur le côté pour faire entrer, de part et d'autre, ses deux ennemis dans son champ de vision. Désespérément, ses yeux essayaient de les surveiller simultanément.

— Jeune Maître ! appela à nouveau la voix.

— Non ! gémit Édouard, comme si on l'avait pris la main dans le sac en train de faire une quelconque bêtise.

— Eh ! C'est moi qui l'ai trouvé ! intervint Maria en réalisant, à ses mots et probablement à son accoutrement, que l'homme en question était un envoyé des Fontiairy.

— Et vous osez le menacer ! s'offusqua le valet en apercevant l'arme dans la main de l'aubergiste.

Spinello, qui ne lâchait pas Octave et Maria du regard, ne vit que trop tard le troisième type contourner Anselme, Placide et Asmodée, qui s'étaient arrêtés au centre de la salle. Il se dirigeait vers la porte des cuisines afin de leur bloquer le passage. Ils étaient pris au piège, mais qu'importe : avec Asmodée dans cet état, ils n'auraient jamais pu s'enfuir ; pas même si Maria avait été la seule à s'opposer à leur départ.

— Occupez-vous du petit, ordonna Octave en claquant le battant dans son dos.

Depuis son arrivée, il n'avait pas quitté Spinello des yeux, un sourire carnassier sur les lèvres.

— Vous là, gardez-moi cette porte bien fermée ! ajouta-t-il à l'intention des deux types que Maria avait déjà interpellés pour la même raison.

Impressionnés, ils s'exécutèrent et Octave fit un pas en avant.

— Édouard, cessez donc ! s'impatienta le valet qui courait après le garçonnet entre les tables dressées et parfois – souvent même – renversées.

— Non, je ne veux pas !

— Mais Monsieur et Madame seront si heureux de vous revoir !

— Pas sans Iphis !

À ces mots, le domestique se figea et tapa du pied.

— Ne me parlez pas de cette peste, Monsieur.

— Tais-toi, Gédéon ! trancha Édouard. C'est ma copine, pas comme elle.

Il pointait Maria, à présent aussi furieuse que déconcertée.

— Elle m'a fait laver de vieilles casseroles répugnantes !

Le dénommé Gédéon étouffa un hoquet d'outrage.

— Nous nous occuperons d'elle. En attendant, venez donc par ici.

L'absurdité de cette confrontation ne lui avait pas fait oublier les menaces qui pesaient sur ses amis et lui, et Spinello ancra les pieds dans le sol, prêt à se servir de sa chaise comme d'une arme impitoyable. Il ne partirait pas d'ici sans avoir brisé un ou plusieurs crânes.

— Je veux ma prime ! brailla Maria alors qu'Octave se rapprochait dangereusement de Spinello, ignorant les trois autres orphelins.

— Ferme-la, vilaine ! s'énerva le gardien, résolu à anéantir tous les obstacles qui se dresseraient entre lui et le tendre cou de Spinello.

À l'autre bout de la pièce, Édouard faisait tourner Gédéon en bourrique, mais tous les regards étaient rivés sur le gardien.

Soudain, Maria couina de surprise.

Un cri aigu qui força Spinello à se détourner un instant d'Octave. Le troisième type, celui qui leur avait barré le chemin des cuisines, s'était glissé dans le dos de la matrone et avait tenté de la désarmer. Sans grand succès. Dans un accès de rage, Maria avait réussi à contenir la force brute de l'homme et à abattre son arme comme sur un morceau de viande ingrat et récalcitrant. Le hachoir fiché dans la clavicule droite, l'homme titubait en arrière, l'air abasourdi.

Octave n'aurait pas pu rêver d'une meilleure diversion. Il se jeta sur sa proie. D'un bond prodigieux, il fut sur le garçon et le débarrassa, comme d'un jouet, de la chaise qu'il brandissait.

Spinello hurla. Il ne voulait pas revivre la scène de la rivière. Il ne voulait pas que les doigts répugnants de ce monstre se referment à nouveau autour de sa gorge. Il ne voulait plus voir ce sourire prédateur du gardien qui le souillait au plus profond de son âme. Il ne voulait plus...

Répondant à ses vœux silencieux, un poing massif s'écrasa brutalement contre la joue droite d'Octave qui, incapable de garder l'équilibre, s'effondra sur une table, emportant avec lui le chandelier en fer forgé qui y trônait jusque-là.

Bouche bée, Spinello jaillit vers Asmodée pour l'empêcher de tomber. Ce coup avait pompé toute l'énergie qui lui restait et, déjà, il repartait dans les limbes auxquels le traitement de Maria l'avait condamné. Quant à Octave, malgré la force de l'attaque d'Asmodée, il était déjà sur ses jambes. Spinello chercha vainement une arme du regard. Il n'y avait rien. Seuls ses poings et sa détermination pourraient le sauver. Mais que pouvait-il face à ce monstre ? Rien… Fou de rage, Octave balaya Spinello d'un revers de la main, saisit Asmodée avant qu'il n'atteigne terre et le projeta avec force au sol. L'orphelin poussa une plainte de douleur suraiguë.

— Asm' ! hurlèrent les trois garçons.

Choqués, les clients s'étaient plaqués contre les parois de la salle et assistaient, horrifiés, au drame qui se jouait devant eux.

Le souffle coupé, Spinello tenta de se relever, mais Octave était prêt à donner le coup de grâce, son épaisse botte levée au-dessus du crâne d'Asmodée. Spinello pouvait déjà sentir l'odeur du sang de son ami. Il allait bientôt couvrir le plancher crasseux de l'auberge, comme celui de Florestan avait maculé le lit de la rivière. Ce fut pourtant un tout autre sang qui aspergea les lieux.

Un coup sec retentit et, touché à l'épaule, Octave chancela en arrière. Indifférent à l'origine de cette blessure inattendue, Spinello se propulsa aussitôt dans les jambes du gardien qui s'écroula. En un éclair, un barbu apparut au-dessus d'eux et pointa son mousquet sur Octave.

Barnabé ! pensa Spinello avant de réaliser que cela était impossible.

Il accepta néanmoins la main tendue de l'inconnu comme s'il s'était agi de celle de leur sauveur de Launkeston.

— Merci… commença-t-il, mais il se retrouva muet quand il découvrit que l'homme n'était pas seul.

Tous les protagonistes s'étaient immobilisés pour observer les nouveaux arrivants.

— Toi ! s'étonna Anselme en apercevant l'un d'entre eux, un adolescent que Spinello n'aurait jamais imaginé revoir.

— Je vous avais dit que je vous le revaudrais ! s'exclama le garçon qu'ils avaient sauvé des hommes du Duc.

Mais, pour Spinello, l'adolescent n'existait déjà plus. Hypnotisé, il n'avait d'yeux que pour ceux qui l'accompagnaient.

Encapuchonné dans un vêtement aussi ample que noir, un être filiforme dominait l'assemblée. Seules deux lueurs rougeoyantes trahissaient sa véritable nature.

— Et maintenant Élias, que fait-on d'eux ? siffla-t-il à l'intention de l'homme qui, toutes dents dehors, se tenait à ses côtés.

L'impossible venait de se produire. L'impossible...

19

THÉODORE

Combien de temps le corps de Théodore accepterait-il encore que l'orphelin multiplie ainsi les nuits blanches ? Plus que jamais le manque de sommeil se faisait sentir et le crâne du garçon l'élançait vivement, comme si un oursin, au départ minuscule, s'était logé au cœur de son cerveau et connaissait une subite croissance. Mais comment aurait-il pu dormir après s'être trahi auprès de celui qui était peut-être bien derrière toutes les horreurs de Windrasor ?

Les heures passant, sa certitude que Cyriaque était celui dont les Ignobles avaient parlé sans le nommer, aurait pu s'ébrécher, voire voler en éclat, mais il n'en était rien ; au contraire. Lorsqu'il fermait les yeux – en réalité, surtout lorsqu'il les fermait – Théodore pouvait mesurer toute la haine que le regard de l'homme démasqué avait charriée avec lui. Une haine poisseuse dans laquelle l'orphelin avait l'impression d'être empêtré depuis une éternité.

S'il avait laissé la peur le submerger et ne s'était pas aussitôt enfui, il ne serait vraisemblablement plus de ce monde ; de cela il en avait aussi la certitude. Même s'il ne savait pas comment le gardien se serait débarrassé de lui, il ne doutait pas que Cyriaque aurait trouvé un moyen expéditif d'arriver à ses fins. Pareil regard n'était pas celui d'une personne qui accepterait qu'un simple orphelin se mette sur son chemin.

Ern'lak avait finalement eu raison sur toute la ligne : Théodore aurait dû laisser tomber sa petite enquête avant qu'il ne soit trop tard. Malheureusement, plus rien ne disait qu'il parviendrait à réchapper à Cyriaque dont la véritable nature – celle d'un être mauvais et dangereux… mortellement dangereux – était maintenant aussi cristalline que l'eau des rivières qui coulaient, indifférentes à toutes ces mésaventures, dans la vallée. Le garçon n'y pouvait plus rien : ses heures étaient comptées. Jusque-là, réfugié entre les hauts murs de la bibliothèque, il n'avait gagné qu'un peu de temps.

La veille, terrifié et convaincu que Cyriaque allait se lancer immédiatement à sa poursuite en abandonnant derrière lui la pomme qui l'avait trahi, Théodore avait d'abord couru en direction de sa chambre... avant de réaliser que c'était pure folie. Le souvenir de l'effroi qui l'avait habité après la confrontation entre Araknor et Ern'lak avait ressurgi, juste à temps pour lui rappeler que la pièce mansardée était loin d'être la cachette idéale surtout avec Cyriaque à ses trousses, un gardien dont personne n'aurait questionné la présence au sein du bâtiment. Qui aurait été surpris de voir un garde aller vérifier que le garçon était bien dans ses quartiers ? Alors, ignorant les filles du groupe d'Ophélia qui l'avaient interpellé au dernier étage, Théodore avait tracé droit, laissé l'échelle qui menait à sa chambre dans son dos, regagné les escaliers opposés et déboulé au rez-de-chaussée à bout de souffle. Discrètement, il avait jeté un œil apeuré à la cour où il venait de croiser Cyriaque, et avait profité de son apparente absence pour réunir tout son courage et sprinter jusqu'au jardinet attenant à la bibliothèque dans laquelle il avait trouvé refuge. Il n'avait cependant pas envisagé d'y être coincé.

— Attale ! avait-il juré en se rappelant que son ami ne lui avait pas rendu son trousseau de clés.

Car, et Théodore aurait dû y penser en se précipitant dans la bibliothèque, son maître avait évidemment verrouillé toutes les issues avant de partir. Involontairement et avec le secours certain d'Attale, Razonel avait condamné son apprenti à une nuit d'horreur au milieu de ces livres qu'il chérissait tant pourtant. Et ainsi, sans rien pouvoir y faire, Théodore s'était retrouvé pris au piège de l'édifice, bien trop effrayé à l'idée de revenir sur ses pas et de ressortir par “le passage des lettrés” par lequel il était entré. Cyriaque aurait pu être n'importe où…

Théodore était donc resté là, transi de peur, comme de froid, à compter les heures marquées par le son de l'horloge dont chaque battement semblait annoncer le trépas prochain de l'orphelin.

Et, malgré tout, alors que depuis la nuit s'était départie d'une portion de son obscurité et que la noirceur de l'intérieur de la bibliothèque se mourait peu à peu, Théodore était toujours de ce monde. Mais pour combien de temps encore ?

Les paupières lourdes, le garçon se releva, abandonnant la position fœtale qui avait été la sienne des heures durant, couché sur le plancher du deuxième niveau de la bibliothèque, et scruta la pénombre en contrebas. Il aurait donné n'importe quoi pour entendre la voix de son maître, synonyme de sécurité, mais l'endroit restait désert en dépit du lever progressif du jour.

— Maître… implora-t-il imaginant déjà ce qu'il adviendrait de lui lorsque celui-ci le congédierait le soir venu.

Ophélia et les autres filles accepteraient peut-être de l'aider... ou bien devait-il tout raconter à Razonel sans attendre en espérant que le vieil homme le croie et vienne à son secours ?

Cependant, Théodore n'eut pas l'occasion de se poser davantage de questions.

Un bruit soudain fit sursauter l'orphelin qui se plaqua violemment contre le rayonnage le plus proche, les étagères transversales se logeant avec force dans son dos. Théodore serra les dents, tâchant de comprendre ce qui se passait.

Son esprit fatigué s'efforçait à expliquer les origines de ce son continu et il fallut un regain douloureux de concentration à Théodore pour qu'il saisisse enfin d'où il provenait.

Non, ce n'est pas Cyriaque qui m'a retrouvé.

À cette idée, ses muscles se décrispèrent légèrement et il s'accouda de nouveau à la rambarde, tête baissée.

Ce n'est rien. Que des chants dans le hall des adoptions, songea-t-il.

Un frisson le traversa.

Cette pensée avait terrassé d'un coup d'épée net et impardonnable le peu de soulagement qu'il s'était autorisé. Il avait peut-être démasqué Cyriaque, mais il n'avait en réalité rien fait pour contrecarrer ses plans. Pire, comme il venait de le réaliser, ceux-ci se poursuivaient sans encombre à seulement quelques mètres.

À cet instant-là, Théodore aurait pu se montrer lâche, fermer les yeux, laisser les choses se faire et espérer que Cyriaque finirait par l'oublier. Toutefois, bien que terrorisé, il s'en sentait incapable. Pas après tout ce qu'il avait dû surmonter. Il devait agir. Tenter le tout pour le tout, quitte à sceller définitivement son propre sort.

Alors, prenant son courage à deux mains, tandis que le chant s'intensifiait dans l'immense salle adjacente, Théodore regagna le rez-de-chaussée de la bibliothèque en glissant le long des barres verticales des échelles qui desservaient les différents niveaux, et se jeta contre la lourde porte qui le séparait du hall des adoptions. Il plaqua l'oreille contre le bois.

De l'autre côté, les enfants entamaient le refrain.

Et, à la beauté de leurs voix réunies, Théodore n'avait nul besoin de voir à travers l'épais battant pour lire la concentration sur le visage de chacun des choristes, ni pour savoir devant quel public ils se produisaient. C'était assurément le récital de leur vie.

Malgré les efforts de tous, il y avait cependant une voix qui ressortait, claire et magnifique, et qui reléguait les autres au rang de simple accompagnement. Personne ne pourrait y résister.

Puis, tout à coup, le chant cessa, remplacé en un éclair par un tonnerre d'applaudissements.

— Splendide ! s'exclama une voix dont l'identité du propriétaire ne faisait guère de doute pour Théodore.

— Je vous avais bien dit, Votre Grandeur, que vous trouveriez l'enfant idéal ici, répondit avec joie celle du directeur.

— Cette enfant est un prodige ! renchérit le Duc.

Eh oui, personne ne pourrait y résister. Et, à présent, tout, ou du moins une grande partie du mystère, s'expliquait enfin. Toutes les horreurs qui avaient frappé l'orphelinat, s'étaient produites dans un seul et unique but : que le Duc adopte Anastase. Que cette gamine aux cheveux roux et aux yeux verts, cette incarnation d'une innocence que Théodore avait peur d'avoir perdue ces dernières semaines, termine aux côtés de l'homme le plus puissant du Duché. Et tout cela ne pouvait qu'être de mauvais augure. De bien trop mauvais augure pour que Théodore reste sans rien faire.

Il allait probablement le regretter toute sa vie – aussi courte s'annonçait-elle maintenant –, et pourtant, il leva les poings et les abattit violemment contre la porte qu'il martela de toutes ses forces, ignorant la douleur grandissante qui s'emparait de ses doigts.

— Razonel ! Qu'est-ce donc que ce raffut ? s'agaça le directeur dont le ton devint subitement mielleux. Ne vous inquiétez pas, Votre Sublimité, nous nous occupons de cela.

Tandis que Théodore continuait à faire autant de bruit qu'il le pouvait, un léger cliquetis métallique vint s'ajouter à son ramdam et il se précipita en avant lorsque le battant s'écarta.

Darius, qui gérait les adoptions depuis le départ d'Octave, couina en le voyant détaler.

— Théodore ! hurla Razonel, fou de rage, en reconnaissant son apprenti.

L'orphelin ne lui prêta pas attention et repéra sans tarder celui qu'il cherchait.

L'homme n'avait rien d'exceptionnel en soi, mais il était impossible de se méprendre sur son identité.

En réponse à l'irruption de Théodore, plusieurs soldats de sa garde rapprochée avaient entouré le Duc, armes prêtes à remplir leurs fonctions morbides, sous le regard figé des centaines de bustes de plâtre et de stuc qui ne manquaient rien de la scène, accrochés aux parois de la coupole.

— Votre Sublimité ! s'exclama aussitôt Théodore en reprenant les mots du directeur.

Il manqua de s'étouffer en remarquant Cyriaque qui se tenait, parmi d'autres gardiens, devant l'entrée qui menait à la cour des garçons, mais se reprit.

— Vous n'avez pas entendu la plus belle voix de Windrasor !

Il avait prononcé ces paroles sans vraiment réfléchir à ce qu'elles pourraient impliquer, mais peu importait. Il devait agir.

— Débarrassez-moi de ce petit insolent ! cria le directeur qui n'en revenait pas que ce garçon que Razonel avait pourtant mis en garde, ose agir ainsi devant le Duc.

Au même instant, Razonel et Darius tombèrent sur l'orphelin.

— Vous devez l'entendre, Votre Sublimité, je vous en prie ! supplia-t-il alors que ses talons quittaient le sol et qu'on l'emportait vers la bibliothèque.

— Attendez ! intervint le Duc dont l'injonction pétrifia l'assemblée. Qu'est-ce que ce criard veut dire par là ?

— Ce n'est rien, Votre Majesté, qu'un petit effronté qui sera puni comme il se doit, assura le directeur, le visage pourpre de colère.

— Tous vos chanteurs ne sont pas là ? insista le Duc.

— Non ! Bartholomée n'est pas là ! s'exclama Théodore avant que le petit homme à la barbichette poivre et sel ne puisse répondre.

— Bartholomée est à l'infirmerie, Votre Grandeur, expliqua aussitôt le directeur. Il a eu un accident. Et, vous savez, ce garçon n'est...

— Et il ne peut pas chanter, même pour son Duc ? le coupa le haut dignitaire que la situation semblait autant amuser qu'irriter.

Le directeur s'étouffa et se tourna vers Darius qu'il questionna du regard.

— Il est dans un sale état... mais il doit pouvoir chanter... Votre Splendeur ! piailla le gardien à la face de rat qui, embarrassé, sautillait d'un pied sur l'autre.

— Parfait, j'accepte de patienter. Amenez-le ici ! ajouta le Duc en portant discrètement une main à son entrejambe. Mais je doute fortement qu'il puisse chanter aussi bien que cette merveille !

Il afficha un grand sourire qu'Anastase lui rendit en plaquant sa joue contre son épaule. Puis son expression se renfrogna.

— Quant à toi, si tu m'as fait perdre mon temps… tu en subiras les conséquences, lança-t-il en déshabillant Théodore des yeux alors que la porte du hall des adoptions claquait derrière les gardiens qui s'en allaient chercher Bartholomée.

L'orphelin venait de comprendre pourquoi cet homme inspirait autant de respect et de crainte dans tout le Duché. Il avait ce ton, cette manière de parler qui pouvait détruire la plus forte des motivations et, déjà, Théodore regrettait ses propos. Il n'en laissa toutefois rien paraître.

— Vous allez voir, ou plutôt entendre, Votre Splendeur, osa-t-il répondre.

Razonel, les mâchoires crispées, resserra plus violemment ses doigts osseux autour du bras de son élève.

— Nous vous débarrassons de ce malpoli, tenta-t-il.

— Non, non, laissez-le. Viens là, petit, dit le Duc qui fit signe à Théodore d'approcher.

Forcés et contraints, Darius et Razonel relâchèrent l'orphelin qui s'exécuta d'un pas hésitant.

L'homme, le visage encadré d'une lourde coiffe ornée de plumes et d'un large collet blanc en accordéon, se contenta d'indiquer le sol à ses pieds, là même où il aurait accepté que ses chiens de chasse s'allongent en d'autres circonstances. Sans un mot, sachant qu'il avait intérêt à obéir, surtout après une telle intervention, Théodore plia les genoux et s'assit en tailleur, comme il aurait pu le faire et l'avait si souvent fait, juché sur une chaise à la bibliothèque.

Mais, ce jour-là, il n'y avait que le froid des dalles… sans oublier l'obscurité grisâtre de la nuit mourante, la colère de son maître et du directeur et le poids écrasant des regards des statues qui le fixaient avec une insistance étrange. Le jugeaient-elles pour ce qu'il était en train de faire ?

— Comment t'appelles-tu ? demanda le Duc.

Théodore allait répondre lorsqu'il comprit que l'homme ne s'adressait pas à lui.

— Anastase, Votre Grandeur !

La fillette exécuta une légère génuflexion et se pencha en avant.

— Bien élevée en plus ! s'enthousiasma le Duc. Et fort jolie !

Il ricana.

— Ce Bartholomée aura bien du mal à rivaliser, mon petit. Mais tu as piqué ma curiosité. Cela pourra sans doute te servir de réconfort quand tu seras puni. Ce n'est pas donné à tout le monde.

Soudain, un courant d'air balaya l'immense pièce et deux silhouettes en encadrant une troisième beaucoup plus imposante apparurent. Ils n'avaient pas perdu de temps. On ne faisait pas attendre un homme comme le Duc.

— Lui ! cria ce dernier d'un air aussi surpris que révulsé. Oh ! Il me répugne tellement !

— Votre Grandeur, je voulais vous prévenir, intervint le directeur alors que Bartholomée était emmené de force parmi ses pairs de la chorale.

Théodore sentit les larmes lui monter aux yeux lorsqu'il vit dans quel état son ami, qu'il avait fait tirer de son lit, se trouvait.

Outre son bras en écharpe et sa démarche claudicante, c'est son visage qui l'effrayait. Comment les frères Helrik avaient-ils pu faire une chose pareille ?

— Alors, c'est lui votre Bartholomée ? s'esclaffa le Duc.

Il enfonça la pointe de son pied droit dans le dos de Théodore.

— J'avais déjà eu ma dose de cette bête de foire chez les Fontiairy, ajouta-t-il.

Théodore esquiva un autre coup et se redressa.

— Écoutez-le au moins ! Vous ne le regretterez pas ! hurla-t-il, le visage couvert de larmes.

Ses émotions se dispersaient dans des directions différentes. Il n'était qu'une frêle embarcation que des vents puissants chahutaient et poussaient vers des récifs acérés pour finalement la précipiter vers des falaises tout aussi peu accueillantes.

Désespéré, il se jeta au sol.

— Je vous en supplie, écoutez-le.

Théodore aurait pu oublier son plan et tenter de mettre le Duc en garde contre Anastase, mais l'homme était déjà sous le charme de la petite chanteuse et qu'y aurait-il vu ? Rien que l'expression d'une jalousie ridicule et les inepties d'un enfant trop imaginatif qui ne perdait rien pour attendre. Il n'avait pas d'autre choix : Bartholomée devait chanter.

Le Duc poussa un long soupir qui dissipa légèrement la tension.

— Soit… Je ne suis pas sûr que cela m'amuse, mais allons-y.

L'air revint dans les poumons de Théodore. Mais rien n'était joué.

— Allons ! insista le Duc.

Brunswick, qui se tenait derrière son piano et avait assisté bouche bée à cette manifestation inacceptable de désobéissance, sursauta et se tourna vers Bartholomée.

— Tu es prêt, mon garçon ?

Mais comment Bartholomée aurait-il pu l'être ?

Les yeux hagards, il fixait ses pieds et dodelinait légèrement de la tête.

— Bon ! s'impatienta le Duc qui commençait à en avoir assez de ce petit jeu.

Bien que conscient qu'il ne faisait qu'aggraver son cas, Théodore se releva brusquement et courut jusqu'à lui.

— Barth ! Tu dois chanter, s'il te plaît ! l'encouragea-t-il avec autant de douceur que sa tension nerveuse lui permettait d'exprimer.

— Non, pas chanter, souffla-t-il en glissant un regard apeuré à Cyriaque qui l'avait ramené de force avec Lothaire.

Qu'avait-il pu lui dire ?

— Tu chantais bien pour les copains dans le dortoir, non ? essaya Théodore.

— Pas pareil… pas là les copains…

— Alors chante comme s'ils étaient là, pense à Placide, à Spin', et aux autres ! Chante pour eux aussi. Chante pour ta maman !

Bartholomée leva soudain les yeux vers son ami. Une faible étincelle s'y était allumée et Théodore sauta sur l'occasion.

Aurait-il agi autrement s'il avait su qu'à cette heure-ci la dépouille d'Agrippa devait se retourner dans sa tombe ? Personne ne le saurait jamais.

— Oui, pour ta maman ! Allez, Barth, chante !

Il n'en fallut pas davantage pour que le brasier s'illumine enfin.

Le géant ouvrit la bouche et une longue plainte mélodieuse s'échappa de sa gorge. Une simple note qui suffit, comme par enchantement, à accaparer toute l'attention du Duc qui lâcha un hoquet d'étonnement.

Derrière son instrument, Brunswick parcourut rapidement ses partitions et trouva celle qui correspondait au morceau que Bartholomée venait d'entamer. Un air mélancolique auquel le trisomique, les yeux clos, se donnait corps et âme. Chaque vibration de sa voix, chaque envolée, faisait frissonner l'assistance médusée.

La chair de poule aux bras, Théodore s'affranchit à contrecœur du spectacle et regarda autour de lui. Cyriaque et Anastase, nullement impressionnés, le fixaient avec haine et, pourtant, Théodore ne ressentait aucune peur. Il était en train de réduire les plans de ces tueurs d'enfants à néant et la satisfaction prenait le pas sur l'effroi. Il ne verrait peut-être plus le soleil se lever, mais il avait la sensation d'avoir fait ce qu'il fallait, ce que Spinello aurait fait. Il aurait été si fier de lui.

Alors, insouciant, Théodore leur adressa un sourire radieux puis s'abandonna à nouveau au chant de son ami.

Lorsque la dernière note résonna, un long silence suivit. Tous, ou presque, retenaient leur souffle. Bartholomée, dont les paupières closes n'avaient pas contenu les larmes qui affluaient, rouvrit les yeux et les posa sur Théodore d'un air triste.

— Grandiose ! explosa le Duc qui se tortillait étrangement. Quelle beauté ! Ce garçon est une créature céleste !

Il se précipita vers Bartholomée, mais quand il voulut le toucher, l'adolescent fit un bond en arrière.

Cyriaque fut aussitôt sur lui.

— Votre Majesté, il chante peut-être bien, mais c'est un malpropre indiscipliné, cracha-t-il.

— Laissez-le ! s'énerva le Duc.

Les soldats qui ne le quittaient pas d'une semelle, pointèrent leurs lames vers le gardien. Affolé et de plus en plus confus, le géant recula jusqu'à ce que son dos rencontre l'inébranlable maçonnerie qui supportait la coupole du hall des adoptions. À quelques centimètres seulement du sommet de son crâne ovale, une statue juvénile riait de la scène.

— C'est bien embêtant ! se plaignit le Duc. Qui pourra donc s'occuper de lui ?

— Moi ! s'exclama Théodore sans hésiter.

Il ne pouvait pas laisser le comportement farouche de Bartholomée tout gâcher si près du but.

— Toi ? s'étonna le Duc, une moue agacée sur le visage.

— Bartholomée est mon ami, Votre Grandeur, ajouta l'orphelin qui prit la main du mongolien pour illustrer ses propos. Pas vrai, Barth ?

— Copain, chuchota l'adolescent, la tête rentrée dans les épaules.

Le Duc parut réfléchir un instant.

— Qu'il en soit ainsi. La voix de ce garçon est une pure merveille, elle serait gaspillée dans un tel lieu. Vous viendrez donc avec nous à la capitale.

Les yeux de Théodore s'écarquillèrent. Tout juste réalisait-il ce qu'une telle adoption signifiait. Bartholomée et lui allaient quitter Windrasor.... pour la capitale. Il eut un pincement au cœur en comprenant que cela impliquait également d'abandonner son travail à la bibliothèque, mais la mort qui lui était à présent promise à l'orphelinat l'y aurait tout autant contraint. De manière encore plus définitive. Cette fois-ci, son sourire ne trahissait rien d'autre que son excitation. Il avait réussi et il allait vivre… loin. Ailleurs.

— Allez, suivez-moi, cet endroit est vraiment repoussant, ajouta le Duc en s'éloignant.

Désireux de mettre lui aussi autant de distance que possible avec le hall des adoptions et les responsables de Windrasor qui s'y trouvaient, Théodore tira Bartholomée par la main et, ensemble, ils s'engouffrèrent à la suite du Duc.

Les soldats qui le précédaient allaient écarter la porte qui menait aux quartiers de l'administration, où le Duc devait être logé, quand ce dernier s'immobilisa subitement. Théodore faillit le percuter. Quelle mouche venait de piquer cet homme étrange ?

— Oh et puis mince à la fin ! Je suis le Duc de Morenvagk ! s'exclama-t-il comme s'il avait besoin de se justifier.

Il pivota sur ses talons et embrassa la pièce du regard.

— Prenez également la fille ! Jamais deux sans trois, n'est-il pas ?

Théodore resta paralysé, interdit.

Anastase avançait déjà dans leur direction, lui rendant son sourire avec une innocence feinte.

Rien n'était terminé.

20

IPHIS

Quelques jours plus tard.

Chaque tour de roue, chaque pas des chevaux, chaque seconde l'avait amenée plus loin qu'elle ne l'avait jamais été de Windrasor. Était-il enfin venu ce moment où elle pourrait réellement commencer à vivre ?

C'était avec ces pensées qu'Iphis brossait la crinière de Robuste tandis que, à quelques mètres seulement, Vulfran s'efforçait, avec un sourire dont il ne se départait pas, d'enseigner à deux vieillards et à une petite fille les bases de la lecture.

Deux jours déjà qu'ils étaient arrivés dans ce village juché sur une colline presque entièrement déboisée. Sans le chêne millénaire qui occupait le centre de la place principale où ils avaient stationné la roulotte bariolée de Vulfran, elle l'aurait été complètement.

Deux jours qui avaient suffi aux élèves temporaires de son nouvel ami pour mémoriser les formes de pratiquement toutes les lettres de l'alphabet. La gamine, qui ne devait pas avoir plus de sept ans, avait encore du mal à différencier les lettres b, d, p et q, ne sachant jamais de quel côté cet étrange bonhomme fait d'encre bombait le ventre, ni s'il était debout ou bien tendait les bras.

— Le ventre vers l'Est, les bras en l'air, c'est un b, expliqua Vulfran en corrigeant l'enfant à qui il avait demandé de nommer une série de lettres.

— Maman avait raison… pleurnicha la fillette. Je suis une sotte.

Vulfran fronça les sourcils.

— Une sotte qui a fait d'incroyables progrès alors, la reprit-il avant de lui adresser un large sourire. Attendez !

D'un bond, il se jeta sur la bibliothèque nichée dans les cloisons latérales de la roulotte et en tira un petit ouvrage orangé.

— C'est pour vous, dit-il en s'accroupissant auprès de son élève.

Les yeux écarquillés, elle n'osa pas se saisir de l'objet.

— Il est à vous, voyons. Et n'allez pas croire que je donnerais un de mes précieux livres à une sotte qui ne saurait jamais lire. Bientôt, vous pourrez le lire seule. J'en suis certain.

Remotivée par les paroles de Vulfran, elle accepta le cadeau et le remercia avec une humilité étonnante pour une enfant de son âge.

— Et vous, messieurs ? demanda le maigrichon enjoué en se levant. Pouvez-vous lire ces phrases ?

Vulfran s'assit à leurs côtés sur une caisse renversée et inscrivit sur une ardoise une suite de mots qu'il leur montra dès qu'il en eut terminé la rédaction. Les deux hommes, qui avaient reçu des enseignements sommaires dans leur jeunesse, mais qui n'avaient jamais trouvé le temps ni eu l'occasion de les parfaire à l'âge adulte, firent mentir leur apparente sénilité.

Aucun ne parvint à lire l'intégralité de ce que Vulfran avait écrit, mais déjà ils pouvaient distinguer des syllabes dont ils ne savaient rien encore quelques jours auparavant.

— Coule le fleuve, l'eau scintille. Les amours se meuvent et enfin tout brille, récita Vulfran.

Iphis reconnut ces vers, mais elle ne se souvenait plus de quel ouvrage ils étaient extraits.

— Ils ne se meuvent plus tellement, plaisanta un des vieillards dont l'œil droit semblait n'en faire qu'à sa tête.

— Mais il vous reste de nombreux printemps devant vous, rétorqua Vulfran amusé avant de reprendre sa leçon.

Iphis termina de s'occuper de Robuste dont elle avait pris l'habitude de prendre soin chaque matin, tout comme de

Virevoltant et Délicate, puis s'approcha à son tour de la petite qui, concentrée, reproduisait les lettres pour mieux les retenir. Ses lèvres bougeaient dans le vent pour ne pas troubler les trois hommes à sa droite.

— Tu t'en sors vraiment bien ! la félicita Iphis en constatant la qualité du trait de la fillette.

En un rien de temps, elle ne saurait pas seulement lire, mais aussi écrire.

— C'est gentil, dit l'enfant en rougissant. Tu sais lire, toi ?

— Oui, j'ai eu la chance qu'on m'apprenne, répondit-elle.

La fillette la regarda d'un air stupéfait.

Iphis n'avait que quelques années de plus et elle maîtrisait déjà un tel savoir.

— Si tu m'aides, je pourrais te montrer comment t'occuper de ton cheval, proposa-t-elle, pleine d'espoir.

— Ah bon ?

— Je t'ai vu faire… Tu n'as pas l'habitude des chevaux, pas vrai ?

La fillette baissa subitement la tête, honteuse, et se gratta sous l'oreille.

— Ça se voit tant que ça, s'en amusa Iphis.

— Oui… souffla la petite.

— Alors tu m'apprendras, et moi je t'aiderai pour la lecture. Marché conclu ?

La gamine releva le visage, radieuse. Elle avait eu peur de s'être une nouvelle fois montrée malpolie, comme sa mère le lui reprochait si souvent.

— Oui !

— Mais d'abord je dois aller faire une course, ajouta Iphis. Plus tard, d'accord ?

— Bien sûr… euh...

— Iphis.

— Bien sûr, Iphis. Moi, c'est Sérapine.

— À tout à l'heure, Sérapine.

Iphis se redressa et attendit que Vulfran ait terminé son énoncé.

— Vulfran, je vais chercher le repas, dit-elle en décochant un sourire affable aux vieillards.

La veille, l'épouse de l'un d'eux, qui malgré son âge continuait à travailler la terre à l'arrière de leur modeste demeure, avait promis à Iphis et Vulfran de leur préparer un bon repas. À condition qu'ils viennent le récupérer. Ses faibles jambes pouvaient encore la porter jusqu'à son jardin, mais pas jusqu'à la place, avait-elle expliqué.

— C'est entendu, à tout de suite, répondit Vulfran en prenant le temps de saluer Iphis alors qu'elle s'éloignait déjà.

Une courte marche plus tard, l'orpheline entrait dans la rue où se trouvait la minuscule chaumière du vieux couple.

Pendant longtemps, ils l'avaient partagée avec leurs enfants ; même quand ceux-ci avaient eu leur propre progéniture. Mais, depuis, tous étaient partis pour la capitale à la poursuite de chimères qu'ils n'attraperaient jamais, délaissant ces parents jugés trop âgés.

Iphis, qui n'avait pas connu les siens, se demandait comment on avait pu abandonner deux personnes aussi bonnes et généreuses. Décidément, elle avait beaucoup à apprendre sur ce monde dont elle ne savait rien, si ce n'est ce qu'elle avait pu lire à son sujet. Mais elle en était convaincue : aucun de ses héros favoris n'aurait fait une chose pareille.

Elle s'apprêtait à toquer à la porte lorsque la rue se mit tout à coup à trembler. Une figurine en porcelaine – probablement la dernière babiole que les époux n'avaient pas eu à vendre pour passer l'hiver – posée derrière la fenêtre adjacente semblait prise de spasmes. Elle agitait sa minuscule bouille de bébé potelé dans tous les sens.

Inquiète, Iphis tourna la tête, ses yeux scrutant l'extrémité de l'étroite avenue, là où la pente de la colline du village se faisait plus marquée. Soudain, masqués jusque-là par la perspective, une dizaine de cavaliers apparurent. À leur suite, flottait cet étendard qui avait terrorisé les Fontiairy.

Tentant de contenir sa panique, Iphis frappa contre le battant avec insistance.

— Oui, j'arrive, j'arrive, répondit la voix de la propriétaire.

La porte à peine écartée, Iphis se précipita à l'intérieur et la referma aussitôt.

— Qu'est-ce qu'il y a, ma petite ? s'étonna la vieille femme dont le tablier taché dégageait un arôme agréable.

Ignorant la question, Iphis se plaqua contre le mur et, la tête penchée sur le côté, observa l'extérieur.

— Oh, ça ! Ce n'est rien ! rit la cuisinière. Juste un de ces nobles qui parade.

Un instant, ses traits si agréables s'enlaidirent. Elle savait ce que ces gens-là pensaient de la plèbe et elle n'en pensait pas mieux d'eux. Si elle s'était trouvée dehors, Iphis n'aurait pas été étonnée de la voir souligner ses propos d'un glaviot épais.

— Ah ! C'est même le Duc, ajouta-t-elle quand un cavalier fila devant la fenêtre. Il doit retourner à son palais.

Sa voix transpirait le mépris.

— Il ne va pas s'arrêter ? s'enquit Iphis sans parvenir à dissimuler totalement sa peur.

Les traits de la femme se détendirent. Elle rit de plus belle.

— Ici ? Je crois qu'il préférerait encore dormir dans les bois et puis, il fait grand jour, ils iront plus loin.

Iphis poussa un soupir de soulagement. Dehors, les hommes montés avaient maintenant laissé place à la procession de voitures qui accompagnaient le Duc, et l'orpheline en compta plusieurs avant que celle du Duc n'apparaisse enfin.

Apeurée, elle se détourna de la fenêtre. Elle n'avait aucune envie de revoir cet homme… et pourtant la curiosité la rongeait.

— Tu n'as rien à craindre, ma petite, la rassura la femme. Bon, je te rapporte le repas. J'espère que mon mari n'aura pas fait sa tête de mule aujourd'hui.

Elle s'éloigna.

Iphis prit alors une grande inspiration et s'intéressa de nouveau au défilé. L'air qu'elle avait inhalé quitta aussitôt ses poumons.

Comment aurait-elle pu ne pas reconnaître la voiture qui passait à présent dans la rue, ainsi que les deux orphelins qui y avaient pris place ? Installés parmi les petits anges du Duc, les visages de Bartholomée et de Théodore venaient de se graver sur ses rétines. Mais que pouvaient-ils bien faire là ?

Elle resta de longues secondes immobile, debout derrière la fenêtre, plongée dans ses pensées. Tout cela ne présageait rien de bon, d'autant que bientôt, elle serait elle aussi à la capitale… Pour le meilleur… mais surtout pour le pire.

PARTIE 3

PEINE CAPITALE

1

SPINELLO

Et maintenant Élias, que fait-on d'eux ? siffla l'Ignoble qui venait de faire son apparition dans l'auberge en compagnie de plusieurs individus à la mise grossière.

— Ce qui était convenu, mon ami. Nous les emmenons, répondit l'homme au visage barré d'un franc sourire. Je vois que nous sommes arrivés juste à temps, n'est-il pas, petit ?

Spinello, bouche bée, mit plusieurs secondes à réaliser que la question lui était destinée et resta coi, incapable d'admettre que tout ceci était réel. Si son sommeil n'avait pas été exclusivement peuplé de cauchemars, il aurait pu croire à un doux rêve et, à contrecœur, se serait pincé ; mais à quoi bon ? Il se savait réveillé. Oui, l'impossible s'était produit. Élias Cartier, car ce ne pouvait être que lui, se tenait là. Son héros, le seul orphelin à avoir réussi à s'enfuir de Windrasor avant eux, était devant lui… en chair et en os.

— Bouge pas ! hurla le barbu qui avait fait feu sur Octave, quand le gardien, une main sur son épaule ensanglantée, fit mine de se relever.

Le regard assassin de l'homme blessé arracha Spinello à ses pensées. Il se précipita auprès d'Asmodée toujours en proie aux effets de l'étrange décoction que Maria lui avait administrée. Placide et Anselme furent aussitôt à ses côtés.

— C'est lui ? chuchota le garçon aux lourds cernes en s'accroupissant à son tour.

Spinello, qui sentait une inexplicable hilarité le gagner, sourit.

— Il nous a sauvés, constata-t-il, incapable de répondre par un simple "oui", comme si admettre la réalité pouvait brusquement la modifier.

Une nouvelle légende venait de prendre vie sous ses yeux et il en tremblait d'excitation.

— Lâche-moi ! couina soudain Édouard, hors de lui.

— Jeune Maître, arrêtez ! se défendit Gédéon qui avait profité de l'arrivée d'Élias et de sa bande pour tomber sur l'enfant.

— Lâche-moi ! répéta le garçon potelé en donnant un coup de pied dans le ventre du valet qui le serrait contre lui.

— Taisez-vous ! beugla une autre voix.

Le visage parcouru de tics nerveux, Maria, l'aubergiste, était plus vilaine que jamais. Elle ne contenait plus sa colère. La situation était en train de lui échapper et elle ne pouvait l'accepter.

— Taisez-vous ! Taisez-vous !

Comme folle, elle se retourna subitement et se jeta sur Philibert, le compagnon d'Octave et de Gédéon. La puissance de la charge de la minuscule matrone envoya l'homme au sol et, en un instant, elle fut sur lui, un pied fermement appuyé contre son torse. Blême, Philibert resta paralysé lorsque les mains de Maria se refermèrent autour du manche du hachoir qu'elle lui avait planté dans la clavicule. Un long gémissement emplit cette salle que le souvenir de cette journée hanterait à tout jamais.

— Vous n'aurez pas le gosse avant de m'avoir donné ma prime ! menaça-t-elle en s'avançant vers Gédéon et Édouard, son arme à la main.

Conscients que la rage de Maria pouvait à tout instant dévier vers eux, Spinello, Anselme et Placide se placèrent entre elle et Asmodée, prêts à défendre leur ami si la folie et l'avidité de l'aubergiste la poussaient vers une autre cible. Animée par une telle cupidité, elle ne risquait pas de laisser filer la récompense promise par l'orphelinat à quiconque retrouverait les fugitifs.

D'un œil, Spinello surveillait également Octave que l'homme d'Élias maintenait au sol, sous la menace de son mousquet.

— Madame ! s'exclama Gédéon.

Son ton offusqué avait disparu. La peur suintait de ses mots.

— N'avancez pas ! paniqua-t-il alors qu'elle était bientôt sur lui.

— Fradik… tu peux… commença Élias que tout ce remue-ménage amusait de moins en moins.

Il n'en fallut pas plus. La créature encapuchonnée se tint en un claquement de doigt devant Maria. Elle ne chercha même pas à se protéger d'un éventuel assaut de l'aubergiste. Elle n'en avait nul besoin.

— Écarte-toi, rebelle de pacotille ! C'est le gibet qui t'attend toi et…

Les menaces de la femme moururent dans son gosier.

Ainsi vêtu, l'Ignoble ne laissait rien apparaître de sa véritable nature. Pour ceux qui n'avaient jamais entendu parler des siens, il n'était qu'un bien étrange géant, qu'un être anormal qui dissimulait une laideur qui lui aurait autrement valu d'être traité comme un monstre de foire. Toutefois, ce que Maria, ainsi face à lui, en vit fut suffisant pour que, quelque part dans son esprit, un engrenage cesse soudain de tourner.

Un “bang” métallique résonna quand le hachoir ensanglanté s'écrasa contre le sol, presque aussitôt suivi du corps de Maria qui percuta le plancher à son tour.

Dans le dos de l'Ignoble, Gédéon avait relâché Édouard qui prenait peu à peu conscience de la situation. Il ne bougeait plus.

— Eh ben, Frad', tu lui as fait de l'effet à la maraude, plaisanta un des hommes d'Élias au visage lui aussi mangé par une épaisse barbe auburn.

À la grande surprise de Spinello, qui n'aurait jamais cru ces créatures capables d'humour, Fradik sauta sur l'occasion.

— Je te la laisse. T'as vu comment elle est devenue hystérique à ta simple vue ?

Les compagnons d'Élias ricanèrent malgré la tension qui régnait toujours sur les lieux. Spinello, comme ses amis, était mort d'inquiétude pour Asmodée.

— Asm’, réveille-toi, supplia-t-il en secouant légèrement le gaillard.

Une nouvelle bosse, résultat de sa récente rencontre avec le sol, était en train de se former sur son front déjà amoché.

— Nous allons nous occuper de votre ami, intervint Élias en approchant. Nous ne devons pas rester ici, il faut y aller.

Il fit un pas de plus.

— Fradik, aide Isidore à le monter sur un de nos chevaux, veux-tu ?

— Attendez ! s’exclama bravement Placide lorsque la créature se pencha au-dessus d’eux pour s’exécuter. Pourquoi on devrait vous faire confiance ?

— Placide… commença Spinello.

— Ils m’ont sauvé. Ils m’ont juré qu’ils vous aideraient, le coupa l’adolescent qu’ils avaient tiré des griffes des hommes du Duc. Ils sont venus vous aider.

— Il dit vrai. Nous avons un lien vous et moi, ajouta Élias qui adressa un clin d’œil entendu à Spinello.

— Placide… répéta l’orphelin. C’est Élias Cartier. Le Élias. Celui de Windrasor.

Amusé, l’homme se pencha légèrement en avant et fit une ridicule roulade du bras.

— Votre serviteur…

Spinello soupira, soulagé. Il l’avait nommé et l’homme se tenait toujours là. Il n’avait pas disparu.

— Élias... chuchota Placide qui saisissait enfin à qui ils avaient affaire.

Ne se sentant plus de taille à barrer la route de Fradik, il regarda l’Ignoble soulever Asmodée et l’emporter dans ses bras.

Anselme sur les talons, la créature regagna l’extérieur où d’autres hommes et femmes en armes les attendaient.

— Il nous reste une chose à régler avant de déguerpir, dit Élias en posant une main sur l’épaule de Spinello.

Un frisson parcourut le dos du garçon et il laissa l’homme le faire pivoter en direction d’Octave.

— À toi de décider de son sort, lâcha Élias sans prévenir.

— De son sort ? s'étonna Spinello.

— Sans notre intervention, il vous aurait tués, n'est-il pas ?

Cette fois, Spinello n'eut aucun mal à répondre par la positive. C'était une certitude. Ils seraient tous morts.

— Alors, que veux-tu que nous fassions de lui ?

Le regard émeraude d'Élias brillait d'une lueur que Spinello aurait juré avoir déjà vue dans le sien, lorsque, aux bains à Windrasor, il scrutait son reflet à la recherche de premiers signes de puberté.

— Sa blessure n'est pas mortelle si elle est soignée correctement. Il peut repartir d'ici en vie… ou non, crut bon d'expliciter Élias.

Mais Spinello avait déjà compris où l'homme voulait en venir et la réponse était une évidence. Et, malgré l'inquiétude de voir avec quelle vitesse celle-ci lui était apparue, il ne perdit pas de temps à la laisser connaître.

— Tuez-le, trancha-t-il en plongeant son regard dans celui du gardien.

— Spin' ! s'exclama Placide.

— C'est ma décision, mec. Il ne pourra plus nous faire de mal…

— Mais…

— Non, pas maintenant ! le coupa Spinello.

Il leva les yeux vers le visage encadré de longs cheveux bruns d'Élias et opina de la tête.

— Tuez-le.

— Fort bien.

— Sale enflure ! hurla Octave, encore au sol.

Spinello l'ignora. Il fixait le mousquet braqué sur le gardien, attendant que le chien vienne allumer cette étincelle qui mettrait définitivement un terme à la vie de ce monstre.

— Non ! Non ! Non ! paniqua Octave.

L'effroi l'avait gagné.

— Vous ! Vous ! cria-t-il à l'intention de Gédéon et d'Édouard. Vous ne pouvez pas les laisser faire !

— Comment… bégaya le valet.

— On a retrouvé le gosse, vos maîtres avaient promis !

— Eh ! Je reste avec eux ! s'énerva Édouard. On doit retrouver Iphis !

Le géant sauta sur l'occasion.

— T'as pas compris, gamin ? Tes copains vont partir ! Personne ne va t'aider à retrouver Iphis ; moi, je peux ! Je t'ai retrouvé, je les ai retrouvés ! T'as besoin de moi.

— Ferme-la ! s'emporta Spinello.

Un sifflement strident lui vrilla alors les tympans.

Incrédule, il dévisageait Édouard qui, deux doigts dans la bouche, avait cet air boudeur qu'il lui avait si souvent vu. Mais il y avait quelque chose de plus dans son regard.

— C'est vrai ? Vous allez partir ? demanda-t-il.

— Ils viennent avec nous, répondit Élias à la place de l'orphelin. Si nous trouvons ton amie, nous nous occuperons d'elle, ne t'en fais pas.

— Mais vous n'allez pas la chercher, insista Édouard, front et sourcils plissés.

— Pas tout de suite, avoua Élias. Nous sommes en danger ici et nous devons retourner… chez nous, au plus vite.

Une boule de poils se faufila soudain par la porte laissée ouverte et vint se positionner au côté d'Édouard. Parfaitement dressée, Croque-Miaou avait rappliqué, folle d'excitation, au signal de son maître.

— C'est inacceptable ! beugla Édouard. Ils avaient promis qu'on la retrouverait !

— Monsieur… tenta vainement le valet.

Mais il était trop tard pour le raisonner.

— Croque-Miaou ! ordonna-t-il.

Répondant à son nom et sentant la tension qui habitait la voix du garçon, la bête se propulsa devant lui, muscles tendus. Elle était prête à obéir au moindre ordre. Déjà, les babines retroussées, elle grognait.

— Vous ne le tuerez pas, menaça Édouard.

2

PLACIDE

Une fois encore, la situation semblait hors de contrôle et Placide ne savait pas de quel côté pencher, ni que faire pour la calmer. La gravité des événements ne lui avait évidemment pas échappé et un doute de plus en plus fort l'assaillait : leur sauveur était-il également leur bienfaiteur ? Il n'en était pas si sûr...

Sans l'intervention du barbu sous les ordres d'Élias, Octave aurait tué Asmodée sans hésiter. Cela était une certitude et Placide ne pouvait qu'en être reconnaissant. Mais quel genre de personne pouvait placer un garçon dans une situation aussi épineuse que celle dans laquelle Élias avait projeté Spinello ?

L'homme aurait pu en rester là, les emporter comme il l'avait annoncé – Placide l'aurait accepté, ne serait-ce que pour partir aussi loin que possible de cet endroit synonyme de mensonges et de trahison – mais il avait fallu qu'il lâche ces mots : *À toi de juger de son sort.* Élias les avait prononcés sur le ton d'une banale conversation, comme s'il s'était agi des règles d'un simple jeu de comptoir, pas d'une condamnation à mort sans autre forme de procès. Placide le réalisait à présent : tout ceci n'était qu'un jeu pour Élias. La haine de Spinello à l'encontre d'Octave qu'un jouet parmi d'autres.

Placide aurait pu essayer de raisonner son ami, lui reprocher une décision aussi hâtive, mais il connaissait suffisamment Spinello pour savoir que c'était peine perdue.

D'ailleurs, comment aurait-il pu lui en vouloir d'une telle réaction ? Même si Placide ne concevait pas la mort d'Octave comme une solution, il n'était pas pour autant imperméable à la souffrance qui se dégageait de Spinello à la moindre mention du gardien. Cet homme ne s'était pas contenté de le blesser physiquement et, aussi déplaisant cela soit-il, Placide comprenait le choix de son ami. Peu de gens en ce monde auraient eu la force de pardonner à un monstre pareil et Placide n'aurait jamais pu en espérer autant de Spinello, pas dans une telle situation. Mais, sans ce petit jeu d'Élias, la question ne se serait peut-être pas posée. Maintenant, elle l'était et Spinello avait répondu. Pourtant, la partie était loin d'être terminée et, malgré l'effroi qu'il éprouvait face aux crocs dégagés de Croque-Miaou, Placide ressentait un certain soulagement.

Octave avait réussi à tirer un dernier atout de sa manche et, grâce à Édouard, Spinello n'était pas encore condamné à être responsable de la mort de cet homme. Toute cette histoire avait fait bien assez de victimes ; à commencer par Bartholomée que Placide, en dépit de sa naïveté inébranlable, était persuadé de ne plus jamais revoir. Ils l'avaient abandonné et l'avaient laissé repartir à Windrasor où la mort l'attendait à coup sûr.

— Vous ne le tuerez pas, cracha Édouard d'une voix grave en inadéquation totale avec son physique.

Soulignant les propos de son maître, le molosse gronda, ses yeux passant d'un adversaire potentiel à un autre.

— J'espère que tu n'aimes pas trop ton toutou, ricana Élias qui tira son arme.

Placide qui savait qu'il ne fallait pas sous-estimer la bête – Asmodée en avait fait l'amère expérience et cela avait failli lui coûter la vie… et pouvait bien encore la lui coûter – fit un pas en retrait, mais se retrouva brusquement à terre, l'épaule endolorie.

— J'espère que tu ne t'aimes pas trop, lança Philibert qui venait de bousculer l'orphelin et avait posé le canon de son mousquet contre le cuir chevelu d'Élias.

Le visage toujours livide et la tunique souillée de sang frais, l'homme blessé tremblait.

— Ne le quitte pas des yeux, ordonna Élias à Ambroise lorsque celui-ci dévia, l'espace d'une seconde, son arme d'Octave. Tout va bien se passer.

Cette dernière phrase laissa place à des ricanements.

Il y prend plaisir, pensa Placide qui n'osait se relever.

— Tu as conscience que si tu fais ça, personne ici n'en ressortira vivant, à part les miens ? ajouta Élias avec une sérénité inquiétante.

— Touchez pas au gosse.

— Nous ne comptions pas lui faire de mal…

Élias pointa le canon de son pistolet vers le sol et plongea son regard dans celui d'Édouard.

— Quand bien même il a osé nous menacer…

— De toute façon, vous n'oseriez pas vous en prendre à moi ! le provoqua le garçonnet, convaincu que même dans une telle situation son statut le protégeait.

Il n'avait pas complètement tort.

— Peut-être, admit Élias. Mais justice a été prononcée et cet homme doit mourir.

— Non, j'ai dit ! s'emporta à nouveau Édouard, le visage cramoisi de colère.

— Philibert ne baissera son arme que si vous le laissez partir ! intervint Gédéon qui venait de réaliser que le comportement de son jeune maître pourrait tous les faire tuer, fils d'aristocrates ou non.

— Est-ce vrai, mon ami ? s'enquit Élias.

Philibert, que Gédéon avait pris au dépourvu, ne se laissa pas impressionner et, pour toute réponse, appuya plus fermement le métal contre le crâne de l'homme aux longs cheveux bruns.

— C'est ennuyeux… ce garçon a déjà pris sa décision, reprit-il en indiquant Spinello qui, pour la première fois depuis longtemps, se contentait d'assister à cette scène comme s'il n'en était pas un des acteurs principaux.

— Spin', le supplia Placide que Justinien, l'adolescent qu'ils avaient sauvé à l'extérieur du domaine des Fontiairy, avait aidé à se redresser. Laisse-le partir. C'est fini, il ne nous retrouvera jamais…

— C'est déjà ce qu'on croyait… rétorqua sèchement l'orphelin.

— C'est Iphis qui m'intéresse maintenant ! se défendit le gardien, conscient qu'il devait semer le doute.

— Allons, messieurs, laissez-le partir et oublions tout ceci, tenta maladroitement Gédéon.

— Je veux Iphis ! brailla Édouard, ajoutant à la confusion.

Placide voulut poser une main sur l'épaule de Spinello, mais il n'en eut pas le temps ; son ami avançait déjà vers Croque-Miaou. La chienne tourna brièvement la tête lorsqu'il la dépassa ; rien de plus. Les jours passés en sa compagnie avaient visiblement sorti Spinello de la case "ennemis" dans l'esprit de l'animal. Spinello s'arrêta les poings serrés, à quelques centimètres d'Édouard.

— Si je revois cet enfoiré un jour… si jamais il… si jamais vous faites le moindre mal à Iphis, je te tiendrai pour unique responsable. Je te retrouverai et je te tuerai… Tu comprends ?

Toute l'assurance dont Édouard avait fait preuve avait disparu. Il ne restait plus qu'un garçon rondouillard que la vie avait bien trop gâté… qu'un gamin face à un aîné terrifiant et déterminé.

— Euh… oui, balbutia Édouard en reculant d'un pas.

Dans un silence presque total, Spinello le fixa encore une seconde puis se détourna.

— Qu'il vive… se résigna-t-il.

— Très bien, conclut Élias qui examinait Spinello avec un intérêt accru.

Sans un mot de plus, Spinello se dirigea vers la sortie. Il parcourut l'espace qui le séparait du corps inanimé de Maria auquel il offrit un prodigieux coup de pied en guise de cadeau d'adieu.

— Tu viens, Plac' ? demanda-t-il en se retournant.

Incapable d'exprimer autrement la fierté qu'il éprouvait que par une hideuse grimace, Placide passa une dernière fois l'assistance en revue et s'éloigna à son tour.

— Pas de bêtises, avertit Élias avant qu'Ambroise ne baisse son arme et que Placide ne quitte, pour la première fois depuis son arrivée, l'enceinte du "*Bouillon du Félin*".

L'orphelin ne regretterait pas ce chat en métal qui dominait l'entrée de l'auberge, pas plus qu'il ne regretterait la chienne d'Édouard.

Dehors, l'après-midi était loin d'être terminée et un soleil radieux baignait les alentours. Devant la grande bâtisse, une petite dizaine d'hommes et de femmes attendaient, mais aucun d'entre eux ne semblait profiter de la chaleur revigorante de l'astre. Ils étaient aux aguets, la plupart déjà à cheval et prêts à décamper au plus vite.

Placide ne remarqua pas les regards de dégoût que certains lui portèrent et s'avança auprès de l'énorme jument sur laquelle Asmodée avait été installé. Une jambe et un bras ballant de chaque côté de l'animal, il n'était qu'un poids mort pour la bête, un poids à l'équilibre précaire.

C'était justement ce que Spinello faisait savoir à Isidore, le barbu plaisantin, qui l'y avait installé, aidé de l'Ignoble Fradik.

— Ça va aller, gamin. Si ça se trouve, on n'aura pas besoin de galoper.

Placide rejoignit Anselme qui l'interrogea d'un mouvement du menton en indiquant Spinello dont le corps trahissait l'état émotionnel.

— Je te raconterai, dit-il sans détacher les yeux de son ami.

Relâcher Octave n'avait pas été une mince décision et celle-ci le rongeait déjà. Il menaçait d'exploser et pourtant Placide savait qu'il valait mieux le laisser gérer ses émotions comme il l'entendait, même si cela devait passer par un excès d'inquiétude pour le bien-être d'Asmodée.

— En route ! s'exclama soudain Élias qui venait de réapparaître en compagnie d'Ambroise et de l'adolescent qui avait mis cette étrange équipe sur la trace des orphelins.

Placide était curieux de savoir comment ils avaient fait pour les retrouver, mais le temps des réponses n'était pas encore arrivé. Ils avaient de la route à faire. Et pas qu'un peu.

Au loin, au Nord, les montagnes qui séparaient le Duché de Morenvagk de l'Aristie s'élevaient fières et impérieuses. Elles les attendaient.

Élias sauta sur sa monture et ses compagnons l'imitèrent, visiblement pressés.

— Allez, monte, invita une femme au visage marqué par la cruauté du climat des montagnes, mais à la voix chaleureuse.

Placide la regarda d'un air stupide, quelque peu inquiet à l'idée de s'asseoir sur une de ces bêtes, avant d'accepter finalement la main tendue. D'une poigne ferme, la femme le hissa et l'installa devant elle. Les jambes asymétriques du garçon pendouillaient de part et d'autre de la selle.

Placide remercia la cavalière et, une fois son équilibre trouvé, se retourna pour vérifier où étaient ses amis. Il ne vit qu'Anselme et Asmodée toujours affalé sur sa jument.

— Spi… commença-t-il.

Mais son ami n'avait pas disparu.

Juché derrière Élias, qui avait pris la tête de la colonne, et le visage enfoui dans le dos de son héros, il ne pouvait plus contenir ses larmes, fruits d'un étrange mélange de colère, d'appréhension et surtout de bonheur.

3

THÉODORE

Près de trois semaines plus tard, au Sud.

La précipitation avec laquelle ils avaient quitté l'orphelinat en disait long sur ce que le Duc pouvait penser de l'établissement, mais aussi sur son impatience à l'idée de retrouver ses quartiers à la capitale.

Il y avait certes dégoté deux pépites – c'était ainsi qu'il avait qualifié Bartholomée et Anastase – mais il n'y aurait pas passé une heure de plus. Pas dans un endroit aussi sinistre. Il avait obtenu ce pour quoi il était venu, et plus encore : deux petits anges aussi fantastiques l'un que l'autre. Rien n'aurait donc pu retarder son départ ; et certainement pas les sentiments contradictoires de Théodore.

Cela faisait plusieurs jours maintenant qu'ils étaient tous entassés dans ce carrosse et Théodore ne s'était toujours pas remis de ses émotions, ni du revirement inattendu du Duc.

Il avait été si proche de contrecarrer les plans de Cyriaque ; si proche...

Pourtant, même la splendeur de la voix de Bartholomée n'avait pas suffi à rompre définitivement le charme qu'Anastase avait, semblait-il, lancé au Duc.

Peut-être est-ce le destin ? songea-t-il en se mordant les lèvres.

Théodore ramena ses jambes sous lui tout en veillant à ce que sa nouvelle position ne gêne pas Aliaume, son voisin, un blondinet de sept ou huit ans qui, comme les autres, n'avait presque pas pipé mot depuis que les trois orphelins de Windrasor les avaient rejoints dans l'habitacle.

Assise contre la fenêtre opposée, sur la longue banquette

qui faisait face à celle de Théodore, Anastase lui adressa un bref regard puis détourna la tête avec mépris.

Au moins le garçon n'avait pas l'impression d'avoir échoué sur toute la ligne. Si sa présence importunait autant Anastase, alors tout n'était peut-être pas perdu. Cyriaque était peut-être arrivé à ses fins en faisant adopter la petite chanteuse, mais il n'avait pas compté sur l'adoption simultanée de Bartholomée et de Théodore.

Davantage que de la haine, l'orphelin avait lu de la confusion dans les yeux du gardien lorsque celui-ci, forcé de coopérer, avait escorté le Duc et les enfants à leurs véhicules. Cyriaque n'avait pas eu l'opportunité de s'entretenir avec Anastase, mais nul doute qu'il n'aurait fait que rabâcher ce qu'elle savait déjà. Le loup, sous les apparences d'une enfant chétive, était dans la bergerie, prêt à agir, et Théodore était persuadé d'être le seul capable de l'en chasser. Si seulement il pouvait découvrir le rôle exact de l'orpheline...

De longues heures durant il y avait réfléchi et deux possibilités n'avaient cessé de revenir à la charge. Soit Anastase était là pour assassiner le Duc, soit sa mission était de l'espionner d'une façon ou d'une autre. C'était évident et seul le pourquoi du comment échappait complètement à Théodore.

Le souvenir de tous les livres d'Histoire qu'il avait lus aurait pu sans mal l'aider à entrevoir des dizaines d'explications plausibles pour justifier l'élimination ou l'espionnage d'une figure politique importante, mais le garçon craignait de se perdre en spéculations inutiles. À vrai dire, même si cela blessait sa curiosité maladive, le pourquoi n'avait plus réellement d'importance. Tôt ou tard, l'heure viendrait où il comprendrait ce qui avait motivé Cyriaque à se donner tant de mal pour qu'Anastase soit adoptée. Pour le moment, il devait se concentrer sur ce qui l'attendait là-bas ; à la capitale. Et surtout, il devait rester sur ses gardes.

L'esprit fatigué, Théodore avait failli céder à plusieurs reprises à l'appel d'une partie de lui-même qui l'enjoignait de tout oublier, mais ces plaintes s'étaient chaque fois tues, terrassées par le sentiment de devoir qui le guidait. Il était de toute façon trop tard pour abandonner. D'ailleurs, comment aurait-il pu fermer les yeux sur les machinations d'un homme capable de faire massacrer des orphelins innocents ? Ce faisant il aurait pu profiter de sa nouvelle vie à la capitale, mais quelle joie aurait-il pu tirer d'une existence aussi lâche ?

Non, Anastase, aussi inimaginable que cela puisse paraître à quiconque n'avait pas vu son vrai visage, allait commettre un acte irréparable et Théodore ne pouvait pas – ne pouvait plus – rester sans rien faire... Quitte à agir et porter seul le poids d'une telle responsabilité ; car Théodore, après y avoir longuement songé, avait bien compris qu'il ne pourrait quérir aucune aide extérieure. Il avait beau n'être qu'un pensionnaire de Windrasor, un résidu négligeable aux yeux de beaucoup, il pressentait que toute cette affaire était d'une ampleur considérable et rien ne lui disait que Cyriaque était le seul à y tremper. La vie de l'homme le plus puissant du Duché ou certains de ses secrets étaient vraisemblablement en péril et n'importe qui pouvait être mêlé à cette sombre histoire. Théodore n'avait que peu d'options valables. S'il confiait ses doutes à la mauvaise personne, son sort serait scellé en un rien de temps, c'était sûr ; s'il en parlait au Duc, il pouvait parier que, agacé par ces inepties, l'homme le congédierait, laissant alors tout le champ libre à Anastase et à ses complices potentiels. Il n'avait pas le choix s'il voulait intervenir : il devait identifier quelqu'un de confiance dans l'entourage du Duc ou bien attendre de posséder une preuve irréfutable de ses allégations.

D'ici là, s'il devait se répéter en boucle ce que Bartholomée avait fini par lui raconter, après deux jours d'un voyage éreintant, pour s'assurer que sa détermination ne baisserait pas, il le ferait. Encore et encore.

Le récit de Bartholomée n'avait fait que confirmer ce dont Ern'lak et Araknor avaient parlé le soir où Théodore avait voulu rencontrer les Ignobles, mais il avait suffi à le faire trembler d'effroi. La course-poursuite avec les créatures, la révélation de l'identité de l'assassin, l'exécution sommaire de la mère de

Bartholomée, l'assistance apportée par Ern'lak puis tout le reste… Ses amis avaient vécu bien des horreurs à Windrasor et au-dehors.

Théodore aurait aimé en apprendre davantage, comprendre pourquoi madame Agrippa avait assassiné Armaël et Céleste, comment Cyriaque avait réussi à la pousser à pareilles horreurs, mais Bartholomée lui avait au moins permis de mettre le doigt sur les motivations d'Ern'lak.

Cela pouvait paraître étrange venant d'un être aussi répugnant, mais l'Ignoble avait finalement tout fait pour tenir le groupe de Spinello à l'écart de cette histoire. Il avait d'abord tenté de les effrayer avant d'être contraint de venir à leur secours et d'aider Spinello et ses amis à fuir l'orphelinat. Peut-être avait-il cru être en mesure de tout régler de son côté, de convaincre Agrippa de mettre un terme à cette folie, mais le sort en avait voulu autrement et, à cause de Théodore, cela lui avait probablement coûté la vie… Sans l'intervention de l'orphelin qui avait essayé de le revoir pour l'interroger, Ern'lak n'aurait jamais eu à se battre contre cet effroyable Araknor. Théodore avait sans doute condamné le seul être de Windrasor qui était de leur côté.

Le cœur serré, le garçon se pinça la lèvre inférieure et tâcha de ne plus penser à cet allié inattendu. Cyriaque s'était servi d'Agrippa et de certains Ignobles pour éliminer les chanteurs les plus talentueux de la chorale pour ainsi faciliter l'ascension d'Anastase en son sein. Tout cela pour que l'orpheline soit un jour adoptée par nul autre que le Duc. C'était tout ce que Théodore devait retenir pour le moment. Tout ce qu'il devait garder en mémoire pour attiser le feu de sa détermination à voir justice être rendue.

À son tour, il lança un regard mauvais, plein de dédain, à la petite rousse qui fixait l'extérieur. *Tu ne t'en sortiras pas comme ça*, se jura-t-il en serrant les dents. Puis son visage se détendit et reprit une expression plus joviale.

Il allait demander à Bartholomée, qui se trouvait en face de lui et n'avait presque pas parlé de la journée, comment il se sentait, lorsque la voiture fut brusquement secouée.

Le chant du métal des roues contre le sol changea complètement de tonalité et Théodore comprit qu'ils avaient abandonné les routes de terre et de boue qu'ils avaient parcourues ces derniers jours. Le véhicule n'en était pourtant pas moins agité, accusant avec dureté les irrégularités du pavage sur lequel ils roulaient à présent.

Un frisson sembla traverser les petits anges du Duc parmi lesquels les orphelins avaient été installés. L'ambiance déjà morose de la cabine venait de s'alourdir.

Surpris, Théodore parvint à croiser le regard d'un des passagers, une fille d'une douzaine d'années aux longs cheveux noirs, et lui arracha une explication... du moins un début d'explication.

— On arrive, murmura-t-elle avant de baisser les yeux.

Confirmant ses propos, le carrosse prit soudain de la vitesse et Théodore l'aperçut enfin : la capitale.

La forêt qui couvrait la colline dont ils descendaient avait comme disparu et le paysage s'offrait sans aucune pudeur. Au creux de la vallée, des dizaines et des dizaines de bâtisses s'entassaient les unes sur les autres dans une confusion dans laquelle il fallait probablement avoir vécu toute sa vie pour se retrouver.

Ce fouillis architectural où se mêlaient pierres tantôt blanches, tantôt grisâtres, bois et métal n'était cependant pas ce qui avait capté l'attention de Théodore.

Il n'avait d'yeux que pour l'immense palais ducal qui trônait bien au-delà du bazar de la ville. Ses hautes tours en flèche, ses corniches et balcons admirablement sculptés, ses ardoises bleutées qui se confondaient avec l'immensité du ciel, tout dans ce bâtiment ridiculisait le faste de Windrasor. À côté de la résidence du Duc, les quartiers luxueux de l'orphelinat avaient tout d'une bicoque de pêcheur.

Impressionné par la majesté – toute relative désormais – de la bibliothèque de Windrasor et par celle du hall des adoptions, Théodore avait consulté de nombreux ouvrages d'architecture et de maçonnerie afin de comprendre comment de simples artisans et ouvriers avaient pu bâtir pareils édifices. Et, parmi les volumes qu'il avait feuilletés et parfois même lus dans leur intégralité, des réponses l'avaient toujours attendu.

Toutefois, alors que le palais se dessinait plus nettement, il ne pouvait s'empêcher de penser que l'Homme n'avait pu donner naissance à un tel monument à lui seul.

Soudain, les alentours s'obscurcirent et l'édifice disparut. La caravane de voitures venait de pénétrer dans la ville et des bâtiments crasseux aux façades ternes et miséreuses s'élevaient à présent de part et d'autre du cortège.

La curiosité piquée au vif, Théodore avait le visage plaqué contre la vitre.

À l'extérieur, dans les rues malodorantes qu'ils empruntaient, les habitants se massaient contre les murs et s'enfonçaient dans les ruelles perpendiculaires pour laisser passer les véhicules et ne pas finir sous leurs roues pressées.

Tous savaient ce qu'une telle parade signifiait, mais aucun ne semblait heureux à l'idée du retour du Duc. Sitôt la caravane hors de vue, ils retournaient à leurs occupations...

Pourtant, à mesure qu'elle approchait de l'entrée du palais et que les sombres passages devenaient de larges avenues, des applaudissements et des cris de joie de plus en plus nombreux commencèrent à résonner parmi les badauds. Et, c'est sous un fracas d'acclamations que le carrosse des petits anges s'immobilisa finalement.

Le palais était réapparu, plus majestueux que jamais. Ébloui par la blancheur des remparts, Théodore n'en revenait toujours pas que cet endroit puisse être sa future maison. Il ne se fourrait évidemment pas le doigt dans l'œil et savait parfaitement qu'il ne devait pas espérer une suite princière, mais un véritable lit, avec un sommier, et une bassine d'eau pour se rafraîchir seraient déjà un luxe énorme. Sans oublier une bibliothèque bien fournie…

Malgré ce que la présence d'Anastase signifiait pour son séjour en ces lieux, Théodore s'imaginait déjà perdu dans des rayonnages de livres si nombreux qu'il lui faudrait une carte pour retrouver son chemin. Il trépignait d'impatience.

Un coup sec contre la vitre mit fin à ses rêveries et un domestique, celui qui s'était occupé d'eux ces derniers jours, ouvrit aussitôt la porte.

— Allez, allez ! On se dépêche, les encouragea-t-il.

Théodore se pencha en avant et prit la main de Bartholomée qui fixait l'homme d'un air absent.

— Viens, Barth, dit-il en entraînant son camarade dans la vaste cour ovale, protégée de hauts remparts, où ils s'étaient garés.

Il ne lui fallut qu'une seconde pour repérer le Duc.

À quelques dizaines de mètres, au milieu d'une armée de valets, devant une arche en pierre gigantesque sous laquelle se découpaient les portes les plus imposantes que Théodore ait jamais vues, l'homme s'entretenait avec l'un de ses serviteurs aux cheveux bouclés. Ses yeux étaient rivés sur le petit groupe d'enfants – ses petits anges – qui, comme Théodore, étaient sortis du véhicule.

Il pointa du doigt dans leur direction puis s'en fut en trottinant, aussitôt suivi d'une nuée de domestiques qui voletaient autour de lui, s'enquérant de ses moindres souhaits et désirs.

Le premier homme auquel il s'était adressé approchait.

Théodore, qui n'avait pas lâché la main de Bartholomée, l'ignora et plongea à nouveau dans sa contemplation des lieux. Elle ne dura pas.

— Qu'est-ce que vous attendez ? s'indigna le valet autant à l'attention des enfants qu'à celle du domestique qui venait de les prendre en charge. Suivez-moi, dépêchez-vous !

Et, ainsi, Théodore, Bartholomée et leurs compagnons furent poussés vers une entrée secondaire, puis d'une pièce à une autre.

— On va où ? demanda Théodore tandis que le petit groupe pénétrait dans un salon chichement meublé.

— Tais-toi ! le coupa l'homme à la toison frisée.

Il écarta une énième porte et la franchit précipitamment.

— Donnez-leur à boire, vite ! s'exclama-t-il dès qu'il fut de l'autre côté.

Théodore n'eut pas le temps de comprendre où il se trouvait qu'une large chope échouait dans sa main libre.

— Buvez, allez ! s'énerva le valet.

L'orphelin ne se fit pas prier davantage et but le contenu d'une traite.

— Allez, bois, gros débile, s'emporta l'homme dont la patience n'était certainement pas une vertu.

Surpris par une telle véhémence, Bartholomée recula sans pour autant séparer ses doigts de ceux de son ami.

— Eh doucement ! contra Théodore.

— Dis à ton copain de boire et en vitesse. Vous voulez pas faire attendre le Duc, ajouta le valet, le regard noir.

Bartholomée n'eut pas besoin des encouragements de Théodore et capitula. En un clin d'œil, l'eau fut avalée.

— Eh ! se plaignit Théodore quand un serviteur qui empestait le parfum les bouscula pour les forcer à repartir.

À nouveau, les pièces se succédèrent à mesure qu'ils s'enfonçaient dans le palais, et Théodore ne tarda pas à perdre tout sens de l'orientation. Il aurait été incapable de faire le chemin en sens inverse. Puis, leur course cessa aussi brusquement qu'elle avait débuté.

Deux gardes encadraient une porte sculptée dans un bois noir et brillant.

— Les voilà ! s'exclama le valet frisé.

Tout naturellement, les petits anges s'alignèrent devant les battants, tête baissée.

— Vous aussi ! ordonna l'homme.

Anastase qui avait déjà imité les autres plissa les yeux lorsque Théodore prit place derrière elle dans la file. Dans son dos, Bartholomée tremblait…

Il faisait une chaleur terrible et un des soldats, un type ruisselant de sueur sous les habits pompeux qui l'étouffaient, s'approcha du premier enfant, le blondinet à côté duquel Théodore avait voyagé. Sans un mot, il passa ses mains sur le corps du petit, puis hocha la tête. Le deuxième garde écarta légèrement la porte et le garçon entra. Son collègue répéta l'opération sur chacun des petits anges jusqu'à ce que le tour d'Anastase arrive.

Parfaitement silencieuse, elle se soumit à la fouille et emboîta le pas de la brune maigrichonne qui l'avait précédée, sans manquer de lancer un regard entendu à Théodore avant de disparaître.

Agacé et dépassé par les événements, Théodore fut le suivant. Il serra les dents quand les mains énormes de l'homme le parcoururent.

Le soldat approuva d'un signe de tête. Théodore pouvait avancer.

L'orphelin s'immobilisa néanmoins sur le seuil.

— Quel bestiau, commenta le garde avant de s'attaquer à Bartholomée.

Apeuré, le gaillard se crispa, mais ne s'opposa pas au contact des doigts de l'homme.

— C'est bon, indiqua le garde.

— Allez, entrez ! s'énerva aussitôt le valet en poussant les deux orphelins à l'intérieur.

Et ainsi, ils plongèrent dans un autre monde. Théodore n'entendit même pas la porte se refermer dans leur dos.

Bouche bée, il était submergé par l'émotion… par des sentiments antagonistes. La surprise, la curiosité, mais aussi – et surtout – la peur. Celle née de la certitude que quelque chose dans cette pièce ne tournait vraiment pas rond. Vraiment pas.

— Enfin ! Je n'en pouvais plus d'attendre ! se réjouit le Duc.

Le corps baigné par la lueur orangée des bougies qui éclairaient la pièce, il fit un pas en avant.

— Allez ! Chantez pour moi mes petits anges, chantez ! s'exclama-t-il un large sourire sur les lèvres, son sexe flasque pendant mollement entre ses jambes.

9

ERN'LAK

Auparavant.

Pauvre fou ! cracha avec rage Ern'lak en entaillant d'un coup de griffe la peau écailleuse de son adversaire.

Le faciès lacéré, l'Ignoble qu'il avait pris pour cible tenta d'esquiver l'attaque suivante, sans y parvenir. Il se retrouva au sol, fait comme un rat, comme ces milliers de rongeurs pris au piège de l'immensité des souterrains creusés sous l'orphelinat où ils étaient condamnés à être pourchassés sans merci.

— Cesse de te débattre, Grorl, ça ne sert plus à rien ! s'exclama Ern'lak qui le maintenait face contre terre.

Refusant d'accepter son sort, la créature grogna et essaya de se dégager du poids de son assaillant dans une vaine résistance qui ne lui valut qu'un surplus inutile de douleur.

Pour toute réponse Ern'lak lui décocha un violent coup dans le dos. Il aurait aimé ne pas avoir à en arriver là, mais il ne s'était pas attendu à ce que Grorl lui tienne ainsi tête. Pas après les événements des jours passés…

— Traître, souffla l'Ignoble immobilisé, les membres parcourus de picotements atroces.

Ern'lak ne tint pas compte de cette provocation. Il savait parfaitement qui était à blâmer dans toute cette histoire.

— Tu aurais dû te rendre. Tu savais que c'en était terminé de vos manigances…

Grorl ricana ; un son plaintif et sinistre, mélange d'amusement et de souffrance.

— Tu crois que nous traquer changera quelque chose ? C'est trop tard, nous avons…

— Il ne tiendra jamais promesse et tu le sais aussi bien que moi ! Il ne peut rien pour nous ! s'énerva Ern'lak.

Il n'en revenait pas de la facilité avec laquelle Cyriaque avait réussi à détourner certains Ignobles des préceptes qui régissaient leur vie depuis des décennies. S'il avait eu conscience plus tôt de la faiblesse de leur attachement à ces règles, il ne se serait pas contenté de rêvasser aussi longtemps dans son coin, il aurait agi bien avant. Il aurait pu leur faire les mêmes promesses – celles d'une liberté méritée et d'un avenir loin des ruines de Windrasor – sans les pousser à comploter avec la lie de l'Humanité. Des vies auraient été épargnées… à commencer par celle de ces enfants, assassinés dans la quasi indifférence, ainsi que celle d'Ignobles, dont Gralirk, qui avait trahi puis exécuté madame Agrippa et qu'Ern'lak avait dû neutraliser pour protéger le fils de la cuisinière et les orphelins.

— Cette ordure vous a tous trompés ! renchérit-il, submergé par la rage.

Ce manipulateur de Cyriaque l'avait forcé à tuer plusieurs des siens, des êtres mus par les mêmes rêves et espoirs que lui. Jamais il ne le lui pardonnerait. Mais l'heure de la vengeance n'avait pas sonné et ne retentirait peut-être jamais. Et peu lui importait, malgré toute la haine qu'il éprouvait pour cet homme. Cyriaque était arrivé à ses fins ; Grorl avait raison : il était trop tard.

Un jour, sans doute, Ern'lak aurait l'occasion de s'en vouloir, pourrait même reconnaître publiquement la culpabilité de son inaction et de son incapacité à bafouer plus tôt ces règles qu'il désirait pourtant abolir, mais, pour le moment, seul l'avenir de son peuple comptait. Tôt ou tard, toute cette histoire retomberait sur l'orphelinat – cet enfer au sein duquel ils étaient tout autant prisonniers que les orphelins – et Ern'lak savait qu'il vaudrait mieux ne pas s'y trouver le jour où cela se produirait. Mais, avant tout, il devait s'occuper de ceux qui avaient succombé aux vaines promesses de Cyriaque. Alors seulement, il pourrait espérer briser ces barrières mentales qui retenaient son peuple en ces lieux. Ils n'étaient pas physiquement prisonniers du plateau de Windrasor comme les orphelins ; ils étaient prisonniers dans leur tête. Cela lui en coûtait de l'admettre, mais les siens ne valaient pas mieux que ces chevaux dont les cavaliers se contentaient d'enrouler les longes sans réellement les nouer... D'un simple coup de tête, ils pourraient se libérer et pourtant…

Mais comment le leur reprocher ? Le respect de toutes ces règles qu'ils s'étaient ou plutôt qu'on leur avait imposées était la seule raison de leur survie. Quand bien même leur force surpassait de très loin celle des Hommes, les premiers de leur espèce n'auraient jamais pu se faire une place dans ce monde. Or, aujourd'hui, Ern'lak était persuadé que l'heure était arrivée de s'y essayer. Encore nombreux seraient ceux qui le contrediraient, mais, comme il l'avait dit à Araknor la nuit de leur terrible affrontement : leur vie à Windrasor n'en était pas une. Alors qu'avaient-ils à perdre ? Il devait les convaincre, tous, sans la moindre exception. Et il n'avait jamais été en aussi bonne position de le faire. Ne lui restait qu'à identifier les derniers Ignobles à la solde de Cyriaque.

— Qui d'autre vous a aidés ? demanda-t-il en saisissant l'arrière du crâne de Grorl qui avait profité de ces quelques secondes de répit pour reprendre son souffle.

La créature se contenta de rire.

— Vois la vérité en face ; tôt ou tard nous allons tous payer pour vos actes, ajouta Ern'lak.

— Bientôt, nous serons libres !

— Je sais ce que tu as fait et tu n'étais pas seul ! insista-t-il.

— Bientôt, nous serons libres ! répéta Grorl.

— Profaner une tombe humaine, emporter un corps frais pour simuler la mort d'Agrippa…

— Bientôt, nous serons libres !

Pareille aliénation terrorisait Ern'lak. Face à une telle démence, il se demandait ce qui se serait passé si Cyriaque avait réussi à convaincre les Ignobles de s'occuper eux-mêmes des petits choristes. Ce sale comploteur n'aurait alors pas eu besoin de faire chanter Agrippa et tout aurait été différent…

pour certains Humains du moins ; ceux qui n'auraient pas trépassé sous les coups de ses frères corrompus. Mais, aurait-il pu les juger lui qui, comme Gralirk, avait tué, avait transgressé la loi suprême des Ignobles ? Probablement pas...

Grorl répéta sa litanie comme si entendre ces mots lui permettait de mieux accepter ce qu'il avait fait, et Ern'lak réalisa qu'il n'en tirerait rien de plus. Il capitula.

— Bientôt, nous serons tous morts, chuchota-t-il en se redressant, attirant à lui son prisonnier.

Une griffe sous la gorge de Grorl, il le força à avancer.

Les sombres passages s'enchaînèrent et les deux Ignobles ne croisèrent fort heureusement personne. Ces derniers jours, la situation était particulièrement tendue et un rien pouvait tout faire exploser. Ern'lak évita les salles principales et déboucha finalement dans un hall dont une partie s'était depuis longtemps effondrée. Même les arches réputées indestructibles de l'ancienne forteresse cédaient les unes après les autres. Pourtant, en ce lieu, tout n'avait pas plié sous la charge du temps et d'épais barreaux, rouillés mais toujours solides, se dressaient à intervalles réguliers, délimitant une dizaine de cellules aussi sombres que nues. Plusieurs d'entre elles brillaient néanmoins d'une lueur rougeoyante. Les vieilles geôles avaient retrouvé un but à leur existence.

De violents sifflements résonnèrent sous les voûtes fragilisées quand Ern'lak apparut, précédé de Grorl qu'il poussa sans perdre une seconde dans une cellule libre qu'il verrouilla aussitôt.

Un miracle que ces serrures fonctionnent encore, pensa-t-il.

— J'en ai pas fini avec toi.

Il tourna les talons, mais une voix grave et profonde le retint.

— Ils ne tarderont pas à voir à quel point tu es faible !

Ern'lak aurait pu l'ignorer, mais, à l'image des siens qui se pliaient à ces règles sur lesquelles ils n'avaient jamais eu leur mot à dire, il était incapable d'oublier qui lui adressait la parole.

— Un jour, tu me remercieras Araknor, dit-il en pivotant dans la direction de l'immense créature emprisonnée.

— Un jour, je te tuerai, rétorqua-t-elle. Quand je pense que j'aurais pu te pardonner le meurtre de Gralirk, mais celui de trois d'entre nous...

Ern'lak soutint son regard, leurs quatre yeux éclairant d'une lumière rouge et glaçante les gravats qui couvraient le sol.

— Tu as eu de la chance… ajouta Araknor comme s'il cherchait encore à justifier sa défaite. Tu as usurpé ma place, mais ne m'as pas éliminé. Tous savent ce qu'un tel comportement signifie. Tu es faible. Tu es lâche !

Ce dernier mot eut l'effet d'un uppercut sur Ern'lak qui, d'un bond prodigieux, se retrouva suspendu aux barreaux de la prison de l'ancien leader des Ignobles.

— Lâche ? s'emporta-t-il quoique amusé par la réaction d'Araknor qui s'était jeté en arrière. Il n'y a pas pire lâcheté que ton refus de voir la réalité en face.

Plusieurs sifflements d'approbation s'élevèrent des cellules voisines. Ern'lak était peut-être celui qui les y avait enfermés, cela ne les empêchait pas de haïr Araknor bien davantage. C'était à cause de sa rigidité et de son refus d'envisager autre chose pour les leurs qu'ils avaient laissé Cyriaque, aidé d'Agrippa, les convaincre.

— Mon refus de voir la vérité, ricana Araknor. Mais quelle valeur ont les mots d'un meurtrier ? De celui capable de tuer les siens pour protéger de simples humains ? Et pour quel résultat ?

Les doigts d'Ern'lak se refermèrent avec davantage de force autour du métal.

— Où est ton protégé à présent ? s'amusa Araknor qui reprenait confiance. Et le garçon Bartholomée ? Tu as révélé notre existence et as trahi toutes nos lois, et pour quoi ? Pour rien !

— Tais-toi ! s'énerva Ern'lak.

Il aurait dû abandonner Araknor à la solitude de sa cellule, ignorer ses propos, et se concentrer sur sa mission. Oublier ce à quoi il avait condamné Théodore et Bartholomée.

— Agrippa a tout fait pour que son enfant ne tombe jamais entre les griffes du Duc. Elle a tué pour que Cyriaque ne rende pas public le talent de son fils et qu'il puisse vivre dans cet endroit que tu voudrais pourtant nous voir quitter. Je sais tout ! Tu as été incapable de la convaincre de ne pas obéir à Cyriaque. Puis tu as voulu l'aider à partir d'ici quand tout le monde a su ce dont son garçon était capable et, là aussi, tu as échoué ! Et où en sommes-nous maintenant ? Tu as tué Gralirk, tu as condamné l'enfant d'Agrippa ainsi que ton petit protégé et Cyriaque a eu tout ce qu'il désirait. Tu n'es qu'un bon à rien ! Un usurpateur ! Un faible !

Des heures durant, Ern'lak avait déjà pesé le poids de sa responsabilité et, pourtant, ces moments de réflexion ne firent rien pour alléger l'impact des mots d'Araknor. La colère laissa place à un sentiment d'accablement.

Il sauta au sol et baissa la tête.

— Agrippa était mon amie. C'était une des rares personnes à nous reconnaître pour ce que nous sommes. Elle avait plus d'amour pour nous que tu n'en as. Je ne me pardonnerai jamais ce qui est arrivé à son enfant, mais moi je n'ai pas perdu espoir.

Il plongea ses yeux dans ceux d'Araknor et fit vibrer sa langue.

— Nous ne sommes pas condamnés. Pas encore. Bientôt, nous serons tous comme ton fils. Libres comme Fradik !

5

SPINELLO

Spinello aurait été incapable de dire avec exactitude depuis combien de temps ils étaient partis du "*Bouillon du Félin*". Il faisait encore jour, certes, mais la lumière commençait à prendre les teintes chaudes et douces de la fin d'après-midi. Les feuillages au-dessus de leurs têtes et les troncs alignés en bordure de clairières brillaient de ces contrastes précédant le crépuscule. Pour sûr, cela faisait un moment déjà qu'ils s'étaient enfuis.

Les yeux de Spinello s'étaient depuis longtemps asséchés et le garçon avait repris le contrôle des sanglots qui l'avaient agité à leur départ. Il se cramponnait à la veste de cuir du cavalier devant lui.

À cheval, avec Élias… songea-t-il.

Les longs cheveux bruns de l'homme s'agitaient dans sa nuque, battus par un vent contraire à leur progression. Pas une fois Élias n'avait brisé le silence qui s'était installé entre lui et l'orphelin, préférant visiblement le laisser faire le premier pas.

En d'autres circonstances, Spinello aurait eu des dizaines de questions à lui poser, mais leur rencontre n'avait rien eu de banal et l'orphelin, toujours confus, n'avait pas l'esprit à de simples bavardages. Il ne souhaitait savoir qu'une chose.

— Pourquoi ? demanda-t-il finalement sans autre forme d'introduction.

Élias tourna légèrement la tête, puis se concentra à nouveau sur la route de plus en plus mal entretenue qu'ils empruntaient.

Plusieurs secondes s'écoulèrent et Spinello voulut préciser le sens de sa question. Il n'en eut cependant nul besoin.

— La vie est une succession de choix. Tous plus douloureux les uns que les autres, même s'ils semblent parfois évidents. Notre vie n'est qu'un enchaînement de décisions. Vivre, c'est prendre les bonnes et aussi les mauvaises. Et je peux dire que grâce à tes choix, je te connais déjà, ne serait-ce qu'un peu.

Le garçon ne s'était pas attendu à pareille réponse… et pourtant elle prenait sens.

Honteux, Spinello réalisait qu'Élias n'était pas intervenu tel un justicier pour l'aider à réparer les torts causés par Octave, comme il l'avait d'abord cru.

Non, il ne l'avait pas fait juge pour donner au Bien la force de lutter contre le Mal dans une banale confrontation manichéenne. Ce n'était pas si simple. Tout n'était pas noir ou blanc et Élias se moquait parfaitement qu'Octave soit puni ou non pour ses méfaits. Seule l'avait intéressé la réaction de Spinello. Sans le savoir, le garçon venait de passer un test qu'il craignait fort de ne pas avoir réussi.

Il ne lui avait fallu que quelques secondes pour décider du sort d'Octave. Qu'une poignée de secondes, rien de plus, pour condamner un homme à mort. Et pourtant, quelle que soit l'image que cela pouvait avoir donné de lui, Spinello ne devait pas se mentir : s'il fallait le refaire, sa sentence resterait inchangée.

— Il le méritait, dit-il, comme obligé de se justifier.

Élias toussa puis rit avec sincérité.

— Peut-être… Je ne le connais pas, mais j'ai eu de lui un aperçu suffisant.

Il soupira et reprit :

— Les gardiens de Windrasor n'ont pas beaucoup changé depuis tout ce temps… Toujours le même accoutrement, le même comportement.

Spinello sentit sa curiosité habituelle tenter de reprendre le dessus, mais il ne voulait pas changer de sujet ; pas encore.

— Je ne le regrette pas. De vous avoir dit de le tuer, précisa Spinello.

— Et tu ne devrais pas, il n'y a rien de pire qu'avoir des regrets.

Malgré son jeune âge, Spinello pouvait en témoigner. Combien de fois aurait-il agi différemment s'il avait su ce qui les attendait, ses amis et lui ? *La vie est une succession de choix*, se répéta-t-il.

— Le tuer n'aurait pas été une mauvaise chose, avança-t-il, toujours soucieux d'expliciter sa décision.

Il ne voulait pas décevoir son héros et passer pour ce qu'il n'était pas : un meurtrier capable d'arracher la vie à un innocent.

— Ça, personne ne peut réellement le dire, ni toi, ni moi… personne. Mais rassure-toi, tu as montré une réelle détermination, une vraie force de caractère, et tu as su faire passer la sécurité des autres avant ta vengeance personnelle. Peu de monde en aurait été capable, crois-moi.

Spinello se sentit rougir, heureux d'avoir finalement fait bonne impression. En cet instant, il se savait ridicule. Il n'avait jamais attaché une grande importance à l'avis d'autrui, du moins à celui de ceux qui n'appartenaient pas à sa famille, et le voilà qui essayait à tout prix de sortir grandi de cette histoire aux yeux d'Élias, cet homme qu'il ne connaissait en fin de compte pas, et qui avait pourtant toujours fait partie de sa vie. L'orphelin voulut poursuivre cette étrange conversation, mais un bruit sec, qu'il avait tristement appris à reconnaître ces derniers jours, retentit dans leur dos. *Pas encore*… Malheureusement, les oreilles de Spinello ne l'avaient pas trompé.

— Foncez ! hurla Ambroise, le barbu qui avait sauvé Asmodée des griffes d'Octave. Ils sont derrière nous !

Élias jura et claqua des rênes. Obéissante, sa monture accéléra et s'élança sur la piste irrégulière qui s'enfonçait de plus en plus profondément dans la forêt. Autour d'eux, le terrain s'élevait peu à peu. Sa blessure à la joue, souvenir de sa rencontre avec les soldats du Duc, se rappelant subitement à lui, Spinello se retourna afin de localiser ses amis.

À cheval avec Isidore, Anselme n'était pas loin derrière dans la colonne. D'une main, l'orphelin tenait la longe de la jument sur laquelle Asmodée avait été installé. Le gaillard n'avait pas repris connaissance et le galop de la bête l'agitait dans tous les sens.

— Il va tomber ! cria Spinello sans se soucier du torticolis qui menaçait de le saisir à la nuque autant qu'à la gorge.

Élias jeta un œil en arrière.

Un autre coup résonna, aussitôt suivi d'une réplique des hommes d'Élias.

Spinello ne voyait toujours pas leurs poursuivants, mais leur proximité ne laissait aucun doute. Jamais ils n'auraient tiré avant que leur cible ne soit à leur portée.

Livide, Spinello fixait Asmodée. Un rien et le garçon pouvait finir au sol, passer sous les sabots des chevaux qui talonnaient sa jument et se retrouver, s'il était encore vivant, entre les mains de leurs assaillants, quels qu'ils soient.

— Il faut faire quelque chose, paniqua Spinello qui secoua Élias.

Soudain, Fradik qui fermait la marche auparavant, fut à leurs côtés.

— Fromir. Une vingtaine, dit-il sans qu'Élias ait à lui demander des précisions sur la situation.

— Trop nombreux. Pas à notre avantage. On continue, répondit l'homme tandis que Fradik esquivait les branches basses qui se jetaient sur lui.

— Asmodée va tomber ! intervint Spinello.

Élias se retourna une nouvelle fois, les dents serrées.

— Dans un kilomètre. En deux. À la fourche, se contenta-t-il de dire à Fradik qui acquiesça et se laissa distancer pour regagner sa place à l'arrière de la colonne en distribuant des ordres au passage.

L'Ignoble avait dégainé son arme pour contre-attaquer à son tour.

— Il faut que ton ami tienne le coup encore un peu, expliqua Élias qui frappa sa monture des talons.

— Mais…

— Cramponne-toi, le coupa l'homme. Ça va secouer.

Spinello se sentait aussi stupide qu'impuissant. Il avait osé croire que leur rencontre avec Élias et les siens allait tout changer, que la traque allait prendre fin, qu'ils allaient pouvoir mener une vie paisible. Mais la réalité les avait déjà rattrapés et il n'avait, cette fois-ci, pas son mot à dire sur le cours des événements. Il devait faire confiance à Élias, le laisser décider, en espérant que sa décision serait la bonne.

La vie est une succession de choix.

Les bras serrés autour d'Élias, il se cambra en arrière et croisa le regard terrorisé d'Anselme qu'il essaya de rassurer d'un sourire ; en vain. La peur de son camarade avait elle aussi pris le dessus et elle ne faisait que grandir. À chaque foulée de l'animal, Asmodée vacillait un peu plus. Et où était donc Placide ? Spinello le repéra enfin, mais son soulagement fut de courte durée quand il réalisa que la cavalière avec laquelle il était monté faisait partie de ceux qui répliquaient et tentaient de tenir leurs poursuivants à distance.

Un des tireurs fut soudain désarçonné, une partie du visage emportée par le projectile qui venait de l'atteindre. Son corps rencontra le sol avec une vitesse folle et roula sur plusieurs mètres avant de s'immobiliser.

— Non ! hurlèrent certains, mais aucun ne ralentit, tous conscients qu'il était trop tard pour lui.

Une seule balle, il n'en fallait pas plus.

Alors que les chevaux commençaient à montrer de premiers signes de fatigue, la piste s'éleva brutalement. Les animaux, bouches écumantes, ne faiblirent pourtant pas et se précipitèrent dans la pente à un rythme constant.

Spinello resserra son étreinte autour de la taille d'Élias lorsqu'un virage en épingle se dessina à quelques mètres.

Tiens bon, Asm' ; tiens bon, pensa-t-il tandis que le violent changement de direction menaçait de l'emporter.

Par chance, le corps d'Asmodée résista lui aussi à cette maudite force centrifuge ; mais déjà un autre virage, tout aussi traître, s'annonçait. La monture d'Élias le négocia avec habileté et fonça vers la fourche devant eux.

À une vingtaine de mètres seulement, la piste bifurquait. À gauche, moins marquée et au gré d'un virage serré, elle continuait son ascension, tandis qu'à droite, elle s'enfonçait au cœur d'une vaste étendue de conifères.

Au grand dam de Spinello, Élias entraîna sa monture dans la pente à gauche. L'orphelin retint un cri. À ce rythme, les animaux allaient craquer et Asmodée chuter. C'était sûr.

Il n'était pourtant qu'au début de ses surprises.

L'homme tira brusquement sur les rênes et le cheval s'arrêta.

— Chut, ordonna Élias qui sauta de l'animal et sortit son arme.

Incrédule et les yeux ronds d'étonnement, Spinello fixa l'homme, pistolet pointé en contrebas, puis comprit enfin le stratagème. Non, Élias n'était pas fou.

Seule la moitié des cavaliers, profitant de son avance et de la perspective pour disparaître de la vue de leurs poursuivants, l'avait suivi. Le dénivelé et l'épaisseur des arbres qui poussaient dans la pente entre les deux portions de piste étaient si importants que leurs assaillants ne pourraient les voir, à moins d'emprunter le même chemin qu'eux. Mais, déjà, ceux qui étaient restés en arrière pour contre-attaquer servaient de leurre et les emportaient loin dans l'autre direction.

Quand les éclats de sabots s'éloignèrent, Élias poussa un long soupir et rangea son arme.

— Ton ami va bien, dit-il, sans réellement parvenir à masquer sa propre inquiétude.

Certains de ses compagnons étaient loin d'être tirés d'affaire.

Cela faisait à peine quelques heures que Spinello l'avait rencontré et déjà son héros justifiait tout le bien qu'il avait toujours pensé de lui. Il avait fait tout cela pour Asmodée, un garçon qu'il ne connaissait pas. Et pourtant, Spinello était paralysé d'effroi. Pour l'heure, Asmodée était peut-être sauvé, mais il n'en était rien de Placide… Bien au contraire.

6

IPHIS

Près d'un mois plus tard.

Malgré la solide amitié qu'elle avait forgée avec Vulfran, Iphis ne lui avait pas dit ce qu'elle avait vu – ou plutôt qui elle avait aperçu – lors de leur bref séjour à Scamandre, ce village où ils s'étaient arrêtés plusieurs jours auparavant.

Depuis, leur voyage s'était poursuivi et Sérapine, la fillette dont les connaissances sur les chevaux avaient impressionné Iphis, ainsi que les deux vieillards qu'ils avaient rencontrés là-bas, avaient laissé place à d'autres que le sort avait eux aussi privés des enseignements les plus basiques. À chaque nouveau bourg, de nouvelles rencontres dont Iphis aurait aimé pouvoir se souvenir, mais à mesure que Vulfran et elle parcouraient le Duché, elle devait se rendre à l'évidence : tôt ou tard, les visages de tous ces élèves d'un jour de Vulfran finiraient par quitter définitivement sa mémoire. Cette simple idée la terrorisait.

Allait-elle également oublier ceux de Théodore et de Bartholomée ? Faire toute sa vie comme si elle ne les avait pas reconnus à Scamandre, comme si elle ne savait pas quel homme les avait emportés ?

Maintenant qu'elle commençait à comprendre ce qu'avoir un véritable ami signifiait, elle qui avait toujours eu du mal à se faire une place avant de devenir l'assistante de Razonel, elle ne s'expliquait pas l'origine de la détresse qui l'assaillait dès qu'elle repensait aux deux garçons.

Ils n'étaient pas réellement proches – à vrai dire, malgré l'omniprésence de Théodore à la bibliothèque, elle avait probablement partagé plus de choses avec Sérapine lors de leurs quelques tête-à-tête – et pourtant elle avait le sentiment que des années s'écouleraient avant que le souvenir des deux pensionnaires ne s'estompe. Elle leur était liée. Pas comme elle pouvait l'être avec Vulfran, non, mais elle ne pouvait nier l'existence d'un lien, solide et vigoureux, qui les unissait ; celui que le destin, lentement mais sûrement, avait tissé ces dernières semaines sans qu'aucun des orphelins n'en ait réellement conscience.

Alors, quand Vulfran, à ses côtés à l'avant de sa voiture bariolée, lui annonça que la capitale se dresserait bientôt devant eux, elle ne tint plus.

— Vulfran… commença-t-elle.

Inquiet, l'homme leva les sourcils en captant le ton de la jeune fille qui poursuivit :

— Est-ce que tu sais pourquoi le Duc adopte des orphelins ?

Le tutoyer lui faisait toujours un drôle d'effet, mais tous deux avaient décidé qu'ils n'avaient plus de raison de se montrer si formels. Au diable le vouvoiement !

— Quoi ? s'étonna-t-il. Ah... Le Duc...

La surprise de Vulfran avait été remplacée par une apathie étrange de la part d'un homme habituellement d'une gaieté extraordinaire.

— Il y a de nombreuses rumeurs qui circulent, avoua-t-il finalement d'un ton indolent.

Iphis le fixa un instant. Il gardait un regard gêné sur la route.

La réaction de son ami ne faisait que confirmer ses craintes. Après tout, elle avait eu un aperçu suffisant du Duc et de ses manières pour savoir que tous ces ouï-dire dont avait parlé Vulfran devaient peindre un portrait peu flatteur, et pourtant en grande partie véridique, de l'homme à la tête du Duché. Ce qui s'était produit chez les Fontiairy, le jour où le marquis l'avait violemment agressée, ne l'avait pas dupée. Tandis que ce dernier se déchaînait sur elle, le Duc avait profité de son statut pour abuser de la marquise comme si le consentement de la femme avait été une évidence à ses yeux. Pire encore, il avait convié au spectacle les orphelins qui l'accompagnaient, semblait-il, partout. Et il les avait fait chanter. Mais pourquoi ? Tout cela n'avait aucun sens, pas plus que l'adoption de Théodore et de Bartholomée qui, à sa connaissance, n'avaient jamais fait partie de la chorale de Windrasor.

— Quel genre de rumeurs ? insista-t-elle, désireuse d'en apprendre plus.

Elle ne pouvait résister à l'envie de savoir ce qui attendait les deux orphelins. Elle avait besoin de se les figurer, de les garder en vie dans son esprit.

Vulfran pinça les lèvres avant de s'exprimer.

— Il y en a un grand nombre, certaines même que le Duc essaie de faire taire bien que cela relève de l'impossible. Je peux simplement te dire qu'elles ne sont pas jolies jolies, comme tu peux te l'imaginer. Un peuple souligne rarement les qualités de son meneur.

— Toi, tu crois qu'elles sont fondées ?

Vulfran hésita, comme s'il craignait que sa réponse ne tombe dans la mauvaise oreille. Mais, pour le moment, ils n'avaient dépassé que de rares bicoques de bûcherons et les voyageurs et marchands qu'ils croisaient ne leur prêtaient pas la moindre attention.

— Tous les ragots ont une part de vérité. Plus ou moins grande… confia-t-il.

Iphis soupira. Visiblement, le sujet déplaisait à Vulfran et elle ne voulait pas accroître son embarras. Pourtant, ce fut lui qui revint à la charge.

— Pourquoi ces questions ?

— Tu sais, à Scamandre, quand la caravane du Duc est passée.

— Oui ?

— J'ai reconnu deux orphelins dans une des voitures. Des enfants de Windrasor, comme moi, avoua-t-elle.

Vulfran ne put réprimer une grimace.

— Oh ! Ça va aller pour eux, ne t'en fais pas !

Cependant, le ton de l'homme n'aurait jamais trompé quiconque le fréquentait un tant soit peu. L'optimisme dont il faisait preuve en permanence était aux abonnés absents. Il avait voulu rassurer Iphis, mais n'avait fait qu'attiser ses craintes.

— Ça y est ! s'exclama-t-il subitement, avec une joie cette fois-ci authentique dans la voix. Nous y voici !

Et, comme Théodore et Bartholomée quelques jours plus tôt, Iphis découvrit à son tour l'immensité du palais ducal qui surplombait les faubourgs. Et, comme eux, la réalité la frappa avec vigueur lorsque les roues de leur voiture foulèrent les pavés souillés de la ville. Dans le labyrinthe d'allées sombres qui composaient la gigantesque cité, la misère s'était établie sans artifice. Elle se donnait à voir comme elle était : bien réelle et partie prenante de la vie de la capitale.

Des taudis de planches et de toiles avaient été dressés dans les avenues les plus larges, réduisant considérablement l'espace pour circuler. Robuste, Virevoltant et Délicate avançaient lentement, concentrés sur les claquements de langue de Vulfran qui les guidait et tentait de les apaiser.

Soudain, un rustre visiblement ivre s'immobilisa au milieu de la chaussée et, sans raison apparente, menaça Vulfran du poing, le traitant de noms d'oiseaux qu'Iphis n'eut aucun mal à identifier malgré son accent à couper au couteau. Indifférent à la grossièreté de l'inconnu, Vulfran lui sourit et lui demanda tout bonnement de s'écarter pour les laisser passer. Ce que l'homme refusa avant d'oublier l'altercation et de reprendre son chemin. Il s'engouffra en titubant dans une sombre ruelle malodorante où brillait l'enseigne métallique d'une taverne.

Iphis se faisait aussi petite que possible. Cet endroit avait tout de ce que serait Windrasor sans la présence des gardiens pour faire régner un semblant d'ordre et cette idée suffisait à la réduire au silence.

Surtout, ne pas se faire remarquer, pensa-t-elle.

Pourtant, elle ne tarda pas à reprendre confiance lorsqu'elle réalisa que finalement bien peu d'habitants se souciaient d'eux. Tous vaquaient à leurs occupations et seuls quelques mendiants, souvent des hommes mutilés, les interpellaient. Mais Vulfran et elle n'avaient, pour le moment, que leurs sourires à leur offrir et la vaste majorité s'en contentait en silence.

— Ça change de la campagne, pas vrai ? Mais ne t'inquiète pas, tu vas t'y faire, dit Vulfran alors que leur voiture s'engageait enfin dans une rue que des échoppes éparses montées à la va-vite encombraient.

— C'est horrible, répondit Iphis qui avait imaginé que la misère, qu'elle avait parfois constatée au cours de leur voyage, serait presque inexistante à la capitale.

Ici, tout était pire et beaucoup semblaient ne rien faire d'autre qu'errer dans les dédales de passages entrecroisés, pauvres spectres oubliés depuis longtemps, boitant d'un lieu à un autre sans autre but que de voir un lendemain aussi hideux que le jour présent. Et tout cela Iphis n'avait mis que quelques minutes à le comprendre. Tous les signes de détresse sur lesquels les maîtres du pays fermaient les yeux étaient là ; ils occupaient chaque coin de rue. Il était impossible de ne pas les remarquer.

Lors de leur périple pour rejoindre la capitale, Vulfran et Iphis avaient traversé nombre de villages, mais nulle part la misère n'avait été aussi prégnante. Pas un seul des fermiers auxquels son compagnon avait dispensé ses leçons n'avait donné l'impression de vivoter ; tous s'étaient montrés généreux en dépit de leurs chiches trains de vie. Ils travaillaient la terre, en récoltaient le fruit et ce qu'ils pouvaient en garder leur permettait de continuer à mener cette humble existence qu'était celle à la campagne.

Ici, Iphis ne retrouvait pas cette logique, n'en voyait même aucune.

Nul doute pourtant qu'il en existait une propre à cet endroit. Il fallait juste en gratter la surface crasseuse pour la découvrir. Iphis n'en était simplement pas encore là. Pour l'heure, elle ne pouvait que constater avec effroi ce sur quoi la capitale avait été bâtie.

Soudain, une brise légère mais chargée d'un sublime mélange d'odeurs lui balaya le visage, emportant avec elle toutes ces pensées moroses.

Iphis redressa la tête, humant l'air avec délectation.

— Nous arrivons, dit Vulfran d'un ton amusé.

L'orpheline n'eut pas le temps de lui demander de précisions. Déjà, les toiles colorées qui protégeaient les étals venaient d'entrer dans son champ de vision. Elles recouvraient une vaste étendue qu'elle avait commencé à croire impossible au milieu de pareil empilement urbain. Elle pouvait enfin respirer, malgré l'agitation des lieux. Baignée par le soleil, la place du marché aux épices leur tendait les bras.

Les laissés-pour-compte étaient toujours là, mais eux aussi paraissaient revigorés par l'affluence et par les fumets qui aromatisaient l'air. De chaque sac en tissu, tous remplis de poudres aux tons et nuances variés, s'échappait une odeur qu'Iphis n'avait jamais eu l'occasion de sentir. Ses narines s'en délectaient, autant que ses yeux s'émerveillaient du spectacle.

— Et voilà notre emplacement ! s'exclama Vulfran en indiquant un espace libre, devant une allée étroite.

À peine la voiture arrêtée, un homme bondit aux côtés des chevaux.

— Friedrik, mon brave, le salua Vulfran.

Il quitta son siège et tira une pièce de sa bourse qu'il tendit à l'inconnu.

Le dénommé Friedrik, dont les yeux rapprochés enserraient un nez effilé, le remercia chaleureusement et partit en courant.

— Il va s'occuper des chevaux, expliqua Vulfran.

Iphis retrouva le plancher des vaches à son tour et caressa Robuste, sans même le regarder, son attention accaparée par l'animation alentour.

— Alors, cet endroit te plaît ? s'enquit son compagnon.

L'orpheline se contenta de hocher la tête.

— Il y a toujours beaucoup de monde et parfois quelques curieux se laissent même tenter par notre cargaison magique !

— Tu n'apprends pas à lire ici ?

— Oh, bien sûr que si ! Disons juste que c'est encore plus compliqué qu'à la campagne. Les gens n'osent pas. Tu te rappelles Sérapine ?

Iphis acquiesça. La petite ne faisait pas encore partie de ces visages oubliés, loin de là.

— Eh bien, comme elle, les gens ici sont convaincus qu'ils sont idiots… Et moi je suis là pour leur prouver le contraire. Ce n'est pas évident !

Il se retourna vers la roulotte et claqua dans les mains.

— Bon, il est temps de tout installer !

Son enthousiasme était contagieux et Iphis fut heureuse de lui prêter main forte. *Il me laissera peut-être faire le tour du marché*, pensa-t-elle en réajustant le voile qu'elle avait décidé de porter depuis leur passage à Scamandre. À vrai dire, elle n'en doutait pas. Personne ici ne risquait de la reconnaître et elle ne croyait pas les Fontiairy assez fous ni puissants pour la rechercher jusqu'à la capitale.

Grâce à la coordination parfaite des deux amis, à présent habitués à travailler de concert, la boutique ambulante du passionné de littérature ne tarda pas à être opérationnelle.

Une minuscule salle de classe avait été dressée devant la roulotte dont les panneaux latéraux déployés révélaient les dizaines d'ouvrages qu'elle transportait.

Il ne manque qu'une chose.

— Iphis ! Tu veux bien aller récupérer mes ardoises, demanda Vulfran, comme s'il avait lu dans ses pensées.

Elle s'approcha du maigrichon, occupé à tendre une dernière toile pour délimiter son espace, et récupéra le trousseau de clés suspendu à sa ceinture.

— Tu sais où elles sont ?

— Bien sûr, je reviens, répondit-elle en tournant les talons.

Souriante, elle tremblait d'impatience à l'idée de bientôt pouvoir flâner dans les allées.

Elle contourna la voiture avec hâte, mais s'immobilisa presque aussitôt.

Le visage couvert d'une crasse épaisse, un gamin de huit ou neuf ans essayait de forcer un des rangements extérieurs, un vieux couteau rouillé à la main.

— Eh ! Arrête ! s'exclama-t-elle sans prêter attention à l'arme.

Fort heureusement, elle n'avait rien à craindre du garçon seul qui, comme une bête sauvage, déguerpit sans demander son reste.

— Eh !

Scandalisée, la fillette se faufila entre la voiture et le mur le long duquel elle était en partie stationnée et s'arrêta là où s'ouvrait la minuscule ruelle par laquelle l'enfant avait fui.

Il y régnait une noirceur aussi accablante que celle qui souillait le petit voleur.

7

THÉODORE

Quelques jours plus tôt.

Le Duc claqua des mains, indifférent à sa nudité totale. Visiblement de bonne humeur, il s'abandonna à un rire sincère alors que ses petits anges se précipitaient vers une scène en bois blottie contre une portion du mur de la pièce circulaire.

Théodore et Bartholomée n'avaient quant à eux pas esquissé le moindre mouvement, pétrifiés par une cohorte de sentiments contradictoires.

C'était à ne rien y comprendre.

Un homme nu, la personne la plus puissante du Duché, les avait conviés pour les faire chanter dans cet étrange endroit à l'odeur tout aussi bizarre, mélange indéfinissable de sueur et d'encens. L'air était chargé de relents qui rappelaient à Théodore le bureau de Razonel, son ancien maître, mais il y avait autre chose, une odeur animale, que l'orphelin ne s'expliquait pas encore.

Puis il les vit…

Face à l'estrade sur laquelle les petits anges, suivis d'Anastase, avaient pris place, un lit gigantesque avait été installé. Aussi long que large et surmonté d'un voile fin qui chutait jusqu'au sol, il n'avait eu nul besoin d'attendre la nuit pour que l'on vienne le défaire ; tantôt cachées sous les draps de soie, tantôt étendues entre les dizaines de coussins éparpillés, plusieurs femmes tout aussi peu vêtues que le Duc fixaient les nouveaux venus.

À l'expression de Bartholomée, Théodore comprit que c'était la vue de leurs corps dénudés qui l'avait paralysé, pas celle du Duc.

Sentant le rouge lui monter aux joues, Théodore détourna le regard et posa les yeux sur l'homme dont la bonne humeur semblait commencer à se dissiper.

— Rappelle-toi pourquoi tu es là, lança-t-il à Théodore en indiquant la scène d'un mouvement de la tête.

Malgré sa confusion, le garçon s'en souvenait parfaitement. Alors, à peine rassuré par la présence des femmes, lui qui avait craint le pire en découvrant le Duc entièrement nu, il tira sur la main de Bartholomée.

— Viens, Barth, dit-il en entraînant son ami qui ne pouvait détacher ses yeux des formes voluptueuses.

Bartholomée était mu par une curiosité somme toute naturelle pour un adolescent de son âge.

Les deux garçons rejoignirent le reste de la troupe, alignée comme si elle s'apprêtait à saluer son public avant même de s'être produite, et prirent place devant le Duc.

Assis au bout du lit qui faisait face à ses petits anges, l'homme ne montrait pas le moindre intérêt pour celles qui patientaient dans sa couche.

— Bien, pour fêter l'arrivée de mes nouveaux anges, je vais vous laisser choisir la chanson, dit-il en offrant un large sourire à Anastase.

Surpris, comme s'il exigeait d'eux l'impossible, les enfants échangèrent des regards inquiets.

— Vous connaissez "La Chevauchée" de Gawner ? s'enquit aussitôt Anastase.

Tous, ou presque, acquiescèrent en silence.

— Toi aussi ? demanda-t-elle à Bartholomée sans cacher son mépris.

Une telle condescendance dans la bouche d'une enfant aussi jeune était effrayante. Bartholomée quitta à contrecœur les femmes des yeux et fixa Anastase, les sourcils levés.

— Tu connais "La Chevauchée" de Gawner ou pas ? insista la petite rousse.

Le gaillard opina du chef avant de retourner à sa contemplation.

Anastase, qui avait pris les commandes, n'en déplaise à Théodore qui préférait ne pas intervenir, ne perdit pas une seconde et répartit les rôles selon la hauteur des voix de chacun. Puis, elle fit un pas en avant :

— Pour vous, mon Duc.

L'homme, inconscient de son ridicule, pouffa et applaudit gaiement.

— Allez ! Allez !

Théodore donna un léger coup de coude à Bartholomée quand, évidemment, Anastase se mit à chanter la première.

Tout en ces lieux lui criait qu'il ne valait mieux pas froisser l'homme nu qui, après quelques mesures seulement, commença à se tortiller. Malgré son jeune âge, Théodore savait pertinemment ce que les femmes faisaient là – les garçons en parlaient bien assez souvent à l'orphelinat – mais il ne voyait aucune explication logique à leur présence à eux… Puis, blême, il comprit enfin lorsque Bartholomée joignit sa voix à celles de ses camarades et que le Duc parut exploser.

L'homme lâcha un râle de contentement et, en un éclair, comme un prédateur tapi dans l'ombre depuis trop longtemps, se jeta sur la fille la plus proche qui, sans même un cri de surprise, le laissa se saisir de sa poitrine.

— Non ! cria Bartholomée comme si l'assaut du Duc avait soudain brisé l'hypnose dans laquelle les formes généreuses des concubines l'avaient plongé.

— Barth… souffla Théodore en réalisant que son ami venait de commettre une grave erreur.

— Pas toucher elles ! s'énerva le géant.

Mais sa colère n'était qu'une brise à côté de la tempête que déclencha le Duc. Il repoussa violemment la femme qui, en glapissant cette fois-ci, se retrouva par terre malgré l'étendue de la couche ducale.

— Sale petite merde ! gronda-t-il.

Le visage parcouru de tics de rage, il se leva et s'accroupit au coin du lit.

— Dégagez ! beugla-t-il quand les deux gardes qui avaient

fouillé les enfants firent irruption.

Ils s'empressèrent de refermer les battants et les enfants, tout comme les femmes, furent à la seule merci du Duc.

Mais il ne comptait pas faire preuve de clémence, pas après s'être montré aussi patient. Il avait tant attendu ce moment, s'était retenu des jours durant de faire quérir ses petits anges et voilà que ce grand mongolien venait de tout gâcher.

Il farfouilla sous le lit puis, ayant trouvé ce qu'il y recherchait, se redressa et cria de plus belle :

— Je t'avais prévenu que je ne voulais rien de tout cela !

Théodore tressaillit lorsqu'il prit conscience que le Duc s'adressait à lui. Il n'avait rien à dire pour sa défense et pas même le rire étouffé d'Anastase ne lui donna la force d'essayer de s'expliquer.

— Vous allez voir !

Le garçon couina en découvrant ce que l'homme brandissait devant lui. La présence d'un tel objet en ces lieux défiait toute logique pour Théodore. En revanche, il savait très bien comment le Duc allait en faire usage.

Acculé comme une bête blessée, Théodore chercha autour de lui un moyen de se tirer de ce mauvais pas, mais se résigna. Il ne gagnerait rien à tenter de fuir. Il ne ferait qu'augmenter la fureur de l'homme qui gravissait à présent la petite estrade.

Résigné et les yeux déjà humides, Théodore agrippa les pans de sa chemise, prêt à la relever pour recevoir son châtiment, mais n'en eut pas le temps. Les sangles de cuir du martinet lui cinglèrent le visage et il fut projeté au sol.

— Théo ! rugit Bartholomée, tandis que les petits anges se réfugiaient à l'autre bout de la scène.

Un goût de sang dans la bouche et la joue ainsi qu'une oreille en feu, Théodore craignit le pire pour son ami. Si Bartholomée s'en prenait au Duc, il allait signer son arrêt de mort.

— Laisse-toi faire, Barth ! hurla-t-il, désespéré à l'idée qu'ils n'avaient fait que troquer un enfer pour un autre. Par pitié, ne te défends pas !

Cette dernière plainte sembla amuser le Duc qui explosa de rire comme si la simple idée qu'on puisse lui tenir tête faisait partie du domaine de l'impossible. Puis sa colère reprit le dessus et un vif claquement résonna dans l'air.

Barth tomba à genoux, la gorge éraflée et le menton en sang.

— Au sol, sale rampant ! s'emporta le Duc qui retourna son fouet pour frapper Bartholomée avec le manche.

Le visage ovale du garçon, qu'une terrible bosse violacée ne tarderait pas à déformer encore davantage après les raclées reçues à Windrasor, s'écrasa contre les planches, à quelques centimètres seulement de celui de Théodore.

— Tiens bon, Barth, murmura ce dernier, dont l'œil droit se fermait bien malgré lui.

Car le Duc n'en avait pas fini avec eux.

— Gardes ! aboya l'homme.

La porte s'écarta brutalement et, cette fois, les soldats entrèrent sans hésiter, ignorant totalement la nudité de leur supérieur.

— Maintenez-moi ces deux malpropres, ordonna le Duc avec calme.

Il passa une main dans ses cheveux et se tourna vers le lit où, horrifiées, les concubines s'étaient regroupées et chuchotaient.

— Ne soyez pas jalouses, votre fougueux étalon arrive, plaisanta-t-il, ne récoltant que quelques rires forcés.

Il pivota vers ses petits anges et allait ouvrir la bouche quand une voix douce s'éleva.

— Souhaitez-vous que nous reprenions ? lui demanda Anastase en souriant.

L'homme succomba à une brève hilarité.

— Et comment, ma belle !

Sur ces mots, il bondit de l'estrade et reprit place au bout du lit.

— Qu'ils n'en perdent pas une miette, lança le Duc aux soldats. Pas une seule.

Puis, comme si ces deux arriérés qu'il avait ramenés de Windrasor n'avaient jamais existé, il s'abandonna à la grâce du chant entonné par ses choristes. Les yeux mi-clos, il se balança légèrement et laissa la colère se dissiper. Enfin, la force rafflua.

— Admirez le spectacle ! s'exclama-t-il avec un sourire carnassier, le martinet toujours à la main.

8

PLACIDE

Trois semaines plus tôt.

Placide rentra la tête dans les épaules lorsqu'un nouveau coup de feu résonna dans la forêt qui les entourait. Isaïelle, la femme avec laquelle il était monté à cheval, avait bien tenté de le rassurer après leur départ du “*Bouillon du Félin*”, mais, à présent, ses promesses et ses dires sur l'endroit où ils se rendaient avaient tout de douces chimères. Une fois de plus, le destin n'avait pas attendu pour venir s'emparer avec violence de ces bribes d'espoir auxquelles Placide s'accrochait tel un être famélique à une miche de pain.

— Prends les rênes, ordonna soudain Isaïelle. Faut que je recharge.

Placide se saisit aussitôt des lanières de cuir et les maintint comme la cavalière, assise derrière lui, les avaient tenues jusque-là.

— Je me dépêche, ajouta la femme qui se mit à se tortiller, visiblement en peine pour dénicher les précieuses munitions et la poudre glissés dans son épais manteau.

L'état désastreux de la piste ne facilitait pas l'opération et chaque foulée de l'animal rendait la tâche plus ardue. Elle jura, gigota de plus belle puis s'immobilisa.

— Continue, petit, j'y suis presque.

Les jointures des doigts blanchâtres, Placide enserrait les rênes et fixait droit devant lui, les avant-bras légèrement tendus.

Depuis le premier tir, les cavaliers de tête avaient creusé leur avance, mais pas suffisamment pour que la situation délicate d'Asmodée n'échappe à Placide. Devant, à quelques dizaines de mètres, le corps du gaillard, juché sur une énorme jument, était violemment secoué et menaçait de chuter à tout instant.

— Non... souffla Placide quand la bête, guidée par Anselme et Isidore, fonça dans un virage en épingle sans même ralentir.

Jamais le garçon inconscient ne pourrait rester ainsi en équilibre. Et pourtant, défiant les lois de la physique et envoyant au passage un terrible uppercut au sort qui s'acharnait sur Spinello et sa bande, il tint bon. Asmodée n'était pas sauvé pour autant et, le temps qu'Isaïelle et Placide atteignent le dangereux tournant, sa monture avait disparu dans un virage tout aussi resserré.

Les deux cavaliers négocièrent à leur tour le second obstacle et Placide, malade d'inquiétude, eut tout juste le temps d'apercevoir la croupe du cheval qui les précédait s'enfoncer dans un troisième virage à leur gauche. Il voulut tirer sur les rênes pour obliger l'animal à suivre son congénère, mais Isaïelle l'en déposséda subitement.

— Ils ont tourné ! s'exclama-t-il.

— Trop tard pour nous ! cria Isaïelle qui força le cheval à avancer droit devant. On continue ! On doit les semer !

Bien que méfiante, craignant que Placide ne fasse une bêtise, elle rendit les brides au garçon et récupéra le mousquet qu'elle avait coincé sous son menton.

— J'y suis presque.

Un autre éclat troubla le silence habituel des bois, déjà perturbé par le raffut des sabots. Un cri déchirant lui fit écho et Placide fut pris de tremblements incontrôlables.

Il sursauta lorsqu'une ombre gigantesque apparut à leur droite.

C'est bon, ils nous ont suivis, lança Fradik, l'Ignoble monté sur un étalon tout aussi imposant que lui et qui semblait se réjouir de cette chevauchée démente. Semons-les !

La créature prit les devants et harangua les cavaliers qui fermaient la marche, talonnés de près par leurs poursuivants.

— Allez, on s'arrache !

Poussés par leurs maîtres, les chevaux forcèrent l'allure et filèrent sur la piste rectiligne qui se faufilait entre les pins élancés qui tapissaient cette partie des bois.

Une pluie d'épines tombait en silence. La forêt retenait son souffle, impatiente de voir ces importuns disparaître.

— On va retrouver les autres, pas vrai ? s'inquiéta Placide, les yeux braqués sur le chemin.

Pour toute réponse, il n'obtint qu'une détonation assourdissante qui fit vriller ses tympans. Un son aigu se mit à siffler dans son crâne mais, toujours responsable des rênes, il parvint à surmonter cette envie irrépressible de porter les mains à ses oreilles. Le garçon ne pouvait pas se retourner, mais ce coup de feu d'Isaïelle, qui avait tant peiné à recharger son arme, en disait long sur leur situation. On les rattrapait.

Soudain, alors qu'il en demandait visiblement déjà beaucoup à sa monture, Ambroise, son épaisse barbe chahutée par la vitesse de son cheval, les dépassa et se plaça au côté de Fradik, juste devant eux. Malgré leur course folle, les paroles qu'ils échangèrent n'échappèrent pas à Placide.

— J'ai perdu Fromir de vue, il est où cet enfoiré ?

À ces mots, Fradik pivota sur sa monture, une partie de son faciès hideux tirée du couvert de son épaisse capuche noire.

— Tu crois qu'ils ont repéré les autres ? ajouta Ambroise d'un ton inquiet.

— Non… On aurait entendu des tirs. Élias ne se laisserait jamais capturer sans se battre.

— Alors…

— On n'a pas le choix, il faut continuer.

Fradik brandit son mousquet et cria :

— En avant !

Mais les bêtes donnaient déjà leur maximum. La vigueur des montures des deux camps risquait d'ailleurs fort de déterminer l'issue de cette confrontation, bien plus que les tirs mal ajustés qui, à mesure que les chevaux emportaient leurs cavaliers plus profondément dans la forêt et que les minutes interminables s'écoulaient, se firent moins nombreux. Tirer dans ces conditions n'était pas une mince affaire et tous avaient fini par comprendre que cela ne ferait plus de réelle différence.

Soudain, le chemin – un faux plat depuis un ou deux kilomètres – se fit brutalement plus raide et les animaux, malgré les coups de talons de leurs cavaliers paniqués, ralentirent. Ce ne fut pourtant pas ce qui les força à s'arrêter.

À peine le sommet de la butte atteint, Fradik stoppa net et le cheval d'Ambroise manqua de le percuter de plein fouet.

— Stop ! hurlèrent plusieurs hommes d'une même voix.

— Fradik ! paniqua Ambroise en pointant son arme sur les soldats qui leur barraient la route.

L'Ignoble fit mine de faire demi-tour, mais il était trop tard : leurs poursuivants refermaient l'étau.

— Les salauds… siffla-t-il, les yeux rougeoyants.

En un instant, leur fuite venait de prendre fin. Ils étaient pris en tenaille. Sept contre une vingtaine ; pris au piège, mais pas encore vaincus.

— Déposez vos armes ! lança un homme aux longs cheveux gris, un de ceux qui avaient réussi à les devancer par un autre chemin pour leur couper la route.

Son cheval sautillant d'excitation, Fradik échangea un bref regard avec ses hommes.

— Pour les Insaisissables ! cria-t-il en extirpant une épée à double tranchant que son manteau masquait jusque-là.

Isaïelle qui avait rangé son mousquet vide et inutile, l'imita et tira le sabre qu'elle portait à la ceinture.

— Pour les Insaisissables !

Et, ensemble, les six cavaliers chargèrent. Placide hurla à pleins poumons quand Isaïelle, touchée à l'épaule, fut violemment projetée en arrière et s'écrasa au sol. À quelques centimètres près, la tête de l'orphelin aurait volé en éclat.

Les oreilles toujours en proie à un sifflement intraitable, le garçon miraculé se pencha en avant et enserra l'encolure du cheval. Les paupières closes, il essayait de s'imaginer ailleurs, bien loin d'ici, chez lui, auprès de cette famille qui l'attendait quelque part et qui serait, un jour, venue l'adopter à Windrasor. Mais cette supercherie ne marchait plus et la réalité, en la personne d'un soldat au visage couvert de sang, le rattrapa et le lança brutalement à terre à son tour.

Le souffle coupé, Placide se retrouva nez à nez avec un homme d'Élias dont le sang maculait peu à peu le tapis d'épines qui recouvrait le chemin. Son regard, rempli d'un courage respectable quelques secondes auparavant était à présent vide et mort. L'orphelin gémit lorsque le soldat qui l'avait éjecté de sa monture, apposa la pointe de son épée contre sa gorge.

— C'est quoi, ce monstre ? s'écria un militaire, non loin.

— Je vais vous massacrer ! beugla Fradik, rendu fou de rage par la mort de ses compagnons.

Il était le dernier encore debout et, bien que blessé, faisait tournoyer son épée.

— Ne le tuez pas et rattrapez l'autre ! ordonna le meneur aux cheveux gris.

Deux soldats se jetèrent en selle et s'élancèrent à la poursuite d'Ambroise qui avait réussi, envers et contre tout, à forcer leur barrage.

Malgré la peur qui le terrassait, Placide souleva légèrement la tête pour voir ce qui se passait.

— Ne bouge pas, cracha le soldat qui menaçait de lui transpercer la trachée alors que plusieurs chevaux repartaient déjà au galop.

— Fromir ! gémit à la fois de rage et de douleur Fradik avant de ployer sous les assauts de la dizaine d'hommes armés.

Placide l'entendit s'effondrer.

— Colonel, c'est quoi cette chose ? paniqua un des subalternes de Fromir qui avait aidé à maîtriser l'Ignoble enragé.

— Cette chose ? Une abomination de la nature. Mais surtout le bras droit de notre cher Insaisissable, notre bon ami Élias.

Les hommes de Fromir poussèrent un cri de joie, conscients qu'ils venaient de mener avec succès un des plus beaux coups de filet de ces dernières années.

— Fromir ! siffla Fradik.

— Non, non, pas maintenant, rétorqua le Colonel.

Il fit un pas vers l'Ignoble et un craquement sonore s'éleva. La tête de Fradik retomba mollement contre l'humus du bord de piste où il avait été immobilisé. Fromir rengaina son sabre, dont le plat venait de plonger l'Ignoble dans l'inconscience, et avança vers Placide qui, pour la première fois, croisa les yeux d'un bleu vif de celui qui avait mis fin à leur fuite.

— Colonel, que fait-on d'elle ? intervint un soldat qui tenait Isaïelle en joue.

— Son état ?

— Elle devrait survivre.

— On l'embarque aussi…

Il tourna la tête vers Placide.

— Quant à toi…

— Colonel, si je puis me permettre, le coupa un homme aux cheveux luisants. Il s'agit d'un des orphelins que vous nous aviez envoyé chercher avec le type de Rasorburgh. Je le reconnais.

— Un peu de respect soldat ! Ce “type” y a laissé la vie et pas joliment d'après ce que vous m'avez raconté. Et, pire encore, comme nous l'avons constaté, son meurtrier court librement…

— Pardon, mon Colonel, s'excusa le soldat, honteux.

— Mais tu as raison, sans ce gamin et ses petits copains nous n'aurions pas retrouvé la trace de Cartier.

Les yeux plongés dans ceux de Placide, il ricana puis sourit de contentement.

— Allez, embarquez-les ! J'ai des questions à leur poser et ils vont y répondre, croyez-moi.

Ses hommes poussèrent un nouveau cri de victoire.

9

IPHIS

Près d'un mois plus tard.

Et c'est comme ça que j'ai eu cette cicatrice, termina d'expliquer Friedrik, l'homme aux bons soins duquel Vulfran avait confié Délicate, Virevoltant et Robuste le temps de leur séjour à la capitale.

Amusée, Iphis sourit. Elle n'avait jamais entendu une histoire aussi absurde et même Vulfran, auquel Friedrik l'avait racontée des dizaines de fois, riait avec sincérité. Il y avait matière à en faire un conte pour enfants, c'était certain.

— Iphis, tu reprends du thé ? proposa Vulfran qui avait resservi Friedrik, venu leur tenir compagnie avant l'arrivée des premiers badauds.

À cette heure-ci, le marché aux épices était encore désert et seuls quelques commerçants, dont certains avaient parfois couché au milieu de leurs marchandises, s'affairaient à réorganiser leur étal. Les odeurs exotiques n'avaient en revanche pas quitté les lieux et le vent, qui soufflait fort ce matin-là, n'y pouvait rien. Sitôt chassait-il le fumet d'une épice venue d'une province lointaine, sitôt un autre, plus riche, plus sucré, prenait sa place. C'était peine perdue. On n'appelait pas cet endroit "La place aux mille fragrances" pour rien et Iphis n'avait qu'un souhait : la parcourir à nouveau.

— Ça ira, je te remercie, répondit-elle, tout sourire.

Elle vida d'un trait le fond de sa tasse et se leva.

— Je vais aller faire un tour, d'accord ? ajouta-t-elle.

— Reste sur le marché, la prévint Vulfran qui l'avait déjà mise en garde la veille des dangers de la ville après la tentative de vol à laquelle ils avaient échappé de peu.

— Ne t'inquiète pas ! le rassura-t-elle en couvrant sa chevelure broussailleuse du voile qu'elle portait autour du cou.

Loin était le jour où ses cheveux retrouveraient leur belle longueur d'antan, mais elle se réjouissait déjà de voir les marques laissées par la fureur du marquis disparaître peu à peu. À présent, elle n'était qu'une enfant aux cheveux ébouriffés. Personne ne pourrait la reconnaître, mais elle avait appris à chérir l'illusoire protection que lui offrait l'étoffe.

— À tout à l'heure, les garçons ! lança-t-elle en s'éloignant.

Vulfran et Friedrik, un air benêt sur le visage, la saluèrent et reprirent leur petit déjeuner.

Le nez en l'air, Iphis s'engagea dans la première allée qu'elle remonta d'un pas lent et serein.

Chaque nouvelle odeur et couleur était l'occasion d'une pause et elle ne tarda pas à lier conversation avec un vendeur à la peau hâlée qui lui assurait que ses produits étaient les meilleurs du Duché. Telle épice venait d'une contrée lointaine au-delà de l'Aristie dont Iphis n'avait jamais entendu le nom, telle sacoche – car le marché aux épices était loin de se contenter de la vente de ces poudres colorées – avait été confectionnée à partir du cuir des chèvres les plus robustes des montagnes, tel bol en céramique avait, selon le marchand, des vertus inexplicables.

Aussi inexpérimentée en affaires soit-elle, Iphis aurait pu crier à l'arnaque, mais elle comprit rapidement que l'homme n'essayait nullement de lui refourguer une quelconque babiole. Il voyait en elle ce qu'elle était ; rien de plus qu'une enfant curieuse et sans le sou, avec laquelle il prenait néanmoins plaisir à partager son enthousiasme pour sa marchandise. Il poursuivit son boniment jusqu'à ce que de premiers clients, monnaie trébuchante en poche, arrivent et lui fassent oublier la jeune fille. Elle le remercia pour sa gentillesse et reprit sa promenade.

D'un étal à un autre, sa curiosité ne reçut pas forcément un accueil aussi chaleureux et les grognements de certains lui firent même hâter le pas. Cependant, rien n'aurait pu l'empêcher de continuer à profiter de cette balade matinale. Rien, si ce n'était l'étendue finie de la place.

Car, aussi vaste soit-il, le marché n'était qu'un grain de sable dans l'immensité de ce sablier, où filait le temps, qu'était la capitale et, très vite, Iphis se retrouva à parcourir la dernière allée qu'elle n'avait pas visitée.

Les échoppes y étaient toujours aussi colorées et surchargées, les visiteurs toujours aussi surprenants, et pourtant Iphis se prenait à scruter les avenues qui s'étiraient au-delà de la place.

La ville est-elle aussi vivante ailleurs ? songea-t-elle en se remémorant l'avertissement de Vulfran.

Non, elle ne comptait pas lui désobéir et encore moins s'exposer au danger. Elle avait vu de quoi étaient capables ses semblables et ne voulait aucunement vérifier si un individu comme le miséreux qui les avait insultés la veille était capable de pire encore.

À chaque jour, son aventure.

Cependant, l'envie d'en voir davantage refusait de la quitter et, alors qu'elle redescendait en direction de la voiture bariolée de Vulfran, où l'homme donnait, l'espérait-elle, ses premières leçons, elle ne put s'empêcher de jeter un œil intéressé dans une rue perpendiculaire. Cela ne lui permit néanmoins pas d'éviter l'ombre qui en jaillit et la percuta.

À son grand étonnement, elle parvint à garder l'équilibre et eut tout juste le temps de reconnaître le garçonnet de la veille avant que celui-ci ne se précipite sous une charrette parquée à proximité. Deux hommes déboulèrent à leur tour. Armés et vêtus d'uniformes aux couleurs du Duché, ils transpiraient à grosses gouttes et avaient l'air furieux.

— Par là ! s'exclama Iphis en indiquant une allée où la foule, à présent compacte, aurait facilement pu occulter la fuite du garçon.

Un des soldats la remercia d'un grognement et son collègue et lui repartirent en courant, sans se soucier des passants qu'ils écartaient sans gêne.

Avant qu'Iphis ne réalise qu'elle venait de mentir ouvertement aux autorités et avec une aisance que seule la vie à Windrasor pouvait enseigner, les hommes avaient disparu.

Elle s'approcha du chariot sous lequel l'enfant s'était caché, s'accroupit et s'adossa à une des roues. Cette fois-ci, il n'y avait pas de ruelle par laquelle le garçon aurait pu se dérober ; il était toujours là.

— Tu m'as fait mal, tu sais ? commença-t-elle en se tâtant les côtes.

Mais, en guise d'excuses, elle n'obtint que le silence.

— Pas très sympa de ta part, ajouta-t-elle, en se retournant pour s'assurer que le petit voyou était bel et bien là.

Terré contre le mur, boule de vêtements rapiécés, il la fixait avec méfiance.

— Pourquoi ils te couraient après ? demanda-t-elle lorsqu'il n'y eut plus que le garçon pour l'entendre.

Tournée vers la chaussée pour ne pas révéler la présence du petit dans son dos, elle soupira.

— Et pourquoi tu voulais nous voler hier ? Hein ? Y avait rien à manger dans le compartiment que tu voulais forcer, précisa-t-elle en se rappelant l'aspect famélique de son interlocuteur.

Toujours le silence.

— J'aurais peut-être dû dire aux soldats où tu étais…

— Non ! feula le garçon brusquement tiré de son mutisme.

— Ah ben voilà, tu parles, se réjouit Iphis. Ne t'inquiète pas, je ne dirai rien… Si tu me parles.

L'image du petit couteau du garçon lui traversa subitement l'esprit, mais elle préféra l'en chasser, incapable, malgré ce qu'elle avait vécu, d'imaginer un enfant si jeune s'en prendre à elle sans réelle raison.

— Tu sais, tu devrais repasser à notre roulotte plus tard. Je suis sûre que Vulfran te donnerait quelque chose à manger et il pourrait t'apprendre à lire. Tu sais lire ?

Le garçonnet immobile n'émit pas le moindre son.

— J'appelle les soldats ?

— Non, sais pas, répondit le garçon d'une voix croassante.

— Alors tu devrais venir, ça pourrait t'aider à trouver un travail de savoir lire. Tu n'aurais plus besoin de voler.

Iphis ne se doutait pas de la naïveté de ses propos et la réaction du garçon l'étonna.

Comme s'il avait oublié la situation délicate dans laquelle il était, il éclata d'un rire gras et sonore.

— Quoi ?

— Pas besoin d'travail. Belle vie déjà, expliqua-t-il en catapultant ses mots.

S'exprimer avec un lance-pierres était sa manière d'être.

Iphis voulut en savoir plus, mais une soudaine douleur au bras la força à se jeter sur ses pieds.

— Dégagez de là ! s'énerva la propriétaire de la charrette qui venait de la frapper avec le manche d'un balai.

L'orpheline s'écarta, prête à se justifier, mais la femme ne lui en laissa pas le temps.

— Allez, ouste, vermine ! s'agaça-t-elle en enfonçant la tige de bois sous le chariot pour déloger le garçonnet.

Il grogna et apparut enfin, toujours aussi noir de crasse.

— Je vais appeler les gardes ! les prévint-elle en les poussant avec les poils de son balai. Dégagez !

Surprise par la force du coup, alors que le garçon n'avait pas demandé son dû et s'éloignait déjà, Iphis se prit les pieds dans un pavé qui dépassait et s'étala de tout son long. Pas de quoi apitoyer la femme ; bien au contraire.

— Gardes ! cria-t-elle.

Stupéfaite, Iphis réalisa qu'il était trop tard pour raisonner la marchande lorsqu'elle aperçut les soldats qu'elle avait bernés. Ils revenaient à la charge à quelques dizaines de mètres. Au même instant, une main se referma autour de ses doigts et l'aida à se relever.

— Vite ! paniqua le gamin qui l'entraîna dans l'avenue et bifurqua presque aussitôt dans une ruelle où la lumière du jour peinait à se faufiler.

— Attends !

— Cours, si t'attrapent, t'es f'tue.

Iphis ne comprit pas tout, mais la panique du voyou se suffisait à elle-même. Alors, elle obéit.

Les hurlements des gardes résonnant dans leur dos, ils multiplièrent les changements de direction, s'enfoncèrent dans des passages toujours plus étroits, puis furent enfin seuls ; leurs poursuivants avaient abandonné quelque part en chemin.

La gorge sèche, Iphis se plia en deux quand le garçon libéra ses doigts. Elle aspira de grandes bouffées de l'air fétide, chargé de relents d'urine, qui flottait entre les murs noircis de la ruelle où ils s'étaient arrêtés.

— Il faut que tu me reconduises au marché. Vulfran va être mort d'inquiétude, paniqua-t-elle lorsqu'elle eut retrouvé son souffle.

— Qui c'est, celle-là ? demanda soudain une voix depuis la pénombre.

Iphis sursauta. Pas son sauveur.

Le garçon au visage couvert de crasse fit une étrange révérence et redressa la tête.

— Une amie, Grand Pantouflard, juste une amie.

10

OCTAVE

Près d'une semaine plus tôt.

Octave ne pouvait en vouloir qu'à lui-même. Tout cela était arrivé par sa seule et unique faute. Et tout le renvoyait à la nuit du meurtre simulé d'Agrippa ; la nuit où les silhouettes d'un Ignoble, d'une personne encapuchonnée qu'il savait maintenant être la cuisinière, et d'un gardien dont il ignorait l'identité, étaient apparues au milieu d'un couloir mal éclairé des bâtiments des garçons. La nuit où il avait tourné les talons en maugréant et s'était enfui comme un lâche.

Il aurait pu se confronter au trio, tâcher d'apprendre ce qu'il faisait là, ou bien se contenter de tout révéler au directeur, mais il n'en avait rien fait. Il s'était tu comme un pleutre, comme un fainéant qui n'avait aucune envie de voir son quotidien bien réglé bouleversé par les manigances de comploteurs pour lesquels il n'aurait eu que mépris. À présent, il réalisait toute l'étendue de sa bêtise. Et pourtant, les choses auraient pu être pires encore.

Sa blessure à l'épaule, souvenir de sa rencontre avec ce groupe de rebelles qui avait emporté les orphelins, commençait déjà à cicatriser et ne laisserait pas de séquelle si ce n'était une légère gêne, tout au plus des picotements, par temps humide. Non, les choses auraient pu être bien pires. N'avait-il après tout pas réchappé à deux condamnations à mort ?

Le gardien sourit. Il était très certainement le seul à pouvoir se targuer d'un tel exploit dans tout le Duché. Rien ne saurait l'arrêter. Son heure viendrait. Il n'avait qu'à se montrer patient et tenir la promesse faite au rejeton des Fontiairy, ce morveux qui lui avait, par deux fois, sauvé la mise. Le retrouver, par quelque jeu d'influences qu'Octave avait en abomination, lui avait en effet valu une amnistie totale pour le meurtre de Melchior, ce type ridicule dont il s'était débarrassé avec une facilité déconcertante ; à ce sujet les Fontiairy avaient tenu parole. Puis le gamin, désireux de mettre la main sur sa petite copine, lui avait permis de réchapper à la sentence de Spinello.

Ce merdeux ne perdait d'ailleurs rien pour attendre et Octave comptait bien avoir sa revanche quand viendrait le moment où leurs routes se croiseraient... pour la toute dernière fois. Mais, pour l'heure, Iphis devait être sa seule préoccupation. Quitte à ce que cela tourne à l'obsession pour lui. Il ne serait pas le seul dans ce cas.

— Trois semaines ! s'énerva Édouard.

Un large col de tissu blanc ondulé enserrait son cou, donnant à sa tête ronde un aspect aussi disproportionné que ridicule. Son expression boudeuse trahissait ses intentions : il allait s'adonner à une de ces crises dont Octave, encore alité quelques jours auparavant, avait si souvent perçu les échos au cours de sa convalescence.

— Trois semaines ! répéta le garçon boudiné avec fureur.

— Calmez-vous Édouard ! intervint la marquise qui avait convoqué Octave et Philibert dont l'épaule, toujours bandée, témoignait de la violence de l'assaut de l'aubergiste du "*Bouillon du Félin*".

Elle ne l'avait pas raté.

— Et ce gros empoté n'a rien fait ! s'indigna Édouard.

Octave serra les dents et laissa le marquis prendre sa défense.

— Sans lui vous seriez encore avec ces fichus voyous ! Et n'est-ce pas vous qui avez confié la mission de retrouver Iphis à un homme blessé ?

Édouard donna un coup de pied dans un coussin qu'il venait de lancer au sol.

— Et n'oubliez pas tous ces… tous ces gens que Père a envoyé questionner les habitants du Duché en attendant que ces messieurs se rétablissent, ajouta la marquise.

Aussi reconnaissante leur soit-elle, l'impatience de la femme allait grandissant et Octave sentait que tôt ou tard – plutôt tôt que tard d'ailleurs – Philibert et lui allaient amèrement regretter de s'être retrouvés au service de pareil enfant… même si l'un lui devait la vie et l'autre la promesse d'une bourse bien remplie. Échouer n'était pas une option.

— Trois semaines ! beugla Édouard de plus belle.

Les muscles des mâchoires tendus, Octave se demandait ce qui retenait le couple de donner une bonne leçon à ce garnement. À Windrasor, il n'aurait pas manqué d'idées pour punir un tel manque de respect.

Mais les deux échalas, engoncés dans des vêtements multicolores, se laissaient marcher sur les pieds.

Octave se racla la gorge.

— J'imagine que vous nous avez convoqués pour une bonne raison, dit-il d'un ton cordial.

Il ne leur laissa cependant pas le temps de répondre :

— Vous n'avez qu'un mot à dire et je pars à sa recherche.

— Après trois semaines ! s'exclama Édouard qui ne comptait pas lâcher le morceau.

— Édouard ! s'énerva le marquis. Allez donc en cuisines avec Gédéon voir ce qu'on vous a préparé.

— Mais !

— Filez ! le coupa sa mère.

Quelle punition exemplaire, pensa Octave. *L'envoyer se goinfrer en cuisines. Remarquable.*

Ils auraient au moins la paix, jusqu'à ce que ce gros lard se soit rempli la panse.

— Oui, vous avez une promesse à tenir, reprit le marquis lorsque l'importun eut quitté la pièce sans oublier de claquer la porte derrière lui.

— Et je n'y manquerai pas. Faites-moi confiance. Je vous ai ramené votre enfant, je retrou…

— Nous retrouverons Iphis, l'interrompit Philibert.

Octave, qui se serait bien passé de sa compagnie, hocha néanmoins la tête.

— Quand partons-nous ? demanda-t-il.

— Le plus tôt possible, voyons. Votre convalescence a bien assez duré, siffla la marquise.

Tu ne t'es pas pris une balle, ma belle.

— Certes ma chère, certes, ajouta son époux. Toutefois, une question demeure : comment allez-vous vous y prendre ?

Octave avait eu suffisamment de temps pour y réfléchir, mais n'avait pas de réponse satisfaisante à offrir.

— Nous avons déjà dépensé une fortune en envoyant tous ces vauriens enquêter sur cette petite peste. Et pour quels résultats ? renchérit la marquise, indignée à l'idée qu'une telle somme puisse finir dans les poches de pareils paltoquets.

— Je… nous la retrouverons, se contenta de répéter Octave avec autant d'assurance que possible.

Il savait que la chance avait joué pour beaucoup dans leurs recherches d'Édouard, mais il ne l'aurait jamais reconnu ouvertement. Les aristocrates le fixèrent un instant et il soutint tour à tour leur regard.

— Très bien alors, conclut enfin le maître de maison. Zachée va préparer tout ce dont vous aurez besoin pour votre voyage. Vous partirez dès ce midi.

— Au plus tôt ! compléta la marquise. Filez donc rassembler vos affaires !

Octave, qui n'avait pas bougé du sofa dans lequel il s'était assis à son arrivée, se leva, les salua puis s'éclipsa, Philibert sur les talons. Il prit la direction de la chambre qu'on lui avait attribuée. Quelque chose le retint.

— C'est quoi le plan alors ? le questionna Philibert, une main posée sur l'épaule indemne du gardien.

— Lâche-moi, grogna le géant.

Mais l'homme lui tint tête.

— On va faire comment, hein ? On va encore vagabonder au hasard en croisant les doigts ? Ratisser la forêt comme des limiers puants ?

Qu'avait donc cet abruti dans le crâne ? Une naine avait suffi à l'envoyer au tapis et il osait se mesurer à lui.

— S'il le faut. Je te vois bien renifler le sol.

Philibert ignora la provocation.

— J'ai un paquet de fric à me faire dans cette histoire alors, cette fois-ci, on le fera à ma manière. Compris ?

Ce gars en avait dans le pantalon, bien plus qu'Octave ne l'aurait pensé. Mais pas assez pour l'impressionner.

Le géant se pencha vers son interlocuteur et posa à son tour une de ses énormes paluches sur l'épaule de Philibert qui bondit en arrière, le corps électrisé par la douleur qui le parcourait.

— Oh, pardon, dit Octave d'une voix mielleuse.

— Espèce d'enf…

— Monsieur ! Madame ! cria soudain une voix depuis le hall.

Pareil raffut n'était pas monnaie courante de la part des domestiques qui tâchaient habituellement d'être aussi discrets que possible.

— Que se passe-t-il ? répondit celle, gorgée d'inquiétude à l'idée que quelque chose soit arrivé à Édouard, de la marquise qui se précipitait déjà vers le hall.

Octave en oublia aussitôt son altercation avec Philibert et repoussa l'homme.

Il s'approcha d'un pas lourd des vastes portes entrouvertes qui marquaient l'entrée de la demeure.

— Qu'est-ce donc ? demanda la marquise.

— Cet homme souhaite s'entretenir de toute urgence avec vous, expliqua la servante en s'écartant.

La marquise, que son mari venait de rejoindre, recula d'un pas lorsqu'un type couvert de poussière fit son apparition.

— Ah ! Vous revoilà ! Alors ? s'exclama l'aristocrate en prenant son épouse par la taille.

— Vous pouvez aller chercher la récompense, lâcha l'homme avec un grand sourire qui ne le rendait que plus laid.

— Vous l'avez retrouvée ? s'exalta la marquise qui avait craint de devoir supporter le caractère de cochon d'Édouard encore des semaines durant.

— Je sais où elle est, oui.

Octave qui n'avait rien raté de la discussion, s'avança dans le hall. Intérieurement, il se frottait les mains.

— Qu'attendez-vous pour tout nous dire ? s'impatienta le marquis.

— J'ai dû beaucoup voyager pour revenir avec cette information, vous savez. Loin au Sud, jusqu'à Scamandre, mais vous ne...

— Vous aurez votre récompense !

— Où est-elle ? ajouta son épouse dont le visage trahissait l'excitation.

— À la capitale, avec un vendeur de livres.

Le type à la voiture bariolée ! Ce sale maigrichon s'est joué de moi !

Octave réalisait que là aussi tout aurait pu être bien différent s'il n'avait pas cru un traître mot de cet homme. Iphis avait été avec lui tout du long.

— Nous y allons ; dès que tout est prêt, intervint-il sans cacher son contentement.

Il allait enfin pouvoir repartir. Vers une destination toute tracée.

— Oui ! On n'a pas de temps à perdre ! s'exclama soudain Édouard qui avait laissé tomber la large part de gâteau qu'il tenait à la main en entendant la nouvelle.

— Édouard, vous n'irez...

— Allez, dépêchez-vous ! ordonna le garçonnet en filant vers sa chambre où l'attendait déjà un sac bien trop lourd pour lui.

Au grand dam d'Octave, personne n'aurait son mot à dire.

11

THÉODORE

Un goût métallique dans la bouche et les lèvres en feu, Théodore se retourna sur son matelas et enfouit sa tête sous son oreiller. Mais les plaintes aiguës de Bartholomée se moquaient bien de cette piètre barrière et continuaient à assaillir sauvagement ses tympans. Cela faisait des heures à présent que le géant gémissait de la sorte et chaque nouveau cri amplifiait l'agacement de Théodore, un agacement injuste, mais grandissant. Bartholomée venait encore une fois de faire face à une horreur sans pareille et personne n'aurait pu s'attendre à une réaction différente de sa part. Et pourtant, Théodore, qui avait bien essayé de réconforter son ami avant que celui-ci ne le repousse avec une violence inhabituelle mais parfaitement justifiée, ne souhaitait qu'une chose : qu'il se taise. Et il n'était pas le seul à en appeler autant de ses vœux.

— Ferme-la ! s'impatienta du haut de son lit Faustine, la plus âgée des petits anges en dehors de Bartholomée.

Elle se redressa, sa chevelure noire à des mètres encore du plafond voûté qui les surplombait, et envoya son coussin sur le géant. Recroquevillé dans un coin de la vaste pièce qui leur servait de dortoir, il encaissa le tir avec une nouvelle plainte.

La tête écrasée par un étau de douleur et la peau du visage brûlante, Théodore ne trouva même pas la force, ni l'envie, de défendre son ami. Tout juste réalisait-il avec amertume qu'un tel jet d'oreiller aurait initié une joyeuse bataille à Windrasor. Riant aux éclats, les orphelins se seraient lancés dans un combat impitoyable d'étoffes et de plumes... jusqu'à l'irruption inévitable d'un gardien qui aurait tenté de leur faire regretter tout ce remue-ménage. Mais ces rares moments de bonheur valaient bien une punition ou deux.

Ici, en revanche, il n'y avait que tristesse. Aucune affection apparente entre les enfants. Et cette chambre, en dépit de ses meubles cirés, ses draps doux et à l'odeur délicate, manquait de ce qui rendait la vie à Windrasor supportable.

— Tais-toi ! cria Aliaume à son tour.

Le petit blond, couché sur le lit en dessous de celui de Faustine, commençait lui aussi à craquer.

Les yeux humides, visiblement affecté par le sort de Théodore et de Bartholomée, il avait néanmoins contenu ses sanglots et chanté lorsque le Duc avait cédé à ses pulsions. Maintenant, comme Théodore et les autres enfants, il n'en pouvait juste plus de ces pleurs.

— On est coincés ici à cause de vous, s'emporta Faustine. Fais-le taire !

— Barth, s'il te plaît, essaya Théodore en s'agenouillant sur son matelas installé à même le sol.

Avec ses trois lits à étage, la pièce n'avait pas été meublée pour accueillir plus de six résidents et l'arrivée des trois nouveaux avait rendu quelques aménagements nécessaires.

Du moins, un aménagement : cette paillasse au creux de laquelle Théodore cherchait vainement un sommeil réparateur, autant physiquement que mentalement.

— Barth… répéta Théodore alors que son ami, plaqué contre le mur, était toujours agité de sanglots.

— C'est bon, laissez-le pleurer, s'interposa Natalina, une brune squelettique qui, malgré le silence dont elle avait fait preuve lors de leur voyage jusqu'à la capitale, ne s'était pas montrée avare en sourires réconfortants.

— Ouais, ben il est pénible, lança Aliaume.

— L'hôpital qui se fout de la charité, rétorqua Natalina que la situation avait visiblement tirée de son mutisme. T'as la mémoire courte...

— Lui, il est grand ! Il devrait pas pleurer…

— Il est différent… et puis toi, personne ne t'a frappé… Enfin, pas autant.

Théodore sauta sur l'occasion.

— Ils vous ont frappés aussi ?

— Moi, j'ai pris une grosse raclée, intervint le dernier petit ange, un garçon mal proportionné aux joues rebondies du nom de Gualbert.

Un lourd silence, uniquement brisé par les plaintes constantes de Bartholomée, s'installa entre les enfants. Chacun revivait des moments déplaisants.

— Tant que tu fais ce que le Duc désire, tout se passe bien, conclut Faustine.

— Oui, tout ce qu'il veut… souffla Natalina.

— Elle, elle l'a tout de suite compris, ajouta Faustine en indiquant Anastase.

La rouquine, qui occupait le lit sous celui de Gualbert, semblait ne pas avoir bougé depuis leur arrivée au dortoir. Elle ne dormait pas pour autant. Couchée sur le dos et les yeux grands ouverts, elle fixait les lattes qui empêchaient le garçon en surpoids et son matelas de la réduire en bouillie. La discussion et les braillements de Bartholomée l'indifféraient totalement. Elle était dans un autre monde.

Un monde de trahison, pensa Théodore qui se serait jeté sur elle si cela n'avait pas signifié encore plus d'ennuis.

Se battre n'était pas dans son tempérament, mais il avait ses limites.

Des pas résonnèrent soudain dans le couloir et tous se turent ; sauf Bartholomée, quant à lui plongé dans un univers de détresse et de désespoir.

— Où sont-ils ? s'exclama un jeune homme qui ouvrit la porte à la volée, les ornements excentriques de sa coiffe s'agitant dans tous les sens.

Il fit un pas à l'intérieur et deux domestiques se faufilèrent aussitôt dans son dos.

— Un petit cochon, deux petits cochons et… oh ! Un gros cochon pleurnicheur ! s'amusa-t-il en pointant tour à tour du doigt les derniers arrivants.

Théodore ne le connaissait pas encore, mais il le détestait déjà.

Avant même que l'inconnu ne fasse un pas de plus dans le dortoir, les petits anges s'étaient rassemblés devant lui. Anastase les rejoignit et salua l'homme d'une légère courbette ; ce qui sembla lui plaire.

— Barth, murmura Théodore, en se levant à son tour pour se mêler au reste de la troupe.

Il avait eu sa dose de coups pour aujourd'hui ; pour toute sa vie même.

— Laisse-le donc couiner ! Couine, gros cochon, couine ! scanda l'homme à la tunique extravagante.

Ses faux airs de joyeux luron ne trompaient personne. Dans ses yeux brillait cette lueur qui rendait le regard du Duc si inquiétant. Une similarité qui s'expliqua rapidement.

— Père était furieux, mais il aurait pu être plus délicat. Vous frapper au visage… vous présentez fort mal dorénavant, dit-il en saisissant Théodore par le menton et en l'inspectant sous toutes les coutures. Je me demande d'ailleurs ce qu'il a pu trouver à cet énorme porcinet.

— Il a une voix magnifique euh… Monsieur, osa Théodore sans savoir vraiment quelle folie lui avait fait ouvrir la bouche.

— Une voix magnifique… Monsieur… répéta le fils du Duc. Mais où as-tu été élevé ? Quelques autres corrections ne te feront pas de mal. Mais moi, je saurai où taper pour que la leçon rentre et que personne n'en sache rien. Ces marques au visage font drôlement désordonné !

Il plongea les yeux dans ceux de Théodore qui cacha difficilement son dégoût. Cette lueur qui habitait son regard était peut-être bien son unique ressemblance avec son géniteur. Car, si le Duc était un homme au physique commun, son fils était lui d'une laideur exceptionnelle. Il n'était pas seulement vilain, il était d'un naturel repoussant avec son visage osseux recouvert néanmoins d'une peau grasse, son nez aussi crochu que tordu et ses lèvres presque inexistantes qui accroissaient encore davantage son aspect cadavérique.

Parmi les ouvrages les plus récents que Théodore avait consultés à Windrasor, rares étaient ceux qui mentionnaient la progéniture du Duc – la grande majorité des livres consacrés à l'Histoire de Morenvagk s'intéressaient à un passé plus lointain, beaucoup plus lointain – mais le nom d'un bébé, décrit comme un prodige de beauté, lui revint en mémoire.

— Veuillez me pardonner messire Hippolyte, dit le garçon en se demandant bien comment un chérubin dépeint comme un être aussi sublime avait pu se transformer en pareille horreur.

— Ah ! Voilà qui est mieux ! s'exclama le fils du Duc en dodelinant de la tête.

Soulagé, Théodore soupira discrètement. Se mettre cet homme à dos était la garantie de cauchemars des plus effroyables.

Hippolyte tendit subitement le bras droit et Théodore, dans un réflexe dont il aurait du mal à se débarrasser, leva les siens pour se protéger le visage. Les sourcils froncés, l'homme l'ignora et sa main accusa le poids du coffret en bois qu'un des serviteurs déposa dans sa paume ouverte. Il passa les enfants en revue, sans accorder la moindre attention à Bartholomée, toujours recroquevillé par terre.

— Père m'a chargé de te donner ça, dit-il en portant la boîte au niveau des yeux d'Anastase.

— Pour moi ? demanda-t-elle d'une voix émerveillée en se saisissant timidement de l'offrande.

— On a dû te dire que Père aimait gâter ses petits anges, n'est-ce pas ?

Anastase hocha la tête bien que Théodore n'ait jamais entendu parler d'une telle histoire.

— En tout cas, ceux qui savent comment se comporter, ajouta Hippolyte en lançant un regard de mépris à Bartholomée. Couine gros cochon ! Grouik grouik grouik !

Il lâcha un rire gras, proche de son imitation animale, et secoua une nouvelle fois sa coiffe, convaincu que le balancement des plumes et des voiles qui la composaient était du plus bel effet.

— Bien ! Nous nous reverrons mes petits. D'ici là, reposez-vous. Père était encore dans tous ses états tout à l'heure et je ne crois pas qu'il saura faire montre de patience très longtemps. Vous savez comment il est.

Il rit de plus belle puis se dirigea vers la sortie, sous les yeux ébahis de Théodore qui allait de déconvenue en déconvenue.

— Ah ! J'oubliais, dit Hippolyte en faisant volte-face dans l'encadrement.

Il pointa Théodore du doigt, comme il l'avait fait à son entrée.

— J'ai cru comprendre que ce gros porc était sous ta responsabilité. Que je sois clair, si Père ne l'a pas assez été. Tu n'auras pas de seconde chance. Dresse ta bête ou nous la dresserons sans toi. Grouik grouik grouik !

Et il claqua la porte.

12

SPINELLO

Le même jour, bien plus au nord,
à la frontière avec l'Aristie.

D'une main, Spinello retint la porte pour l'empêcher de claquer dans son dos et contrôla son mouvement jusqu'à ce que le battant obstrue complètement l'ouverture. Elle se referma en silence et une légère brise balaya les volutes d'air chaud invisibles qui s'étaient échappées du bâtiment qui tenait lieu d'infirmerie. La fraîcheur extérieure s'entortilla aussitôt autour des portions de peau découvertes de l'orphelin.

Tous les matins – et même plusieurs fois dans la journée – Spinello rendait visite à Asmodée, toujours alité. Le temps et les soins dispensés par Médilda, la guérisseuse des Insaisissables, comme se nommaient les habitants de la petite communauté, avaient fait leur travail ; du bon travail. Le gaillard serait bientôt sur pied, son organisme ayant depuis longtemps chassé les dernières traces des poisons de Maria et son infection au bras ne se résumant plus qu'à une plaie croûteuse, mais propre.

Asmodée était tiré d'affaire.

Spinello resserra autour de son cou la cape qu'on lui avait offerte et rabattit le capuchon pour se protéger du froid. Le printemps était déjà bien entamé et pourtant, au cœur de cette vallée perdue, où le soleil tardait à pénétrer et dont il s'empressait de partir à peine l'après-midi commencée, l'hiver perdurait. Le garçon frissonna et les poils de ses bras nus se hérissèrent.

Encore quelques heures et le soleil sera là, pensa-t-il en scrutant le ciel d'un bleu pur et profond.

Il prit d'abord la direction des toiles tendues sous lesquelles les premiers repas de la journée étaient servis, puis s'immobilisa, le regard perdu vers les cimes qui enserraient la minuscule vallée. Leurs sommets, jaunis par le soleil, brillaient de mille feux et semblaient l'appeler à eux.

Incapable de tenir en place, Spinello avait eu tout le loisir de parcourir le village les jours précédents et avait parfois même offert ses services le temps d'une heure ou deux, et souvent plus. Tout était bon pour s'occuper l'esprit. Mais, ce matin-là, l'invitation à une méditation bienvenue dans les montagnes était irrésistible. Déjà, ses jambes l'entraînaient vers ce sentier dont il avait repéré le démarrage de l'autre côté du vaste camp. Il traversa la partie du village où des ruines, pour la plupart dépouillées pour reconstruire plus loin, étaient les seuls bâtiments en dur, et passa devant l'immense tente circulaire dans laquelle Anselme et lui étaient logés depuis leur arrivée, il y avait près de trois semaines.

Justement, les pans de l'entrée s'écartèrent subitement et son ami, dans une danse, silencieuse depuis qu'on lui avait reproché ses cris de joie poussés de bon matin – non pas que les Insaisissables soient amateurs de longues matinées au lit – en sortit, heureux d'avoir, une nouvelle fois, survécu à l'épreuve mortelle de la nuit.

— Salut, Spin' ! Déjà debout ? s'étonna-t-il.

— Oui, j'ai eu du mal à dormir avec ce froid, répondit Spinello dans un demi-mensonge.

Son sommeil avait certes été chahuté, mais la température, des plus agréables sous la toile de la tente, n'y était pour rien. Il se gardait surtout de faire remarquer à Anselme que c'était avant tout lui qui dormait normalement depuis quelques jours. Un tel aveu et son compagnon pourrait bien succomber à un de ses accès phobique, prétextant que cela annonçait en réalité son trépas prochain.

— T'as mangé ? l'interrogea Anselme qui avait pris goût au fromage de brebis qu'on leur servait sur des tranches de pain chaud au petit-déjeuner.

Spinello secoua la tête puis fixa à nouveau le ciel.

— J'ai pas faim aujourd'hui. J'ai envie de marcher.

— Ah… souffla Anselme, visiblement déçu.

Puis il fit un pas vers son ami.

— Et on va où ? ajouta-t-il.

Spinello sourit.

— Là-haut, mais t'as pas intérêt à me dire à mi-chemin que t'as faim, plaisanta-t-il.

À cette distance, pour quiconque n'était pas habitué à arpenter l'étendue des montagnes, la crête qui couronnait la vallée, montait et descendait au gré des sommets, semblait inatteignable.

Cependant, depuis leur fuite de Windrasor, Spinello et Anselme savaient ce dont leurs petites jambes étaient capables. Les pattes robustes des chevaux des Insaisissables les avaient menés jusqu'ici, mais c'étaient bien leurs pieds, encroûtés et couverts de cloques, qui les avaient portés jusqu'à l'auberge de Maria. Depuis, les deux garçons avaient repris du poil de la bête. Cette grimpette ne leur faisait pas peur.

— Tu m'as pris pour Asm' ou quoi ? rétorqua Anselme.

Spinello accueillit cette blague avec un pincement au cœur, puis se ressaisit.

— Je viens d'aller le voir et, crois-moi, si tu le mettais au défi, il nous accompagnerait !

— Ça ne plairait pas à Médilda ; t'as vu comment elle nous a chassés quand on a fait rigoler Asmodée hier soir.

Spinello ne put contenir un rire en se remémorant la scène et l'expression comique de la guérisseuse.

— T'es sûr ? demanda-t-il en captant le regard intéressé d'Anselme en direction des longues tablées accolées aux cuisines extérieures.

— Je te suis !

Et ainsi, les deux amis, l'esprit plus léger, s'enfoncèrent au milieu des tentes, certaines parfois dressées depuis des années, d'autres montées plus récemment pour accueillir de nouveaux arrivants. Des vestiges de la cité minière qui occupait les lieux des décennies auparavant s'élevèrent soudain devant eux. Ils entraient au cœur du village où nombre d'habitants, ceux qui avaient déjà avalé leur pitance matinale, vaquaient à leurs activités.

Philodinor, un homme aux cheveux grisonnants et au visage creusé, les salua chaleureusement. Il avait promis de les emmener voir le large barrage que ses compagnons et lui avaient construit plus bas dans une vallée inférieure, pour retenir les poissons qu'ils prélevaient avec modération pour assurer le maintien de leur population. Chargé de nasses, il les dépassa, prêt pour une longue marche qui débuterait par une descente tranquille pour laisser place, en fin d'après-midi à une rude remontée ; l'effort inverse de celui que réservait la montagne aux deux orphelins qui, malgré le temps déjà passé à flâner dans la rue principale, continuaient à en inspecter les moindres détails.

À cette heure-ci, encore privée de la lumière directe du soleil, l'avenue, pourtant large d'une dizaine de mètres, baignait dans une atmosphère sinistre, comme si les briques foncées des bâtiments absorbaient toute luminosité. Cela n'empêchait néanmoins pas les deux garçons de s'y sentir bien, tant les Insaisissables qu'ils croisaient paraissaient s'y plaire.

Puis, ils laissèrent enfin derrière eux les derniers signes du passé industriel de la vallée. À leur droite, un chemin peu fréquenté s'enfonçait dans un minuscule bosquet qui avait réchappé aux besoins en bois du village et au-delà duquel les tunnels des mines déversaient leur noirceur sur une place caillouteuse. Mais ce n'était pas là qu'ils allaient et Spinello entraîna Anselme sur un sentier bien marqué qui les emmènerait à l'assaut des pentes des montagnes, sur un flanc ouest qui devrait patienter encore un peu avant de profiter de l'éclat du soleil.

Très vite, le chemin qui suivait au départ un ru alimenté par la fonte des neiges dont d'épais amas étincelants coiffaient encore les sommets les plus élevés, abandonna son tracé rectiligne et commença à décrire des lacets plus ou moins resserrés. Seuls quelques arbres, dont la présence en ces lieux relevait du mystère, peuplaient la pente, sinon couverte d'herbes folles et de roche.

L'objectif des orphelins ne quittait que rarement leur champ de vision. Il n'y avait que la perspective pour leur jouer de mauvais tours et leur faire régulièrement croire à la fin prochaine de l'ascension pour finalement leur révéler une autre côte à gravir. Mais peu importait. Spinello, comme Anselme, était plongé dans ses pensées et se laissait porter par le mouvement mécanique de ses jambes.

Inévitablement, le visage de Placide dont personne n'avait de nouvelles depuis leur séparation, se mit à le hanter. Le temps écoulé ne jouait pas en faveur de son ami et pourtant Spinello refusait d'envisager le pire.

Après avoir réussi à tromper les troupes ducales, la priorité avait été de rentrer au camp et Spinello, convaincu que l'autre partie de leur groupe les rattraperait en chemin, avait passé tout le voyage à l'affût du moindre bruit de sabots. Placide allait les rejoindre, il le devait. Puis, ils étaient arrivés à destination, empruntant sur les derniers kilomètres un sentier dissimulé qu'ils avaient suivi en file indienne pour gagner la vallée perdue où se cachait le village ; et là non plus, pas de trace de son ami.

Spinello, comme Élias, avait aussitôt souhaité repartir à la recherche de leurs compagnons disparus, mais leur empressement s'était fracassé contre les murs de la raison de leurs camarades. Il fallait se montrer prudent et surtout patient. Forcé de rester auprès des siens, Élias n'avait tenu que deux jours avant de faire dépêcher plusieurs hommes qui n'avaient, depuis, plus donné signe de vie. Tous évitaient le sujet et l'inquiétude pouvait se lire sur les visages dès qu'il revenait sur la table.

Tôt ou tard, Élias ou lui finirait par craquer, quelles que soient les responsabilités de l'un et la crainte de l'autre de pousser ses amis au devant de nouveaux dangers. Car Spinello n'en doutait pas : jamais Anselme, ni Asmodée ne le laisseraient repartir sans eux.

Ces réflexions n'étaient toutefois pas les seules à le tourmenter tandis que, pas après pas, la crête approchait. En réalité, son envie de savoir son ami sain et sauf n'était qu'une des explications à ces désirs de quitter la vallée qui l'assaillaient de plus en plus.

Spinello fit une pause et embrassa du regard le fond du vallon où le village se donnait à présent à voir dans son intégralité ; minuscule hameau de briques et de tissus d'où émanaient encore quelques cheminées intactes dont les ombres accentuaient un peu plus la pénombre.

Non, il y avait également cette désillusion qui allait grandissant. Tout ici était tel que Spinello avait toujours imaginé sa vie loin de Windrasor : simple, égalitaire et libre. Ici, tous jouissaient d'une véritable liberté dès lors qu'ils contribuaient à hauteur de leurs capacités et personne n'était considéré comme superflu. Chacun avait sa place. Exactement l'existence qu'il aurait aimé mener entouré de sa famille. Et pourtant… Il réalisait maintenant qu'il n'était plus sûr de pouvoir s'en contenter.

La vie dans la vallée était certes des plus paisibles, mais la situation était bien différente dès lors que l'on quittait sa protection.

Au-delà des montagnes environnantes, les Insaisissables n'étaient aux yeux des autorités que des rebelles, des insurgés qui refusaient de jurer allégeance au Duché et qui se prêtaient à des actes de sabotage et de vol. Parfois même à des attaques de convois d'orphelins en partance pour le front, où les uns mourraient pour l'Aristie et les autres pour la Lombronia, ces deux empires dont la folie embrasait la région depuis tant d'années que même les plus anciens en avaient perdu le décompte.

Cette vie n'est que mensonge.

Spinello avait beau être parvenu au cœur de ces montagnes dont la vue le faisait tant rêvasser en classe à Windrasor, il se sentait toujours prisonnier. Il ne voulait pas rester là à se tourner les pouces ou à attendre qu'on lui confie une tâche lancinante. Il voulait accompagner Élias loin de l'éphémère sécurité du village, se sentir investi d'un réel but. Et ces derniers jours passés à donner un coup de main par-ci, par-là n'avaient fait que renforcer ce sentiment.

Et surtout, quelque part, il en était certain, Placide comptait sur lui.

— Enfin ! s'exclama soudain Anselme qui, le souffle court, était lui aussi monté en silence, concentré sur ses propres pensées.

À moins qu'il n'ait été incapable d'avaler de grandes bouffées d'air et de parler en même temps.

Spinello, qui le précédait, prit subitement conscience de la caresse du soleil sur ses avant-bras et sur son visage. Il s'immobilisa et, pour la première fois, découvrit ce qui se cachait au-delà du cirque montagneux qui protégeait la vallée, à l'est.

Jusqu'à l'horizon, des pics toujours plus élevés s'élançaient vers le ciel, transperçant de leur immensité des amas de nuages qu'ils prenaient au piège de leurs pointes.

Plus loin, la neige qui subsistait sur la crête à l'état de vestiges, était encore présente en abondance quand elle n'était tout simplement pas une pensionnaire éternelle des plus hauts sommets.

— C'est beau, hein ? les fit sursauter une voix dans leur dos.

— Élias ! s'exclama Spinello qui ne s'était certainement pas attendu à le rencontrer ici.

— Bonjour, monsieur ! le salua Anselme.

L'homme, les cheveux dans le vent et souriant, tenait un bâton auquel d'innombrables sculptures essayaient de s'arracher. La canne dont l'usure de la base trahissait les kilomètres parcourus était une merveille. Pas de celles artificielles qui naissaient des rabots et des couteaux des plus grands ébénistes du Duché. Non, une merveille dans sa rusticité. Les contours des figurines creusées étaient parfois approximatifs, et les erreurs du sculpteur bien apparentes, et pourtant l'objet exhalait une grande finesse.

— Qu'est-ce que vous faites là ? demanda Élias en s'asseyant sur un rocher plat, son bâton en travers des genoux.

— Et toi ? répliqua maladroitement Spinello.

— J'aime monter ici. Cela m'aide à réfléchir.

Spinello ne l'avait en effet que rarement aperçu le matin et il réalisa qu'Élias grimpait probablement jusque-là chaque jour pour profiter de la vue avant de s'atteler aux multiples tâches qui l'attendaient en contrebas.

— Nous aussi, répondit finalement Spinello.

Le sourire d'Élias s'effaça un instant.

— Et à quoi pensiez-vous ?

Spinello se tourna vers Anselme qui haussa les épaules.

— À Placide. À cet endroit, dit-il en montrant d'un ample mouvement de bras la vallée et le village.

— Et que penses-tu de cet endroit ?

La question surprit l'orphelin qui, d'abord déstabilisé, hésita avant de se décider à partager ouvertement ses réserves et ses sentiments. L'homme l'écouta avec attention.

— J'étais comme toi autrefois, avoua Élias lorsque Spinello se tut. Aujourd'hui, je me passerais bien de toutes ces courses folles, de ces combats. J'aimerais rester ici, ne pas avoir à m'inquiéter pour les miens. Les choses ont bien changé. J'avais d'autres ambitions avant, mais la réalité nous rattrape toujours. Ici au moins les gens sont heureux même si leur bonheur est perpétuellement menacé.

Élias soupira.

— C'est toujours mieux qu'à Windrasor, non ? lança-t-il sur le ton de la plaisanterie, désireux de détendre l'atmosphère.

— Évidemment ! se défendit Spinello qui craignait d'avoir vexé Élias.

L'homme, qui avait parfaitement saisi le fond de la pensée de l'orphelin et ne lui tenait aucunement rigueur de son honnêteté, se jeta soudain sur ses pieds.

— Dépêchez-vous ! s'écria-t-il. Venez !

Surpris, Spinello et Anselme lui emboîtèrent le pas et découvrirent quelle mouche – ou plutôt quel cheval – l'avait piqué.

Rendu minuscule par la distance, un cavalier approchait du camp à grand galop.

Sans plus se préoccuper des deux enfants, Élias prit rapidement de l'avance, négociant les obstacles avec l'habileté de celui qui avait emprunté ce chemin des centaines de fois.

De chaque côté du sentier, chèvres et moutons qui paissaient ici en totale liberté, se dispersaient, couraient quelques mètres et s'arrêtaient, scrutant d'un œil étonné cet humain possédé qui dévalait ainsi la montagne.

Le cavalier a peut-être des informations sur Placide et les autres, songea Spinello dont le pas s'allongea aussitôt.

Emportés par leur élan, les deux garçons ne tardèrent pas à retrouver le ruisseau le long duquel la partie basse du sentier était tracée. Puis les premières habitations.

La nouvelle de l'arrivée du cavalier avait déjà fait le tour du village et Spinello, dégoulinant de sueur, entendit dire qu'il avait été conduit à l'infirmerie vers laquelle il fila sans décélérer. Il voulait savoir. Devant le bâtiment dont Isidore et un autre homme interdisaient l'entrée, une foule ponctuée de visages inquiets s'était réunie.

C'est pas vrai...

— Tu crois que c'est qui ? demanda Anselme à bout de souffle et qui regrettait à présent d'avoir fait l'impasse sur le petit-déjeuner.

— Je sais pas, mais on va le savoir.

Spinello s'approcha du rassemblement et reconnut Justinien, l'adolescent qu'ils avaient sauvé chez les Fontiairy.

Le jeune homme s'était fait discret depuis leur arrivée et Spinello n'avait eu que de banales discussions en sa compagnie. Chaque fois, elles avaient tourné court, comme si Justinien craignait d'en dire trop sur son passé et ce qui l'avait conduit jusqu'à cette clairière où Asmodée et Spinello lui avaient porté secours.

— Justinien !

L'adolescent leva les yeux.

— T'as vu qui c'était ? s'enquit Spinello.

Justinien n'eut pas le temps de répondre.

— Viens, Spinello ! ordonna Isidore qui avait bravé la foule et saisi l'orphelin par le bras.

Le garçon attrapa la main d'Anselme.

Les Insaisissables amassés devant l'infirmerie s'écartèrent pour les laisser passer et, un claquement de porte plus tard, Spinello et Anselme retrouvaient son intérieur surchauffé.

Installé dans un lit voisin de celui d'Asmodée, qui s'était redressé surpris par tout ce remue-ménage, Spinello reconnut aussitôt Ambroise. Son épaisse barbe ne faisait qu'accroître l'inquiétante pâleur de son visage.

— Spinello ! l'interpella Élias qui avait pris place au chevet du blessé.

— Comment va-t-il ? demanda Spinello en se dirigeant vers eux.

— À merveille, répondit Ambroise en grimaçant. Toujours de ce monde.

— Économise tes forces, le réprimanda Élias. Tu en as déjà bien assez fait, mon ami.

— Pas suffisamment, souffla-t-il avant de succomber presque instantanément à l'épuisement.

Le cœur de Spinello fit un bond. Que voulait-il dire ?

— Rassure-toi, ton ami est encore en vie, dit Élias dont les yeux humides trahissaient la peine.

Mais pas tout le monde...

— Il a été fait prisonnier avec Fradik et Isaïelle. Les autres…

Ses mots moururent dans sa gorge.

Conscient que l'heure n'était pas aux lamentations, Élias se leva d'un bond.

— Nous devons partir et tout de suite. Tu viens avec moi ! s'exclama-t-il en tendant la main vers Spinello.

— Qu…

— Je vais avoir besoin de ton aide. Il n'y a que toi qui puisses les aider ; que toi.

Malgré la gravité de la situation, Spinello contint difficilement l'excitation qui l'envahissait. Élias avait besoin de lui. Ils allaient partir ensemble. À l'aventure.

La montagne avait exaucé ses vœux.

13

ERN'LAK

Pendant ce temps-là, à Windrasor.

Il sera bientôt l'heure ! s'exclama Ern'lak, les mains tendues devant lui.

Sa voix résonnait sous les voûtes sur croisées d'ogives de la vaste nef dans laquelle il avait fait réunir les siens ; du moins ceux qu'il n'avait pas emprisonnés.

Quelques jours plus tôt, tandis que la traque menée par Ern'lak et ses alliés paraissait vouée à l'échec et ne faisait, semblait-il, qu'accroître le climat de suspicion et de méfiance parmi les Ignobles, les événements avaient finalement tourné à l'avantage du nouveau leader. Un des prisonniers, sans raison apparente, par lâcheté peut-être ou fort d'une conviction grandissante, avait dévoilé les noms des derniers complices de Cyriaque, donnant l'opportunité à Ern'lak de restaurer un semblant de calme et d'ordre. Plusieurs échauffourées dans les galeries poussiéreuses plus tard, et une bonne dizaine d'Ignobles corrompus croupissaient dans les cellules de l'ancienne forteresse. Ern'lak aurait pu se montrer patient, attendre que la situation se tasse réellement, que tous se résignent pour de bon à son nouveau statut de chef, mais cela aurait pris bien trop de temps. Pour ses congénères, ces quelques jours écoulés n'étaient qu'un grain dans le sablier de leur vie et de longs mois se seraient écoulés avant qu'ils n'acceptent définitivement les conséquences de ces bouleversements. Des mois dont Ern'lak ne disposait pas. Il devait agir vite, aussi vite que les Humains consumaient leurs courtes existences ; avant que ceux-ci ne viennent contrecarrer ses plans. Car le compte à rebours était lancé, quelque part du côté de la capitale du Duché.

— Je ne vous cache pas que les mois à venir se montreront pénibles, que nous aurons bien des dangers à affronter et des épreuves à surmonter, que l'incertitude sera notre compagne de voyage… mais elle ne sera pas la seule avec nous. Pour la première fois, la liberté nous accompagnera. Nous serons maîtres de nos choix, maîtres de nos vies. Nous serons libres !

— Libres ! clamèrent des dizaines de voix dans l'assistance.

Tous, qu'ils partagent l'enthousiasme d'Ern'lak ou se contentent d'écouter son discours en silence comme nombre d'anciens, avaient les yeux braqués sur le promontoire où, quelques semaines auparavant, l'Ignoble qui s'adressait maintenant à eux aurait dû être exécuté. Personne n'avait oublié comment ce rassemblement ordonné par Araknor s'était soldé ; par la gorge tranchée de deux des leurs et la fuite d'Ern'lak, le coupable.

Et pourtant, malgré ses crimes, les mots d'Ern'lak qui avait acquis de droit la place de chef en vainquant Araknor, faisaient leur bout de chemin dans l'esprit de tous les Ignobles présents. Il avait suffi d'allumer cette petite étincelle – celle-là même que Cyriaque, aidé d'Agrippa, avait utilisée pour convaincre certaines créatures de travailler pour lui – pour qu'un feu nouveau brûle dans la tête d'un nombre croissant d'entre elles.

— Certains parmi nous, moi y compris, ont commis des actes inqualifiables pour que nous puissions quitter cet enfer, alors nous ne pouvons plus renoncer. Nos morts, les morts, ajouta-t-il en pensant aux orphelins dont il n'avait pu empêcher l'assassinat et aux siens dont il avait lui-même prélevé la vie, ne seront pas oubliés ; jamais. L'heure est venue de partir !

— Vraiment ?

Les Ignobles pivotèrent d'un bloc, masse sombre et terrifiante, et leurs yeux rougeoyants embrasèrent le fond de la nef.

Plusieurs hommes s'y tenaient. Un seul, celui qui avait pris la parole, semblait contrôler les tremblements de son corps.

— Isaac… siffla Ern'lak en reconnaissant le directeur de l'orphelinat.

— Et où comptez-vous aller ? poursuivit l'intéressé.

— N'importe où ; loin d'ici. Loin de votre emprise, répondit l'Ignoble qui ne voyait aucune raison de mentir.

Ce n'était pas le moment de faire preuve de faiblesse, surtout pas devant cet homme qui n'avait tout compte fait aucun moyen de les retenir, si ce n'était ce morceau de parchemin signé il y avait des décennies et qu'il devait conserver sous clé dans son bureau. Le directeur, entouré de trois gardiens qui n'en menaient pas large, ignora la réponse.

— J'aimerais m'entretenir avec Araknor, dit-il sans quitter Ern'lak du regard.

Conscient de la nécessité de faire forte impression, l'Ignoble s'élança subitement du haut du promontoire et atterrit au milieu des siens qui s'écartèrent pour le laisser passer. En un éclair, tout comme Araknor avait jailli pour saisir Octave à la gorge lors de sa visite impromptue avant son départ de Windrasor, Ern'lak fit face au directeur.

— C'est à moi que vous vous adresserez désormais ! le mit-il en garde.

— Quelle est donc cette folie ? s'énerva le directeur. Serait-ce vous le responsable de ces meurtres odieux ?

Ern'lak planta ses yeux dans ceux du petit homme à la barbichette soigneusement taillée.

— Vous ne savez donc rien… siffla-t-il.

— Vous êtes fous, répliqua le directeur comme s'il n'avait pas été entouré de créatures capables de le dépecer en un claquement de doigts.

Son escorte ne ferait pas illusion une seule seconde.

— Vous voulez parler ? Alors, venez ! s'écria Ern'lak en attrapant l'hommc par le col.

Malgré le couinement de surprise de leur supérieur, les gardiens n'esquissèrent pas le moindre mouvement. Ils étaient paralysés par la peur, les avertissements d'Isaac avant leur départ n'avaient servi à rien. Leur imagination avait été loin d'embrasser toute l'horreur des créatures qui se tenaient devant eux.

— Par ici, lâcha Ern'lak en traînant le directeur derrière lui.

Tout dans ce comportement ne relevait pas de la démonstration. Il voulait certes ancrer encore plus fermement sa position de chef, mais il souhaitait surtout que cette conversation se poursuive en privé. Il n'aimait pas la direction qu'elle avait prise.

Les cris de protestation de l'homme se turent quand Ern'lak le libéra de son étreinte et le poussa dans une pièce qu'une torche solitaire s'efforçait de tirer de l'obscurité étouffante des souterrains.

— Asseyez-vous, dit l'Ignoble en indiquant la chaise vermoulue, dernière rescapée des meubles qui emplissaient la pièce autrefois.

— Comment osez-vous ? s'indigna le directeur qui refusa de prendre place. Vous voulez qu'un nouvel exemple soit fait, c'est ça ?

Ern'lak savait parfaitement ce à quoi le directeur faisait référence. La fuite de Fradik aux côtés d'un orphelin, des années auparavant, tout comme le moindre faux pas des créatures depuis, n'étaient pas restés sans conséquences pour elles.

— Silence ! s'emporta Ern'lak. Croyez-vous être en mesure de proférer des menaces ?

Il approcha son hideux faciès et fit claquer sa langue.

Une peur poisseuse et tangible s'insinua aussitôt chez son interlocuteur qui ne put réprimer un frisson d'effroi.

— Écoutez-moi et tout ira bien.

— Vous n'oseriez pas... Le pacte… bredouilla l'homme.

— Écoutez !

Le directeur avait raison. Ern'lak n'avait aucune intention de lui faire du mal – après tout, l'homme n'était que le garant d'accords scellés à une époque depuis longtemps révolue quand la forteresse de Windrasor s'élevait encore haute et fière entre les pics rocheux – mais il pouvait néanmoins tirer profit de sa visite inattendue.

Les mains déjà tachées du sang des siens, Ern'lak avait en effet longuement envisagé la possibilité de s'occuper en personne de Cyriaque, avant de réaliser qu'un tel acte ne ferait qu'aggraver la situation. Son amie Agrippa serait peut-être vengée, mais les véritables maîtres de Cyriaque, quels qu'ils soient, ne laisseraient pas passer cet affront quand bien même leur homme avait déjà rempli sa mission. S'en prendre à lui, à un humain, n'aurait engendré que davantage de victimes. Et il en allait de même pour le directeur. La nouvelle des assassinats d'une cuisinière et de plusieurs orphelins n'était probablement jamais arrivée aux oreilles des plus puissants, mais celle de la mise à mort du directeur ou d'un homme comme Cyriaque ne manquerait pas de les faire réagir… surtout si les Ignobles étaient impliqués.

— Écoutez, répéta-t-il. Vous m'avez bien entendu ; bientôt nous serons partis. Il n'y a rien que vous puissiez faire pour l'empêcher. Parlez, tentez quoi que ce soit pour nous arrêter, et vous savez ce qui vous attend. Nous serons sans pitié.

— Vous ne vous en sortirez jamais. Ils vous ont créés. Vous leur appartenez. Alors, croyez-vous qu'ils vous laisseront faire ?

— Non, mais vous pouvez fermer les yeux, ne serait-ce qu'un temps… Nous prendrons le large et vous n'entendrez plus parler de nous.

— Et je serai puni…

— Sûrement ; mais je peux en revanche vous éviter la peine capitale… Ils se montreront cléments si je vous dis qui...

— Où est Araknor ? insista le directeur qui ne supportait pas de voir sa loyauté discutée de la sorte.

Ern'lak l'ignora.

— Je sais qui est responsable de ces meurtres.

— Bien sûr que vous le savez ! osa l'homme en caressant machinalement sa barbichette, ses propos pleins de sous-entendus.

Agacé, l'Ignoble claqua une nouvelle fois de la langue. Dans quel monde cet homme vivait-il ? Pensait-il réellement que les Ignobles étaient les seuls responsables ? Qu'Ern'lak avait fomenté ces horreurs ?

Il contrôla ses émotions et reprit :

— Il est l’heure que vous appreniez la vérité.

Car, si Ern'lak avait les mains liées et ne pouvait clore lui-même le chapitre Cyriaque définitivement, au risque de mettre encore davantage leur fuite en péril, il pouvait laisser les Hommes régler leurs comptes. Devant la vérité, le directeur ne pourrait nier les faits et n’aurait d’autre choix que d’intervenir. Peut-être même pourrait-il mettre un terme aux manigances de Cyriaque et agir à temps du côté de la capitale.

Comme tous les Ignobles, Ern'lak avait juré sur sa vie qu’il ne se mêlerait jamais des affaires des Hommes ; tout comme il avait promis qu’il ne prendrait jamais la vie des siens. Et pourtant… Alors à quoi bon rester prisonnier de ces maudites promesses ? De simples révélations auraient pu tout changer, et ce dès le premier jour. Il était grand temps.

— Et allez-vous me dire ce que vous avez fait de mon gardien ? Vous l’avez tué, lui aussi, n’est-ce pas ? demanda soudain le directeur.

Surpris, Ern'lak recula la tête.

— Si c’est le cas… les conséquences seront terribles, renchérit l’homme.

La lumière de la torche vacilla un instant puis se stabilisa.

— Alors, qu’avez-vous fait de lui ? Qu’avez-vous fait de…

— Cyriaque... compléta Ern'lak, hors de lui.

L’Ignoble avait voulu placer le directeur face à la réalité, mais c’était lui qui se retrouvait devant elle, comme au pied d’un mur infranchissable. Ern'lak et les siens avaient encore une fois un train de retard. Le lâche avait fui. Le comploteur avait disparu. L’horloge tournait.

Ils n’avaient plus de temps à perdre… plus un instant.

11

IPHIS

Près d'une semaine plus tard.

Une amie, Grand Pantouflard, juste une amie, répondit le garçon qui avait entraîné Iphis jusqu'à cette sombre ruelle.

Un adolescent vêtu d'une tunique et d'un pantalon en toile noire émergea de l'obscurité depuis laquelle il avait interpellé Iphis et le voyou.

Le cou emballé dans une écharpe de fourrure blanche dont se dégageait une odeur de charogne, comme si le garçon portait une dépouille d'hermine qui ne serait jamais passée entre les mains expertes d'un pelletier, le Grand Pantouflard n'avait à vrai dire rien de bien grand. Tout au plus dépassait-il Iphis de quelques centimètres.

— Et t'l'as ramenée jusqu'là, dit l'adolescent en approchant.

Son visage sec, aussi pâle que le pelage de la bête qui couvrait sa gorge, était percé d'yeux d'un noir de jais qui contrastaient de manière étrange avec la blancheur de sa peau. Deux traits parallèles avaient été tracés au charbon sur chacune de ses joues.

Il fixait Iphis avec méfiance.

— Ça ou la cage, Grand Pantouflard… se défendit le jeune voleur.

— Oui, ils allaient nous attraper, renchérit Iphis qui savait que la réalité était assez différente.

Son sauveur aurait très bien pu fuir et l'abandonner à son sort. Rien ne l'avait obligé à lui venir en aide.

Le Grand Pantouflard soupira.

— J'te crois Pic-Rouille.

Il leva une main tout aussi livide que son visage, puis l'abaissa brutalement.

— C'est bon, les gars, pouvez vous montrer.

Cinq filles et garçons s'extirpèrent de la pénombre. Depuis leur entrée dans cette sinistre venelle, Iphis et le dénommé Pic-Rouille avaient été encerclés et l'orpheline n'avait rien remarqué. Un des enfants bondit brusquement sur un tas d'immondices qui obstruait une partie du passage et cambra le dos comme un félin en alerte, mains et pieds plongés dans les détritus fétides.

Surprise, Iphis fit un pas en arrière et percuta une gamine aux cheveux ébouriffés dont le regard lui glaça le sang. S'ils voulaient lui faire peur, c'était réussi.

— Tu dois me ramener au marché, bredouilla l'orpheline. S'il te plaît.

— Pas possible, rétorqua Pic-Rouille qui cachait difficilement son amusement. Sont coriaces les gardes. Nous cherchent encore.

— Mais…

— J'enverrai quelqu'un demain matin. Si c'est calme, Pic-Rouille te raccompagnera, intervint le Grand Pantouflard pour trancher la question.

À présent encadré des deux plus âgés de la bande, il se tourna vers le petit voyou.

— T'sûr. On peut lui faire confiance ?

Pic-Rouille fit ressortir ses lèvres dans une expression qu'Iphis avait bien trop souvent vue Édouard arborer. Sauf que ce garçon-là ne boudait pas ; il réfléchissait.

— J'crois bien qu'oui. Elle m'a aidé et…

Il hésita.

— Elle m'a prop'sé d'prendre à lire.

— Quoi ? s'étonna le Grand Pantouflard qui explosa de rire, emportant dans son hilarité le reste de la troupe.

Iphis ne voyait pas ce qu'il y avait de drôle, mais était rassurée de voir que son offre, quoique rejetée, avait au moins permis de détendre la situation. Ils ne lui voulaient pas de mal.

— Bon OK, allons-y.

L'adolescent à la peau blafarde se retourna, les poils de son écharpe dégoûtante s'agitant un instant dans l'air, puis disparut à nouveau dans l'obscurité du coupe-gorge.

— Allez, viens, dit Pic-Rouille en prenant Iphis par la main.

— Et mon ami Vulfran ? Il doit être inquiet.

— T'as pas 'tendu le Grand Pantouflard ? Demain, l'a dit.

Pic-Rouille fit un pas en avant et tira sur le bras de l'orpheline.

— Allez, y va changer d'avis s'non.

Iphis capitula et ils rejoignirent les autres enfants.

Accroupi près d'une ouverture en demi-lune découpée au ras du sol, le garçon à l'aspect félin s'affairait sur la grille qui en gardait l'accès. Un "clang" étouffé se fit entendre et le voyou déposa le barreau descellé par terre avant de s'attaquer au suivant. Quelques secondes plus tard, il s'engouffrait à reculons dans l'espace ainsi dégagé, aussitôt imité de ses compagnons miséreux.

— À ton tour, l'invita Pic-Rouille, le dernier d'entre eux, en lâchant la main d'Iphis.

Un nuage pestilentiel s'échappa soudain du boyau et le corps d'Iphis fut secoué d'un haut-le-cœur. Elle ne savait pas exactement ce qu'il y avait là-dessous, mais elle craignait que ces émanations méphitiques ne soient qu'un avant-goût des remugles que conservait cet antre sinistre. Le marché aux épices et ses délicieux fumets lui manquaient déjà.

— Allez ! s'impatienta la voix du Grand Pantouflard depuis l'intérieur.

Iphis retira l'étoffe qui lui couvrait les cheveux et la mit à l'abri dans une de ses poches. Elle n'allait pas laisser son foulard finir comme l'écharpe du Grand Pantouflard. Elle préférait encore exposer sa chevelure à la crasse qui l'attendait en contrebas.

Enfin déterminée, elle prit une grande inspiration – ce qu'elle regretta aussitôt – et se glissa entre les barreaux restants.

À quatre pattes, pieds en avant comme les enfants qui l'avaient précédée, elle recula ainsi sur une cinquantaine de centimètres jusqu'à sentir le vide sous son genou droit.

— Attrape le bord et laisse-toi tomber, lui conseilla une des filles qui avait déjà franchi l'obstacle.

Le conduit était trop étroit pour que l'orpheline puisse se retourner, analyser la difficulté et anticiper la hauteur du saut à venir. Tout juste une timide lueur éclairait-elle son dos.

Alors, sans réfléchir davantage, elle s'exécuta et se propulsa en arrière.

— Et attention à…

Un bruit de succion répugnant envahit aussitôt la profonde galerie dans laquelle Iphis venait de faire une entrée mémorable.

Sa jambe droite s'était enfoncée jusqu'au genou dans la masse immonde qui emplissait la large tranchée qui coupait en deux le sombre couloir souterrain. À peine tirée de l'obscurité par la lumière de la lampe à huile que tenait le Grand Pantouflard, l'horrible substance semblait immobile en surface et pourtant Iphis sentait un faible courant contre sa cheville. Agonisant, il s'efforçait de charrier ces lourds résidus nauséabonds qui en période de pluies abondantes ne perdaient jamais une occasion de s'immiscer en ville.

Une salve de rires éclata tandis que Pic-Rouille, à plat ventre dans le conduit, remettait les barreaux en place.

— Aidez-moi, paniqua Iphis écœurée et qui ne parvenait pas à s'extraire de l'étreinte abjecte.

La gamine qui l'avait tant effrayée et qui attendait sur l'autre rive du torrent fétide, le traversa d'un bond et saisit la jambe d'Iphis qu'elle libéra d'un coup sec. Un nouveau réflexe nauséeux frappa Iphis lorsqu'elle reposa le pied au sol. Un jus infâme s'échappait de son soulier imbibé. Quant à sa jupe, qui lui collait horriblement à la peau, elle était condamnée à garder un hideux souvenir de cette épouvantable plongée.

Pic-Rouille atterrit subitement à ses côtés. Comme ses camarades, il avait visé avec perfection le rebord du canal.

— Erreur de déb'tant ! rigola-t-il en constatant l'état des habits d'Iphis. Ç'aurait pu être pire, t'sais.

Iphis, qui n'appréciait pas vraiment la plaisanterie, commençait à se demander si elle n'aurait pas mieux fait de se laisser attraper par les gardes. Elle aurait sûrement réussi à les convaincre de son innocence. Dans quoi s'était-elle donc fourrée ?

— Bon, allez, Pic-Rouille, Noire-Suie et… Pue-la-Mort, en route ! lança le Grand Pantouflard à l'attention des trois retardataires.

Tous s'esclaffèrent de plus belle en entendant l'amusant surnom dont Iphis venait d'écoper. Elle serra les dents et garda le silence. Décidément, toute cette histoire lui plaisait de moins en moins. Et dire qu'elle se trouvait là parce qu'elle avait voulu protéger un petit voyou qu'elle ne connaissait même pas et qui avait tenté de les voler Vulfran et elle.

— Il r'gole, intervint justement Pic-Rouille.

Il se pinça le nez.

— Quoique !

Vous vous êtes sentis, tous autant que vous êtes ? enragea intérieurement Iphis qui garda malgré tout ses réflexions pour elle. Elle ne savait pas encore sur quel pied danser face à ces énergumènes.

La lumière diffuse de la lanterne du Grand Pantouflard commençait néanmoins à s'éloigner, projetant de longues ombres chancelantes au sol, et Iphis n'eut aucune envie de se retrouver seule dans ces souterrains ; sans compter les couinements terrifiants qui résonnaient plus loin dans les égouts de la ville. Elle emboîta le pas de ses guides. En file indienne, le petit groupe progressait rapidement et Iphis peinait à tenir le rythme. Craignant à chaque pas de poser le pied sur une nouvelle abomination, elle gardait les yeux rivés au sol, là où les zigotos qui la précédaient parcouraient les souterrains d'un pas sûr.

Plus d'une fois, les responsables des cris suraigus, de gros rats hirsutes aux yeux rouges, la firent sursauter en déguerpissant entre leurs jambes. Ils n'hésitaient pas à plonger, tête la première, dans l'horrible mélasse qui coulait dans la galerie.

Tandis qu'à l'avant de la colonne, les lieutenants du Grand Pantouflard échangeaient des blagues douteuses, Iphis était bien trop concentrée pour ouvrir la bouche. Mais le doute finit par la gagner – où la conduisaient-ils ainsi ? – et elle céda à la curiosité autant qu'à l'inquiétude.

— On va où ? demanda-t-elle à Pic-Rouille.

— Bah, à Tréfonds.

— Tréfonds ?

— Là qu'on habite, à Tréfonds quoi. Chez les Pantouflards.

Tréfonds... Bizarrement, ce nom n'inspirait rien de bon à Iphis.

— Et c'est loin ?

— Tu poses beaucoup de questions Pue-la-Mort, constata Pic-Rouille.

— Iphis, je m'appelle Iphis.

— D'accord, Pue-la-Mort.

Le garçon ricana, inconscient des couteaux que les yeux d'Iphis lui plantaient dans le dos.

Le silence revint et les enfants continuèrent ainsi une dizaine de minutes, changeant parfois de direction pour se faufiler dans des tunnels exigus et toujours aussi malodorants. Puis Iphis eut enfin la réponse à sa question.

— Ouvrez ! s'exclama le Grand Pantouflard.

Une série de grincements succéda à l'écho de l'ordre de l'adolescent et la troupe se remit en marche.

Le Pantouflard qui avait déverrouillé la lourde grille qui barrait la totalité de la galerie lança un regard mauvais à Iphis lorsqu'elle la franchit à son tour. Posée à même le sol, sa lampe à huile dessinait des ombres des plus inquiétantes sur son visage.

Iphis hâta le pas, la pointe de ses souliers effleurant à présent les talons de Pic-Rouille.

Plus loin, une porte similaire fut écartée à leur approche. Celle-ci ne gardait cependant pas l'entrée d'une énième portion de tunnel. Derrière, une vaste salle brillait de l'éclat d'une multitude de lanternes et bougies. Elle s'enfonçait une dizaine de mètres en contrebas de la plateforme bringuebalante sur laquelle Iphis et les Pantouflards s'étaient immobilisés. L'air était chargé d'une fumée noirâtre dont les épaisses volutes peinaient à regagner la surface.

Iphis toussa. Après la puanteur des souterrains, comment pouvaient-ils respirer pareille horreur ?

Pourtant, l'atmosphère ne semblait nullement importuner les enfants qui occupaient les différents niveaux édifiés au cœur de l'immense nef. Pas un mètre carré n'avait été oublié et les lieux vibraient d'une étrange opulence… pas de celle qui se donnait à voir chez les Fontiairy… une opulence bien différente… celle née des milliers d'heures passées à collecter tout ce dont la ville ne voulait plus, mais aussi des multiples larcins des Pantouflards.

Partout, des passerelles arrimées au plafond voûté reliaient les différents étages de cette gigantesque cabane. Elle s'était développée telle une créature vivante, une plante envahissante qui aurait peu à peu dévoré tout l'espace laissé à sa disposition. Des systèmes de poulies permettaient également de déplacer aisément tous les matériaux que les Pantouflards devaient traîner à grand peine jusqu'ici. C'était une véritable ville sous la ville.

— Alors ? s'enquit le Grand Pantouflard tandis qu'Iphis se penchait à la balustrade, stupéfaite.

— C'est incroyable, admit-elle.

L'adolescent rit, fier et satisfait de cette réponse.

— Eh bien, t'y es la bienvenue. Voici Tréfonds, mon Royaume ! s'exclama-t-il.

Ses compagnons poussèrent un drôle de cri de joie.

15

THÉODORE

Le même jour, au palais.

Finalement, malgré les propos tenus par son fils Hippolyte, le Duc n'avait pas succombé à ses pulsions et n'avait pas fait convier ses petits anges pour une nouvelle démonstration de puissance. Bien au contraire.

Près d'une semaine s'était ainsi écoulée depuis leur arrivée à la capitale et les enfants n'avaient plus revu le Duc ni son horrible fils. Ces deux-là avaient probablement trouvé un autre exutoire à leur folie et Théodore préférait ne pas y penser. Il souffrait encore bien assez pour refuser de se mettre dans la peau de ceux qui avaient vraisemblablement récolté ces derniers jours les foudres de ces deux détraqués.

Une certaine monotonie s'était installée dans le dortoir et Théodore, comme Bartholomée qui s'accrochait à ces nouveaux repères quotidiens comme un naufragé à une bouée, commençait tout juste à prendre ses habitudes.

Le matin, on leur apportait un copieux petit-déjeuner que les deux orphelins avalaient sans réel plaisir ; il fallait bien se sustenter. Ensuite, aux alentours de dix heures, on les menait aux bains où chacun pouvait se plonger dans l'énorme baquet individuel qui lui était attribué. Tous étaient séparés par des cloisons fines, mais parfaitement opaques, et Théodore, qui n'avait jamais joui d'une telle intimité à Windrasor, savourait tout particulièrement ces séances d'ablution. L'eau chaude l'aidait à se détendre et chaque minute à y barboter était un véritable plaisir. Basile, le domestique aux cheveux bouclés qui s'occupait d'eux, veillait malheureusement à ce que le bain ne s'éternise pas et n'hésitait pas à venir les tirer lui-même de l'apaisant liquide pour qu'ils se sèchent et s'habillent quand il jugeait qu'il leur avait accordé suffisamment de répit.

Puis, venait le déjeuner que les petits anges prenaient dans une gigantesque salle qu'une table orpheline, tout juste assez grande pour accueillir toutes leurs assiettes, meublait. Enfin, on les reconduisait à leur chambre où Éléazar, le maître de chants, s'efforçait de rendre l'harmonie de leurs voix mêlées toujours plus agréable à l'oreille. Parfois, on leur permettait une courte balade dans les jardins intérieurs du palais – un autre moment que Théodore chérissait par-dessus tout – mais cela restait trop rare. En fait, ils passaient le plus clair de leurs journées enfermés dans ce dortoir à attendre que le Duc les appelle.

Heureusement, les lamentations de Bartholomée, qui avaient failli rendre les enfants fous et dont Hippolyte s'était moqué avec mépris, n'étaient plus qu'un lointain souvenir. Le géant, qui s'était depuis muré dans un parfait silence, sauf quand Éléazar débarquait pour dispenser ses leçons, n'était plus d'aucune nuisance. À peine se redressait-il de temps à autre dans son lit pour se balancer d'avant en arrière. Sa joie de vivre et son innocence étaient mortes sous les innombrables coups qu'il avait reçus ces dernières semaines. On avait tué l'enfant en lui, ne laissant qu'une carcasse obéissante.

Malgré ses nombreuses tentatives, Théodore n'avait pas réussi ne serait-ce qu'à entamer la carapace sous laquelle son ami, le vrai Bartholomée, s'était caché et les longues heures d'ennui dans le dortoir avaient fini par peser sur son propre moral.

Rongé par la solitude, il s'était tout naturellement tourné vers les autres enfants, avant de réaliser qu'une quelconque amitié ne risquait pas de germer avec Faustine, Natalina, Aliaume ou Gualbert. Quand il leur parlait, ils répondaient de manière évasive et Faustine lui avait même ouvertement avoué que tout cela n'était qu'une perte de temps. S'attacher à quelqu'un ici n'était que folie. Elle en avait vu défiler bien d'autres avant eux… Quant à Anastase, Théodore préférait l'ignorer.

Plus que jamais, il aurait tout donné pour pouvoir mettre la main sur un livre, mais ses espoirs d'admirer la splendide bibliothèque ducale et sa collection étaient restés au stade de doux rêve. On ne leur permettait pas de sortir, alors visiter la bibliothèque et y emprunter un quelconque ouvrage – n'importe lequel pour s'échapper de ce dortoir ne serait-ce que mentalement – relevait clairement du domaine des chimères.

Théodore ne s'était pas pour autant avoué vaincu et avait tenté d'apitoyer Basile, mais l'homme avait accueilli sa demande avec une colère noire qui s'était traduite par un coup cinglant à l'arrière du crâne. Non, le garçon était condamné à patienter avec ses pensées pour seules compagnes. Et elles n'étaient pas toujours joyeuses...

Plusieurs fois, les remords l'avaient submergé et Théodore avait bien cru terminer noyé sous le poids de ces regrets qui pesait sur ses épaules. Quelques minutes après son arrivée au palais, il avait découvert une terrifiante facette du Duc dont il n'avait pas soupçonné l'existence. Il n'ignorait pas que nombre des précédents dirigeants de Morenvagk avaient eux aussi affiché des tares plus ou moins importantes, mais le degré de monstruosité et de perversion du Duc l'avait pris au dépourvu. Et, face à cette réalité, c'était le bien-fondé de ses actions qui était remis en question, jusque dans leurs plus profonds soubassements. À quoi bon s'être exposé à autant de dangers pour essayer de protéger un homme pareil ? Qui plus est d'une menace dont il ne connaissait pas encore la nature exacte...

Si Anastase était bien là pour assassiner le Duc, pourquoi l'en empêcher ? La perte d'un tel tordu ne pourrait pas faire de mal au Duché. Mais, était-ce vrai ? Théodore n'en était pas très sûr.

En toute logique, le pouvoir héréditaire aurait échoué entre les mains d'Hippolyte et l'orphelin doutait fort que ce zouave soit en mesure de gouverner avec bienveillance. Peut-être ne ferait-il pas pire que son père ; mais ferait-il mieux ? Théodore était certain que non.

Toutefois, l'orphelin avait surtout réalisé que quel que soit le rôle d'Anastase, aucun petit ange ne sortirait vivant de cette histoire s'il la laissait agir. Personne ne chercherait à savoir qui était responsable de quoi et tous seraient jetés dans le même panier. La réalité n'en était que plus cruelle : le Duc était un monstre, mais un monstre dont la vie de Théodore et de Bartholomée dépendait. Non, Théodore ne pouvait plus reculer même s'il commençait à croire que les motivations de Cyriaque et de ses commanditaires n'étaient pas forcément aussi sombres qu'il l'avait conçu.

Alors, comme Anastase, il se montrait patient, prêt à intervenir.

Néanmoins, tandis que les heures défilaient avec une lenteur exaspérante, le garçon se laissait parfois aller à des pensées moins moroses. Évidemment, il imaginait Spinello et ses amis en pleine aventure, se demandant s'ils étaient bien portants, mais il se prit plus d'une fois à songer à un tout autre pensionnaire de Windrasor.

Il n'avait pas pu lui dire au revoir et espérait qu'elle allait bien.

Ophélia...

Lui et la grande brune avec laquelle il s'était lié d'amitié s'étaient jurés de découvrir pourquoi les orphelins avaient été assassinés à Windrasor, mais Théodore était maintenant le seul à pouvoir mener l'enquête et surveiller Anastase, cette peste qu'Ophélia n'aurait jamais soupçonnée.

Il se figurait les traits de son amie lorsque Basile fit son apparition.

Dehors, le soleil s'était couché et Bartholomée montrait des signes de nervosité. Habituellement, le valet aux cheveux bouclés venait les trouver avant le crépuscule pour les escorter jusqu'à la salle à manger.

À peine Basile entra-t-il dans la pièce que Bartholomée se tenait au garde-à-vous près de la porte. Il recula quand deux domestiques pénétrèrent à leur tour dans le dortoir, les bras chargés.

— Pousse-toi ! aboya Basile.

Les valets déposèrent leur chargement sur le lit central, celui auprès duquel le matelas de Théodore avait été installé.

— Habillez-vous en vitesse ! ordonna Basile.

Obéissants, Faustine et Gualbert descendirent aussitôt de leurs lits tandis que Natalina, Aliaume et Anastase avançaient déjà vers les deux hommes prêts à répartir les vêtements.

Théodore se leva à son tour et attira Bartholomée à lui.

Un à un, chacun récupéra la tenue extravagante qui lui était destinée et entreprit de comprendre comment ces associations ridicules d'étoffes s'enfilaient.

Lorsque vint le tour de Bartholomée, Basile bondit à ses côtés et se saisit du vêtement qu'il tint un instant devant le gaillard.

— J'espère qu'il va rentrer là-dedans… souffla-t-il.

Puis il claqua des mains.

— Allez, on s'active. Le Duc vous attend à sa table ce soir.

Un bref moment, le temps parut suspendre son vol, puis les petits anges s'empressèrent de s'habiller.

Anastase fut la première à se tenir près de l'entrée, dans une robe en dentelle à dos nu.

— Tourne-toi petite, lui demanda Basile alors que Théodore aidait Barth à passer le bras dans la manche étroite de sa tunique azur.

Le valet plongea une main dans une poche de sa veste aux coutures dorées.

— Un autre cadeau du Duc, dit-il en glissant un collier de perles autour du cou d'Anastase.

La fillette rougit et, sitôt le fermoir en place, sautilla jusqu'à son lit d'où elle extirpa, cachée sous son oreiller, la broche à cheveux que le Duc lui avait offerte le jour de leur arrivée.

D'une main savante, elle enroula son épaisse chevelure rousse autour de l'objet qu'elle ajusta avec soin.

— Pour le Duc, dit-elle en souriant, récoltant un hochement de tête approbateur de Basile.

— Bon, suivez-moi, conclut le valet.

Les mouvements entravés par sa nouvelle tenue, Théodore emboîta le pas des petits anges avec l'horrible impression que ce vêtement avait été taillé pour rendre quasi inutile l'articulation de ses genoux. Il avançait les jambes presque tendues, d'une démarche ridicule qui lui rappelait celle de nombreux employés du palais.

Mais cet accoutrement était loin d'être sa principale source de gêne. Cette invitation du Duc, qui paraissait avoir également déconcerté les petits anges les plus anciens, ne lui disait rien de bon et il craignait de devoir retourner dans cette pièce ovale où il les avait fait chanter. Comment réagirait Bartholomée cette fois-ci ?

Visiblement pressé et ne cessant de les invectiver, Basile guida les enfants dans une aile dans laquelle Théodore n'avait jamais mis les pieds. La proximité de leur destination fut trahie par l'odeur des dizaines de plats que les domestiques chargés de multiplier les allers-retours avec les cuisines avaient déjà apportés, et les petits anges ne tardèrent pas à découvrir l'immensité de la salle de banquet où le Duc et sa cour avaient pris place.

Plusieurs tables, couvertes d'une nappe blanche encore immaculée quelques minutes auparavant, mais déjà victime des assauts des sauces et du vin servi à grands flots, avaient été disposées en U et le Duc trônait bien évidemment en son centre. À sa gauche, Hippolyte s'occupait d'une gigantesque dinde grillée qu'il priva d'un cuissot aussi gros que celui d'un sanglier d'une simple rotation de poignet. À sa droite, une chaise destinée à rester vide, le séparait de ses convives les plus proches.

— Par ici, indiqua Basile en leur montrant où s'installer, à l'extrémité d'une des deux ailes du large U.

Tous s'assirent en silence, impressionnés et les estomacs soudain grondants à la vue des mets qui les attendaient. La richesse des préparations, les promesses de saveurs qui s'en dégageaient, étaient hypnotiques.

Pourtant, Théodore ne put s'empêcher de sentir le poids des yeux du Duc qui les fixait.

Ou plutôt… qui la fixait.

Nullement gênée par l'insistance du regard, Anastase salua le Duc avec déférence, un large sourire sur les lèvres.

Gualbert, dont l'appétit n'était plus à prouver, fut le premier à craquer et son assiette croula bientôt sous les aliments. Il avait pioché dans tous les plats et le mélange ainsi constitué avait un aspect des plus déroutants. Bartholomée s'empressa de l'imiter et Théodore constata avec joie que son ami semblait avoir retrouvé son appétit. Ce n'était en revanche pas son cas.

La gorge nouée, il n'arrivait pas à se dépêtrer de ce sentiment d'urgence et de danger qui l'avait envahi. Il parvint malgré tout à avaler quelques bouchées d'un plat de légumes dont certains lui étaient complètement inconnus, mais son inquiétude s'intensifia quand, le repas touchant à sa fin, Basile s'approcha du petit groupe et s'accroupit auprès d'Anastase à l'oreille de laquelle il murmura sans quitter le Duc des yeux.

La fillette rougit et acquiesça avant de se lever et de suivre le valet.

Déjà, le Duc s'était excusé auprès de ses invités.

Sans le savoir, Théodore vivait une scène dont le déroulement aurait inondé le crâne d'Iphis d'horribles souvenirs. Lorsque le Duc s'éclipsait de la sorte, la suite ne présageait rien de bon.

Fuis, Théodore, fuis ! lui aurait-elle crié si elle avait été là.

Mais Théodore l'aurait-il seulement écoutée ? Il n'avait pas le choix : il ne pouvait pas laisser Anastase avec le Duc. L'heure était arrivée.

16

PLACIDE

Le même jour, au Nord.

Allez, mange ça ! cracha un garde que Placide avait surnommé Crassepouille tant l'homme dégageait une odeur infecte, en faisant glisser sans ménagement le bol de gruau froid qui leur était servi deux fois par jour.

L'orphelin se serait bien gardé de l'appeler ainsi de vive voix – il préférait lui donner du "Monsieur" à toutes les sauces pour ne pas s'attirer ses foudres – mais ce petit surnom l'aidait à tenir bon. Il rendait l'homme moins terrifiant, plus supportable.

Malheureusement, il n'en allait pas de même de cet endroit où le garçon croupissait depuis des semaines. C'était une prison, une affreuse geôle malodorante et poussiéreuse où s'amoncelaient les déjections de rongeurs et de mammifères – d'hominidés – beaucoup plus imposants. Il n'y avait aucune manière d'altérer la réalité détestable de cet endroit.

À mesure que les jours passaient, Placide se sentait faiblir et l'infâme bouillie de céréales à laquelle il ne touchait que partiellement n'était qu'une des raisons de son dépérissement progressif.

Il n'avait plus la force de résister, ni même d'espérer que tout finirait par s'arranger. Plus depuis qu'il s'était retrouvé seul dans la sombre cellule qui le retenait.

Après leur capture, le dénommé Fromir, l'homme qui avait mené leur arrestation, s'était montré compréhensif et l'avait traité avec un semblant de considération. Il l'avait nourri et ne l'avait pas battu, comme il l'aurait fait avec un chien fidèle et obéissant.

Les deux autres prisonniers, Fradik et Isaïelle, n'avaient en revanche pas bénéficié de la moindre miséricorde malgré leur capitulation évidente. Sur le chemin de la prison, ligoté et traîné comme un molosse enragé, l'Ignoble s'était effondré plus d'une fois et chaque chute avait été accueillie à grands éclats de rire ou par des bordées d'injures. Les hommes de Fromir avaient capturé un monstre, une abomination, et cette créature devait en baver ; allait en baver. Quant à Isaïelle, en dépit de sa nature humaine, elle n'avait eu le droit à aucune faveur. Pire encore, personne ne s'était occupé de sa blessure à l'épaule et, chancelante, elle avait rencontré le sol bien plus souvent que Fradik.

En route, ils avaient séjourné une courte nuit dans les geôles de Launkeston, au poste des officiers de la ville, celui-là même d'où l'inspecteur Melchior avait lancé la sanglante poursuite qui avait mené Placide et ses amis jusqu'au domaine des Fontiairy, il y avait, semblait-il, une éternité. Puis, ils étaient repartis pour un voyage interminable qui les avait finalement conduits aux cachots humides de cette bourgade où ils pourrissaient à présent. Les huées de certains habitants bien-pensants les avaient accompagnés jusqu'à l'entrée de la prison.

Sitôt arrivés, Fradik avait été enfermé à double – voire à triple – tour dans une cellule isolée dont le garçon, le visage douloureusement collé aux barreaux de celle où Isaïelle et lui avaient été cloîtrés, pouvait toutefois apercevoir l'imposante porte. Mais des centaines de kilomètres de désert auraient tout aussi bien pu les séparer de l'Ignoble...

Les premiers jours, rien ne s'était produit et Placide s'était retrouvé condamné à assister au dépérissement d'Isaïelle qu'une horrible fièvre avait commencé à faire délirer. Il avait supplié les gardes qui se succédaient de lui porter secours, mais n'avait récolté que des insultes et une gifle de Crassepouille dont l'haleine fétide lui avait asséné une claque tout aussi violente.

Puis deux hommes étaient venus chercher Isaïelle ; ils n'avaient pas la moindre intention de soigner ses blessures.

C'était la dernière fois que Placide l'avait vue, mais pas la dernière fois qu'il l'avait entendue ; loin de là. De longues heures durant, les cris de la femme avaient empli les couloirs glaciaux, poussant Fradik au bord de la folie.

Malgré les chaînes qui entravaient ses mouvements, l'Ignoble avait chargé la porte de sa cellule. Les gonds avaient tressauté ; encore et encore. Mais, impuissant, Fradik avait dû supporter les plaintes de son amie jusqu'à ce qu'elle se taise pour l'éternité... et que vienne son propre tour.

Placide avait alors perdu tout espoir. Bientôt ce serait lui qu'on viendrait trouver. Il était le prochain sur la liste.

Amaigri et faible, le garçon se traîna jusqu'au repas que Crassepouille lui avait apporté et se saisit du bol ébréché qu'il manqua de relâcher lorsqu'il perçut des grognements. Il plaqua aussitôt sa joue gauche contre les barres métalliques de sa prison.

Plus tôt dans la journée, ils étaient venus chercher Fradik pour sa plongée quotidienne au cœur d'un enfer auquel Placide préférait ne pas songer. L'orphelin avait bien vu dans quel état, jour après jour, ils reconduisaient l'Ignoble à sa cellule. La créature n'était plus que l'ombre d'elle-même et les soldats chargés de l'escorter ne montraient plus de signes d'inquiétude en sa présence. Pour autant, pas une seule fois Placide n'avait entendu Fradik hurler.

Les gardes entrèrent enfin dans son champ de vision limité, tractant une masse informe de tissu et de chair meurtrie derrière eux. Ils ouvrirent la cellule de l'Ignoble et y projetèrent l'immense créature comme s'il s'était agi d'un fétu de paille. La porte claqua.

En dépit de son épuisement, Placide fit un bond en arrière quand les deux hommes, vêtus d'uniformes aux couleurs du Duché, vinrent dans sa direction.

— Fromir le demande, expliqua l'un d'eux à Crassepouille qui, assis à une table installée dans le couloir qui desservait les cellules, jouait avec un couteau.

Il délogea la pointe de l'arme du bois malmené du plateau.

— Faites-en ce que vous voulez. Vous pourrez pas le rendre plus moche de toute façon, ricana-t-il, inconscient de sa propre laideur.

Ils arrivent… paniqua Placide.

Le moment tant redouté était là. Placide tenta de se mentir, de se convaincre qu'il se trompait, d'imaginer mille scénarios qui le mèneraient ailleurs qu'en ce lieu où Isaïelle et Fradik avaient été conduits, mais les gardes déverrouillèrent sa cellule avant même que son cerveau fatigué ne puisse envisager une issue plus favorable.

— Viens là, toi, dit le plus grand qui se contenta de coincer Placide sous son bras, le transportant comme on aurait déplacé une vieille souche allégée par la sécheresse.

L'orphelin ne se débattit même pas. Il pleurait en silence, transi de peur.

— Courage, garçon, souffla Fradik quand ils passèrent devant sa prison.

L'Ignoble n'avait aucun moyen de lui venir en aide, pas plus qu'à Isaïelle. Placide ne pouvait compter que sur lui-même et la miséricorde de Fromir qui l'attendait non loin.

— Je m'en occupe, restez là, dit l'homme au regard bleu vif lorsque les deux soldats s'immobilisèrent devant lui.

— Bien, mon Colonel ! s'exclamèrent-ils d'une seule voix.

Les pieds de Placide retrouvèrent le sol. Les jambes en coton, il s'écroula sous le poids de son corps.

— Allez, debout ! s'impatienta le colonel qui saisit le garçon par la manche et le releva violemment en l'entraînant dans une salle attenante.

Placide ferma aussitôt les yeux.

C'est un cauchemar, un cauchemar, se répéta-t-il vainement tandis que Fromir le faisait s'asseoir.

L'orphelin en avait bien assez vu. Un seul aperçu avait suffi pour savoir que ses pires craintes s'étaient fondées. Mais il n'était pas obligé de regarder. Il pouvait toujours penser à autre chose, essayer de quitter son corps. C'était malheureusement impossible.

Malgré ses efforts pour respirer par la bouche, il était incapable de chasser la lourde odeur de sang et de déjections qui s'acharnait sur ses narines et imprégnait sa langue.

— Est-ce qu'on te traite convenablement ? s'enquit Fromir dont Placide percevait la présence juste en face de lui.

Les yeux fous derrière ses paupières closes, l'orphelin n'avait aucune idée de ce que l'homme pouvait bien attendre comme réponse.

Vous allez me torturer ! hurla-t-il intérieurement avant de réussir à desserrer l'étreinte de sa gorge nouée :

— S'il vous plaît, monsieur ! Je n'ai rien fait.

— En es-tu sûr ?

— Ramenez-moi à Windrasor si vous le souhaitez, mais ne me faites pas de mal. Je n'en partirai plus jamais ! Je vous le jure.

L'homme ricana.

— Je crains fort que cela ne soit impossible.

— Ils allaient nous tuer, on a été forcés de partir, bégaya Placide que l'émotion menaçait d'étouffer.

— Qui allait vous tuer ? s'étonna le colonel.

— Je... je sais pas... Celui qui a forcé la cuisinière... Ils allaient nous tuer.

— Calme-toi, mon garçon.

La voix du militaire était presque douce et Placide souleva l'espace d'une seconde les paupières, avant de les refermer.

Du sang, du sang partout !

— Tu vas tout me raconter depuis le début, depuis votre départ de Windrasor. Je veux tout savoir, reprit l'homme.

Et Placide, qui n'avait d'autre carte à jouer que celle de l'honnêteté, obéit. Il raconta tout, y compris les circonstances de leur rencontre avec Justinien ; comment Asmodée et Spinello avaient assommé des hommes du Duc pour lui porter secours. Ce ne fut néanmoins pas la partie du récit qui intéressa le plus Fromir.

— On peut dire que vous leur portez la poisse, s'amusa-t-il. D'abord, vous rencontrez Candelor et vous le conduisez à sa perte, puis vous nous permettez de mettre la main sur cette abomination de Fradik.

— Barnabé ? s'étonna Placide en se remémorant, le cœur serré, le nom de famille de leur bienfaiteur.

— Nous avons failli avoir son maudit frère l'autre jour. Mais il nous a encore échappé. Enfin, avec ses blessures, il est probablement déjà mort...

Il se tut un instant.

— Tu sais, ce Barnabé a longtemps fait partie des Insaisissables, expliqua Fromir avant de rappeler à Placide qu'ici, c'était lui qui posait les questions.

Il ne s'étendrait pas plus sur le sujet.

— Et sais-tu où Cartier vous emmenait ?

Placide haussa les épaules.

— Chez lui, mais on avait rien demandé. Je ne sais même pas où c'est.

Fromir soupira.

— Difficile de croire aux coïncidences… mais soit. Je te crois.

Placide ouvrit brusquement les yeux, découvrant avec horreur le liquide noir et frais qui empoissait le sol. Il y en avait tant que le sang bien rouge des précédentes victimes du tortionnaire semblait n'être qu'un lointain souvenir.

— Vous allez me ramener à Windrasor ? demanda-t-il, plein d'espoir.

Mais son soulagement, bien qu'il sache que rien de bon ne l'attendait non plus à l'orphelinat, fut tué dans l'œuf.

— Bien sûr que non, mon garçon. Tu n'as pas fini de leur porter malchance et Cartier sera bientôt là. J'ai encore besoin de toi.

Il rit de bon cœur puis se renfrogna.

— Ramenez-le à sa cellule ! beugla-t-il.

Les deux gardes entrèrent et s'empressèrent d'emporter l'orphelin qui, enfin libre de respirer, retrouva sa cellule avec une joie amère. Il avait survécu à son entrevue avec Fromir, était revenu entier, mais réalisait avec horreur et tristesse que sa présence ici n'était pas uniquement un danger pour lui-même. Lors de sa brève rencontre avec Élias, il ne lui avait fallu qu'un instant pour comprendre à quel point cet homme-là et Spinello étaient semblables. Jamais ils ne les abandonneraient ici. Fromir avait raison : ils étaient probablement en route. Peut-être même étaient-ils déjà en ville à préparer leur évasion... Prêts à tomber dans le piège grossier, mais ô combien efficace, de Fromir.

Mais que pouvait-il bien y faire ?

Épuisé, le garçon se recroquevilla dans un coin, écrasé par le poids de ces murs qui le retenaient captif, et pleura les dernières larmes de son corps avant de se souvenir du repas que lui avait apporté Crassepouille. Il devait reprendre des forces. Il parcourut la pièce du regard, mais le bol avait disparu.

Subitement affamé, Placide se jeta contre les barreaux, décidé à en quémander un autre, mais resta silencieux quand il comprit où sa maigre pitance était passée.

Son couteau fiché dans la table, Crassepouille en avalait goulûment les dernières cuillerées.

Les doigts refermés sur la minuscule fiole qu'il avait dérobée à Maria et qui patientait, bien cachée, au fond de sa poche, Placide sourit pour la première fois depuis des jours.

17

OCTAVE

Le même jour.

Nous y voilà… songea Octave alors que leur destination finale apparaissait en contrebas.

Autant qu'il s'en souvienne, la capitale n'avait pas changé d'un poil. Il y avait peut-être davantage de constructions en périphérie, de nouveaux bâtiments qui étaient venus s'agglutiner aux plus anciens, mais c'étaient bien les seules différences que l'homme pouvait constater. Cet endroit puait toujours autant les rêves brisés.

Octave n'aurait pas pensé y retourner un jour, retrouver les rues nauséabondes qu'il avait si souvent parcourues ivre de vin et de liberté dans sa jeunesse. Surtout pas dans ces circonstances. Et pourtant, l'approche de la cité le réjouissait. Là-bas, ils allaient enfin mettre la main sur la gamine. Là-bas, il allait enfin racheter sa liberté. Ce qu'il en ferait exactement, il n'en savait trop rien et l'heure n'était pas aux douces rêveries. Il avait une mission à accomplir.

Édouard, auquel personne – pas même ses parents – n'avait réussi à faire entendre raison, avait insisté pour faire partie du voyage et, plus d'une fois, Octave s'était imaginé commettre l'irréparable face aux caprices du garçonnet.

Tout avait d'ailleurs fort mal commencé et Octave avait craint que le carrosse qui les accompagnait – Édouard voulait être des leurs, mais avec un minimum de confort – ne ferait que les ralentir et qu'ils arriveraient trop tard.

Heureusement, la chance semblait être de leur côté. D'un village à un autre, de question en question, ils avaient en effet pu retracer le cheminement de la voiture bariolée qu'ils pistaient et avaient rapidement réalisé qu'ils étaient en train de combler leur retard. Imprudemment peut-être, le maigrichon et la fille qui l'assistait s'étaient, selon les témoignages, régulièrement arrêtés. Si régulièrement que le gardien se demandait à présent s'ils n'avaient pas eux-mêmes devancé leurs proies. Mais peu importait, qu'ils aient fait un petit détour par les villages environnants ou aient filé droit jusqu'à la capitale, ils seraient bientôt à leur merci. On ne pouvait pas espérer passer inaperçu dans cette cité.

— On commence par où ? demanda Philibert qui, avec Octave, encadrait les chevaux de l'attelage, juché sur sa propre monture.

— Quelques questions aux yeux de la ville suffiront je pense, répondit Octave qui sentait qu'il touchait au but.

— Aux yeux de la ville ? répéta Philibert, les sourcils levés.

Octave soupira.

Ce plouc que Melchior avait recruté à la taverne de Rasorburgh n'avait sans doute jamais quitté sa campagne auparavant.

— Tu verras… souffla-t-il.

Philibert le fixa un instant, visiblement prêt à insister, puis capitula. Il força son cheval à ralentir, sous l'œil imperturbable du cocher, jusqu'à se retrouver au niveau de la fenêtre latérale du carrosse à laquelle il frappa.

— Que se passe-t-il ? s'enquit Gédéon, en écartant une partie amovible du panneau vitré.

— Nous arrivons.

— Oui ! couina Édouard qui se jeta contre la fenêtre opposée.

Il n'en pouvait plus d'attendre.

— Que faisons-nous ? Trouvons-nous de suite une auberge qui conviendrait à Monsieur ou attendons-nous ce soir, après nos recherches ? demanda Philibert qui, à force de fréquenter Gédéon, copiait sa manière de s'exprimer.

— On trouve Iphis ! s'exclama Édouard.

— Vous l'avez entendu, conclut le valet qui referma la vitre.

Philibert reprit sa place à l'avant et interpella Octave :

— Le gamin veut qu'on la cherche dès notre arrivée.

Évidemment, sombre buse… pensa le géant qui, à vrai dire, partageait l'empressement d'Édouard.

Ils poursuivirent leur route et Octave, plongé dans ses souvenirs de jeunesse, choisit avec soin leur point d'entrée dans la cité. Il espérait que le maigrichon, forcé de conduire une voiture particulièrement encombrante, avait opéré de même.

Et ainsi la ville fut sur eux.

Édouard ne tarda pas à se plaindre de l'odeur. Cependant, toutes les lamentations du monde n'auraient pas pu arracher Octave à sa concentration. Les repérer ne demandait habituellement aucun effort, mais le géant ne voulait pas laisser passer la moindre chance.

Il les questionnerait tous s'il le fallait.

Soudain, il en aperçut un premier, un vieillard en haillons assis dans un coin de rue, tout un tas de babioles crasseuses déposées à ses pieds. Il immobilisa sa monture à sa hauteur.

— Dis-moi, vieil homme, aurais-tu vu une voiture bordeaux et orange récemment ?

— Je ne sais plus. Peut-être que si vous achetiez un de mes trésors la mémoire me reviendrait, répondit-il avec une certaine malice en totale opposition avec son apparente sénilité.

— La récompense vient après l'information, cracha Octave qui fit approcher son cheval et toisa le vieillard d'un regard mauvais.

La silhouette du géant, qui le surplombait de plusieurs mètres, avait plongé le mendiant dans l'ombre.

Apeuré, il clignait des yeux.

— Non, je n'ai rien vu. Laissez-moi, s'il vous plaît, gémit-il d'une voix chevrotante.

Octave soupira et délaissa le misérable. Il ne pouvait pas espérer localiser la gamine si facilement, mais la ville ne manquait pas d'informateurs potentiels.

— Les yeux de la ville, plaisanta Philibert qui avait saisi le stratagème d'Octave.

— Ne les sous-estime pas, rétorqua le gardien qui savait parfaitement comment les choses fonctionnaient ici.

Si on désirait apprendre quoi que ce soit, connaître les allées et venues de n'importe qui, tous ces miséreux, plantés au même endroit à longueur de journée, étaient la meilleure source d'informations. Une source fiable, quasi infaillible. Car il existait une sorte de pacte entre ces mendiants et ceux qui recouraient à leurs services : la vérité contre monnaie sonnante et trébuchante. Et aucun de ces mal lotis, conscients de la fragilité de la confiance qu'on leur accordait, n'aurait jamais songé à mentir pour quelques pièces supplémentaires. Tous se pliaient à cette simple règle tacite.

Octave questionna ainsi un, puis deux autres mendiants avec guère plus de succès. Pas de quoi entamer sa détermination. Ils étaient encore des dizaines, des centaines même, à peut-être posséder l'information qu'il désirait tant.

Mais il n'eut nul besoin d'en interroger autant.

— Bordeaux et orange ? croassa un type qu'Octave avait repéré au premier coup d'œil alors que, debout au milieu de la rue, il interpellait tous les passants pour leur demander une petite pièce.

— C'est ce que j'ai dit.

L'homme, dont l'haleine refoulait le fond de tonneau de vinasse, sembla réfléchir un instant.

— Ouais, je l'ai vue.

— Quand ça ?

Sans un mot, le malpropre tendit une main crasseuse dans laquelle échouèrent deux rondelles de métal cuivré.

— Hier, en fin d'après-midi.

Octave tenta de masquer sa joie.

— Et elle allait où ?

Le mendiant ricana, les yeux brillant d'une vive avidité.

— Pas où elle allait, où elle était, lâcha-t-il, fier de lui.

Puis il leva une paume vide vers Octave.

— Où ça ? corrigea le gardien qui estimait s'être montré suffisamment généreux même si ce n'était pas son argent.

C'était juste une question de principe. Depuis quand les affaires étaient-elles devenues si difficiles ? L'homme se contenta de remuer la main et Octave céda à sa requête.

— Vous êtes fort bon, s'amusa le clochard.

— Où ?

— Au marché aux épices, vous savez comment y…

Le géant claqua les rênes de sa monture et fit signe au cocher et à Philibert sur lesquels il avait pris un peu d'avance.

— Suivez-moi !

L'architecture alentour ne changea pas, les odeurs si. La place aux mille fragrances s'ouvrait devant eux, fidèle aux souvenirs du gardien.

Le carrosse s'était immobilisé le long de la façade terne d'un vendeur d'épices qui avait la chance de disposer de locaux en dur.

— Vous feriez mieux de rester là, conseilla Octave lorsque Gédéon et Édouard firent mine de sortir du véhicule. Nous serons plus discrets à deux avec Philibert.

Gédéon pouffa comme une fillette à la simple idée qu'un gaillard comme Octave puisse passer inaperçu, mais n'osa pas s'opposer au géant.

— Non, je veux retrouver Iphis, je viens, trancha Édouard qu'Octave n'impressionnait d'aucune façon.

— Peu importe. Si elle est ici, elle ne pourra pas nous échapper, intervint Philibert qui songeait de plus en plus à la récompense promise.

— Bien, mais soyez… commença Octave.

Croque-Miaou, la chienne d'Édouard, bondit sitôt la porte ouverte et se mit à aboyer en découvrant tout ce qui l'entourait.

Les badauds s'écartèrent, effrayés.

— Ici, Croque-Miaou ! la gronda son maître.

Malgré les protestations des adultes, le garçonnet n'avait pas voulu abandonner le molosse. Ils étaient partis à la recherche d'Iphis ensemble. Ils la retrouveraient ensemble.

— Allez, viens, s'impatienta-t-il.

— Monsieur, peut-être devrions-nous lui mettre son collier ? suggéra Gédéon.

— Elle n'aime pas ça…

— Oui, mais vous ne voudriez pas la perdre. Imaginez qu'elle s'enfuie dans ce labyrinthe, insista-t-il en indiquant l'immensité de la ville.

Cette possibilité ne lui aurait pas déplu, ne serait-ce que pour éviter de passer le voyage du retour enfermé à nouveau avec cette bête puante, mais l'idée de retourner chez ses maîtres avec un Édouard déprimé par la perte de sa chienne lui semblait encore plus terrible.

— Bon, d'accord, obtempéra Édouard en se saisissant de la lanière de cuir que lui tendait Gédéon.

Battant l'air de la queue, la chienne s'assit au côté du garçon et le collier qui prit place autour de son cou ne tempéra nullement son enthousiasme. Au premier mouvement d'Édouard en direction du marché, elle tira sur sa laisse, incapable de contrôler son excitation.

Voyant le garçon s'éloigner, Octave descendit précipitamment de son cheval dont il lia les longes à l'attelage.

— Bien le bonjour ! Je peux m'occuper de vos bêtes si vous le souhaitez, intervint un type aux yeux rapprochés.

— Voyez ça avec lui, lança Octave en indiquant le cocher qui n'avait pipé mot depuis leur arrivée.

Et il tourna les talons, suivi de Philibert, tandis que Gédéon pourchassait Édouard qui s'enfonçait dans les premières allées.

C'est pas vrai…

Soudain, un éclat orangé lui rappela que rien ne l'obligeait à leur courir après. Octave s'immobilisa.

— Alors ? dit-il avec fierté en pointant du doigt une voiture garée un peu plus loin dans la direction opposée à celle où filaient Édouard, Gédéon et Croque-Miaou.

— Y a plus qu'à choper la gamine, répondit Philibert en se frottant les mains.

Les deux brutes se faufilèrent dans la foule et approchèrent lentement de la roulotte bariolée.

Où est la fille ? s'inquiéta Octave en constatant son apparente absence. Était-elle dans la roulotte ?

— Attends, murmura-t-il en retenant Philibert. Elle va arriver.

Néanmoins, ils eurent beau attendre à distance, tâchant de se faire oublier, l'orpheline n'apparut pas.

— Tu crois qu'elle est toujours avec lui ? demanda Philibert, une pointe de doute dans la voix.

Cette sale morveuse n'avait pas été choisie par Razonel pour rien. Elle aimait les livres… autant que ce minable assis tranquillement devant sa voiture. Non, elle ne devait pas être loin. Octave en était persuadé.

— On va le savoir tout de suite.

Ne se souciant plus de se cacher, il pénétra dans l'étrange salle de classe dressée devant la roulotte et se racla la gorge.

— Bonj…

Les salutations de Vulfran, qui s'efforçait de rafraîchir la mémoire d'une vieille femme, moururent dans sa gorge. Il les avait reconnus.

— Comme on se retrouve… siffla Octave.

— On se… On se connaît ? s'enquit maladroitement Vulfran en se levant.

Blême, il reculait.

— Nous poursuivrons demain, si vous le souhaitez, ajouta-t-il à l'intention de son élève qu'il chassa non sans gêne, d'une voix tremblotante.

— Allez, dégage ! aboya Octave qui termina de la faire déguerpir avec un petit cri. Bon, elle est où ?

Le dos de Vulfran rencontra la roulotte. Il ne pouvait plus fuir.

— Mais de qui parlez-vous ?

— La gamine… bordel ! s'impatienta Philibert.

— Je ne sais pas ! Je ne sais pas ! couina Vulfran.

— Tais-toi ! Tu ne veux quand même pas faire une scène ici ? Nous ne faisons que parler mon ami. Pour le moment du moins, le menaça Octave.

Il se pencha en avant et immobilisa son visage à quelques centimètres de celui du maigrichon terrifié.

— Alors, elle est où ?

La gorge nouée, Vulfran se contenta de secouer la tête.

— Tu l'auras voulu… souffla Octave qui le saisit par le col et l'entraîna dans la sombre ruelle devant laquelle la voiture avait été garée.

Il allait parler. Oh que oui.

18

THÉODORE

Le même jour, au palais.

Alors qu'Anastase et Basile quittaient l'immense salle à manger à la suite du Duc, Théodore comprit qu'il n'avait pas une seconde à perdre. C'était maintenant ou jamais. L'heure de fermer les yeux, d'attendre en espérant s'en tirer vivant, ou le moment d'agir, de donner un sens à tous les sacrifices auxquels il avait consenti ces dernières semaines.

Attablé avec les petits anges, il se pencha en avant, faisant mine de reprendre un peu de ce délicat potage qui leur avait été servi, et agrippa les anses chaudes de la soupière en porcelaine qu'il fit basculer d'un coup sec, mais discret.

Le liquide, déferlante verdâtre, ravagea tout sur son passage, imbiba la nappe, navigua entre la vaisselle et les couverts soigneusement disposés et se rua sur les vêtements de Théodore et de Bartholomée, assis à ses côtés. Surpris par la chaleur de la soupe, le gaillard se leva d'un bond avec un petit cri aigu.

— Qu'est-ce que ce… commença Savinien, un domestique d'ordinaire sympathique qui assistait Basile au quotidien. C'est pas vrai ! Regardez-moi ce travail ! Regardez-vous !

Théodore écarta sa chaise à son tour et se redressa. Il constata, un air faussement désolé sur le visage, l'étendue des dégâts.

Aliaume et Gualbert ricanaient, trompés par la supercherie de Théodore.

— Pardon, souffla l'orphelin, tête basse. Je n'ai pas fait exprès…

Savinien fit signe à deux servantes qui accoururent.

— Essayez de nettoyer tout ça avant le retour du Duc, dit-il en jetant un coup d'œil inquiet à Hippolyte qui n'avait rien perdu de la scène.

— Ça brûle ! se plaignit Bartholomée.

— Oui, ça fait mal, surenchérit Théodore.

Savinien soupira.

— Bon, suivez-moi en vitesse. Vous ne pouvez pas rester ainsi. Ah ! Quelle catastrophe ! Bande de maladroits !

Le valet tourna les talons et Théodore attrapa aussitôt son ami par la main.

Ils lui emboîtèrent le pas et sortirent en un éclair de la salle où le repas se poursuivait dans l'hilarité des convives les plus enivrés.

— Vous aviez pas besoin de ça, lâcha Savinien qui les ramenait à leurs quartiers. De si beaux cadeaux…

— Le Duc va nous en vouloir ? demanda Théodore qui connaissait déjà la réponse.

Il ne songeait à vrai dire qu'à une chose : se débarrasser du valet et retrouver Anastase au plus vite. Il avait certes réussi à prendre congé des petits anges, mais le plus dur restait à venir. Il n'avait qu'une grossière idée du chemin à suivre pour rejoindre la fameuse pièce ovale où le Duc laissait libre cours à ses pires penchants et où – Théodore en était persuadé – ce dérangé avait fait conduire la fillette.

— De si beaux cadeaux… répéta Savinien. Bien sûr !

Théodore s'immobilisa subitement.

— On doit s'excuser ! s'exclama-t-il, les larmes aux yeux.

— Comment ? Arrêtez donc, ce n'est pas le moment.

— Nous l'avons déjà assez déçu. Nous devons lui demander pardon sans plus attendre.

Il devait tenter le tout pour le tout.

— Le Duc est occupé, s'impatienta Savinien.

— Barth a appris une nouvelle chanson ; rien que pour le Duc. Il pourrait la lui chanter, mentit Théodore en serrant fermement la main de son ami pour lui faire comprendre de se taire.

Indifférent à la discussion, Bartholomée se contentait de fixer en silence les chandeliers suspendus à une hauteur vertigineuse au-dessus de leurs têtes.

— S'il vous plaît… implora Théodore.

— Je dois être fou, capitula Savinien. Suivez-moi.

Ils changèrent de direction et s'enfoncèrent plus profondément dans l'immense palais.

— C'est quoi cette nouvelle chanson ? s'enquit le valet tandis qu'ils traversaient un couloir interminable où s'affichaient des dizaines de portraits chichement éclairés.

Tous portaient un regard accusateur sur Théodore.

— Un air de Rasorburgh dont le Duc n'a entendu que des extraits à Windrasor ; il semblait l'adorer, broda l'orphelin dans la précipitation.

Un mensonge qui parut satisfaire Savinien.

— Ce sera votre dernière chance, les prévint-il en ralentissant. Nous approchons.

Théodore avala sa salive ; l'appréhension commençait à le gagner. Il n'était absolument pas convaincu que le Duc les accueillerait avec autant de plaisir qu'il l'avait laissé penser à Savinien.

Bien au contraire.

Le trio pénétra dans un large corridor et Théodore reconnut enfin les lieux. Il était déjà passé par là. Oui, encore quelques pas et ils entreraient dans l'antichambre de l'antre surchauffé du Duc. Ils y étaient presque. Mais, alors que les voix de deux hommes – certainement ceux chargés de la garder – leur parvenaient, Bartholomée réalisa à son tour où ils se trouvaient. Il stoppa net et referma avec force ses doigts sur ceux de Théodore. Il tira son petit camarade en arrière, refusant de faire un pas de plus.

— Barth, il faut y aller, murmura Théodore qui n'avait pas le temps de tout lui expliquer.

— Je savais que c'était une bêtise, intervint Savinien qui revenait déjà sur ses pas et que les signes d'hésitation de Bartholomée avaient fait changer d'avis.

— Barth, tu as vu nos habits, on doit s'excuser auprès du Duc ; allez… essaya Théodore ; en vain.

Le géant reculait de plus en plus en secouant la tête.

— Ça suffit, j'en ai assez vu, gronda Savinien. Je vous conduis à votre chambre.

Il lança un regard noir à Théodore et fit demi-tour, déterminé à ne plus traîner en route. Les deux garçons se changeraient et il les raccompagnerait illico au banquet.

Mais cela n'était pas envisageable pour Théodore.

— Attendez ! s'exclama-t-il.

Savinien se retourna et s'effondra brusquement, l'arcade sourcilière fendue. Théodore laissa tomber le lourd chandelier en argent qui avait envoyé l'homme au sol.

C'est pas vrai, c'est pas vrai ! paniquait-il.

Qu'avait-il fait ? Qu'allait-il faire ?

La réponse vint d'elle-même.

Atterré par la subite violence de son ami et la vue du sang qui s'étalait déjà sur une bonne partie du visage de l'homme inconscient, Bartholomée lâcha un cri de terreur.

— Qui va là ? demandèrent aussitôt les deux gardes, alertés par les échos de l'assaut.

— Barth… murmura Théodore.

Mais il était trop tard.

— Non ! rugit Bartholomée en balayant du bras les bibelots posés sur le large buffet auquel Théodore avait dérobé son arme de fortune. Pas bien !

Les bruits de pas se rapprochèrent et Théodore se jeta dans l'angle formé par le meuble et le mur.

— Va-t'en, Barth, allez va-t'en, cracha-t-il avec une méchanceté volontaire.

Les gardes, attirés par le raffut du géant, rappliquaient.

— Eh toi ! Reviens ! s'écria l'un d'eux quand Bartholomée, incapable de contrôler ses émotions, s'enfuit en courant.

L'homme le prit en chasse en ignorant Savinien.

Recroquevillé, Théodore se faisait aussi petit que possible, profitant du semblant d'obscurité qui régnait sur cette portion du couloir. Immobile, il se fondait dans la pénombre, priant égoïstement pour que le second soldat s'élance aussi après Bartholomée.

Le garde dépassa Théodore sans le remarquer, mais n'alla guère plus loin. Il s'accroupit auprès de Savinien, à deux mètres seulement de l'orphelin.

Maintenant ou jamais.

La gorge sèche, Théodore sortit de sa cachette et recula à quatre pattes, les yeux fixés sur le dos du soldat qui essayait de ramener Savinien à la réalité. S'il se retournait c'en serait fini du garçon.

Qu'est-ce qui lui avait pris d'agresser Savinien de la sorte ? Il aurait pu trouver une autre solution. Mais ces longues semaines l'avaient bien changé. Il n'avait pu réprimer ce besoin d'agir tout de suite et maintenant.

— Allez, mon gars, réveille-toi, dit l'homme en tapotant doucement la joue de Savinien.

Encore trois mètres et Théodore atteindrait l'antichambre.

Retenant sa respiration, l'orphelin se déplaçait avec prudence, conscient que le moindre son pourrait le trahir. Par chance, la moquette épaisse déroulée au centre du couloir étouffait chacun de ses mouvements. Soudain, le garde se redressa, le regard plongé dans la direction prise par son collègue.

Cours, Barth, cours.

Mais Théodore ne devait pas se préoccuper de son ami ; pas encore. Alors, sans hésiter, il quitta le couloir d'un bond. Il se jeta dans l'antichambre et s'adossa au mur, à l'abri des yeux du soldat. Pressé, il se contenta d'une grande bouffée d'air pour reprendre son souffle et calmer les battements de son cœur, puis se précipita sur la haute porte noire ; son objectif. Déjà, la voix d'Anastase filtrait à travers le battant, étouffée par l'épaisseur du bois.

Une nouvelle inspiration vint au secours des poumons affolés de Théodore et il écarta la porte, pénétrant dans cette pièce dans laquelle il n'aurait jamais pensé remettre les pieds de son plein gré. Mais y était-il vraiment de son propre chef ? Avait-il réellement eu le choix ou ne faisait-il que suivre un destin tracé d'avance ? S'il survivait à cette soirée, il aurait tout le temps de se poser ces questions.

La voix magnifique d'Anastase lui parvenait à présent dans tout ce qu'elle avait de sublime et Théodore réalisa avec horreur que l'orpheline ne chantait pas depuis la scène où le Duc les avait frappés Bartholomée et lui.

Nue, débarrassée de la robe en dentelle que le Duc lui avait offerte, elle se tenait sur les genoux, le buste droit, au milieu de la couche ducale. Seules les perles du collier que l'homme lui avait donné brillaient sur sa poitrine.

Un grognement s'ajouta soudain aux douces mélodies de l'enfant et Théodore aperçut enfin le Duc. Allongé sous l'orpheline, il remuait les orteils et se tortillait.

Épouvanté par la scène, se demandant bien quelle folie le poussait à essayer de protéger ce monstre, ce pervers narcissique qui se faisait appeler Duc, Théodore s'approcha de la couche. Il aurait pu tourner les talons, tenter une toute dernière fois de fuir, mais la conviction qui l'avait contraint à venir jusqu'ici, l'attirait vers le lit.

Anastase sursauta et se tut subitement, les yeux braqués sur le garçon.

Elle ne semblait pourtant pas étonnée et affichait un air détaché. Elle était là, sans vraiment être présente.

— Toi ! hurla le Duc en soulevant son torse velu à la force des bras, la fillette toujours à cheval sur ses cuisses.

— Attention ! cria aussitôt Théodore.

Mais il était trop tard.

D'un geste expert, Anastase retira la broche qu'elle venait de planter dans la gorge de l'homme et bondit en arrière.

La jugulaire perforée, le Duc porta les mains à son cou, incrédule. Elles ne formèrent qu'un piètre barrage. S'échappant à gros bouillon, le sang du souverain fuyait son corps, propulsé par un cœur dont chaque battement envoyait une nouvelle salve rougeâtre sur les voiles qui pendaient de la couche.

Déjà livide, l'homme tenta d'attraper Anastase, mais celle-ci l'esquiva avec une agilité féline. Sa deuxième – et dernière – tentative fut tout aussi vaine et il s'écroula, les dernières gouttes de son sang terminant de l'abandonner par la mortelle incision. Plus jamais, il ne toucherait un enfant. Plus jamais.

Le Duc était mort. Mais rien n'était fini pour Théodore.

L'orphelin tomba à genoux, terrassé par l'avalanche de sentiments qui l'ensevelissait. Il avait échoué sur toute la ligne. Toutes ses enquêtes n'avaient servi à rien. Mais avait-il réellement cru que le dénouement de toute cette histoire pouvait être différent ? Qu'un rebondissement inattendu allait lui prouver qu'il avait eu tort de s'inquiéter ? Non, il n'était pas le personnage fictif d'un de ces romans qu'Iphis et lui avaient dévorés à Windrasor. La réalité était parfois aussi prévisible que cruelle.

Il ne devait pas se mentir. Depuis son départ de l'orphelinat, depuis la décision du Duc de les adopter tous les trois, il avait su que tout se terminerait ainsi et, en dépit de ses efforts, il n'avait rien pu faire pour l'empêcher.

— Pourquoi ? croassa-t-il alors qu'Anastase se faufilait entre deux pans du tissu transparent qui délimitait l'immense couche.

La fillette, le corps couvert du sang encore chaud du Duc, s'approcha, la broche avec laquelle elle avait tué l'homme à la main. Elle souriait.

— Pauvre Théo… murmura-t-elle en faisant un pas de plus vers lui.

Agenouillé, l'orphelin ne pouvait détacher son regard de la fillette, représentation parfaite des forces opposées, mais souvent mêlées, qui régissaient le monde.

Étrangement, il n'arrivait pas à la détester.

— Pauvre Théo, répéta-t-elle.

Le garçon baissa finalement la tête, abattu, puis la releva.

— Tu vas me tuer moi aussi ? demanda-t-il avec calme, malgré le bouillon de sentiments qui s'agitaient en lui.

Anastase s'esclaffa et s'accroupit devant Théodore.

— Moi ? Mais je n'ai tué personne… Toi, en revanche...

— Quoi ?

— Qu'as-tu fait Théo ? Qu'as-tu fait ? hurla-t-elle en enfonçant la broche ensanglantée dans son propre ventre sans montrer le moindre signe de douleur.

Le garçon gémit et bascula en arrière, les yeux révulsés. Un liquide chaud coula le long de sa jambe.

— Qu'as-tu fait ? continua-t-elle en perforant son abdomen avec rage. Qu'as-tu fait ?

Le corps atrocement mutilé, les dernières forces d'Anastase la désertèrent et elle relâcha la broche qui claqua contre le sol. Une ultime plainte mourut dans sa gorge d'où plus aucune mélodie ne s'échapperait jamais. Elle s'effondra sur Théodore, abandonnant l'orphelin à l'horreur de cette pièce dans un odieux mélange de potage, d'urine et de sang.

Tremblant comme une feuille, Théodore était tétanisé.

Dehors, ameuté par les cris de la fillette, un premier garde arrivait en courant. Tout juste réalisait-il que son collègue et lui n'auraient jamais dû quitter leur poste.

19

IPHIS

Le même jour, sous la ville.

Attablée avec les Pantouflards, Iphis avait l'impression d'être de retour à Windrasor. Pourtant, le réfectoire où les enfants s'étaient réunis résonnait d'une cacophonie qui n'aurait jamais pu s'élever sans conséquences à l'orphelinat. Une cacophonie où, qui plus est, se mêlaient dans la plus grande pagaille les voix de filles et de garçons. Car, ici, il n'y avait qu'une seule famille, pas de séparation des sexes, pas de clans. Tous, du plus jeune au plus âgé, qui avait probablement déjà atteint les vingt ans, étaient sur un même pied d'égalité. Des rivalités étaient évidentes – les regards froids que se lançaient certains Pantouflards ne mentaient pas – mais, l'alcool aidant, elles furent rapidement noyées par la marée de bonne humeur, et de bière, qui agitait la longue table.

Peu après l'arrivée d'Iphis à Tréfonds, le retour de trois adolescents avait engendré une série de cris de joie et l'orpheline comprenait à présent l'enthousiasme des Pantouflards.

Juché sur un énorme tonneau que ses compagnons et lui avaient traîné jusqu'ici – mais comment ? –, un des garçons du trio se penchait régulièrement pour remplir les chopes de ses camarades, là encore sans aucune considération d'âge.

Ne pouvant refuser la coupe que le Grand Pantouflard lui avait tendue, tout juste Iphis avait-elle trempé les lèvres dans cet horrible breuvage dont l'arrière-goût hantait depuis sa bouche.

Elle devait cependant bien être la seule gênée par l'âpreté du liquide et l'hilarité avait gagné tous les convives.

— T'bois pas, Pue-la-Mort ? s'enquit Pic-Rouille, son voisin, qui lâcha un rot sonore en guise de ponctuation.

À vrai dire, elle n'avait guère touché à son assiette non plus. Les années passées à Windrasor ne l'avaient pas rendue difficile, au contraire, mais il aurait fallu qu'une faim bien plus grande lui ronge l'estomac pour qu'elle accepte d'avaler la totalité de cette soupe étrange qui lui avait été servie.

— J'ai pas soif.

— Ni faim. C'est bon le Rat-Goût p'tant ! s'enthousiasma le petit voyou qui écarta son bol vide et fit mine de prendre celui d'Iphis.

Elle acquiesça et il s'en saisit vivement, comme s'il craignait que l'orpheline ne change d'avis et ne le prive de cette portion supplémentaire inespérée. Iphis le regarda se goinfrer puis se retourna vers le Grand Pantouflard.

Il avait troqué son épaisse fourrure puante pour un voile verdâtre qui lui donnait un air efféminé.

— Vous êtes combien ici ? demanda-t-elle curieuse de savoir si tous les Pantouflards étaient présents pour ce déjeuner festif.

Il haussa les épaules.

— J'sais pas. Manque Claque-Sang, Pète-Tarin, Terre-Cul...

Il énuméra d'autres noms et Iphis s'aperçut bientôt qu'elle n'aurait pas de réponse précise. Le Grand Pantouflard savait-il seulement compter ?

— Et pourquoi ces… noms ? l'interrogea-t-elle, désireuse de changer de sujet pour ne pas le mettre mal à l'aise.

— Ben, faut bien qu'on en ait un, s'étonna-t-il.

— Oui, mais…

— C'sont nos noms de Pantouflards, nous les portons fièrement, trancha-t-il. Oui, j'en ai eu un aut', si c'est ça qu't'veux savoir, mais je l'ai oublié.

Il rit.

— Et t'inquiète pas, Pue-la-Mort n'était qu'une blague.

— Je m'appelle Iphis de toute façon, contra-t-elle avec une certaine amertume en réalisant qu'elle n'avait pas le moindre souvenir de ceux qui l'avaient baptisée ainsi.

Pas même un visage flou qu'elle aurait pu appeler papa ou maman.

— C'est joli, reconnut le Grand Pantouflard en rougissant, de petites veines apparaissant sous la peau fine de ses joues.

Gênée, Iphis tourna la tête et constata que Pic-Rouille avait terminé son deuxième bol.

— Et toi, pourquoi on t'appelle comme ça ?

Cette simple question électrisa le garçon qui bondit sur le banc sur lequel Iphis et tous ses voisins étaient assis. Un pied sur la table, il sortit son petit couteau rouillé de sa poche et le brandit devant lui, paré à sabrer un adversaire imaginaire.

— Pic-Rouille, le roi de la déb… de la débrouille ! Viens que j'te pourfende, manant ! s'exclama-t-il.

Comme bon nombre de Pantouflards, Iphis s'esclaffa tandis que le garçonnet jouait de la pointe oxydée de l'arme dont il tirait son surnom.

— Il a toujours eu ce couteau, expliqua le Grand Pantouflard.

Il se racla la gorge.

— Et toi, t'viens d'où ?

— J'ai perdu mes parents quand j'étais petite ; depuis j'aide mon ami Vulfran à vendre des livres, mentit-elle.

Elle préférait taire son passé à Windrasor. Aussi accueillants soient les Pantouflards, elle était prête à parier que certains n'auraient aucun remords à la livrer aux autorités si jamais les Fontiairy avaient émis un avis de recherche jusqu'à la capitale.

— Alors tu es d'tant plus la bienvenue à Tréfonds. Nous sommes presque tous orphelins. Et comme tu l'as r'marqué, les soldats aimeraient bien se déb'rrasser d'nous.

Iphis écarta les lèvres, avide d'en apprendre davantage, mais le Grand Pantouflard chassa l'air grave de son visage et sourit.

— Par cont', vendre des livres, quelle drôle d'idée !

— Elle voulait m'prendre à lire ! renchérit Pic-Rouille qui éclata de rire.

— Mais, vous en avez pourtant, s'offusqua Iphis en indiquant une pile d'ouvrages chancelante à proximité du foyer au-dessus duquel le Rat-Goût avait été préparé.

Le Grand Pantouflard et Noire-Suie, assise à sa droite, se joignirent à l'hilarité du petit voyou.

Non, ils n'ont pas fait ça !

— C'est pour allumer le feu, ça ! confirma Pic-Rouille.

L'expression choquée d'Iphis ne fit qu'alimenter leur fou-rire et bientôt l'orpheline fut elle-même incapable d'y résister. Voilà une rencontre qu'elle n'oublierait pas de sitôt.

Puis, le déjeuner toucha à sa fin et, les uns après les autres, les Pantouflards retournèrent à leurs occupations, emportant avec eux la vaisselle et les couverts qu'ils avaient emmenés pour le repas.

Iphis, Pic-Rouille, le Grand Pantouflard et deux de ses amis, Noire-Suie et le garçon au comportement félin dont l'orpheline avait appris, sans surprise, qu'il était surnommé Feule-Chat, étaient les derniers à table.

La gorge et les yeux lui piquaient, irrités par la fumée qui emplissait la vaste nef de Tréfonds, et Iphis aurait aimé retrouver l'air extérieur.

Pourtant, elle ne put refuser la proposition de Pic-Rouille de lui faire visiter leur gigantesque planque.

Excité à l'idée de jouer le guide, le voyou la conduisit de cabane en cabane, de passerelle en passerelle et Iphis comprit bien vite que les absents que le Grand Pantouflard avait cités n'étaient pas les seuls à avoir manqué le repas. Il y avait de quoi accueillir plus d'une centaine d'habitants et ils n'avaient été qu'une grosse trentaine au déjeuner !

Alors qu'elle s'émerveillait de construction en construction devant l'ingéniosité des Pantouflards, l'orpheline réalisa que la plateforme du haut de laquelle Tréfonds s'était dévoilée pour la première fois, n'était qu'un des nombreux accès qui menaient à la petite ville souterraine.

— Ça va où ? demanda-t-elle quand Pic-Rouille et elle passèrent à proximité d'un tunnel plongé dans l'obscurité.

Deux piles de crânes humains en gardaient l'entrée de part et d'autre.

Mal à l'aise, Pic-Rouille plongea un regard peiné au cœur de la noirceur du passage.

— Au Mouroir où les malades, ceux pour qui on peut plus rien faire, vont pour pas nous contaminer… Faut trav'ser le cimetière pour s'y rendre… souffla-t-il. Allez, viens, restons pas là !

Une longue plainte s'échappa justement de la galerie et Iphis se dépêcha de rejoindre son compagnon. Elle avait la chair de poule.

Heureusement, le reste de la visite ne lui réserva plus de découvertes de la sorte et Pic-Rouille l'initia même à un jeu de cartes auquel plusieurs Pantouflards s'adonnaient avec ferveur. Elle ne tarda pas à en saisir les mécanismes et Pic-Rouille, son partenaire, jura qu'il ferait tout pour qu'elle soit présente lors du prochain tournoi. Ensemble, personne ne pourrait les battre, avait-il dit avec joie.

Puis, les premiers maux de tête avaient assailli l'orpheline.

— Tu ferais mieux de te reposer, conseilla Pic-Rouille qui l'avait conduite jusqu'à sa propre cabane, son nid comme il l'appelait.

— J'ai la tête qui tourne, se plaignit Iphis tandis que le garçon l'aidait à s'asseoir sur le tas de tissus qui faisait office de lit.

— C'est l'air… admit-il. Paraît qu'on s'y fait.

Il allongea Iphis et ouvrit un petit volet. Une brise moins viciée balaya aussitôt l'intérieur.

— C'est assez bien aéré ici, tu v'rras, ajouta-t-il.

Mais Iphis avait déjà fermé les yeux, indifférente à l'agitation de la préparation du dîner en contrebas.

***

— Pue-la-Mort, Iphis, réveille-toi, dit Pic-Rouille en la secouant légèrement.

L'orpheline souleva les paupières, le crâne lourd. Elle fit un bond en arrière, les bras devant le visage, avant de se souvenir où elle se trouvait.

— Eh ! C'est moi, la rassura le garçon.

— Pic-Rouille…

— En personne !

— Il est quelle heure ? le questionna Iphis qui, dans la profondeur des galeries, n'avait aucun repère temporel.

— C'est le matin.

Elle avait dormi tout ce temps !

— J'ai cru que tu t'réveillerais pas, poursuivit Pic-Rouille avec sérieux. Ça arrive…

— Il faut que je sorte d'ici. Que je retrouve Vulfran ! paniqua subitement l'orpheline en repensant à son compagnon.

— Just'ment, on peut y aller s'tu veux. Le Grand Pantouflard a envoyé quelqu'un c'matin. La voie est libre.

Iphis se jeta un peu trop brusquement sur ses pieds et sa vision se couvrit d'un voile noir.

— Doucement ! la gronda Pic-Rouille en l'aidant à reprendre son équilibre.

Iphis aurait aimé pouvoir dire au revoir au Grand Pantouflard et aux enfants avec qui elle avait passé un peu de temps, mais tous semblaient avoir été appelés pour une quelconque mission. Alors, sans même un adieu et d'un pas lent, Pic-Rouille et elle laissèrent Tréfonds derrière eux et regagnèrent la surface.

Ce jour-là, aucun soldat ne vint leur barrer la route et les odeurs du marché aux épices les enveloppèrent sans tarder.

— Et v'là, dit Pic-Rouille en indiquant la roulotte de Vulfran qui obstruait la sombre allée par laquelle ils étaient arrivés.

Le garçon baissa soudain le regard.

— Désolé d'avoir essayé d'vous voler, s'excusa-t-il.

— Ce n'est rien ; sans ça on ne se serait pas rencontrés, répliqua Iphis en souriant.

— On se revoit bientôt ? demanda-t-il.

Sa question prit Iphis au dépourvu et elle détourna les yeux à son tour. Vulfran et elle n'allaient pas rester ici éternellement. Elle ne pouvait faire aucune promesse.

— Allez, j'y vais, mon ami doit s'inquiéter, merci Pic-Rouille ! conclut-elle avant de s'enfuir un peu honteuse.

Elle n'avait jamais eu à faire d'adieux et sa propre maladresse la mettait mal à l'aise.

Elle contourna la voiture et la clameur du marché lui parvint plus forte.

— Vulf… commença-t-elle, mais son appel mourut dans sa gorge.

Son ami n'était pas là et la petite salle de classe qu'ils avaient installée la veille avait également disparu. Même les panneaux latéraux de la roulotte avaient été rabattus.

Était-il parti à sa recherche ?

Inquiète, l'orpheline balaya rapidement la place du regard. Elle esquissait un pas en avant quand la porte arrière du véhicule s'ouvrit brutalement. Une main se posa sur sa bouche.

— C'est moi… Pas un bruit, murmura Vulfran qui l'entraîna à l'intérieur.

Il referma aussitôt la porte.

— Vulfran ! Qu'est ce…

— Doucement… chuchota-t-il en lui faisant signe de se calmer.

— Ton visage… souffla Iphis en constatant l'état dans lequel son ami se trouvait.

Elle avait l'impression de se voir dans un miroir quelques semaines auparavant, de revoir l'Iphis sur laquelle le marquis s'était passé les nerfs.

Les yeux humides, elle se mit sur la pointe des pieds et caressa la joue violacée du maigrichon qui grimaça.

— Il faut qu'on parte, ils vont revenir, lâcha Vulfran sans même expliquer de qui il parlait. Ils ne doivent pas être loin.

Toutefois, alors qu'il s'apprêtait à sortir pour gagner la place du conducteur, des cris, d'abord confus, s'élevèrent à l’extérieur. Il s’immobilisa, en alerte, puis la voix se fit plus nette.

— Le Duc est mort, assassiné par des orphelins de Windrasor ! Le Duc est mort ! Venez assister à l’exécution des meurtriers ! répétait-elle en courant à travers le marché, suscitant des réactions bien différentes dans son sillage, entre consternation et joie déguisée.

Les yeux comme des soucoupes, Iphis fixait Vulfran dont l’expression passa de la surprise à la peur.

— Profitons-en pour disparaître, ça va être la cohue, dit-il en se reprenant.

Il posa les doigts sur la poignée.

— Vulfran ! s’exclama Iphis.

— On n’a pas le temps ! On doit se dépêcher !

— Mais on ne peut pas partir !

— Quoi ?

— Ils sont innocents ! cria-t-elle, incapable de contrôler l’intensité de sa voix. Les orphelins, ils sont innocents !

Non, elle n’avait pas oublié les visages de Bartholomée et de Théodore qu’elle avait aperçus à Scamandre, pas plus qu’elle ne pouvait chasser la conviction que le sort était en train de s’acharner sur eux. Elle ne pouvait pas les abandonner. Ils étaient liés.

20

SPINELLO

Le lendemain, au Nord.

On y est, dit Élias en indiquant, au-delà d'un vaste champ, les premiers édifices de la bourgade dont ils avaient pris la direction il y avait bientôt dix jours.

Comme son héros, Spinello était las de ce voyage qui n'en finissait pas, mais la densité inhabituelle de patrouilles dans la zone les avait contraints à la plus grande prudence et discrétion. Ils avaient progressé lentement, contenant difficilement leur envie de galoper comme des diables à la rescousse de leurs amis.

À vrai dire, sans Élias, Spinello se serait jeté dans la gueule du loup plus d'une fois...

— J'espère qu'il n'est pas trop tard… souffla Spinello, juché sur un jeune étalon qu'il prenait de plus en plus plaisir à monter.

Les premiers jours avaient été un calvaire autant pour lui que pour la bête qui n'avait pas l'habitude d'être dirigée par un cavalier aussi inexpérimenté. Heureusement, l'animal avait été bien dressé et, contrôlant sa fougue, s'était contenté de suivre calmement la monture d'Élias.

— Fromir ne les tuera pas comme ça. Fais-moi confiance, rétorqua Élias qui claqua des rênes et commença à longer la lisière de la forêt qui bordait le champ.

Pourtant, malgré sa foi inébranlable en Élias, Spinello se sentait gagné par un pessimisme incontrôlable. En chemin, lors des longues soirées au cours desquelles les deux compagnons avaient alterné les tours de garde, à l'affût du moindre bruit suspect, du moindre éclat de torche, Élias avait en effet admis que leur réaction était probablement celle que Fromir avait anticipée. Le colonel savait que, le temps passant, la nouvelle de l'arrestation de certains membres des Insaisissables et de leur détention à Straham parviendrait au chef des rebelles et que celui-ci ne pourrait rester les bras croisés. Élias avait conscience qu'il était attendu, mais il fonçait, tête baissée, dans ce piège. Tête baissée, mais pas sans un atout dans sa manche car, en dépit des circonstances, Élias croyait ferme en leurs chances de réussir.

Un enthousiasme que Spinello avait beaucoup de mal à partager. Non seulement le plan d'Élias lui semblait fou et hasardeux, mais la noirceur qui s'était propagée en lui tel un raz-de-marée ces dernières semaines, depuis les premiers meurtres à Windrasor, lui faisait envisager le pire. Élias avait beau prétendre que Placide, Fradik et Isaïelle croupissaient dans les cachots de Straham, Spinello ne voyait pas pourquoi ce Fromir les aurait gardés en vie aussi longtemps. Le simple espoir de les savoir vivants n'aurait-il pas suffi à les attirer, Élias et lui, dans ce piège grossier sans que le colonel n'ait à s'encombrer de prisonniers ? Bien sûr que oui... Spinello détestait penser ainsi. Il avait espéré que la proximité de Straham chasserait ces horribles prémonitions, mais ce sentiment de fatalité prédominait, malgré les certitudes d'Élias. *Je connais le colonel, il ne gâchera pas une occasion de me faire souffrir*, avait-il répondu. *Il les exploitera jusqu'au bout. Ils sont encore en vie.*

Spinello n'entretenait cependant plus qu'un mince espoir et, honteux de ce pessimisme, craignait surtout de ne pas être à la hauteur de la tâche qui l'attendait. Mais il était trop tard. C'était lui, et lui seul, qu'Élias avait choisi pour l'accompagner, au grand dam des nombreux Insaisissables qui avaient été prêts à attaquer la prison en force s'il le fallait. Les compagnons d'Élias n'étaient d'ailleurs pas les seuls à être restés en arrière ; quelque part dans les montagnes, Anselme et Asmodée, auxquels Spinello avait juré qu'il reviendrait avec Placide, se mouraient d'inquiétude. Non, Spinello ne pouvait pas rompre cette promesse, pas avant d'avoir tout tenté pour sauver Placide. Il leur devait au moins ça, lui qui, sans l'intervention d'un Élias intransigeant, n'aurait jamais réussi à partir sans eux.

Pour l'instant, Spinello préférait écarter de ses pensées les deux amis qu'il avait laissés derrière lui. Il devait se concentrer sur son objectif et sur sa mission.

— Allez, viens, l'encouragea Élias qui avait regagné le couvert des arbres pour ne pas être repéré par les sentinelles qui ne manquaient certainement pas de surveiller les différents points d'accès à Straham.

De longues heures s'écouleraient encore avant que la nuit n'arrive enfin. D'ici là, il leur fallait faire profil bas et se préparer.

Tandis que les deux cavaliers avançaient au pas dans la forêt, Spinello essayait de chasser les doutes qui ne cessaient de l'assaillir.

Il devait faire confiance à Élias, comme celui-ci le lui avait demandé. Mais l'homme se rendait-il seulement compte de ce qu'il attendait de lui ? Une grande partie du plan d'Élias reposait sur ses frêles épaules – quand ce n'était pas sur la chance –, et Spinello se sentait malade à l'idée, bien trop probable, d'échouer. Il aurait aimé partager ses craintes, faire preuve d'autant d'honnêteté que lors de leur court échange sur la crête, mais il avait bien trop peur de décevoir Élias.

Il n'y a que moi qui puisse les aider ; que moi, se répéta-t-il en se remémorant les propos d'Élias à l'infirmerie.

Il croit en moi, je peux le faire !

Soudain, l'Insaisissable aux longs cheveux sauta de sa monture et poursuivit à pied, visiblement à la recherche d'un endroit où s'arrêter jusqu'aux plus petites heures de la nuit. Plus loin, le fracas de l'eau contre la roche annonçait la présence de rapides.

Spinello descendit à son tour de son étalon et emboîta le pas de son héros qui ne tarda pas à s'immobiliser. Gonflé par le début de la fonte des neiges, un torrent grondait à leurs pieds dans une gorge peu profonde.

Élias prit une longue inspiration, emplissant ses poumons de l'air frais qui secouait les arbres en bordure de la ravine.

— On va attendre ici, dit-il en accrochant sa bête à un peuplier élancé que le vent chahutait sans ménagement. Je ne pense pas qu'ils patrouillent dans le coin.

L'homme allait s'asseoir quand il perçut l'expression déconfite de Spinello.

— Tu es toujours sûr de vouloir le faire ? lui demanda-t-il avec une sollicitude sincère.

Spinello opina. Ce qu'il voulait n'avait plus aucune forme d'importance. Il ne le décevrait pas. Il tiendrait parole.

— J'ai peur, admit-il néanmoins.

— Et je te mentirais, si je te disais que tu as tort d'être effrayé. Mais nous n'avons pas d'autre choix… et si jamais ça tourne mal, je mourrai s'il le faut pour vous venir en aide.

Cette idée terrorisait Spinello autant qu'elle l'enchantait : son héros était prêt à se sacrifier pour lui !

— Je réussirai, conclut-il, déterminé.

— Je le sais.

Élias sourit puis tira un morceau de pain sec de son sac en toile.

— Mangeons. La nuit sera bientôt là.

Elle ne le fit pas mentir et fut sur eux en un rien de temps. Par chance, la lune, si basse dans le ciel qu'on aurait pu la cueillir en tendant le bras, s'affichait plus ronde que jamais et éclairait les alentours d'une lueur timide. En contrebas, l'eau s'écrasait avec une ardeur constante contre les rochers éboulés qui s'efforçaient vainement de bloquer le courant. Les heures défilèrent et oiseaux et insectes nocturnes tentèrent péniblement de couvrir le bruit de l'eau. Le torrent, lui, ne se reposait jamais.

— Bon, allons-y, annonça finalement Élias qui s'était brièvement assoupi.

Son regard ne brillait cependant pas de sommeil, mais d'une détermination à toute épreuve. Il allait en avoir besoin.

Il fit un pas vers Spinello qu'il aida à se relever.

— Dans une heure tout au plus, ce sera terminé. Courage...

Il porta une main à sa ceinture et dégaina une de ses armes.

— Tu en auras peut-être besoin.

L'air interdit, l'orphelin accepta le mousquet qu'il coinça dans son pantalon avec le fol espoir qu'il n'aurait pas à s'en servir, tout comme du couteau qu'Élias lui avait offert au début de leur voyage.

— Tu n'auras droit qu'à un coup… ne t'en sers que dans la plus extrême urgence, ajouta Élias qui lui fit signe de le suivre. Je t'accompagne aussi loin que possible, ensuite ce sera à toi de jouer.

Spinello se contenta de hocher la tête. Il n'en avait que trop conscience.

Les deux compagnons, pâles silhouettes dans la nuit, remontèrent le torrent en direction de Straham. Un sentier à peine marqué et qui surplombait le lit de la rivière – peut-être un chemin de pêcheurs – leur permit de contourner les obstacles, et les lumières rescapées de la ville apparurent enfin entre les arbres.

— Par là, indiqua Élias en montrant plus bas un énorme bloc de granit que les pluies, parfois diluviennes dans la région, avaient fait rouler dans la pente, à mi-chemin de la rivière tumultueuse.

Spinello bondit à sa suite sur le rocher et quelques dégringolades plus tard, Élias et lui se retrouvèrent les pieds dans l'eau.

À une cinquantaine de mètres devant eux, les parois terreuses et rocailleuses du défilé creusé par le torrent disparaissaient sous la sombre masse des pavés de grès des digues qui traversaient toute la ville. Ainsi enserrée, la rivière, devenue canal, coulait avec puissance et occupait tout l'espace à sa disposition, poursuivant sans discontinuer le travail de sape qu'elle avait entamé sitôt la première brique posée. Jamais elle ne se laisserait contrôler.

— Élias, tu es sûr qu'il n'y a pas trop d'eau ? s'inquiéta Spinello.

La honte l'avait submergé lorsque, découvrant le plan de son héros avec un mélange de stupeur et d'effroi, il avait été obligé de lui avouer qu'il ne savait pas nager – ce n'était pas dans les bains de Windrasor qu'on le lui aurait enseigné –, mais l'homme lui avait assuré que cela ne serait pas un problème.

Ce qu'il lui répéta, avant d'ajouter :

— Quand tu auras atteint la digue, ne t'en écarte pas et sers toi du mur pour avancer. Sur une vingtaine de mètres, tout au plus.

— Vingt mètres… chuchota Spinello dont l'eau glacée harcelait déjà les orteils.

Un bref silence s'installa. L'un et l'autre savaient qu'ils venaient d'atteindre un point de non-retour.

— Bon, il est temps, trancha Élias qui étreignit subitement Spinello.

Surpris, l'orphelin faillit se jeter en arrière, mais ne put esquiver les bras musculeux de son héros qui l'enlacèrent. Autant qu'il s'en souvienne, aucun adulte ne lui avait jamais manifesté un tel signe d'affection et, décontenancé et les bras ballants, il fut incapable de rendre son étreinte à Élias. Mais, ce simple geste avait suffi à renforcer sa détermination malmenée. Il ferait tout pour sauver Placide et retrouver cet homme sur lequel il avait encore tant à apprendre malgré ces derniers jours passés en sa compagnie.

— On se revoit tout à l'heure, dit Élias qui entreprit d'escalader les éboulis par lesquels ils étaient descendus au niveau de la rivière.

Arrivé sur l'énorme bloc granitique, il se retourna.

— Spinello, une dernière chose. Si on s'en sort, je te promets de t'apprendre à nager et à monter à cheval.

Toutes dents dehors, l'orphelin ne put retenir un rire.

— À tout à l'heure, alors.

Et le garçon s'élança vers Straham.

La nuit était claire et Spinello put naviguer sans trop de mal entre les nombreux pièges que le lit du torrent lui réservait, bondissant d'un rocher émergé à un autre, ou se glissant en silence sur les minuscules plages de galets que l'eau ne tarderait pas à recouvrir quand les montagnes se seraient débarrassées de l'intégralité de leur manteau neigeux. Malgré l'étroitesse de la gorge, pas une fois il n'eut à mouiller davantage que ses mollets jusqu'à ce que, sursautant au moindre son en provenance de la ville, il atteigne enfin les premiers pavés de la digue. À partir de là, il devenait impossible d'éviter l'étreinte glacée de l'eau.

Sur une vingtaine de mètres tout au plus… se répéta-t-il pour se motiver.

Les doigts ancrés dans les aspérités du mur, il s'enfonça dans le liquide qui lui arriva bientôt à la taille. Puis, comme Élias le lui avait conseillé, il se tracta en avant, bravant le courant qui s'efforçait de l'emporter comme ces millions de troncs et de résidus organiques qu'il avait déjà charriés au cours de son existence millénaire.

Un œil sur les bâtiments de la rive opposée où, à cette heure tardive, ne brillait plus qu'une fenêtre, Spinello se demandait comment réagirait quiconque l'apercevrait. Appellerait-il au secours croyant voir un enfant lutter contre la noyade ? Ou se frotterait-il les yeux, convaincu d'avoir rêvé ? Spinello n'en saurait jamais rien. Tous dormaient, inconscients de la bravoure de cet orphelin.

À une cinquantaine de centimètres au-dessus du niveau de la rivière, surgit soudain de la digue la sombre entrée de la canalisation dont Élias lui avait parlé. Une eau nauséabonde en sortait, plongeant directement dans celle agitée du torrent où ses souillures se dispersaient aussitôt. Spinello fit un pas de plus et choisit une prise solide de part et d'autre du conduit.

1, 2…

Les muscles tendus et frigorifiés, il poussa brusquement sur ses jambes pour s'arracher à l'étreinte du courant, mais son pied gauche dérapa sur le fond vaseux et le torrent menaça d'emporter le reste de son corps. Tout leur plan allait littéralement tomber à l'eau à cause d'une stupide glissade.

Mais c'était hors de question ! Ignorant la douleur, les doigts du garçon s'arrimèrent plus profondément à la roche et il parvint à se hisser dans la conduite à la seule force des bras.

Grelottant et le souffle court, il s'assit un instant, le dos plaqué contre la paroi arrondie, offrant sa moitié droite à la pénombre du souterrain et celle de gauche à la pâle lueur de la lune, comme si deux entités contraires se disputaient son corps. Inévitablement, l'obscurité remporta le combat quand Spinello, qui ne verrait bientôt plus rien, se mit à avancer dans le boyau.

Étroite, la canalisation ne devait guère faire plus d'un mètre vingt de diamètre et le garçon s'y enfonçait à quatre pattes, tête baissée de peur de se cogner.

D'une main, il tâtait la paroi à sa gauche. Sur ce point, Élias s'était montré assez vague et après plusieurs minutes à se traîner comme un cloporte, à palper chaque centimètre carré, Spinello sentait le doute revenir à la charge. Soudain, sa main disparut dans un renfoncement et l'orphelin se mit aussitôt à tâtonner du bout des doigts les pierres qui marquaient l'entrée de la canalisation exiguë. Sans succès.

Le temps et l'érosion s'étaient-ils ligués contre lui ? L'incertitude reprenait son assaut, mais Spinello ne capitulerait pas si vite. Il avança encore et encore.

Le froid humide du conduit ne l'épargnait pas et Spinello claquait des dents, le son de ses chicots s'entrechoquant se joignant au glouglou du liquide fétide qui filait entre les doigts de sa main droite. Il poursuivit toujours plus profond et inspecta avec soin plusieurs ouvertures semblables à la première avant de pousser un soupir de soulagement.

De la pulpe des doigts, Spinello parcourut les lettres gravées que ceux-ci venaient de dénicher à l'entrée d'une autre conduite et il ne put contenir le flot de souvenirs qui inonda son crâne. Il se revit sur cette horrible plateforme où Octave l'avait enfermé dans ce qui paraissait, à présent, être une autre vie. Là où il avait découvert ces initiales taillées dans la roche qui l'avaient tant fait rêver.

Elles marquaient pourtant ici le début du cauchemar.

Le cœur battant la chamade, le garçon examina le conduit et se demanda comment il allait bien pouvoir s'y faufiler. La moindre crise de panique et il risquait de se retrouver mortellement coincé. Mais Élias l'avait très justement choisi pour mener cette mission à bien. Seul un enfant pouvait espérer entrer là-dedans ; et cet enfant, c'était lui.

— J'arrive, Placide… murmura-t-il avant d'engager la tête et les bras dans la canalisation fétide, le mousquet qui risquait de le gêner à la main.

Élias n'avait pas su estimer avec certitude la longueur du passage et Spinello, oppressé par le poids des pierres qui éraflaient son corps à chaque traction, ne tarda pas à succomber à l'angoisse.

La sortie, la sortie ! paniquait-il tandis qu'une odeur de charogne toujours plus prégnante se jetait dans ses narines.

Les mains en sang et les bras ankylosés, il avançait de plus en plus lentement avec l'horrible impression que le boyau se refermait sur lui à mesure qu'il progressait dans la glaise immonde qui le tapissait. Il allait être pris au piège, mourir comme un rat !

Mais il refusait de se laisser paralyser par la peur et, la respiration saccadée, continuait à pousser de la pointe des pieds et à se tirer en avant, mètre après mètre, dans cette obscurité la plus totale qui le dévorait.

Jamais il n'abandonnerait. Il allait en voir le bout comme Élias, des années auparavant.

Au cours de leur voyage, l'homme lui avait en effet raconté comment après s'être évadé de Windrasor avec l'aide de Fradik, il avait cru que son aventure allait s'arrêter aussi rapidement qu'elle avait commencé. Quelques jours seulement après son évasion, qui ne tarderait pas à acquérir le statut de légende à l'orphelinat, la faim avait bien failli le perdre. Une patrouille de soldats l'avait piégé tandis qu'il essayait de semer le marchand qu'il venait de voler. Une simple miche de pain chaud aurait pu mettre fin à ses rêves ! Mais il n'avait pas perdu espoir et, après avoir échappé à la vigilance des gardiens de la prison de Straham qui ne voyaient en lui qu'un petit voyou parmi d'autres, il avait découvert ce passage vers la liberté. Personne n'avait jamais su comment ce vaurien avait fait pour disparaître, et si Élias avait lui aussi cru mourir dans cet étouffant conduit, il n'en avait rien dit à Spinello. Tout juste avait-il partagé sa crainte de modifications architecturales ou de détériorations qui auraient rendu son plan caduc.

Mais l'homme avait eu raison de croire que, comme nombre de choses à Morenvagk, rien n'avait changé au fil des années à Straham, et Spinello cligna des yeux lorsqu'un mince filet de lumière apparut devant lui. Il touchait au but !

Tous les muscles de son corps criaient de douleur et pourtant Spinello trouva la force d'accélérer. Il rampa sur les dernières mètres avec la hargne de celui qui s'était cru condamné à une mort atroce, puis releva la tête. Des traits de lumière, découpés par la lourde grille fixée à un mètre environ au-dessus de lui, se dessinèrent sur son visage et rassurèrent ses yeux qui avaient craint d'avoir perdu toute utilité pour l'éternité.

Se tordant dans tous les sens, Spinello parvint à s'accroupir, rengaina le pistolet dans son pantalon et, attentif aux sons émanant de la prison, soupesa cette même plaque de métal que, un soir, des années auparavant, un jeune fugitif avait réussi à déplacer sans laisser la moindre trace. Un sombre liquide couvrit aussitôt ses mains et Spinello fut secoué d'un haut-le-cœur en réalisant, à la lumière de l'unique torche éclairant la salle au-dessus, ce dont il s'agissait.

Du sang frais...

Spinello se concentra de nouveau et, en l'absence de bruits suspects, se décida enfin. Il posa les mains sur la grille poisseuse et poussa de toutes ses forces. Malgré la rouille et les mélanges d'hémoglobine qui tentaient de la faire fusionner avec le dallage de la salle de torture, elle bougea et Spinello la fit glisser sur le sol avec une délicatesse toute relative. Les sens en alerte, il patienta encore un instant, se demandant quel esprit dérangé avait pu concevoir un conduit aussi large pour évacuer le sang des suppliciés. Puis il termina de se hisser dans cet enfer dont, l'espérait-il, l'architecte ne lui avait pas réservé quelque terrifiante surprise.

Spinello serra les dents en découvrant toute l'étendue de l'horreur de la pièce, ses engins de morts et ses outils effroyables. Décidément, l'être humain était capable d'imaginer et de réaliser bien des abominations.

Conscient que le temps jouait contre lui, que chaque seconde passée ici augmentait les chances de se faire repérer, Spinello troqua le couteau de chasse qu'Élias lui avait confié à leur départ, pour une lame aussi fine qu'acérée qu'il préleva à un râtelier au contenu à n'en plus jamais fermer les yeux. Il lança dans le souterrain ses chaussures détrempées qui auraient pu trahir sa présence, puis remit la grille en place. Mieux valait se montrer discret.

Les pieds nus, il s'approcha de la porte et essaya de se remémorer les indications d'Élias. D'après ses souvenirs, l'endroit n'était pas immense et l'Insaisissable en avait esquissé un plan sommaire.

Spinello n'avait qu'à parcourir un couloir, tourner à gauche et il y serait… Là où les choses risquaient fort de se compliquer encore davantage. Car les prisonniers ne seraient pas sans surveillance et Spinello allait devoir se débrouiller pour neutraliser le ou les gardes pour récupérer les clés et délivrer ses amis. Élias lui avait certes garanti qu'il n'y aurait pas plus de deux soldats à cette heure-ci, mais il ne pouvait en être sûr, surtout si Fromir avait réellement anticipé leur venue. Tout allait se jouer rapidement.

Spinello répéta mentalement les gestes létaux qu'Élias lui avait enseignés et prit son courage à deux mains, tout comme son arme. Il abaissa la poignée du coude et quitta la salle de torture. Filant comme une ombre, il emprunta la direction qu'Élias lui avait indiquée et s'arrêta au premier angle, là où débutait le corridor où devaient se trouver les cellules si la mémoire d'Élias ne lui avait pas fait défaut.

Des voix parvinrent presque aussitôt à Spinello.

Pas qu'un seul garde, s'inquiéta-t-il ne sachant comment il pourrait venir à bout de plusieurs hommes armés et entraînés.

Il ne pouvait compter que sur l'effet de surprise.

Des gouttes de sueur perlaient sur son front puis coulaient, emportant avec elles les traces immondes que son intrusion dans la prison avait laissées sur son visage.

Il tendit l'oreille, attendant le bon moment pour agir.

— Allez, garçon, un effort ! Tu peux le faire, siffla une voix.

— J'y arrive pas, répondit une autre que Spinello reconnut instantanément.

Son visage s'illumina et, sans réfléchir davantage, il se glissa dans le couloir. Une table unique l'occupait et une des chaises qui permettaient de s'y asseoir avait été renversée. Mais, il n'y avait personne. Avait-il rêvé ?

Il avança, la pointe de son couteau devant lui, et aperçut soudain un homme étalé au milieu du couloir. Un bras velu s'étirait depuis une cellule voisine, tentant d'atteindre le soldat inconscient. Un bras que, comme la voix, Spinello aurait pu différencier parmi des milliers d'autres. Les larmes aux yeux, il bondit vers la cage où était retenu son ami. Il était vivant !

— Spin' ! s'exclama Placide en le voyant surgir. T'es là, j'y crois pas !

Hilare, Spinello se jeta contre les barreaux et enserra son ami.

— J'ai cru que j'avais gâché notre seule chance de nous évader, rajouta Placide, lui aussi sous le coup de l'émotion. Il est tombé un poil trop loin. Vite, prends les clés.

Le moment où Placide raconterait son plan en détail n'était pas encore venu.

— Il est mort ? demanda Spinello.

— Non, mais il ne se réveillera pas de sitôt. Dépêche-toi quand même !

— Allez ! Allez ! surenchérit Fradik qui, derrière la porte de sa propre cellule, savait que le temps pressait.

Spinello se rua sur Crassepouille qu'il débarrassa du lourd trousseau qui pendait à sa ceinture. Deux essais suffirent à piocher la bonne clé et il put enfin libérer Placide qui se précipita dans ses bras. Il n'y avait plus de barreaux pour les séparer.

Malgré leur joie réciproque, leur étreinte fut brève et Placide entraîna Spinello vers la cellule de Fradik, devant laquelle le garçon était passé sans même s'en rendre compte. Spinello ne put cacher le dégoût que l'état de l'Ignoble lui inspira, lorsqu'ils déverrouillèrent le battant. La créature avait souffert et pas qu'un peu.

— Où est Élias ? s'enquit immédiatement Fradik.

— Dehors, il m'a dit qu'on devait te suivre une fois que tu serais libéré.

— C'est un piège ! intervint Placide. Le colonel, le type aux yeux bleus, me l'a dit. Il savait qu'Élias allait venir.

— Alors ne perdons pas de temps, siffla Fradik qui s'extirpa hors de sa cellule. Plus vite nous serons loin d'ici, mieux ce sera.

— Et Isaïelle ? demanda Spinello.

Le regard attristé de Fradik fut sa seule réponse.

— On te suit alors, ajouta Spinello qui malgré la sombre nouvelle était heureux de voir la responsabilité échoir sur les épaules, mêmes affaiblies, de quelqu'un d'autre.

— Allons-y, lança Fradik en prenant les devants.

Ses efforts pour masquer l'étendue de ses blessures n'étaient pas suffisants, mais Spinello ne pouvait que l'admirer. Où puisait-il la force de se mouvoir ainsi après avoir enduré de tels supplices ?

Ils traversèrent plusieurs couloirs déserts, gravirent un escalier, puis l'éclat des étoiles leur apparut enfin, au bout du corridor dans lequel ils venaient de pénétrer. Encore une dizaine de mètres et ils seraient à l'air libre. Mais un dernier obstacle se dressait devant eux.

Entrouverte, une porte laissait s'échapper un rai de lumière ainsi que plusieurs voix, lourdes de sommeil ; des murmures de soldats fatigués qui se demandaient bien pourquoi ils avaient écopé d'un tour de garde si tard dans la nuit. Ils auraient tout autant aimé être de corvée d'épluchage de pommes de terre.

Fradik fit signe aux orphelins de ne pas faire de bruit et les deux garçons le suivirent sur la pointe des pieds, retenant leur souffle. À mesure qu'ils approchaient, les voix se faisaient plus nettes.

L'Ignoble dépassa la porte sans se faire remarquer, aussitôt imité par Placide, mais Spinello ne fit qu'un pas avant de s'immobiliser, à quelques centimètres seulement de l'ouverture.

Un mot, ou plutôt un nom, avait capté toute son attention.

— Ouais, de Windrasor, confirma un soldat à l'intérieur.

— Et ils ont vraiment tué le Duc ? demanda un autre d'un ton incrédule.

— Ouais, il est mort de chez mort...

— Merde alors... J'aimerais pas être à la place de ces morveux.

— Bah... Ils doivent déjà avoir été pendus à l'heure qu'il est... Le message annonçait leur exécution pour hier matin.

— Des orphelins de Windrasor, j'arrive pas à y croire.

Le cerveau de Spinello tournait à toute vitesse, submergé par ces révélations. De quoi parlaient-ils ?

— Et c'est pas tout, poursuivit le garde qui menait la discussion.

— C'est pas tout quoi ?

— Le fils du Duc compte pas en rester là.

— Le laideron ? s'enquit l'autre avec un mépris certain.

— Ouais... Ben, il a juré qu'il allait raser l'orphelinat pour venger son père. Il va tous les tuer... Tous sans aucun...

— Non ! lâcha Spinello sans pouvoir se contrôler.

Déjà, les images du carnage à venir l'envahissaient.

— Hein ? Qui va là ?

Les yeux écarquillés, Spinello se tourna vers Fradik et Placide que le cri du garçon avait fait sursauter.

— Ils peuvent pas faire ça… bredouilla Spinello, horrifié.

Mais déjà l'Ignoble l'emportait avec lui, puisant dans ses dernières forces pour fuir les gardes qui arrivaient. L'alerte allait être sonnée.

À SUIVRE DANS
LE TOME 3
DÉJÀ DISPONIBLE !

REMERCIEMENTS

Cette saga, le projet littéraire le plus ambitieux que j'aie porté jusque-là, n'aurait jamais vu le jour sans le concours, l'aide et le soutien de nombreuses personnes.

Tout d'abord, mon amie qui, depuis 2015, accepte que je me dédie à cette passion qui m'habite et me pousse, jour après jour, à coucher sur le papier toutes ces histoires qui prennent vie dans quelque recoin, plus ou moins obscur, de ma tête.

Ensuite, évidemment, ma maman et mon frère pour les heures qu'ils ont eux aussi accordées à ce projet entre multiples relectures et corrections et la réalisation des superbes couvertures de cette saga. Sans eux, **Les Orphelins de Windrasor** n'existerait pas.

Enfin, je n'oublie pas le reste de ma famille qui ne manque pas de me soutenir dans cette aventure ainsi que mes lecteurs de la première heure qui, eux aussi, me donnent la force et l'envie de continuer.

L'aventure **Les Orphelins de Windrasor** ne fait que commencer.

À PROPOS DE L'AUTEUR

Bien que s'adonnant depuis 2015 à sa passion de l'écriture, Paul est diplômé de l'EDHEC, une célèbre école de commerce de Lille, ainsi que d'une université de Brisbane en Australie où il s'est spécialisé en publicité stratégique.

Ex-rédacteur en chef de **My Zombie Culture**, le premier site francophone consacré à la culture zombie, qui a fermé ses portes début 2019 après six ans d'activité, il publie en décembre 2015 **Les Décharnés Une lueur au crépuscule**, son premier roman, rapidement suivi du thriller horrifique **Creuse la Mort**, tous deux primés à plusieurs reprises. En septembre 2018, il termine de publier sa saga d'aventure **Les Orphelins de Windrasor**. **Elle est la Nuit** marque son retour, en 2020, à l'horreur avec un roman à la frontière des genres. **Les Décharnés Sans Futur** est la suite tant attendue de son premier roman.

Découvrez ses futurs projets sur :
www.paul-clement.com

Contactez-le à :
contact@paul-clement.com

ME SOUTENIR

Pour que l'aventure ne s'arrête pas en si bon chemin et si vous avez aimé passer ce moment avec mes orphelins, n'oubliez pas qu'un livre se partage avant tout et que, sans bouche-à-oreille, il n'y a pas d'auteur indépendant.

Alors, n'hésitez pas à parler de mes écrits à vos proches et connaissances ainsi qu'à faire part de votre avis sur les réseaux sociaux et sur les plateformes de vente comme **Amazon**. Je compte sur vous et vous dis à très bientôt !

DU MÊME AUTEUR

Les Décharnés : Une lueur au crépuscule
Post-apocalyptique / Aventure – 2015

Creuse la Mort
Horreur / Thriller Fantastique – 2016

Les Orphelins de Windrasor
Épisodes 1 à 8
Aventure / Young Adult – 2017/2018

Les Orphelins de Windrasor
Édition Trilogie
Tome 1 : Épisodes 1 à 3
Tome 2 : Épisodes 4 à 6
Tome 3 : Épisodes 7 et 8
Aventure / Young Adult – Nov. 2018

Elle est la Nuit
Horreur / Thriller Fantastique – 2020

Les Décharnés : Sans Futur
Post-apocalyptique / Aventure – 2022

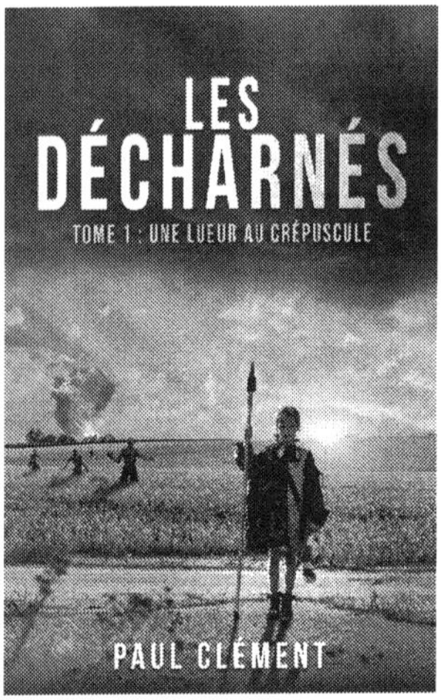

Une journée de juin comme une autre en Provence... jusqu'à ce que tout bascule dans l'horreur.

Lorsque les automobilistes, coincés dans un embouteillage non loin de chez lui, se transforment soudain en fous affamés de chair humaine, Patrick, un agriculteur solitaire et vieillissant, n'a d'autre choix que de se battre pour sauver la seule chose qui compte à ses yeux : sa peau.

Il ne tarde pourtant pas à la risquer pour secourir une fillette aux prises avec les monstres qui assaillent déjà sa ferme. Pourquoi ? Il ne le sait pas...

À présent pris au piège, tous deux vont devoir apprendre à se comprendre et à se connaître s'ils espèrent survivre dans ce nouveau monde...

Prix Livraddict 2016
(catégorie roman Fantastique)
et élu **"Meilleur roman SF / Fantasy"**
aux **Indés Awards 2017.**

Disponible en livre broché sur Amazon, en librairie (sur commande)
et en version dédicacée sur le site de l'auteur ;
existe aussi en numérique.

Que feriez-vous si chaque nuit une fosse était creusée dans votre jardin ?

Vous la rebouchez ; une nouvelle vous y attend le lendemain. Vous interrogez les autorités ; nul ne vous répond.

C'est la situation à laquelle Frédéric, un banquier de province, est confronté lorsqu'il découvre un beau matin une mystérieuse fosse en plein milieu de sa pelouse.

Décidé à en découvrir l'origine, il est loin de se douter de l'ampleur que les événements vont bientôt prendre. Et s'il creusait sa propre tombe ? Celles de sa famille et de ses proches ?

Élu **"Meilleur Thriller / Polar à Suspense"**
aux **Indés Awards 2017.**

Disponible en livre broché sur Amazon, en librairie (sur commande)
et en version dédicacée sur le site de l'auteur ;
existe aussi en numérique.

Forcés de se terrer à Lewistown dans le Montana après un braquage particulièrement sanglant, les frères Reed ne tardent pas à découvrir qu'il leur est impossible de quitter cette bourgade où ils pensaient avoir trouvé refuge. Et ils ne sont pas les seuls à être pris au piège.

Coincée, elle aussi, dans cette petite ville où elle croyait pouvoir refaire sa vie, Laurel, une jeune institutrice, doit à son tour prendre part à un jeu aussi mortel que violent.

Quelles en sont les règles ?
Et surtout que leur veut *Elle* ?

S'ils espèrent obtenir des réponses et survivre, ils n'ont qu'un seul choix : jouer.

Elle est la Nuit est un thriller fantastique à la frontière des genres entre horreur, action et suspense haletant.

Disponible en livre broché sur Amazon, en librairie (sur commande) et en version dédicacée sur le site de l'auteur ; existe aussi en numérique.

Printed in Poland
by Amazon Fulfillment
Poland Sp. z o.o., Wrocław

28546435R00240